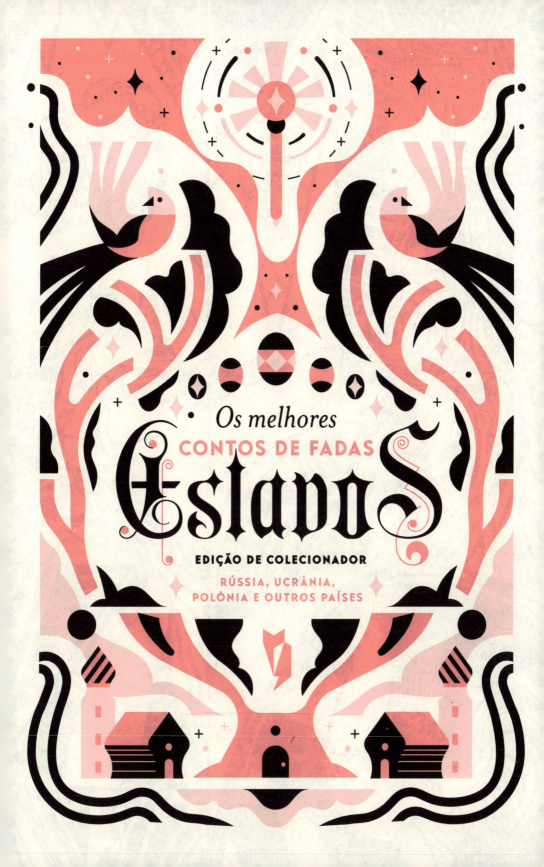

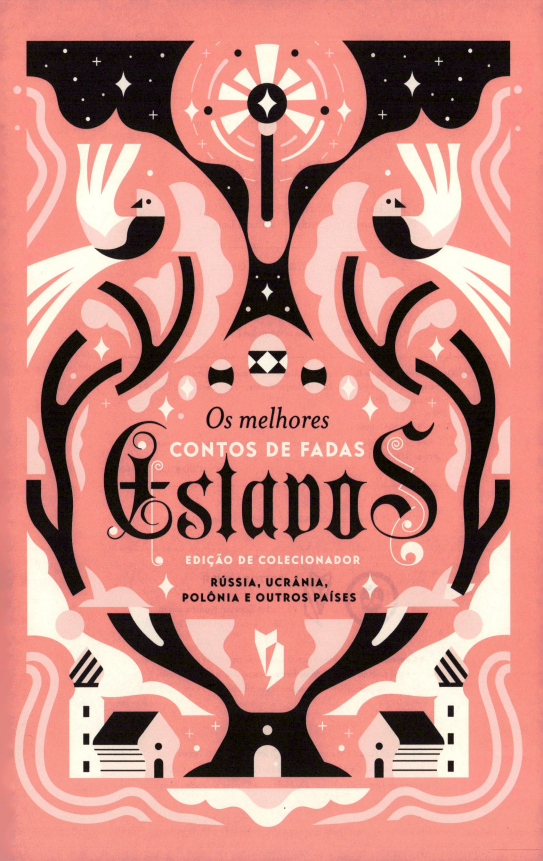

Capa	*Preparação*
Studio Muti (África do Sul)	Cristina Lasaitis
Diagramação e organização	*Revisão*
Marina Avila	Karen Alvares
	e Bárbara Parente
Tradução	
Luiz Henrique Batista,	*Gestão Editorial*
Paulo Noriega (pág. 318)	Juliana Daglio

1ª edição | 2025 | Ipsis Gráfica

Dados Internacionais de Catalogação na Publicação (CIP)
Catalogação na fonte Bibliotecária responsável: Angélica Ilacqua CRB-8/7057

Os melhores Contos de Fadas Eslavos / Alexander Afanasyev... [et al] ;
   tradução de Paulo Noriega, Luiz Henrique Batista. -- São Caetano do Sul, SP :
   Editora Wish, 2025.
   320 p.
   ISBN 978-65-5241-005-4
1. Contos de fadas 398.2   2 . Literatura eslava   I. Título II. Afanasyev, Alexander III.
   Batista, Luiz Henrique

CDD 891.8   24-5692

Índice para catálogo sistemático:
1. Contos de fadas 398.2   2 . Literatura eslava 891.8

EDITORA WISH
www.editorawish.com.br
Redes Sociais: @editorawish
São Caetano do Sul - SP - Brasil

© Copyright 2025. Este livro possui direitos de tradução e projeto gráfico
e não pode ser distribuído, de forma comercial ou gratuita, ao todo
ou parcialmente, sem a prévia autorização da editora.

DA MESMA COLEÇÃO:
*Contos de Fadas em suas versões Originais | Os Melhores Contos
de Fadas Celtas | Os Melhores Contos de Fadas Sombrios | Os Melhores
Contos de Fadas Asiáticos | Os Melhores Contos de Fadas Nórdicos*

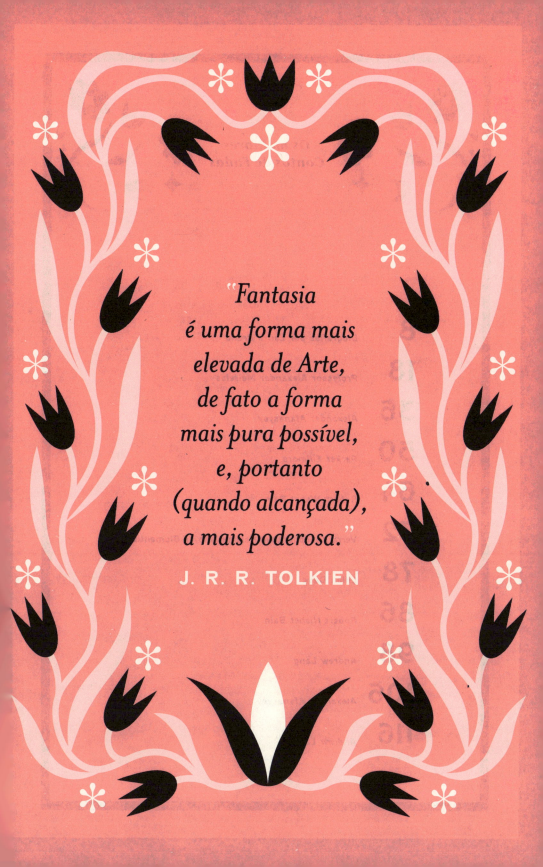

Os melhores Contos de Fadas ESLAVOS

SUMÁRIO

8   AUTORES
Biografias por Laura Brand

18   PREFÁCIO
Professor Alexander Meireles

36   A AVE DE FOGO
Alexander Afanasyev

50   O PRÍNCIPE BAYAYA
Parker Fillmore

64   OS DOIS PRÍNCIPES
Robert Nisbet Bain

72   PAI INVERNO
Verra Xenophontova Kalamatiano de Blumenthal

78   O PASTOR E O DRAGÃO
Lilian Gask

86   A HISTÓRIA DE DANIEL DESAFORTUNADO
Robert Nisbet Bain

98   O NORCA
Andrew Lang

106   O VAMPIRO
Alexander Afanasyev

116   O PRÍNCIPE E O DRAGÃO
Andrew Lang

128 A MORTE DE KOSCHEI, O IMORTAL
Andrew Lang

146 A PRINCESA QUE ERA UMA RÃ
Maurice Baring

154 O TESOURO
Alexander Afanasyev

160 VASILISSA, A BELA, E BABA YAGA
Alexander Afanasyev

182 O URSO NA CABANA DA FLORESTA
Antoni Józef Gliński

194 KOJATA, O REI
Andrew Lang

210 O PRÍNCIPE RISONHO
Parker Fillmore

226 O PADRINHO DA NOIVA
Ivana Brlić-Mažuranić

240 A GAROTINHA E OS VENTOS DE INVERNO
Autor Anônimo

248 OH, O CZAR DA FLORESTA
Robert Nisbet Bain

260 FLOCO DE NEVE
Andrew Lang

266 BUDULINEK
Parker Fillmore

274 EUNÃOSEI
Alexander Afanasyev

286 MANKA, A SAGAZ
Parker Fillmore

294 JORNADA EM BUSCA DA VERDADE
Ivana Brlić-Mažuranić

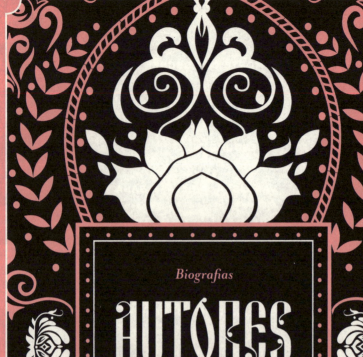

Biografias

AUTORES

*Vidas e obras
de mentes criativas*

POR LAURA BRAND

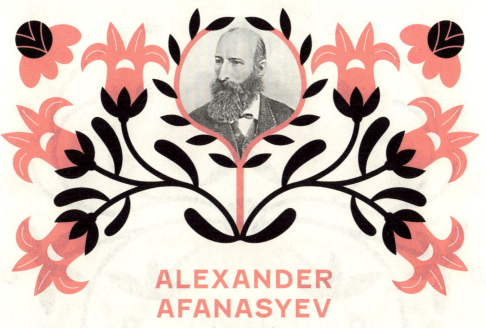

ALEXANDER AFANASYEV
(1826-1871)

Alexander Afanasyev nasceu na província de Voronej, localizada no centro da Rússia Europeia, e estudou Direito na Universidade de Moscou. Assim como diversos estudiosos de seu tempo, sua paixão pela história e pela cultura popular o direcionou para o estudo do folclore russo.

Seus primeiros trabalhos incluíram um estudo de periódicos satíricos russos do final do século XVIII e comentários sobre a literatura russa contemporânea. Uma de suas publicações iniciais apresentou a primeira síntese de uma corrente literária que via na mitologia uma forma de "religião natural", elemento muito presente nas histórias folclóricas.

Afanasyev não apenas ajudou a preservar narrativas transmitidas oralmente, mas documentou suas origens e variantes regionais, contribuindo para a compreensão das tradições culturais e religiosas da Rússia. Sua abordagem científica incluiu manter múltiplas versões de uma mesma história para evidenciar a riqueza e diversidade do folclore russo. Seu principal legado é *Narodnyye russkiye skazki*, uma extensa coletânea com mais de 600 contos de fadas russos, compilados entre 1855 e 1864.

ANTONI JÓZEF GLIŃSKI
(1817-1866)

Um dos mais populares autores de contos de fadas do folclore polonês. Antoni viajou pelo país colecionando lendas folclóricas e contos de fadas e os escreveu exatamente como lhe foram contados pelos camponeses locais. As histórias traziam à tona narrativas ricas em simbolismo, personagens mágicos e lições de vida, misturando elementos da mitologia pagã com valores tradicionais, refletindo a complexa história cultural da Polônia.

Entretanto, o trabalho do autor também é marcado por controvérsias. Estudiosos debatem, até hoje, a autenticidade da origem dos contos e se suas narrativas não teriam sido influenciadas por histórias de outros autores, de regiões do leste europeu. De toda forma, a obra de Antoni se mantém como um documento histórico da época em que o autor viveu, dos valores que o folclore preservava e do formato de histórias valorizado pela sociedade da época.

IVANA BRLIĆ-MAŽURANIĆ

(1874–1938)

Ivana é amplamente celebrada como uma das maiores escritoras croatas, uma grande compiladora de histórias tradicionais do país e é frequentemente comparada a Hans Christian Andersen e J.R.R. Tolkien devido à sua habilidade única de mesclar mitologia e literatura.

Criada em uma família intelectual, Ivana desenvolveu desde cedo um profundo apreço pela literatura e pelas tradições croatas. Seus primeiros livros foram publicados para o público infantil, até que, em 1916, ela publicaria um de seus trabalhos mais notáveis: *Croatian Tales of Long Ago*. Essa coletânea de contos e contos de fadas inspirados na mitologia eslava marcaria Ivana como um ícone literário da Croácia.

Além de histórias para crianças, Ivana também escreveu poesia, fábulas, artigos, ensaios para várias publicações, uma autobiografia e material histórico. Algumas de suas histórias renderam adaptações para o audiovisual anos depois de sua morte.

Sua contribuição literária é inegável. Ivana foi nomeada duas vezes ao Prêmio Nobel, em 1931 e 1938, e foi sugerida como candidata outras duas vezes. Além disso, foi a primeira mulher membro da Yugoslav Academy of Arts and Sciences.

Ivana é lembrada não apenas por sua maestria literária, mas também por sua capacidade de unir gerações ao redor de narrativas que combinam o fantástico com anseios humanos, consolidando-a como uma guardiã do imaginário cultural e literário da Croácia.

ANDREW LANG

(1844-1912)

Andrew Lang nasceu na Escócia em meados do século XIX e tornou-se uma autoridade em literatura grega, francesa e inglesa, folclore, antropologia, história escocesa, além

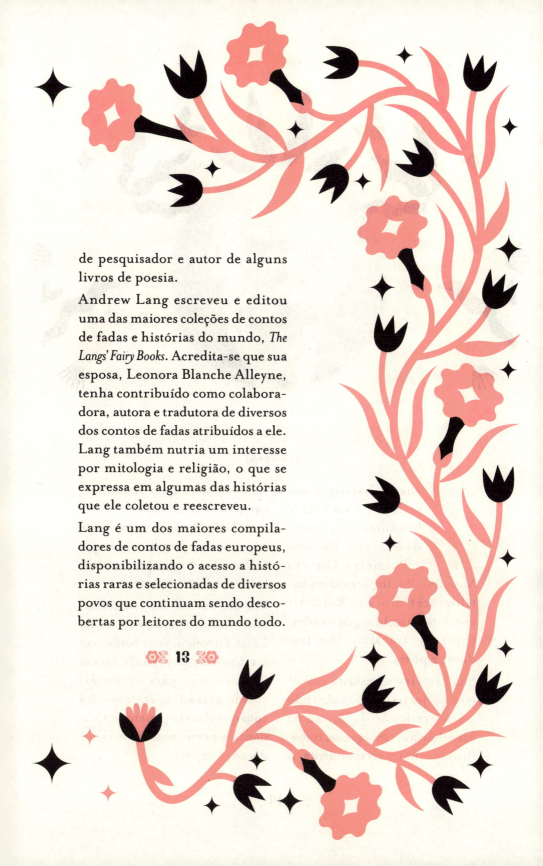

de pesquisador e autor de alguns livros de poesia.

Andrew Lang escreveu e editou uma das maiores coleções de contos de fadas e histórias do mundo, *The Langs' Fairy Books*. Acredita-se que sua esposa, Leonora Blanche Alleyne, tenha contribuído como colaboradora, autora e tradutora de diversos dos contos de fadas atribuídos a ele. Lang também nutria um interesse por mitologia e religião, o que se expressa em algumas das histórias que ele coletou e reescreveu.

Lang é um dos maiores compiladores de contos de fadas europeus, disponibilizando o acesso a histórias raras e selecionadas de diversos povos que continuam sendo descobertas por leitores do mundo todo.

MAURICE BARING
(1874-1945)

Maurice Baring é um reflexo da sociedade britânica do começo do século XX. Durante a Primeira Guerra Mundial, Baring serviu no Intelligence Corps e na Royal Air Force, mas também ganhou destaque pelo trabalho como tradutor e poeta.

Sua carreira na escrita começou no jornalismo, cobrindo a Guerra Russo-Japonesa na Manchúria e, em seguida, trabalhando como correspondente na Rússia. Seu contato direto com camponeses, soldados e com a população despertou um forte apreço pela cultura eslava, que influenciou diretamente seu trabalho na ficção literária.

Em um mundo até então bastante fechado para a cultura do Leste Europeu, seus romances e trabalhos ficcionais foram fundamentais para a valorização de narrativas antigas e fez com que elas chegassem ao Ocidente e permanecessem vivas, décadas depois.

PARKER FILLMORE
(1878-1944)

Nascido em Ohio, nos Estados Unidos, Parker Fillmore atravessou o Atlântico em busca de antigos contos de fadas. Encontrou no Leste Europeu histórias cativantes de povos antigos que ainda poderiam chegar para novos públicos. Seguiu os passos de outros acadêmicos que, no século XIX, foram atrás de narrativas que exacerbassem povos e culturas sob o crescente sentimento nacionalista da época. Nem todas as suas histórias seguiram à risca a tradição do idioma original. Em alguns casos, Fillmore adaptou as histórias de forma que ficassem mais agradáveis para crianças, o que ajudou a aumentar a fama dessas narrativas e a aceitação por parte dos leitores. Parker Fillmore publicou coletâneas de contos tradicionais e deu a eles suas próprias interpretações, ajudando a popularizar a rica cultura eslava no Ocidente.

LILIAN GASK
(1865-1942)

Lilian Gask dedicou uma carreira às histórias voltadas para crianças. Nascida em Londres, era a mais velha de seis irmãos. Seu primeiro trabalho foi publicado em 1904 e seria apenas o começo de uma carreira que contemplaria mais de 30 livros. *Folk Tales from Many Lands*, coletânea de contos e histórias tradicionais, talvez seja seu trabalho mais notório para os fãs de contos de fadas. Em uma época que estava voltando seus olhos para as histórias infantis, Lilian trabalhou em parceria com alguns ilustradores para dar vida aos personagens e animais de suas narrativas. Seus enredos trazem uma visão encantada e mágica do mundo, aliando fantasia, animais mitológicos e histórias de esperança que continuam atravessando o tempo.

VERRA XENOPHONTOVA KALAMATIANO DE BLUMENTHAL

(1864-DESCONHECIDO)

Pouco se sabe sobre a vida de Verra Xenophontova Kalamatiano de Blumenthal, mas seu esforço para preservar e disseminar as histórias tradicionais russas fez com que seu trabalho continuasse ecoando pelo tempo.

Verra destacou-se por reconhecer a urgência de documentar essas narrativas em um período em que a modernização ameaçava extinguir as tradições orais. No prefácio de sua coletânea mais famosa, ela escreveu: "É necessária a pressa de captar essas canções desaparecidas da juventude da nação e preservá-las para o deleite das gerações futuras". Seu desejo era que pessoas de outros lugares pudessem ter o mesmo prazer de olhar para o mundo mágico dos antigos povos eslavos.

Folk Tales from the Russian, publicada em 1903, é uma coletânea de histórias que inclui clássicos como *Baba Yaga*, *Father Frost* e *The Tsarevna Frog*, que apresentaram as ricas tradições folclóricas da Rússia aos leitores de língua inglesa. Sua capacidade de conectar culturas e tempos diferentes por meio das narrativas atemporais dos contos de fadas fez com que as histórias originais fossem preservadas ao mesmo tempo que as tornou acessíveis para leitores estrangeiros.

ROBERT NISBET BAIN
(1854-1909)

Robert Nisbet Bain é amplamente reconhecido por sua notável contribuição ao resgate de contos de fadas e tradições folclóricas, particularmente do Leste Europeu. Acredita-se que Bain tenha adquirido, por meio de uma aptidão natural para línguas, o domínio de vinte idiomas, incluindo russo, sueco, húngaro e polonês. Trabalhou como historiador e linguista do Museu Britânico, foi um colaborador frequente da *Encyclopedia Britannica* e ganhou destaque pela biografia escrita sobre outro grande autor, extremamente conhecido pelos leitores de contos de fadas: Hans Christian Andersen.

Além da tradução de diversos livros, Robert também usou suas habilidades para escrever sobre povos estrangeiros e folclore. Algumas de suas obras mais conhecidas são *Cossack Fairy Tales and Folk Tales*, coletânea de contos ucranianos, e *Russian Fairy Tales*, que registram a riqueza e a profundidade do folclore eslavo.

Robert Nisbet Bain se dedicava a manter a fidelidade cultural e estilística dos textos originais que resgatava, introduzindo-os aos leitores ocidentais e conectando-os com a riqueza das tradições do Leste Europeu. Suas histórias combinam personagens e temas típicos da tradição oral com elementos universais dos contos de fadas.

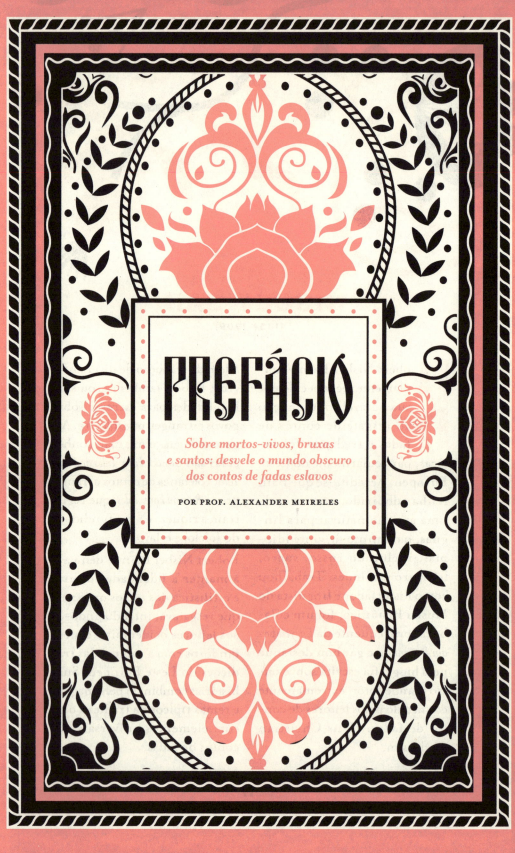

PREFÁCIO

Sobre mortos-vivos, bruxas e santos: desvele o mundo obscuro dos contos de fadas eslavos

POR PROF. ALEXANDER MEIRELES

O quanto você conhece da mitologia e das lendas eslavas? Estamos falando de um legado cultural rico e diversificado pertencente a uma região que cobre um sexto do planeta[1] e abriga aproximadamente 300 milhões de pessoas, constituindo o maior grupo linguístico e étnico da Europa. Apesar de sua relevância, a mitologia eslava muitas vezes permanece desconhecida para o público ocidental.

ORIGENS HISTÓRICAS DO POVO ESLAVO

O próprio termo "eslavo" como designação para um grupo de pessoas, não surge até o século VI de nossa era e sua ascensão como língua data do século IX d.C. Mas, já no ano 150 d.C., como presente na obra *Geographike hypegesis*, de Ptolemeu, existe menção ao povo Stavanoi que vivia na região dos montes Cárpatos e na Península Balcânica.[2] Apesar dessa longa história, é muito provável que, ao longo de sua vida e no contexto do Velho Mundo, você tenha tido muito mais contato com romances, filmes, histórias em quadrinhos, games e outras produções que tomavam como base a mitologia ou lendas dos povos celta, escandinavo ou greco-romano.

A INVISIBILIDADE DA MITOLOGIA ESLAVA NO OCIDENTE

Assim sendo, podemos nos perguntar: quais foram as razões do relativo desconhecimento dos mitos e folclore dos povos eslavos por parte do Ocidente até fins do século XX, e consequente escassez de exploração dessa matéria-prima pela indústria cultural, se estamos falando de narrativas também ambientadas em solo europeu, assim como as outras supracitadas? De fato,

alguns dos motivos que nos ajudam a compreender tanto a pouca visibilidade do folclore eslavo até o ano 2000 quanto o crescente interesse por ele nas últimas três décadas passam por questões políticas e geográficas particulares do Leste Europeu.

O VAMPIRO: O PRIMEIRO MITO ESLAVO NO OCIDENTE

Primeiramente, na Idade Contemporânea, as regiões eslavas sempre foram marcadas pelo isolamento econômico e político em contraste com a Europa Ocidental. Especificamente no século passado, e até o começo da década de 1990, essa situação foi intensificada e agravada como consequência do quadro geopolítico surgido com o fim da Segunda Guerra Mundial.[3] Nomeada por conta da tensão constante entre as duas superpotências da época, a Guerra Fria refletiu as ansiedades advindas do possível emprego de armas atômicas pelo grupo de países da Europa Ocidental capitaneado pelos Estados Unidos da América e o bloco de nações eslavas, sob a influência da antiga União Soviética, chamado de "Cortina de Ferro".

Em segundo lugar, esse mesmo quadro político, pautado por fortes visões ideológicas, fomentou por décadas a pouca promoção da mitologia dos países do Leste Europeu pela indústria cultural ocidental quando comparada à longa e recorrente produção baseada nas tradições grega, romana, nórdica, celta e, fora da Europa, a egípcia. Este contexto faz com que ainda hoje, na terceira década do século XXI, as narrativas dos países da Cortina de Ferro ainda careçam de maior participação e presença nas memórias das pessoas por conta de filmes, séries, histórias em quadrinhos, desenhos animados e games.

Um terceiro ponto a ser destacado sobre a cultura eslava no que se refere a sua pouca disseminação no Ocidente é a sua própria idiossincrasia. A mitologia e o folclore do Leste Europeu são marcados por fragmentação e diversidade acentuada. Afinal de contas, como mencionado anteriormente, trata-se de uma região habitada por 300 milhões de pessoas em diferentes países de pequena extensão territorial, fronteiras muitas vezes conturbadas e histórias longas e complexas, remetendo ao início da Idade Média. Para citar o caso da Ucrânia, por exemplo, que no passado esteve parcialmente sob o controle da Rússia, com a qual tem fronteiras ao leste, e parcialmente sob o controle da Polônia, país com quem divide fronteiras ao oeste. Como consequência desse quadro, as tradições folclóricas ucranianas orientais, influenciadas pela Rússia, são diferentes das práticas observadas na Ucrânia ocidental, marcadas pelo

contato com a Polônia.[4] Destaca-se ainda que essa comunicação ocorreu por mão dupla. Mesmo em suas posições dominantes, Rússia e Polônia também foram afetadas pela exposição à cultura da Ucrânia. Essa multiplicidade torna difícil o estabelecimento de uma narrativa única e coesa que possa ser trabalhada pelo cinema, literatura e outras mídias junto ao público visando o aumento de sua popularidade.

Por fim, muitos personagens míticos e folclóricos eslavos têm sua circularidade apenas dentro de contextos culturais nativos por conta de eventos e situações pertinentes às suas comunidades. Essa questão torna complicado, inicialmente, que audiências ocidentais se conectem e apreciem algumas figuras e situações comuns aos povos eslavos.

Foi no fim da Idade Moderna, nas primeiras décadas do século XVIII, todavia, que o isolamento do mundo eslavo em relação a grandes metrópoles da Europa, paradoxalmente, ajudou sobremaneira as crenças do Leste Europeu a se disseminarem pela primeira vez em países como Áustria, Alemanha e França. Esse processo ocorreu por meio daquele que pode ser considerado o mais celebrado personagem dessa região obscura: o vampiro.

O primeiro registro escrito do termo que daria origem à palavra moderna "vampiro" surgiu em 1047 na forma de *Upir*. De origem no eslavo antigo, *Upir* apareceu na obra russa *O livro da profecia*, de Vladimir Jaroslov, príncipe de

Novgorod, na região noroeste da Rússia.[5] Nela, um clérigo é identificado como *Upir Lichy* ("vampiro hediondo") por conta de seu desvio de comportamento. A conexão entre vampirismo e Cristianismo remete ao fato de que a Rússia tinha abraçado a Igreja Ortodoxa grega em 988 de nossa era e, desde então, a Igreja local buscou banir rituais e crenças considerados pagãos circulantes da região sobre seres vampíricos. Ainda que o Cristianismo tenha vencido a disputa pelo poder religioso, o vampirismo e outras crenças permaneceram populares até o fim do século XIX, e ainda sobrevivem em áreas remotas no século XXI.[6] Essa convivência entre o Cristianismo e o paganismo, como veremos adiante, se coloca como um dos elementos centrais dos contos de fadas eslavos, em que encontramos dragões lutando contra padres, homens santos encontrando ninfas, e bruxas ascendendo ao céu.

Indubitavelmente, o primeiro personagem da cultura eslava a dominar a imaginação do Ocidente foi o vampiro. Neste ponto, cabe esclarecer que ainda que em todas as culturas do mundo, desde os primeiros registros da humanidade, sempre tenha havido narrativas sobre seres sobrenaturais que se alimentavam da essência vital dos vivos,[7] foram as criaturas sobrenaturais do Leste Europeu que forneceram o modelo para o surgimento do vampiro como conhecemos hoje. Neste caso, o vampiro começou a chamar a

atenção dos países da Europa Ocidental a partir do Tratado de Passarowitz de 1718, no qual se estipulava que metade da Sérvia e partes da Bósnia e da Wallachia (hoje parte da Romênia) deixavam de ser dominadas pelo Império Otomano passando para o controle da Áustria.[8] Esta nova configuração política abriu as portas de uma região tão próxima, mas ao mesmo tempo tão pouco conhecida pelo público ocidental, situação esta que continuou até o fim do século XIX como atestam as linhas iniciais de *Drácula*, publicado em 1897: "Descobri", diz o inglês Jonathan Harker a caminho do encontro com o enigmático e desconhecido Conde Drácula, "que o distrito por ele [Drácula] mencionado fica ao extremo oeste, e faz fronteira com três estados, a Transilvânia, a Moldávia, e a Bucovina, no coração dos montes Cárpatos, uma das mais selvagens e menos conhecidas da Europa".[9]

No entanto, diferente da Ásia e do Novo Mundo (onde também sempre houve relatos sobre criaturas sugadoras de sangue), o Leste Europeu estava a poucos dias de viagem. Logo, grandes nações europeias como a Alemanha, a França e o Reino Unido tomaram conhecimento de recorrentes relatos sobre vampiros que aconteciam nas regiões sob administração do Império Austro-Húngaro. A consequência foi que, em pleno Século das Luzes, quando a Ciência moderna estava emergindo e a Razão era a palavra do dia, a Europa se viu assaltada pelo chamado "levante vampírico" do Leste Europeu, disseminado e popularizado pela emergente impressa com seus boletins e folhetos.[10] Tal situação levou diversos pensadores renomados do período como Voltaire e Jean-Jacques Rousseau, entre outros, a se debruçarem sobre o tema, visando demolir o que eles consideravam crenças supersticiosas incompatíveis com o Iluminismo. A partir de então, e de forma gradual, os olhos da Europa Ocidental se voltaram para o fantástico do Leste Europeu.

REGISTROS HISTÓRICOS E MITOLOGIA ESLAVA

Especula-se que um dos primeiros registros das crenças religiosas e eventos históricos pertencentes aos povos que hoje vivem na região dos eslavos, e que sobreviveram ao tempo, seja um conjunto de placas de madeira nomeado como *O livro de Veles*.[11] Datado aproximadamente do século VII d.C., esse material traz conteúdo em runas que, quando transcrito, apresentou uma linguagem que guarda semelhanças com o pertencente a grupos eslavos do leste.

O livro de Veles aborda um panteão pré-cristão que também marca presença em outras fontes. Como destaca Natalie Kononenko em *Slavic folklore: a handbook* (2007), este registro tem sua relevância porque na leitura dos contos de fadas agora em suas mãos você perceberá a presença dessas divindades, que também compõem as crenças folclóricas, rituais, canções e encantamentos da cultura eslava até os dias de hoje,

mesmo sendo o Cristianismo a religião dominante entre os países da região na atualidade. Outra fonte é *A Crônica Primária*, um documento compilado no início do século XII e que cobre o período de 850-1110.

A CONVIVÊNCIA ENTRE PAGANISMO E CRISTIANISMO

Nesta obra, produzida em monastério por um monge chamado Nestor, registra-se que o príncipe Vladimir, o Grande, regente de Kiev entre 978 e 1015, buscou organizar o sistema religioso de seu reino e elegeu seis divindades locais como os deuses oficiais dos eslavos: Perun, Khor, Dajdbóg, Stribóg, Simargl e Mokosh. Posteriormente, ele adotou o Cristianismo ortodoxo e renegou as divindades pré-cristãs como pagãs, ordenando que as seis estátuas dedicadas a elas não apenas fossem destruídas, mas também queimadas. O ídolo de Perun, deus do trovão e do relâmpago, por exemplo, foi destruído por doze homens a pauladas, amarrado à cauda de um cavalo e arrastado para o rio até ser abandonado à correnteza.[12] Como explica Ludmila Menezes Zwick no artigo "Um pé cá no Cristianismo e outro lá no paganismo: a convivência entre os deuses, os santos e os demônios na Rússia antiga" (2015), esse ato, como parte da mudança da religião oficial, não fez com que o paganismo morresse em prol do Cristianismo. De fato, especialmente em áreas rurais, muitas pessoas permaneceram na *dvoeverie*, a "dupla crença".[13]

O DUALISMO NAS CRENÇAS ESLAVAS

Falando sobre duplicidade, algo que chama a atenção nas crenças eslavas, e se fazem presentes nos contos de fadas desta cultura, é seu caráter dualista. Ainda como Ludmila Menezes Zwick destaca:

> O paganismo é inerentemente dualista, isto é, apresenta a relação contrastante entre claro e escuro, masculino e feminino, vida e morte, e assim por diante; como exemplo do contraste entre masculino e feminino temos Rod e Rojenitsa, o deus e a deusa da criação, que fornecem a todo ser uma alma no momento do nascimento. Como exemplo de contraste entre o claro e o escuro (ou entre o elevado e o baixo), há o *Dajdbóg* (também chamado de *Belobóg* ou "deus branco"), que tem o domínio sobre o céu, e *Tchernobóg* ("deus negro"), que governa o submundo. Esses opostos são bastante comuns no paganismo eslavo, apoiando, assim, a alegação de que o dualismo é uma parte vital da religião.[14]

OS PRINCIPAIS DEUSES E DEUSAS DA MITOLOGIA ESLAVA

Sobre os deuses e deusas eslavos e suas atribuições,[15] destacam-se:

- **Perun** é deus do trovão e do relâmpago; Senhor do Céu. É considerado em alguns escritos como uma das principais divindades, assumindo inclusive o papel de Senhor dos deuses. Com a adoção do Cristianismo ortodoxo, suas atribuições passaram para São Gabriel e São Elias. Ainda hoje, os trovões são temidos entre os eslavos, devendo-se evitar o canto e o assobio quando esses fenômenos estão acontecendo;

- **Rod** era o deus da família, o criador do universo e de todas as coisas. Era o deus supremo, mas a partir dos séculos IX e X, Perun e Svarojits assumiram maior protagonismo;

- **Svarojits**, deus do fogo, estava associado aos ferreiros, de quem era protetor. Seu presente para a humanidade foi o arado;

- **Dajdbóg**, cujo nome significa "o deus doador", era associado com riqueza e abundância. Há poucas referências sobre ele nos manuscritos quanto aos seus outros atributos;

- **Mokoch** (ou Mokocha) foi a única divindade feminina escolhida entre os seis selecionados por Vladimir, o Grande, para compor um panteão eslavo. De natureza benevolente, ela era associada às mulheres, ao lar, ao nascimento e à tecelagem;

- **Stribóg**, o deus dos ventos, era o protetor do exército e tido como um deus cruel e destrutivo. Ele era considerado o criador da música, talvez porque o vento cria sons semelhantes ao assobio. No folclore contemporâneo há forte associação entre a música e os demônios, sendo estas criaturas atraídas por melodias. Na crença popular eslava, o demônio trata bem os músicos e tenta levá-los para tocar em seu reino;

- **Simargl** guardava a Árvore da Vida. Por extensão, ele era o guardião das plantas nativas e das plantações das pessoas. Ele é descrito como possuindo o corpo de um cão e as asas e garras de um pássaro. Sua contraparte é Veles, também chamada de Volos, guardião dos animais, incluindo o gado doméstico.

Um par de deuses relacionados um ao outro eram *Belobóg* ou "o deus branco", guardando o céu, e *Tchernobóg* ou "o deus negro", guardando o submundo. Belobóg é o deus do dia e de todas as coisas boas. Ele tem a forma de um homem idoso, portando uma longa barba. Por sua vez, *Tchernobóg* é o deus da noite e de todas as coisas ruins, incluindo os terrores noturnos, doenças e fome. Sua imagem física é a de um homem nu, magro, com a cabeça pontuda, pele

negra e uma cauda. Foi sobre os seus traços físicos que a representação visual do demônio foi criada quando o Cristianismo foi introduzido no Leste Europeu. Destaca-se que no folclore eslavo os demônios e espíritos perdem seu poder e fogem assim que o galo canta ao nascer do dia. Por esta razão, adornos metálicos de galo são afixados nas cercas de cemitérios para espantar vampiros e outros mortos inquietos que possam querer sair de suas tumbas durante a noite.

Quanto aos deuses e entidades menores, destacam-se os deuses *Iarilo*, deus da juventude e da primavera, e os três *Zóri* (manhã, tarde e noite), por vezes referenciados como "os três destinos". O folclore eslavo ainda traz o reino dos espíritos, onde habitam os seres da água (*Russalka*) e os da floresta (*Lechi*), bem como o espírito protetor da casa (*Domovói*). Todos estes seres sobrenaturais controlam seus próprios domínios. Dada a profusão de criaturas, sacrifícios eram realizados com o propósito de apaziguar divindades específicas, de modo a evitar as desgraças e os desastres naturais, vistos como sendo o produto da ira de deuses e espíritos.[16]

A RICA FAUNA MÍTICA DA MITOLOGIA ESLAVA

Além da dimensão dos deuses e demônios, destaca-se a personagem mais popular dos contos de fadas eslavos: Baba Yaga (*baba* significando "mulher velha" e *yaga* com o sentido de "bruxa"). Conhecida por Ienzababa ou Jezda na Polônia e Jazi Baba entre os tchecos, Baba Yaga é geralmente representada como um ser maligno, mas ocasionalmente pode ser benevolente. Como a maioria das bruxas eslavas, Baba Yaga é uma metamorfa, uma feiticeira de conhecimento profundo sobre tudo do mundo. Ela é a personificação da morte

e parceira do Diabo. Ainda que não seja uma deusa, ela traz aspectos da Grande Deusa, mas essa faceta foi gradativamente sendo diminuída após a introdução do Cristianismo.[17]

Todo esse repertório do folclore eslavo se manifesta através de diferentes formas em prosa. Nas lendas religiosas, temos os deuses do panteão eslavo e narrativas envolvendo Deus, anjos e o Diabo. Existem também os contos de animais, contos mágicos, anedotas e contos do cotidiano. Já os encontros de mortais com criaturas sobrenaturais também são comuns nos contos folclóricos, principalmente porque existem espíritos que guardam ou habitam construções e lugares diversos na cultura da região, como os espíritos das casas (*domovoi*), dos celeiros (*dvorovoi*), espíritos das florestas (*leshii*) e do campo (*polevoi*). Já a *rusalka*, presente em lagos, é normalmente apresentada como uma sereia que possui pernas por ter sido uma humana que cometeu suicídio e seu espírito não conheceu o descanso. Bebês que morrem antes de serem batizados também se tornam *rusalkas*, segundo a crença local.

Após esse brevíssimo panorama do mundo eslavo, voltamos à questão: o quanto você conhece da mitologia e das lendas eslavas? A pergunta que abre esta Introdução encontra a sua resposta nos contos de fadas coletados na bela edição que você tem em mãos agora. Por meio das narrativas aqui presentes, você vai entrar em contato com uma cultura de longa tradição, complexa, diversificada, mas ainda obscura.

A PRESERVAÇÃO E O RENASCIMENTO DA MITOLOGIA ESLAVA

Todavia, desde o início do século XXI, esse repertório vem sendo desvelado por artistas diferentes em mídias diferentes.

Neste sentido, *Os melhores Contos de Fadas Eslavos* não apenas se coloca como exemplo desse processo de descoberta do folclore

do Leste Europeu, mas também revela para o leitor e leitora do Brasil a matéria-prima que serve de base para produções diversas que usam ou promovem releituras da cultura eslava.

Estes são os casos da série de romances, e série televisiva pela NETFLIX, *The Witcher* (1992 – 2013), do polonês Andrzej Sapkowski, trazendo diversas criaturas sobrenaturais do folclore do Leste Europeu; o romance *Deathless* (2011), da norte-americana Catherynne M. Valente, baseado no conto de fadas russo "A Morte de Koschei, o Imortal"; o romance *Sombra e Ossos* (2012), da autora israelita-americana Leigh Bardugo, que também ganhou adaptação pela NETFLIX, inspirada em uma versão alternativa do Império Russo no século XIX e o game *Reka* (2024), da empresa

Emberstorm Entertainment, jogo de exploração em terceira pessoa em que a protagonista é uma aprendiz da bruxa Baba Yaga e precisa viajar pelos campos e florestas da Europa Central em busca de artefatos. Assim sendo, venha você também adentrar as maravilhas e mistérios dos contos de fadas eslavos trazidos a você pela Editora Wish. Boa leitura.[18]

Alexander Meireles da Silva é Professor Associado da Universidade Federal de Catalão, onde leciona e orienta pesquisas sobre Literatura Fantástica na Graduação e na Pós-Graduação do Instituto de Estudos da Linguagem. É Doutor em Literatura Comparada pela UFRJ e Mestre em Literaturas de Língua Inglesa pela UERJ. Desde 2016 é produtor de conteúdo do canal do YouTube Fantasticursos (youtube.com/fantasticursos), onde ajuda quem escreve e quem cria a conhecer e explorar a fantasia, o horror e a ficção científica em suas atividades.

NOTAS FINAIS

1 Dixon-Kennedy, 1998, p. ix.
2 Gimbutas, 1971, p. 14.
3 Kononenko, 2007, p. ix.
4 Kononenko, 2007, p. 2.
5 Melton, 2003, p. 699.
6 Kononenko, 2007, p. 5.
7 Silva, 2010, p. 9.
8 Silva, 2010, p. 19.
9 Stoker, 2018, p. 32.
10 Melton, 2003, p. 618.
11 Kononenko, 2007, p. 4.
12 Zwick, 2015, p. 40.
13 Zwick, 2015, p. 40.
14 Zwick, 2015, p. 35.
15 Kononenko, 2007, p. 8-10.
16 Zwick, 2015, p. 39.
17 Dixon-Kennedy, 1998, p. 23-27.
18 Referências:

DIXON-KENNEDY, Mike. *Encyclopedia of Russian & Slavic Myth and Legend.* Santa Barbara, Califórnia: ABC-CLIO, Inc., 1998.

GIMBUTAS, Marija A. *The Slavs.* Londres: Thames and Hudson, 1971.

KONONENKO, Natalie O. *Slavic folklore*: a handbook. Post Road West, Westport: Greenwood Press, 2007. (Greenwood folklore handbooks).

MELTON, J. Gordon. *O livro dos vampiros*: A enciclopédia dos mortos-vivos. São Paulo: M. Books do Brasil Editora, 2003.

SILVA, Alexander Meireles. Introdução. In: COSTA, Bruno (Ed.). *Contos clássicos de vampiro*: Byron, Stoker e outros. Trad. Marta Chiarelli. São Paulo: Hedra, 2010, p. 9-40.

STOKER, Bram. *Drácula.* Trad. Marcia Heloisa. Rio de Janeiro: Darkside Books, 2018.

ZWICK, Ludmila Menezes. Um pé cá no Cristianismo e outro lá no paganismo: a convivência entre os deuses, os santos e os demônios na Rússia antiga. *Saeculum — Revista de História.* João Pessoa, 32, p. jan./jun., 2015. Disponível em: https://periodicos.ufpb.br/index.php/srh/issue/view/32. Acesso em: 22/09/2024.

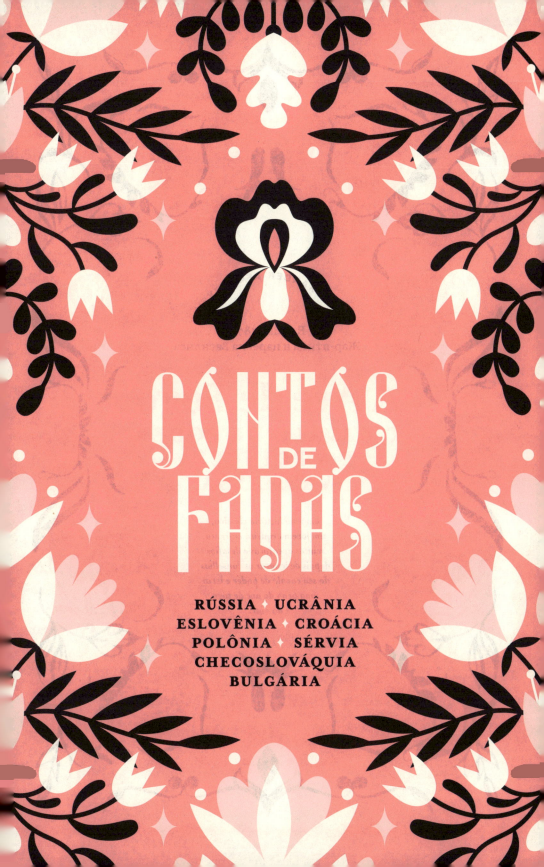

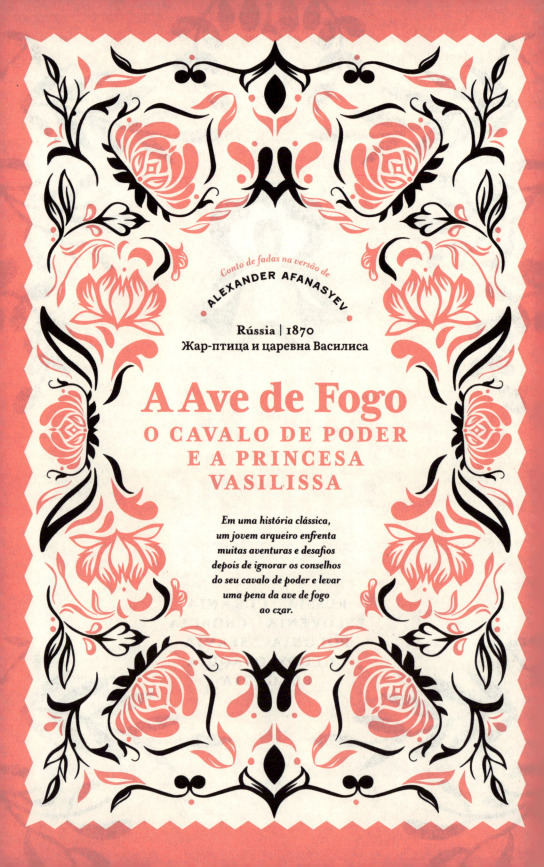

Conto de fadas na versão de
ALEXANDER AFANASYEV

Rússia | 1870
Жар-птица и царевна Василиса

A Ave de Fogo
O CAVALO DE PODER E A PRINCESA VASILISSA

Em uma história clássica, um jovem arqueiro enfrenta muitas aventuras e desafios depois de ignorar os conselhos do seu cavalo de poder e levar uma pena da ave de fogo ao czar.

Era uma vez um czar forte e poderoso que governava um país muito distante. Entre seus servos, havia um jovem arqueiro, que tinha um cavalo — um cavalo de poder — semelhante àqueles pertencentes aos homens extraordinários de outrora: um grande cavalo com peito largo, olhos flamejantes e cascos de ferro. Não há mais cavalos como ele. Eles dormem com os homens fortes que os cavalgam, os bogatires, até chegar ao momento em que a Rússia precisará deles, e então os grandes alazões ribombarão debaixo da terra, e os homens valentes se levantarão das covas, trajados com as armaduras que usaram há tanto tempo. Esses homens fortes montarão nos cavalos de poder, e clavas se agitarão, cascos ressoarão, e os inimigos de Deus e do czar serão extirpados da terra. Era o que meu avô dizia, e ele era tão mais velho do que eu quanto sou mais velho do que vocês, pequeninos, então ele deve estar certo.

Bem, certo dia, há muito tempo, durante a primavera, o jovem arqueiro cavalgava pela floresta em seu cavalo de poder. As árvores eram verdes; havia florezinhas azuis no chão sob as árvores; os esquilos corriam nos galhos, e as lebres, na vegetação rasteira; mas nenhuma ave cantava. O jovem arqueiro cavalgava pelo caminho da floresta e tentava ouvir o canto dos pássaros, mas não havia canto algum. O local estava silencioso, e os únicos sons eram o arranhar de animais de quatro patas, o cair de pinhas e o pesado bater de cascos do alazão no terreno macio.

— O que aconteceu com os pássaros? — perguntou o rapaz.

Mal tinha dito isso, quando viu uma pena grande e arqueada bem no caminho diante dele. Era maior do que a de um cisne e maior do que a de uma águia. Estava no caminho, cintilando igual a uma chama; pois o sol estava dentro dela, e era uma pena de ouro puro. Foi assim que soube por que não havia canto algum no local, pois sabia que a ave de fogo voara naquela direção, e a pluma era de seu peito flamejante.

O cavalo de poder aconselhou-o:

— Deixe a pena dourada onde está. Se pegá-la, você se arrependerá e saberá o que significa sentir medo.

O valente e jovem arqueiro, contudo, sentado em sua montaria, olhou para a pluma e refletiu se deveria levá-la ou não. Não tinha desejo algum de saber o que significava ter medo, mas pensou: *Se eu pegá-la e entregá-la ao czar, meu senhor, ele ficará satisfeito e não me deixará de mãos abanando, pois czar algum no mundo tem uma pena do peito flamejante da ave de fogo.* Quanto mais pensava, mais queria levar a pluma e, no fim, não deu ouvidos às palavras do alazão. Saltou da sela, pegou a pena dourada da ave de fogo, subiu outra vez na montaria e galopou de volta pela floresta verdejante até chegar ao palácio do czar.

Adentrou o palácio, fez uma reverência diante do imperador e anunciou:

— Ó, czar, eu lhe trouxe uma pena da ave de fogo.

O regente olhou para ela com alegria e depois para o jovem arqueiro.

— Obrigado — agradeceu —, mas se me trouxe uma pena da ave de fogo, será capaz de me trazer a própria ave. Eu adoraria vê-la. Uma pluma não é um presente apropriado para o czar. Traga a ave, senão, juro por minha espada que sua cabeça não ficará mais entre os ombros!

O rapaz saiu de cabeça baixa. Chorou aos borbotões, pois agora sabia o que significava sentir medo. Foi até o pátio, onde o cavalo de poder o aguardava, meneando a cabeça e batendo os cascos no chão.

— Mestre — disse o alazão —, por que está chorando?

— O czar me pediu para lhe trazer a ave de fogo, e nenhum homem na terra é capaz disso — lamentou o jovem arqueiro, abaixando a cabeça.

— Eu lhe disse — salientou o animal — que se levasse a pluma aprenderia o que significa sentir medo. Bom, mas não tema ainda, e não chore. Ainda não há problema algum; o problema ainda está por vir. Vá ao imperador e peça a ele para espalhar cem sacos de milho em campo aberto, e que isto seja feito até meia-noite.

O rapaz voltou ao palácio e implorou o favor ao soberano, e ele ordenou que, à meia-noite, cem sacos de milho fossem espalhados em campo aberto.

Na manhã seguinte, com os primeiros raios vermelhos no céu, o jovem arqueiro cavalgou no cavalo de poder e chegou ao local. Havia milho espalhado pelo chão por toda parte e, no meio do campo, um grande carvalho com galhos frondosos. O jovem arqueiro desmontou do alazão, tirou-lhe a sela e deixou-o vagar como quisesse pelo local. Em seguida, o rapaz escalou a árvore e escondeu-se entre os galhos verdes.

O céu ficou vermelho e dourado, e o sol nasceu. De repente, ouviu-se um barulho na floresta em volta do campo. As árvores balançaram, oscilaram e quase caíram. Um vento potente soprou. O mar encapelou-se em ondas coroadas de espuma, e a ave de fogo apareceu voando do outro lado do mundo. Enorme, dourada e flamejando sob o sol, voou e pousou, com as asas abertas no campo, e começou a comer o milho.

O cavalo de poder vagou pelo campo. Ia para um lado e para outro, mas sempre aproximava-se um pouquinho da ave. Aproximou-se cada vez mais e chegou perto do pássaro até, de forma repentina, pisar em uma das largas asas de fogo e pressioná-la contra o chão, com força. A ave debateu-se e bateu as asas com vigor, mas não conseguiu escapar. O jovem arqueiro saltou da árvore, atou o animal com três cordas resistentes, amarrou-o às costas, selou o cavalo e cavalgou até o palácio do czar.

O flecheiro ficou diante do monarca, com as costas curvadas sob o grande peso do pássaro, cujas asas largas pendiam para as laterais, como escudos flamejantes, e havia uma trilha de penas douradas no chão. O jovem arqueiro jogou a ave mágica aos pés do trono perante o imperador, que se alegrou, pois, desde os primórdios, czar algum vira a ave de fogo jogada diante de si, como um pato selvagem apanhado em uma armadilha.

O soberano olhou para a presa e riu com orgulho. Em seguida, ergueu o olhar para o jovem arqueiro e disse-lhe:

— Já que sabe como capturar a ave de fogo, saberá como me trazer minha noiva, que há tanto tempo espero. Na Terra do Jamais, no limite extremo do mundo, onde o sol vermelho nasce, em chamas, detrás do mar, mora a princesa Vasilissa. Eu me casarei apenas com ela, então traga-a para mim, e eu o recompensarei com prata e ouro. No entanto, se não a trouxer, juro por minha espada que sua cabeça não ficará mais entre os ombros!

O jovem arqueiro chorou aos borbotões e saiu para o pátio, onde o cavalo de poder batia os cascos no chão e meneava sua crina fina.

— Mestre, por que está chorando? — perguntou o alazão.

— O czar me mandou ir à Terra do Jamais e trazer de volta a princesa Vasilissa.

— Não chore, não se aflija. Ainda não há problema algum; o problema ainda está por vir. Vá ao imperador e peça uma tenda de prata, com cortinas prateadas e teto dourado, e com todo tipo de comida e bebida para levar conosco em nossa jornada.

O rapaz obedeceu e fez o pedido ao regente, que lhe deu uma tenda de prata, com cortinas prateadas, um teto bordado a ouro, todo tipo de vinho caro e os alimentos mais saborosos que há.

Em seguida, o jovem arqueiro montou no cavalo de poder e partiu para a Terra do Jamais. E cavalgou e cavalgou, durante muitos dias e muitas noites e, enfim, chegou ao limite do mundo, onde o sol vermelho, em chamas, nasce detrás do profundo mar azul.

À beira-mar, o flecheiro puxou as rédeas da montaria, cujos cascos pesados afundaram na areia. Protegeu os olhos com a mão, olhou para a água azul, e lá estava a princesa Vasilissa, em um barquinho prateado, remando-o com remos dourados.

O jovem arqueiro regressou um pouco até onde acabava a areia e o mundo verde começava. Ali soltou o cavalo para que passeasse por onde quisesse e para comer a grama verde. Na fronteira do litoral, onde a grama acabava e a areia começava, montou a tenda brilhante, com as cortinas prateadas e o telhado bordado a ouro. Nela, pegou os pratos saborosos e os frascos ricos de vinho que o czar lhe dera, sentou-se e começou a deleitar-se enquanto aguardava a donzela.

A princesa Vasilissa mergulhava os remos dourados na água azul, e o barquinho prateado movia-se com leveza pelas ondas dançantes. Ela estava sentada e percorreu, com os olhos, o mar azul até o limite do mundo e, nele, entre a areia dourada e a terra verde, viu a tenda prateada e dourada sob o sol. Mergulhou os remos e aproximou-se para vê-la melhor. Quanto mais próxima ficava, mais bela parecia a tenda e, por fim, remou até a costa, atracou o barquinho na areia, saiu dele com delicadeza e foi até a tenda. Estava um pouco assustada e, ora sim, ora não, parava e olhava para onde deixara o barquinho na areia, com o mar além dele. O flecheiro estava quieto e continuava a deliciar-se com os pratos saborosos que havia disposto na tenda.

Enfim, a donzela chegou à tenda e olhou para dentro.

O rapaz levantou-se, fez uma reverência para ela e disse:

— Bom dia, princesa! Tenha a bondade de entrar, partilhar da comida comigo e provar meus vinhos estrangeiros.

E a princesa Vasilissa entrou, sentou-se com o rapaz, comeu doçarias com ele e bebeu vinho à saúde dele em um cálice dourado dado pelo czar. A bebida era forte, e mal a última gota do cálice tinha descido por sua pequena garganta fina, os olhos da donzela se fecharam contra sua vontade uma vez, duas e repetidas vezes.

— Ai de mim! — exclamou ela. — É como se a noite tivesse se apoiado em minhas pálpebras, mas ainda é meio-dia.

E o cálice dourado caiu de seus dedinhos no chão, e ela recostou-se em uma almofada e caiu no sono no mesmo instante.

BORIS ZVORYKIN

Se antes já era bonita, ficara muito mais em seu sono profundo na sombra da tenda.

Bem depressa, o jovem arqueiro chamou sua montaria. Com delicadeza, levantou a princesa nos braços jovens e fortes e, veloz, saltou com ela na sela. Como uma pena, ela ficou no vão de seu braço esquerdo, dormindo, enquanto os cascos de ferro do grande cavalo ribombavam no chão.

Ambos foram até o palácio do czar, e o rapaz saltou do animal e carregou a princesa para dentro. Tamanha foi a alegria do monarca, mas durou pouco.

— Vão, soem as trombetas de nosso casamento — ordenou aos servos —, que toquem todos os sinos.

Os sinos tocaram, as trombetas soaram e, ao ouvir o som delas e o tilintar dos sinos, a princesa Vasilissa acordou e olhou em volta.

— Que som de sino é este — perguntou ela —, e este de trombeta? E ó, onde está o mar azul e meu barquinho prateado com remos dourados? — E levou a mão aos olhos.

— O mar azul está longe daqui — disse o imperador —, e no lugar de seu barquinho prateado, eu lhe dou um trono dourado. As trombetas anunciam nosso casamento, e os sinos estão tilintando devido a nossa alegria.

A donzela, porém, virou o rosto para longe do regente; e não era para menos, pois era velho, e os olhos não eram gentis.

E ela olhou com amor para o flecheiro; e também não era para menos, pois era um rapaz apropriado para cavalgar o cavalo de poder.

O czar enfureceu-se com a princesa Vasilissa, mas sua raiva era tão inútil quanto sua alegria.

— Ora, princesa — pediu ele —, não quer casar-se comigo e esquecer o mar azul e o barquinho prateado?

— No meio do profundo mar azul, há uma grande rocha — disse a donzela —, e, debaixo dela, está escondido meu vestido de casamento. Se eu não o vestir, não me casarei com absolutamente ninguém.

No mesmo instante, o soberano voltou-se para o jovem arqueiro, que aguardava diante do trono.

— Cavalgue de volta e depressa — ordenou — para a Terra do Jamais, onde o sol vermelho nasce em chamas. Lá (ouviu o que a princesa disse?) há uma grande rocha no meio do mar. Debaixo dela, está escondido seu vestido de casamento. Vá depressa. Traga o vestido, senão, juro por minha espada que sua cabeça não ficará mais entre os ombros!

O jovem arqueiro chorou aos borbotões e foi até o pátio, onde o cavalo de poder o aguardava, mordiscando seu freio de ouro, e disse:

— É impossível eu escapar da morte desta vez.

— Mestre, por que está chorando? — perguntou o alazão.

— O czar me mandou ir à Terra do Jamais para buscar o vestido de casamento da princesa Vasilissa no fundo do mar azul. Ademais, o vestido foi solicitado para o casamento do imperador, e eu amo a princesa.

— O que foi que eu lhe disse? — perguntou o cavalo. — Disse que você enfrentaria problemas se pegasse a pena dourada do peito flamejante da ave de fogo. Bom, não tema. Ainda não há problema algum; o problema ainda está por vir. Suba! Monte em minha sela, e busquemos o vestido de casamento da princesa!

O rapaz saltou na sela, e o alazão, com seus cascos ribombantes, levou-o veloz pelas florestas verdes e pelas planícies vazias até chegarem ao limite do mundo e à Terra do Jamais, onde o sol vermelho nasce, em chamas, detrás do profundo mar azul. Ali descansaram, bem à beira-mar.

O jovem arqueiro olhou com tristeza para as águas vastas, mas o cavalo meneava a crina e não olhava para o mar, e sim para o litoral. Olhava para um lado e para o outro e viu, enfim, uma lagosta gigante movimentando-se devagar pela areia dourada, de lado.

O animal marinho aproximava-se cada vez mais, e era uma gigante entre as lagostas, a lagosta soberana, que se mexia devagar ao longo da costa, enquanto o cavalo movia-se com cautela, como por acidente, até ficar entre ela e o mar. Em seguida, quando a lagosta ficou bem próxima, o alazão levantou um casco de ferro e firmou-o sobre a cauda dela.

— Você me levará à morte! — gritou o animal marinho o máximo que conseguiu, com a pata pesada do cavalo de poder pressionando sua cauda na areia. — Deixe-me viver, e farei tudo o que me pedir.

— Muito bem — disse o alazão —, deixaremos você viver. — E levantou o casco devagar. — No entanto, deverá fazer o seguinte para nós: no meio do mar azul há uma grande rocha e, debaixo dela, está escondido o vestido de casamento da princesa Vasilissa. Traga-o aqui.

A lagosta gemeu com a dor na cauda. Em seguida, gritou de tal modo que foi possível ouvir em todo o profundo mar azul. As águas se agitaram e, de todos os lados, saíram milhares de lagostas, que foram até a margem. A gigante, que era a mais velha de todas e a lagosta soberana que vive entre o nascer e o pôr do sol, mandou que voltassem ao mar, e o jovem arqueiro sentou-se em sua montaria e aguardou.

Depois de um certo tempo, o mar ficou agitado outra vez, e milhares de lagostas foram até a costa carregando consigo uma arca dourada, na qual estava o vestido de casamento da princesa Vasilissa. Elas tiraram-na debaixo da grande rocha que estava no meio do mar.

A lagosta soberana levantou-se dolorida, apoiando-se na cauda lesionada, e entregou a arca nas mãos do flecheiro e, no mesmo instante, o cavalo de poder deu meia-volta e galopou mais uma vez até o palácio do czar, que fica muito, muito longe, do outro lado das florestas verdejantes e além das planícies sem árvores.

O jovem arqueiro entrou no palácio e entregou a arca nas mãos da princesa; olhou-a com tristeza, e ela, com amor.

Em seguida, a donzela afastou-se, entrou em um recinto mais interno, voltou com o vestido de casamento, que era mais lindo do que a própria primavera. Tamanha era a alegria do regente que o banquete do casamento foi preparado, os sinos tilintaram, e bandeiras esvoaçaram acima do palácio.

O soberano deu a mão à princesa e fitou-a com seus olhos velhos, mas ela não pegou a mão dele.

— Não — sentenciou. — Não me casarei com ninguém até que o homem que me trouxe aqui cumpra penitência em água fervente.

No mesmo instante, o imperador voltou-se para seus serviçais e ordenou-lhes que fizessem uma grande fogueira, enchessem um grande caldeirão com água e o fervessem ali. Quando a água estivesse no ponto de ebulição, pegariam o jovem arqueiro e o jogariam no caldeirão, para cumprir penitência por ter raptado a princesa Vasilissa da Terra do Jamais.

Não existia gratidão na cabeça do czar.

Mais que depressa, os serviçais pegaram lenha, fizeram uma fogueira grandiosa e, sobre ela, colocaram um enorme caldeirão com água e armaram a fogueira ao redor dela. Ela queimou, e a água ferveu. A fogueira ficava cada vez mais quente, a água borbulhava e fervia, e prepararam-se para pegar o rapaz e jogá-lo no caldeirão.

Que infelicidade!, pensou ele. *Por que fui pegar a pena dourada que caíra do peito flamejante da ave de fogo? Por que não dei ouvidos ao sábio conselho do cavalo de poder?* E, lembrando-se do animal, implorou ao czar:

— Ó, meu soberano, não reclamo. Morrerei agora no calor da água fervente. Antes que eu morra, permita-me ver meu cavalo pela última vez.

— Deixe-o ver o animal — pediu a princesa.

— Muito bem — concordou o monarca. — Despeça-se de seu cavalo, pois nunca mais cavalgará nele. Porém, despeça-se depressa, pois estamos esperando.

IVAN BILIBIN

O flecheiro cruzou o pátio e foi até o alazão, que riscava o chão com os cascos de ferro.

— Adeus, meu cavalo de poder — despediu-se o rapaz. — Eu deveria ter ouvido seu sábio conselho, pois agora chegou meu fim, e nunca mais veremos as árvores verdes passarem acima de nós nem o chão desaparecer abaixo, enquanto corremos mais rápido do que o vento.

— E por quê? — perguntou o animal.

— O imperador ordenou que eu seja jogado naquele caldeirão, em uma fogueira enorme, e morra em água fervente.

— Não tema — disse o cavalo de poder —, pois a princesa Vasilissa forçou o czar a fazer isso, e o desfecho da situação está melhor do que eu imaginava. Volte até lá e, quando estiverem prontos para jogá-lo no caldeirão, seja corajoso, corra e jogue-se na água fervente.

O jovem arqueiro voltou, cruzando o pátio, e os serviçais prepararam-se para lançá-lo no caldeirão.

— Tem certeza de que a água está fervendo? — perguntou a princesa Vasilissa.

— Está fervendo e borbulhando — confirmaram os serviçais.

— Eu mesma verificarei — pediu ela, que desceu até a fogueira e sentiu a temperatura do caldeirão com a mão.

E alguns dizem que havia algo na mão dela, enquanto outros dizem que não.

— Está fervendo — confirmou a donzela, e os serviçais pegaram o jovem arqueiro, mas ele desvencilhou-se deles e, com coragem, correu e saltou, diante de todos, bem no meio do caldeirão.

Por duas vezes, submergiu, mas as bolhas e a espuma da água fervilhante não o deixaram se afogar. Depois, pulou do caldeirão e ficou diante do soberano e da princesa. Ele havia se tornado um jovem tão belo que todos exclamaram maravilhados em voz alta.

— É um milagre — disse o czar.

E ele olhou para o jovem e belo arqueiro e lembrou-se de si: de sua idade, de sua coluna arqueada, de sua barba grisalha e de suas gengivas sem dentes. *Também ficarei belo*, pensou, e levantou-se do trono, escalou o caldeirão com dificuldade e, no mesmo instante, morreu fervido.

E o fim da história? Enterraram o czar e fizeram o jovem arqueiro reinar como novo imperador. Ele se casou com a princesa Vasilissa e viveu vários anos com ela, cheios de amor e de bom companheirismo. E construiu um estábulo dourado para o cavalo de poder e nunca se esqueceu de sua dívida para com ele.

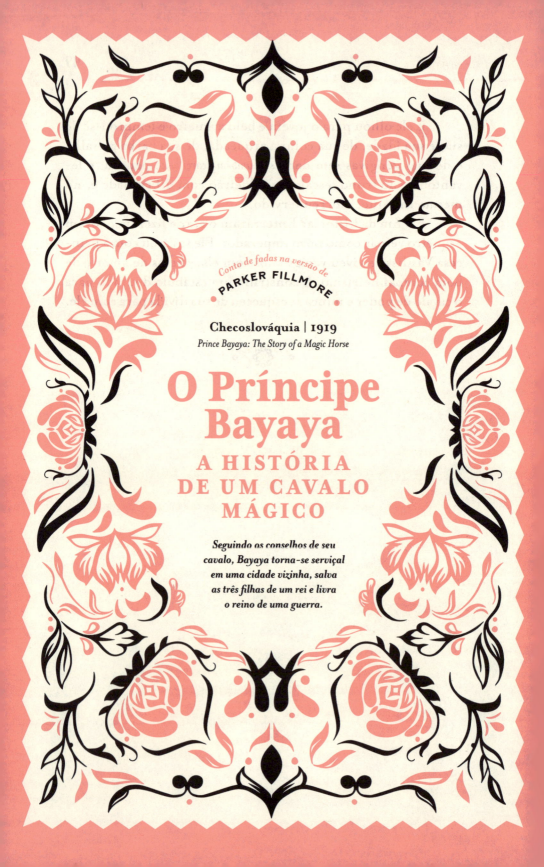

Conto de fadas na versão de
PARKER FILLMORE

Checoslováquia | 1919
Prince Bayaya: The Story of a Magic Horse

O Príncipe Bayaya
A HISTÓRIA DE UM CAVALO MÁGICO

Seguindo os conselhos de seu cavalo, Bayaya torna-se serviçal em uma cidade vizinha, salva as três filhas de um rei e livra o reino de uma guerra.

nquanto o rei de um país distante encontrava-se longe e guerreando, sua esposa, a rainha, deu à luz dois filhos gêmeos. Houve um grande regozijo na corte e, de imediato, mensageiros foram enviados até o rei para dar-lhe a notícia do feliz acontecimento.

Os dois meninos eram sadios e vigorosos e cresciam como arvorezinhas. O que nascera instantes antes era o mais robusto entre eles. Mesmo quando ainda era bem pequeno, vivia brincando no pátio e tinha dificuldade de subir no lombo de um cavalo que lhe fora dado, por ser da mesma idade dele.

O irmão, por outro lado, gostava mais de brincar dentro de casa e em cima de tapetes macios. Não desgrudava da mãe e nunca saía de casa, a não ser quando seguia a rainha até o jardim. Por esse motivo, o príncipe mais novo tornou-se o filho predileto.

Os meninos já tinham sete anos de idade antes de o rei ter voltado das guerras. O soberano olhou orgulhoso e alegre para os filhos e indagou à esposa:

— Mas qual é o mais velho e qual é o mais novo?

A rainha, pensando que a pergunta fora para o rei saber qual era o herdeiro ao trono, mentiu dizendo que o predileto era o mais velho. O monarca, é claro, não questionou sua palavra e, dali em diante, sempre falava do filho mais novo como sendo seu herdeiro.

Quando os garotos cresceram e viraram belos rapazes, o mais velho cansou-se da vida caseira e de sempre ouvir que o irmão seria o futuro rei. Ansiava sair mundo afora, em busca das próprias aventuras. Certo dia, enquanto abria o coração a seu cavalinho que fora seu companheiro desde a infância, para sua surpresa, o animal falou, com voz humana:

— Já que não está feliz em casa, saia pelo mundo. No entanto, não vá sem a permissão de seu pai. Aconselho a não levar ninguém com você e a montar apenas em mim. Isso lhe trará boa sorte.

O príncipe perguntou ao animal como ele era capaz de falar igual a um ser humano.

— Não me pergunte isso — respondeu o alazão —, pois não posso lhe contar. Porém, desejo ser seu amigo e conselheiro, e assim serei, contanto que me obedeça.

O rapaz prometeu seguir o conselho e, no mesmo instante, foi ao rei para que o autorizasse a sair pelo mundo. A princípio, o pai não estava disposto a deixar, mas a mãe permitiu no ato. Devido à bajulação, o jovem, por fim, recebeu a autorização do pai. É claro que o monarca queria que o filho partisse de forma condizente com sua posição, acompanhado por muitos homens e cavalos, mas o príncipe insistiu em seu desejo de partir desacompanhado.

— Ora, querido pai, preciso de tal comitiva como sugere? Deixe-me levar um pouco de dinheiro em minha jornada e cavalgar meu cavalo sozinho. Isso me dará mais liberdade e menos problemas.

Mais uma vez, discutiu com o monarca por um tempo, mas, enfim, teve êxito em deixar tudo como queria.

Chegou o dia da partida. O cavalinho estava selado no portão do castelo, e o príncipe despediu-se dos pais e do irmão. Todos o abraçaram chorosos e, no último instante, o coração da rainha deixou-a apreensiva, por causa da mentira que contara, e ela fez o príncipe prometer solenemente que voltaria para casa no período de um ano ou, no mínimo, que daria notícias de seu paradeiro.

Então o rapaz montou em seu cavalinho, e eles afastaram-se depressa. O alazão cavalgava em um ritmo surpreendente para um animal com dezessete anos de idade, mas é claro que você já sabia que não era um cavalo comum. Os anos deixaram-no intacto. O pelo era macio como cetim, e as patas eram retas e firmes. Não importava a distância percorrida, estava sempre bem-disposto.

O animal carregou o jovem por uma grande distância até ambos avistarem as torres de uma bela cidade. Em seguida,

a montaria saiu do caminho antigo e atravessou um campo até chegar a uma grande rocha.

Quando a alcançaram, o alazão deu um coice nela três vezes, e a rocha se abriu. Ambos entraram, e o príncipe se viu em um estábulo confortável.

— Agora deixe-me aqui — pediu o cavalo —, e vá sozinho até a cidade vizinha. Finja que é mudo e tome cuidado para não se trair. Apresente-se na corte e faça o rei acolhê-lo como serviçal. Quando precisar de algo, não importa o que seja, venha até a pedra, bata nela três vezes, e ela se abrirá para você.

O príncipe pensou consigo: *Meu cavalo, sem dúvida, sabe do que fala, então é claro que farei exatamente o que mandar.*

Disfarçou-se, colocando um curativo no olho e deixando o rosto pálido e amarelado. Em seguida, apresentou-se à corte, e o monarca, compadecido de sua juventude e condição de mudo, acolheu-o como serviçal.

O príncipe era competente e rápido nos afazeres, e não demorou muito até o rei elegê-lo como criado-chefe. Requeriam seus conselhos para assuntos importantes, e ele passava o dia inteiro correndo pelo castelo, realizando uma tarefa atrás da outra. Se o rei precisasse de um escriba, não havia outro mais inteligente do que o príncipe em parte alguma. Todos gostavam dele e, logo, estavam chamando-o de Bayaya, porque eram os únicos sons que emitia.

O regente tinha três filhas, cada uma mais linda do que a outra. A mais velha se chamava Zdobena, a do meio, Budinka, e a caçula, Slavena.

O príncipe adorava a companhia das três princesas e, como era para fingir que era mudo e seu disfarce era feio, o monarca não fazia objeção alguma a ele passar os dias com elas. Como era possível o soberano pensar que havia perigo de Bayaya roubar o coração de uma delas? Todas as três gostavam dele e sempre o levavam aonde quer que fossem. O rapaz fazia guirlandas para elas, fiava fios de ouro, colhia flores e desenhava modelos de pássaros e flores para seus bordados. Gostava das três, mas mais da caçula. Tudo o que fazia para ela era um pouquinho melhor do que para as outras, a exemplo das guirlandas que tecia serem mais magníficas, e os modelos desenhados serem mais bonitos. As duas irmãs mais velhas reparavam e riam e, quando estavam a sós, zombavam de Slavena; mas a jovem, que tinha um temperamento afável e gentil, aceitava a zombaria sem retrucar.

Bayaya já vivia na corte havia um tempo quando, certa manhã, viu o rei sentado, triste e lúgubre, tomando seu desjejum e, por meio de sinais, perguntou-lhe o que acontecera.

O monarca olhou para ele e disse, com um suspiro:

— Será possível, meu caro jovem — indagou —, que não saiba o que aconteceu? Não sabe da calamidade que nos ameaça? Não sabe dos três dias amargos que se aproximam de mim?

O rapaz, alarmado pela seriedade do comportamento do rei, fez que não com a cabeça.

— Então eu lhe contarei — disse o soberano —, apesar de você não poder ajudar. Anos atrás, três dragões vieram voando e pousaram em uma grande pedra perto daqui. O primeiro tinha nove cabeças, o segundo, dezoito, e o terceiro, vinte e sete. De imediato, devastaram o país, devoraram os gados e mataram meus súditos. Logo, a cidade ficou sitiada. Para mantê-los afastados, colocamos todos os alimentos que tínhamos fora dos portões e, em pouco tempo, começamos a passar fome. Desesperado, chamei uma senhora sábia até a corte e perguntei-lhe se havia algum meio de expulsar aqueles monstros do reino. Para meu azar, havia um meio, e era prometer minhas três belas filhas àquelas criaturas horrendas, quando chegassem à maioridade. Naquela época, elas ainda eram crianças, e pensei comigo mesmo em muitas coisas que poderiam acontecer nos anos anteriores ao crescimento delas. E então, para aliviar meu reino atacado, prometi-as aos dragões. Minha pobre rainha faleceu por causa da angústia, mas minhas filhas cresceram sem saber nada acerca de seus destinos. Assim que realizei tal barganha monstruosa, as feras voaram para longe, e nunca mais se ouviu falar delas até ontem. Na noite passada, um pastor de ovelhas, transtornado de horror, deu-me a notícia de que as criaturas estão, mais uma vez, acomodadas em sua antiga rocha, rugindo de forma pavorosa. Amanhã, devo oferecer como sacrifício minha filha mais velha, no dia seguinte, a do meio e, no terceiro dia, a caçula. E depois serei um pobre homem velho e solitário sem nada.

O rei caminhou de um lado para outro, arrancando fios de cabelo, por causa da angústia.

Devido a sua grande aflição, Bayaya foi até as princesas e encontrou-as vestidas de preto e muito pálidas. Estavam sentadas em fileira e lamentando profundamente seu destino. O príncipe tentou consolá-las, dizendo por sinais que, com certeza, alguém apareceria para resgatá-las. Elas, porém, não prestaram atenção nele e continuaram a se lamentar e a chorar.

O luto e a confusão se espalharam pela cidade, pois todos amavam a família real. Todas as casas, assim como o palácio, logo forraram-se de preto, e ouvia-se o som de lamentação em toda parte.

Em segredo, o rapaz fugiu da cidade e cruzou o campo até a rocha onde seu cavalo mágico estava no estábulo. Bateu três vezes na rocha, que abriu, e ele entrou.

Afagou a crina brilhante do alazão e, para saudá-lo, beijou-o no focinho.

— Meu querido cavalo — disse —, vim em busca de seu conselho. Ajude-me, e serei feliz para sempre. — E contou-lhe a história dos dragões.

—Ah, sei tudo acerca daqueles dragões — respondeu o animal. — Na verdade, foi para resgatar as princesas que o trouxe aqui, para começo de conversa. Volte amanhã cedo, e eu lhe direi o que fazer.

Bayaya voltou ao castelo com o rosto tão reluzente de alegria que, se alguém tivesse reparado nele, teria sido repreendido com severidade. Passou o dia com as donzelas, tentando confortá-las e consolá-las, mas, apesar de todos os esforços, elas se sentiam mais assustadas com o passar das horas.

No dia seguinte, ao despontar do amanhecer, Bayaya já estava na rocha.

O alazão cumprimentou-o e ordenou:

— Levante a rocha debaixo de minha gamela e pegue o que achar.

O jovem obedeceu. Levantou a rocha e, debaixo dela, achou um grande baú. Dentro dele, encontrou três trajes completos, com chapéus e plumas combinando, uma espada e uma rédea de cavalo. O primeiro traje era rubro, com bordados prateados e cravejado de diamantes; o segundo era de um branco puro, com bordados dourados; e o terceiro era azul-claro com bordados prateados riquíssimos e cravejado de diamantes e pérolas.

Para os três, havia uma única espada imponente, cuja lâmina era lindamente marchetada e a bainha brilhava com pedras preciosas. A rédea também estava enfeitada, aos montes, com joias.

— Todos os três trajes são seus — anunciou o cavalo. — No primeiro dia, vista o vermelho.

E então, Bayaya vestiu-se com o traje vermelho, cingiu a espada e colocou a rédea sobre a cabeça do alazão.

— Não tema — disse o animal, enquanto saíam da rocha. — Mate o monstro com bravura, confiando em sua espada. E lembre-se: não desmonte.

No castelo, despedidas de partir o coração estavam sendo dadas. Zdobena despediu-se do pai e das irmãs, entrou na carruagem e, acompanhada de uma grande multidão de súditos chorosos, foi aos poucos conduzida para fora da cidade até a Pedra do Dragão. Conforme aproximavam-se da localidade fatal, a princesa desceu do transporte. Deu alguns passos, e depois caiu desmaiada no chão.

Naquele momento, os súditos viram, chegando a galope em sua direção, um cavaleiro com uma pluma vermelha e branca. Com a voz autoritária, ordenou que todos se afastassem e deixassem-no enfrentar o dragão sozinho. Ficaram felizes de tirar a princesa do local, e todos foram até um morro próximo, de onde conseguiam assistir ao combate a uma distância segura.

Ouviu-se um ruído retumbante, a terra estremeceu e a Pedra do Dragão se abriu, e um monstro de nove cabeças rastejou para fora. Ele cuspia fogo e veneno de todas as nove bocas e meneava as nove cabeças, de um lado para o outro, à procura de sua presa prometida. Quando viu o cavaleiro, soltou um rugido terrível.

Bayaya foi diretamente até ele e, com um golpe de espada, cortou três das cabeças. O monstro contorceu-se e envolveu o rapaz em chamas e gases venenosos. O príncipe destemido, contudo, golpeou-o, de novo e de novo, até ter cortado todas as nove cabeças. A vida que ainda restava no corpo repulsivo da criatura foi findada com os cascos do cavalo.

Depois que o dragão já havia perecido, o jovem deu meia-volta e voltou por onde viera.

Zdobena acompanhou-o com o olhar, desejando poder segui-lo para lhe agradecer por sua libertação. No entanto, lembrou-se do pobre pai no castelo, tomado pela aflição, e sentiu que era seu dever voltar o mais rápido possível.

Seria impossível descrever em palavras a alegria do monarca quando Zdobena apareceu diante dele, sã e salva. As irmãs abraçaram-na e pensaram, pela primeira vez, se um libertador surgiria para salvá-las também.

Bayaya saltitou de alegria e, por meio de sinais, garantiu-lhes que seriam salvas também. Apesar da chegada do amanhecer ainda aterrorizá-las, mesmo assim, a esperança envolveu as princesas e, uma vez ou duas, o príncipe conseguiu fazê-las rir.

No dia seguinte, Budinka foi levada ao dragão. Tal como no dia anterior, o cavaleiro desconhecido apareceu, desta vez com uma pluma branca. Atacou a fera de dezoito cabeças e matou-a, depois de um conflito heroico. Em seguida, antes que alguém pudesse alcançá-lo, deu meia-volta e afastou-se.

A princesa voltou ao castelo, angustiada por não ter conseguido falar com o cavaleiro e expressado sua gratidão.

— Vocês, minhas irmãs — disse Slavena —, ficaram hesitantes de falar com ele antes que partisse. Amanhã, se ele me libertar, eu me ajoelharei diante dele e não me levantarei até ele concordar em voltar comigo para o castelo.

No mesmo instante, Bayaya começou a rir, e a princesa caçula perguntou, com a voz cortante, qual era o problema. Ele saltitou de alegria e a fez entender que também queria ver o cavaleiro.

No terceiro dia, Slavena foi levada à Pedra do Dragão. Desta vez, o rei a acompanhou. O coração da pobre donzela tremia de medo quando pensou que, caso o cavaleiro desconhecido não aparecesse, seria entregue a um monstro horrível.

Um grito jubiloso dos súditos avisou-a de que o herói estava vindo. Em seguida, ela o viu, uma figura corajosa, trajada de azul e com uma pluma azul e branca balançando ao vento. Tal como matara o primeiro dragão e depois o segundo, também matou o terceiro, apesar de a luta ter sido mais longa e o alazão ter se esforçado muito para suportar os gases venenosos.

Assim que a criatura foi abatida, Slavena e o rei apressaram-se na direção do cavaleiro e imploraram-lhe para que voltasse ao castelo com eles. Ele não tinha como recusar, sobretudo quando a donzela, ajoelhando-se diante dele, agarrou a bainha de sua túnica e olhou-o de forma tão encantadora que o coração do príncipe cedeu, e ele se dispôs a fazer tudo o que ela pedisse.

O cavalinho, porém, resolveu a situação por conta própria, empinou-se de chofre e galopou para longe, antes que o cavaleiro tivesse tempo de desmontar.

E assim, Slavena também foi incapaz de levar o herói ao castelo. O soberano e toda a corte ficaram muitíssimo decepcionados, mas a decepção desapareceu pela alegria de que as princesas foram salvas de forma tão milagrosa.

Pouco tempo depois, outro desastre ameaçou o rei. Um monarca vizinho, com grande poder, declarou guerra, e então o rei convocou, por toda parte, todos os nobres do reino. Eles vieram, e o soberano, quando apresentou a causa, prometeu-lhes as mãos de suas três belas filhas em troca do apoio deles. Na verdade, tratava-se de um estímulo, e todos os nobres presentes juraram fidelidade ao regente e voltaram rápido para casa, de modo a reunir seus exércitos.

Soldados vieram de toda parte e, logo, o rei estava pronto para partir.

Ele passou as obrigações do castelo para Bayaya e também confiou-lhe a segurança das três filhas. O príncipe foi fiel e cumpriu seu dever, cuidando do palácio e planejando distrações para as princesas, de modo a deixá-las felizes e satisfeitas.

E então, certo dia, queixou-se de estar se sentindo mal, mas, em vez de consultar-se com o físico da corte, disse que iria sozinho, até os campos, colher algumas ervas. As princesas riram de seu capricho, mas permitiram sua ida.

Ele apressou-se até a rocha onde o cavalo encontrava-se no estábulo, bateu três vezes nela, e entrou.

— Veio em boa hora — disse o alazão. — Os exércitos reais estão enfraquecendo, e amanhã a batalha será decidida. Vista o traje branco, pegue sua espada e partamos.

Bayaya beijou seu cavalinho valente e vestiu o traje.

Naquela noite, o rei estava acordado, planejando a batalha vindoura e enviando mensageiros céleres até as filhas, para instruí-las acerca do que fazer, caso o dia terminasse em derrota.

Na manhã seguinte, conforme a batalha era travada, um cavaleiro desconhecido apareceu, de modo repentino, em meio aos exércitos do rei. Ele estava todo vestido de branco, cavalgava um cavalinho e empunhava uma espada imponente.

Golpeou à direita e à esquerda em meio aos inimigos e causou tamanho estrago, que os exércitos reais encorajaram-se no mesmo instante. Reunindo-se em volta do cavaleiro branco, lutaram com tanta valentia que logo o inimigo perdeu a batalha e se dispersou, e o monarca teve uma vitória grandiosa.

O pé de Bayaya ficou um pouco ferido. Ao ver isso, o rei saltou do cavalo, rasgou um pedaço da própria capa e enfaixou a ferida. Implorou ao herói para descer de sua montaria e acompanhá-lo até sua tenda. O cavaleiro agradeceu, mas se recusou, esporeou o cavalo e partiu.

O regente quase chorou de decepção pelo cavaleiro desconhecido, a quem agora devia mais um favor, ter partido outra vez, sem ter dito, ao menos, seu nome.

Com grande regozijo, os exércitos reais marcharam para casa, carregando um grande espólio de guerra.

— Bom, criado-chefe — disse o rei a Bayaya —, como se saiu com as obrigações do palácio durante minha ausência?

O príncipe assentiu, contando que tudo transcorrera bem, mas as princesas riram dele, e Slavena disse:

— Devo reclamar do criado-chefe, pois foi desobediente. Disse que passou mal, mas não quis consultar-se com o físico real. Disse que queria sair para colher ervas, partiu e ficou fora durante dois dias inteiros e, quando voltou, estava muito pior de saúde do que antes.

O soberano olhou para Bayaya, com o intuito de ver se ainda estava debilitado. O príncipe negou com a cabeça e saltitou de alegria para mostrar ao rei que estava bem.

Quando as princesas souberam que o cavaleiro desconhecido reaparecera e salvara o dia, ficaram relutantes no mesmo instante em se casar com qualquer um dos nobres, pois achavam que seu herói, talvez, pudesse aparecer e exigir uma delas.

Mais uma vez, o regente estava em um dilema. Todos os nobres ajudaram-no com bravura, e a pergunta agora suscitada era quais seriam os três recompensados com as donzelas. Depois de muito pensar, o soberano bolou um plano para resolver a questão de forma satisfatória para todos. Convocou uma reunião com os nobres e anunciou:

— Meus caros companheiros de armas, vocês se lembram de que prometi a mão de minhas filhas para aqueles, entre vocês, que me apoiassem na guerra. Todos me apoiaram com bravura. Todos merecem as mãos delas, porém, infelizmente, tenho apenas três filhas. Portanto, para decidir quais serão os três com quem elas se casarão, dou a seguinte sugestão: vocês ficarão enfileirados no jardim, e cada uma delas jogará uma maçã dourada da sacada. Em seguida, cada princesa deve se casar com o homem para cujos pés a maçã rolar. Meus senhores, concordam com isso?

Todos concordaram, e o monarca mandou chamar as filhas. As princesas, ainda pensando no cavaleiro desconhecido, não ficaram animadas com o acordo, mas também aceitaram para não envergonhar o pai.

E então cada uma vestiu-se da forma mais graciosa possível, pegou uma maçã dourada e foi até a sacada.

Abaixo, no jardim, os nobres estavam enfileirados. Bayaya, apesar de ser um espectador, assumiu seu lugar no fim da fileira.

Zdobena foi a primeira a jogar a maçã. Ela rolou diretamente até os pés de Bayaya, que logo desviou-se dela, e a fruta rolou até um jovem belíssimo que a pegou, com alegria, e saiu da fileira.

Em seguida, Budinka jogou a maçã. Ela também rolou até o príncipe, mas ele, com esperteza, chutou-a de modo que a fruta pareceu rolar até os pés de um cavalheiro valoroso, que a pegou e olhou, com alegria, para sua bela noiva.

Por fim, Slavena jogou a maçã. Desta vez, Bayaya não se afastou e, quando a fruta rolou até ele, inclinou-se e apanhou-a. Em seguida, correu até a sacada, ajoelhou-se diante da princesa e beijou-lhe a mão.

A donzela arrefanhou a mão e correu para o quarto, onde chorou aos borbotões ao pensar que teria de se casar com Bayaya, em vez do cavaleiro desconhecido.

O monarca ficou muito decepcionado, e os nobres cochicharam, porém, o que estava feito estava feito e não podia ser revertido.

Naquela noite, houve um grande banquete, mas Slavena permaneceu em seu quarto, recusando-se a aparecer entre os convidados.

Era noite de luar e, da rocha no campo, o cavalinho carregou seu mestre pela última vez. Quando chegaram ao castelo, Bayaya desmontou dele. Em seguida, deu um beijo de despedida em seu amigo fiel, que desapareceu.

Slavena ainda estava no quarto, triste e infeliz. Quando uma criada abriu a porta e disse que Bayaya desejava conversar com ela, a princesa escondeu o rosto nos travesseiros.

No mesmo instante, alguém pegou-a pela mão e, quando ela levantou a cabeça, viu diante de si o belo cavaleiro de seus sonhos.

— Está tão zangada com seu noivo que até se esconde dele? — perguntou o rapaz.

— Por que está me perguntando isso? — sussurrou Slavena. — Você não é meu noivo. Meu noivo é Bayaya.

— Eu sou Bayaya. Sou o jovem mudo que lhe tecia guirlandas. Sou o cavaleiro que salvou você e suas irmãs da morte e que ajudou seu pai em batalha. Veja, aqui está um pedaço da capa de seu pai com o qual ele enfaixou meu pé machucado.

Tal revelação foi de muita alegria para a princesa, que guiou o cavaleiro branco até o salão de banquete e o apresentou ao rei como seu noivo. Quando tudo fora explicado, o rei regozijou-se, os convidados maravilharam-se, e Zdobena e Budinka entreolharam-se, dando pequenos sobressaltos de inveja.

Depois do casamento, Bayaya partiu com a esposa para visitar os pais. Quando chegou à sua cidade natal, a primeira notícia que recebeu foi a da morte do irmão. Apressou-se até o castelo para consolar os pais, que ficaram radiantes com sua volta, pois já o consideravam morto.

Certo tempo depois, Bayaya herdou o reino. Teve uma vida longa e próspera, e desfrutou de irrestrita felicidade com a esposa.

Conto de fadas na versão de
ROBERT NISBET BAIN

Ucrânia | 1894
The Two Princes

Os Dois Príncipes

Depois de ser salvo do encantamento de uma bruxa, um príncipe chega a um povoado ameaçado por um dragão. Ele enfrenta o ser mítico, mas não contava com a atitude traiçoeira de um cocheiro.

Era uma vez um rei que tinha dois filhos, e ambos foram caçar na floresta e se perderam. Vagaram muito e, ao cabo de doze semanas de andanças, chegaram a uma encruzilhada de três caminhos, e o irmão mais velho disse ao mais novo:

— Meu irmão, nossos caminhos se separam aqui. Segue a estrada por aquele lado, e eu seguirei por este. — E pegou uma faca, cravou-a no tronco de um bordo à beira do caminho, e continuou: — Presta atenção, irmão, pois, caso pingue sangue da lâmina desta faca, será um sinal de que estou perecendo e de que deverás me procurar; mas caso flua sangue do cabo da faca, será um sinal de que tu estás perecendo, e eu partirei para te procurar.

E então abraçaram-se e partiram; cada irmão em uma direção.

O irmão mais velho caminhou, caminhou e caminhou até chegar à montanha mais alta de todas e começou a escalá-la, com seu cão e seu graveto. Prosseguiu até chegar a uma macieira, sob a qual havia uma fogueira acesa, que o fez parar para se aquecer, quando uma idosa apareceu e disse-lhe:

— Caro rapazinho! Caro rapazinho! Amarra este cão, pois temo que ele me morda.

E então o príncipe pegou o animal, amarrou-o e, no mesmo instante, tanto ele quanto o cachorro foram petrificados, pois a idosa era uma bruxa pagã.

O tempo passou, e o irmão mais novo voltou até o bordo na encruzilhada e viu que pingava sangue da lâmina da faca. Foi quando soube que o irmão estava perecendo e saiu em sua procura até, por fim, chegar à montanha mais alta de todas. No topo, havia um pequeno pátio e, nele, uma idosa perguntou ao príncipe:

— Principezinho, o que te traz aqui e o que procuras?

— Procuro meu irmão. Um ano inteiro se passou desde que soube dele, e não sei se está vivo ou morto.

E ela lhe disse:

— Posso afirmar que está morto e não adianta procurá-lo, mesmo que percorras o mundo inteiro. Escala, porém, aquela montanha e tu chegarás a duas montanhas opostas; lá encontrarás um senhor, que te indicará o caminho certo.

E ele escalou a alta montanha até chegar às outras duas opostas, e, nelas, encontrou dois idosos sentados, que lhe perguntaram sem rodeios:

— Principezinho! Principezinho! Aonde vais e o que tu procuras?

— Estou procurando meu irmão — respondeu ele —, meu querido irmão mais velho que está perecendo, e não o encontro em parte alguma.

Então um dos idosos disse-lhe:

— Se conseguires escalar aquelas duas montanhas adiante sem cair, eu te darei o que quiseres.

E então o jovem escalou as montanhas ágil como um bode, e o senhor deu-lhe uma corda de fibra, com cinco metros de comprimento, e mandou-o retornar à montanha onde estavam a fogueira e a velha que lhe pedira para ficar e aquecer-se. Ao chegar lá, deveria amarrá-la com a corda e bater nela até que prometesse ressuscitar seu irmão, e não apenas ele, como também um czar, uma czarina e uma czarevna, que também foram petrificados.

— Bate nela até que tu ressuscites todos eles — ordenaram ao príncipe.

E então o rapaz pegou a corda e voltou ao local onde a fogueira queimava. Havia uma macieira no local e, abaixo dela, estava a fogueira, e a velha bruxa apareceu e exclamou:

— Pequeno mestre! Pequeno mestre! Permite-me que eu me aqueça.

— Vem, minha senhora! — exclamou ele. — Vem para aquecer-te e fiques à vontade.

Assim que ela se aproximou, ele lançou a corda em volta dela e começou a fustigá-la.

— Dize — mandou o jovem —, que fizeste com meu irmão?

— Ó, caro pequeno mestre! Caro pequeno mestre! Solta-me! Solta-me! Eu te direi neste instante onde está teu irmão.

O príncipe, porém, não lhe deu ouvidos, fustigou-a cada vez mais, segurou seus pés nus sobre a fogueira, tostou-a e assou-a até ela se enrugar por completo. Libertou-a em seguida, e a bruxa levou-o até uma caverna na montanha e, das profundezas, retirou uma água regenerante e vivificante e ressuscitou o irmão mais velho, mas isso foi o máximo que conseguiu fazer, pois já estava quase morta. E o mais velho disse:

— Ó, meu querido irmão, como meu sono deve ter sido profundo! Mas tu deves reviver meu cão fiel também!

Em seguida, a bruxa reviveu o animal e também o czar, a czarina e a czarevna, que também haviam sido petrificados. Depois, todos saíram do local e, quando já haviam percorrido certa distância, o irmão mais velho fez uma grande reverência e seguiu seu rumo.

Caminhou muito até chegar a um povoado onde todas as pessoas choravam e todas as casas estavam forradas de preto. O príncipe perguntou-lhes:

— Por que vós chorais, e por que todas as casas estão forradas de preto?

E as pessoas responderam:

— Porque há um dragão aqui que devora as pessoas, e a situação chegou a tal ponto que, amanhã, daremos nossa princesa para ser seu jantar.

— Não, não, não fareis tal coisa — decretou o rapaz e, ao dizer isso, partiu para onde habitava a criatura, prendeu o cavalo com uma corda e dormiu a noite inteira ao lado da caverna.

No dia seguinte, como esperado, a princesa foi levada até a entrada da caverna. Ela chegou ao local, conduzida por uma carruagem puxada por quatro cavalos e acompanhada por um criado. No entanto, quando o príncipe a viu, aproximou-se para conhecê-la, levou-a para um canto, deu-lhe um livro de orações e pediu-lhe:

— Fica aqui, princesa, e reza a Deus por mim.

E ela ajoelhou-se e começou a rezar, e o dragão colocou uma das cabeças para fora da caverna e disse:

— Está na hora do jantar agora, e não há nem um desjejum sequer aqui!

O príncipe, porém, também ajoelhou-se e leu o livro de orações, rezou para Deus e disse ao dragão:

— Vem! Vem, e eu te darei o desjejum e o jantar ao mesmo tempo!

E então a fera recuou de novo, mas como esperara até meio-dia e ainda não havia desjejum nem jantar para ela, colocou duas das cabeças para fora da caverna e exclamou:

— Já passou da hora do jantar, e ainda não há desjejum nem jantar para mim!

— Vem! Vem, e eu te darei as duas refeições de uma vez! — bradou o príncipe.

A fera alada não aguentou mais esperar e ergueu todas as seis cabeças e começou a serpentear para fora da caverna; mas o guerreiro atacou-a com sua enorme espada de lâmina larga, com dois metros de comprimento, que o Senhor havia lhe dado, e decepou todas as seis cabeças, e uma pedra caiu sobre o corpo da criatura e esmagou-a por completo.

Em seguida, o príncipe reuniu as seis cabeças do réptil, deixou-as em um canto, cortou as seis línguas estiradas, amarrou-as em seu lenço e disse à princesa para regressar ao palácio dela, pois não poderiam se casar pelo período de um ano e doze semanas. Também disse que se até o fim do prazo ele não reaparecesse, ela poderia desposar outro e, em seguida, partiu. Depois o cocheiro da princesa chegou ao local, viu as seis cabeças, pegou-as e disse à donzela:

— Matar-te-ei agora se não jurares doze vezes que dirás que matei o dragão e que me aceitarás como teu marido!

E. W. MITCHELL

Ela, então, jurou doze vezes, pois senão ele a mataria. Ambos regressaram ao povoado e, de imediato, todo o forro preto foi retirado das casas, os sinos começaram a tocar e todos os habitantes regozijaram-se, pois o cocheiro matara a criatura.

— Que eles se casem logo! — exclamaram.

Enquanto isso, o filho mais velho do rei andou muito até chegar ao povoado onde deixara o irmão, e ali descobriu que o czar e a czarina deram ao irmão todo o reino deles, além da czarevna como esposa. Ele permaneceu por um tempo no lugar; mas, perto do fim de um ano e doze semanas, regressou ao outro povoado, onde deixara a princesa, e, ali, viu que estavam fazendo os preparativos para um grande casamento.

— O que significa tudo isso? — perguntou.

E os habitantes responderam:

— O cocheiro do czar matou o dragão de seis cabeças e salvou a princesa, e agora ele se casará com ela!

— Meu Deus! — exclamou o príncipe. — E nunca vi este dragão! Que monstruosidade era essa?

E levaram-no e mostraram-lhe as cabeças da criatura, e o jovem exclamou:

— Meu Deus! Todas as feras têm língua, mas esta não tem!

E os habitantes contaram o fato ao cocheiro, que havia se tornado príncipe; furioso, ele sentenciou:

— Quem afirmar que um dragão tem língua, ordenarei que a pessoa seja amarrada a quatro cavalos selvagens, e eles a despedaçarão na planície aberta!

A princesa, contudo, reconheceu o filho do rei, mas não se pronunciou. Em seguida, o filho do soberano pegou seu lenço, desenrolou-o e mostrou a todos as seis línguas, e colocou cada uma nas seis bocas das seis cabeças do dragão. Depois, cada uma das línguas começou a falar e a forçar a princesa a contar o que, de fato, acontecera. Ela, então, contou como havia se ajoelhado e rezado com o livro de orações, enquanto o filho do rei matava o dragão, e como o cocheiro malvado a obrigara a jurar doze vezes em falso. Ao ouvir isso, o czar, no mesmo instante, entregou a princesa, sua filha, ao filho do rei, e perguntaram a ele qual deveria ser a morte do cocheiro perverso. O monarca respondeu:

— Que seja amarrado às caudas de quatro cavalos selvagens que serão levados até a planície infinita, e lá seja destroçado, e os corvos e as gralhas apareçam para pegar seus ossos.

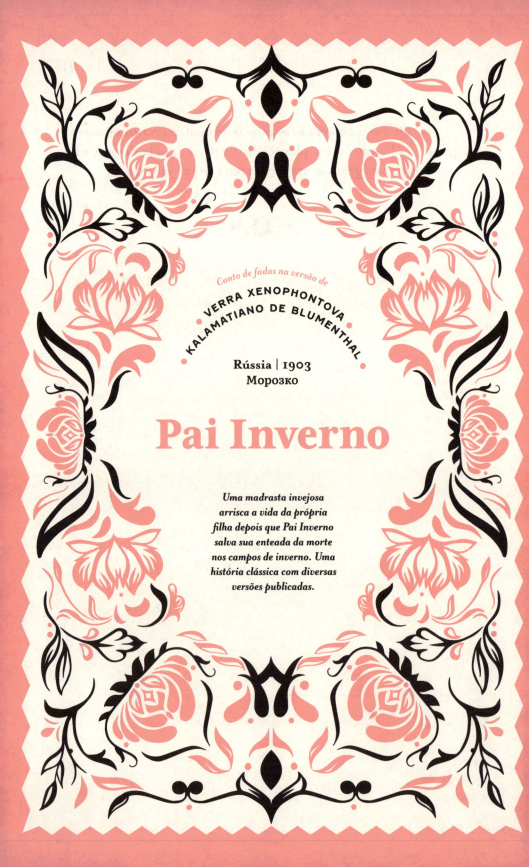

Conto de fadas na versão de

VERRA XENOPHONTOVA
KALAMATIANO DE BLUMENTHAL

Rússia | 1903
Морозко

Pai Inverno

Uma madrasta invejosa arrisca a vida da própria filha depois que Pai Inverno salva sua enteada da morte nos campos de inverno. Uma história clássica com diversas versões publicadas.

Numa terra muito afastada, em algum lugar da Rússia, vivia uma madrasta que tinha tanto uma enteada quanto uma filha. A filha lhe era muito querida e, sempre que possível, a mãe era a primeira a enaltecê-la e a mimá-la; mas enaltecia muito pouco a enteada, que, apesar de ser boa e gentil, recebia como única recompensa a repreensão. O que poderia ser feito? O vento sopra, mas para de soprar, de vez em quando; porém, aquela mulher perversa nunca sabia como cessar sua perversidade. Em um certo dia frio e claro, a madrasta pediu ao marido:

— Agora, marido, quero que tires tua filha das minhas vistas e a leves para longe de meus ouvidos. Não a levarás para uma casa aconchegante junto de teu povo. Deves levá-la para os vastíssimos campos até a geada crepitante do inverno.

O velho pai ficou triste, até começou a chorar, mas, mesmo assim, ajeitou a filhinha no trenó. Desejou cobri-la com pele de ovelha para protegê-la do frio; porém, não o fez. Estava com medo, pois a esposa os observava pela janela, e então foi com a filha querida até os vastíssimos campos. Conduziu-a até bem perto do bosque, deixou-a sozinha e afastou-se depressa; era um homem bom e não se sentiria bem ao ver a morte da filha.

E a doce menina permaneceu completamente sozinha. Aterrorizada e de coração partido, repetia, com fervor, todas as orações que sabia.

O Pai Inverno, soberano todo-poderoso daquele lugar, coberto de peles, com uma barba muito, muito branca, e uma coroa reluzente na cabeça branca, aproximou-se cada vez mais, olhou para sua bela convidada e perguntou:

— Tu me conheces? O Pai Inverno de nariz vermelho?

— Bem-vindo, Pai Inverno — respondeu a garota, com doçura. — Tomara que nosso Pai Celestial tenha te enviado para buscar minha alma pecadora.

— Estás confortável, doçura? — perguntou o soberano mais uma vez, muito feliz com a aparência e a educação comedida dela.

IVAN BILIBIN

— Estou, sim — respondeu ela, quase sem fôlego por causa do frio.

E Pai Inverno, animado e esperto, continuou a estalar os galhos até o ar ficar gélido, mas a garota de boa índole repetia:

— Estou muito confortável, caro Pai Inverno.

O soberano, contudo, sabia tudo a respeito da fraqueza dos seres humanos; sabia muito bem que poucos são, de fato, bons e gentis; porém, sabia que nenhum era capaz de resistir por muito tempo a seu poder, o do rei do inverno. A bondade da menina meiga encantou tanto o velho que tomou a decisão de tratá-la de forma diferente dos demais e deu-lhe um baú grande e pesado, repleto de objetos belíssimos. Deu a ela um cafetã valioso, forrado com peles preciosas, e também colchas de seda — leves como penas e quentes como colo de mãe. Mas que menina rica ela se tornou, e quantas vestes magníficas recebeu! Ademais, o velho Inverno deu-lhe um sarafã azul, ornado com prata e pérolas.

Quando a garota o vestiu, ficou uma donzela tão bela que até o sol lhe sorria.

A madrasta estava ocupada na cozinha, assando panquecas para a refeição, segundo o costume de oferecer aos padres e amigos depois da habitual cerimônia funerária.

— Agora, marido — ordenou a esposa —, vai até os vastíssimos campos e traz o corpo de tua filha; nós a enterraremos.

O homem partiu, e o cãozinho, que estava em um canto, abanou o rabo e disse:

— Au, au! Au, au! A filha do meu senhor está voltando para casa, linda e feliz como nunca, e a filha da minha senhora está perversa como nunca.

— Quieto, animal estúpido! — gritou a madrasta, golpeando o bichinho. — Toma, aceita esta panqueca, come-a e diz assim: "A filha da minha senhora se casará em breve, e a filha do seu senhor será enterrada em breve".

O cachorro comeu a panqueca e repetiu:

— Au, au! A filha do meu senhor está voltando para a casa, rica e feliz como nunca, e a filha da minha senhora vaga a esmo, disforme e perversa como nunca.

A idosa ficou furiosa, mas, apesar das panquecas e surras dadas, o cão repetia as mesmas palavras por várias e várias vezes.

O portão foi aberto, e ouvia-se o som de vozes rindo e de conversas do lado de fora. A velha olhou para fora e ficou perplexa. A enteada estava parada, igual a uma princesa, radiante e feliz, trajada com as mais belas vestes e, atrás dela, seu velho pai mal tinha força suficiente para carregar o baú, que estava muito, muito pesado com as roupas caras.

— Marido! — chamou a madrasta, com impaciência. — Amarra nossos melhores cavalos a nosso melhor trenó e leva *minha* filha até o mesmo lugar nos vastíssimos campos.

Como de costume, o homem obedeceu, levou a enteada até o mesmo lugar e deixou-a sozinha.

O velho Inverno estava no local e olhou para sua nova convidada.

— Estás confortável, bela donzela? — perguntou o soberano de nariz vermelho.

— Deixa-me em paz — respondeu a garota, ríspida —, não vês que minhas mãos e meus pés estão congelados por causa do frio?

Inverno continuou a estalar os galhos e a fazer perguntas por um tempo, mas, por não ouvir nenhuma resposta educada, zangou-se e congelou a menina até a morte.

— Marido, busca minha filha; leva os melhores cavalos, mas toma cuidado. Não desestabilizes o trenó nem percas o baú.

E o cãozinho, no canto, disse:

— Au, au! Au, au! A filha do meu senhor se casará em breve; já a filha da minha senhora será enterrada em breve.

— Não mintas. Toma aqui um bolo; come-o e diz assim: "A filha da minha senhora está coberta de ouro e prata".

O portão abriu, a velha correu para fora e beijou os lábios rígidos e congelados da filha. Chorou e chorou, mas ninguém a socorreu e, por fim, ela entendeu que, por causa de sua perversidade e inveja, a filha perecera.

Conto de fadas na versão de
LILIAN GASK

Sérvia | 1910
The Shepherd and the Dragon

O Pastor e o Dragão

Para sair de uma gruta de serpentes, um pastor de ovelhas precisa fazer um juramento, mas quebra sua promessa e acaba viajando nas costas de um dragão.

m uma montanha alta na Sérvia, rodeado por seu rebanho, havia um humilde pastor. O vale abaixo dele estava coberto por uma névoa branca e fina, através da qual conseguia ver o topo das faias imponentes, onde a geada já deixara seu toque carmesim. Apenas o mastigar satisfeito das ovelhas na grama baixa e o doce trinar do canto da cotovia bem alto no azul do céu rompiam a quietude plácida da cena.

O ovelheiro espreguiçou-se, bocejando, e contemplou o mar e o céu. Não tinha nada para fazer e tinha pouco em que pensar, pois sua vida fluía em um curso uniforme e, apesar de desejar, com frequência, que alguma coisa acontecesse, nada nunca o perturbava. Contemplava sonhador a choupana além dos currais das ovelhas, onde a esposa estava ocupada preparando o jantar, quando viu uma forma escura deslizando, de modo sorrateiro, pela grama em direção a uma grande rocha nua. Em seguida, outra forma a seguiu, e depois outra. Eram serpentes com marcas finas e escamas cintilantes, cada uma com uma raiz curiosa na boca e com a qual tocava na rocha. Mais serpentes se aproximaram e fizeram a mesma coisa até que, de repente, a grande rocha se despedaçou, revelando uma passagem longa no chão, pela qual os répteis deslizaram, um a um. Ansioso para ver o que procuravam, o pastor esqueceu sua aversão arrepiante a criaturas venenosas e prosseguiu de forma resoluta e ousada para dentro da galeria rochosa.

Logo se viu em uma gruta ampla, iluminada pelo brilho de muitas joias preciosas que cobriam as paredes. No centro, havia um magnífico trono de ouro, incrustado com esmeraldas e safiras e, enroscado nele, uma serpente enorme, com olhos reluzentes. As outras agruparam-se no mais absoluto silêncio; enquanto o homem fitava maravilhado e de boca aberta, o grande réptil cerrou os olhos e, no mesmo instante, todos dormiram.

O ovelheiro aproveitou a oportunidade para andar pelo local, examinando as joias tão ricamente incrustadas e desejando

WILLY POGANY

poder levar algumas no bolso. Ao ver que era impossível tirá-las, achou que fosse melhor partir antes que as serpentes despertassem. Assim, ele voltou pela longa passagem, porém a entrada estava fechada e não conseguiu sair. O mais estranho foi que não se alarmou e, ao regressar para a gruta, deitou-se ao lado dos répteis e caiu em um sono profundo.

    Sobressaltou-se com a consciência de que as cobras se mexiam. Ao abrir os olhos, viu que estavam todas fitando, com a cabeça ereta, seu monarca sinistro.

— Está na hora, ó, rei? Está na hora? — exclamaram.

— Está — respondeu o réptil, após uma longa pausa e, deslizando do trono, guiou as serpentes pela gruta, de volta à rocha.

A entrada abriu assim que ele a tocou, e todas as serpentes saíram, passando devagar antes dele. O ovelheiro as teria seguido, mas o rei cobra barrou seu caminho, com um sibilo zangado.

— Deixe-me passar, eu suplico, ó, gracioso rei! — implorou o homem. — Perderei meu rebanho se deixá-lo sozinho por mais tempo, e minha esposa me espera em casa.

— Você entrou em nosso local de descanso sem ser convidado e agora deve ficar aqui — rebateu o réptil, mas o pastor rogou tão encarecidamente por sua libertação que o animal demonstrou clemência.

— Deixarei que vá desta vez — disse a criatura —, mas só se me der sua palavra de honra de que não revelará nosso esconderijo a ninguém.

O ovelheiro estava pronto para jurar e, três vezes seguidas, repetiu as palavras de um juramento solene depois do rei das serpentes. Feito isso, foi autorizado a sair da rocha.

Os castanheiros nos vales férteis agora eram uma massa de flores estrelas-de-belém, e o balir dos cordeiros dizia ao pastor que a primavera chegara. Bastante desnorteado, correu para casa, com muita dúvida de como a esposa o receberia. Conforme aproximava-se da choupana, viu um estranho parado à porta e escondeu-se na sombra de um arbusto para, despercebido, esperar até ele ter ido embora.

— Seu marido está em casa? — indagou o homem, enquanto a esposa do ovelheiro, com a aparência pálida e franzina, atendia a batida forte à porta.

— Ai de mim! Não — foi a resposta pesarosa dela —, não o vejo desde o outono passado, quando me deixou para cuidar do rebanho na encosta da montanha. Temo que os lobos o tenham devorado. — E cobrindo a cabeça com o avental, irrompeu em lágrimas.

Comovido com o desespero dela, o pastor se aproximou.

— Estou aqui, querida esposa — anunciou, com alegria.

No mesmo instante, a mulher parou de chorar e, em vez de dar-lhe boas-vindas, começou a repreendê-lo, com a cara carrancuda.

— Onde estava, seu preguiçoso? — inquiriu ela. — É bem de seu feitio me abandonar para eu sobreviver a um inverno como esse. Responda de uma vez!

O homem não tinha como lhe responder sem violar o juramento e estava agindo de modo tão estranho, conforme tentava desviar-se das perguntas da esposa, que atiçou a curiosidade do desconhecido.

— Ande, ande, meu bom homem — pediu o estranho —, diga a verdade à sua esposa, e eu o recompensarei com uma moeda de ouro. Onde dormiu durante as noites de inverno, e o que andou fazendo?

— Dormi no curral de ovelhas — começou o ovelheiro, e o estranho deu uma risada debochada.

— Não acredita que somos tolos a ponto de acreditar nessa história — disse ele. — Diga de uma vez, homem! Podemos ver que esconde alguma coisa.

Sentindo-se pressionado, o pastor, relutante, confessou a existência da gruta, e o estranho, que calhava de ser um mago disfarçado, forçou-o não só a guiá-lo até lá, como também a revelar como se entrava nela. Uma raiz descartada por uma das serpentes estava aos pés deles e, ao tocar a rocha com ela, esta abriu no mesmo instante, deixando-os passar.

O mago cobiçou as joias esplêndidas que cobriam as paredes do local, assim como fizera o ovelheiro, e analisou o livro de feitiços que tirou das dobras da roupa para ver se este lhe diria como ser o dono da valiosa gruta.

— Achei! — exclamou ele. — Agora serei tão rico quanto deseja o coração humano, e você, bom pastor, partilhará de minha riqueza.

THE·DRAGON·FLEW·HIGHER·AND·HIGHER

WILLY POGANY

Ao guardar o livro, o homem estava prestes a atear fogo em uma pequena esfera que tirou do bolso, quando foi interrompido por um terrível sibilo. Sem ser notado pelos invasores, o rei das serpentes os seguira, sob a forma de um dragão verde, e repreendeu o pastor com muita violência por ter descumprido o juramento.

Sua raiva era tamanha que o homem pensou que fosse seu fim.

— Jogue isto na cabeça dele — murmurou o mago em seu ouvido, passando-lhe uma corda.

Apesar das mãos trêmulas, o pastor realizou um enlace bem-sucedido e, conforme o laço circundava o pescoço do réptil, a rocha despedaçou-se com um estrondo alto que ecoou de uma colina a outra. No momento seguinte, o ovelheiro se viu voando pelo espaço nas costas do dragão verde. Tamanha era a velocidade com a qual as asas da criatura ígnea fendiam o ar que a rajada de vento no rosto do cavaleiro era dolorosa de suportar.

Voaram sobre montanhas, mares e terras desérticas, onde havia tempestades de areia devastadoras e abutres aguardavam os camelos desfalecidos, até que, por fim, chegaram a uma planície aberta, abastecida por muitos rios. A fera alada voou, cada vez mais alto, até o pastor ficar tonto e sem fôlego. Ele fechou os olhos, mas, no céu azul acima, conseguia ouvir as notas doces e distintas de uma sublime cotovia.

— Cara ave — exclamou —, tu és preciosa para teu Mestre, Aquele que nos criou. Voa até ele, eu te suplico, e implora a Ele que me envie ajuda nesta minha triste situação.

O pássaro voou até o Céu, como o pastor lhe ordenara, e voltou com uma folha verde de uma árvore do Paraíso em seu biquinho. Feliz, ela a soltou na cabeça do dragão e, assim que o tocou, a criatura caiu no chão e voltou a ser uma serpente rastejante.

Quando o ovelheiro recobrou a consciência, encontrava-se na encosta da montanha, com os rebanhos à sua volta e o cão fiel aos pés. A floresta ainda resplandecia em sua glória outonal amarela e dourada e, ao longe, conseguia ver a esposa acenando-lhe da porta da choupana.

— Devo ter sonhado — disse o homem, que, com o coração agradecido, foi para casa jantar.

O pastor teve uma vida muito longa, com paz e tranquilidade, e nunca mais desejou que alguma coisa estranha acontecesse.

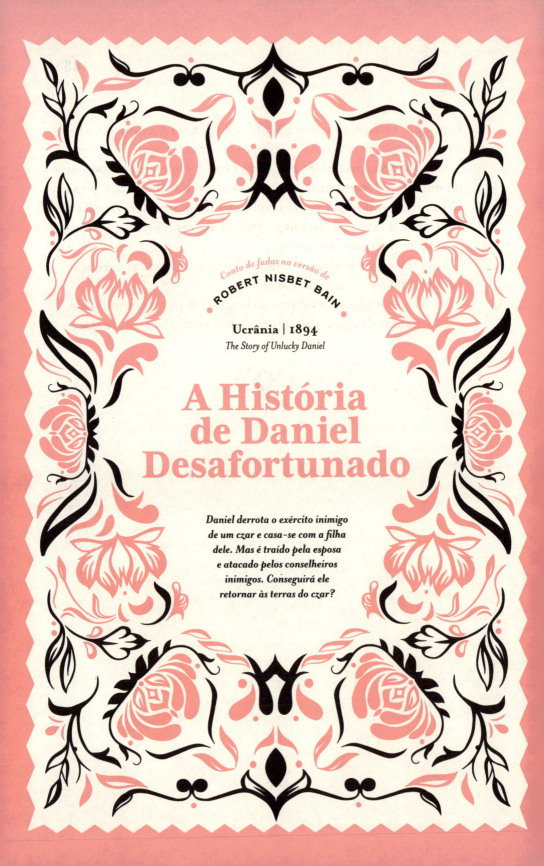

Conto de fadas na versão de
ROBERT NISBET BAIN

Ucrânia | 1894
The Story of Unlucky Daniel

A História de Daniel Desafortunado

Daniel derrota o exército inimigo de um czar e casa-se com a filha dele. Mas é traído pela esposa e atacado pelos conselheiros inimigos. Conseguirá ele retornar às terras do czar?

ra uma vez um jovem chamado Daniel Desafortunado. Aonde quer que fosse, o que quer que fizesse e quem quer que servisse, de nada adiantava: toda a sua labuta era como água derramada, nada se aproveitava. Certo dia, começou a trabalhar para um novo mestre.

— Eu te servirei por um ano inteiro — disse ele — em troca de um pedaço de terra semeada com trigo.

O mestre concordou, o jovem começou a trabalhar e, em paralelo, semeava com trigo seu pedaço de terra. A plantação cresceu depressa e, quando o trigo do mestre ainda estava no caule, o de Daniel já estava na espiga, e quando o do mestre estava na espiga, o de Daniel já estava maduro. *Vou segá-lo amanhã*, pensou. Na mesma noite, uma nuvem surgiu e caiu uma chuva intensa de granizo, que destruiu seu trigo por completo. O rapaz chorou e exclamou:

— Servirei a outro mestre, e talvez Deus me faça prosperar!

E então arranjou outro mestre e disse:

— Eu te servirei por um ano inteiro, se me deres aquele potro selvagem.

E então parou e serviu seu senhor e, até o fim do ano, treinou o potro tão bem que transformou-o em um cavalo de puxar carruagens. *Ahá!*, pensou. *Levarei algo comigo desta vez!*

Na mesma noite, os lobos invadiram os estábulos e despedaçaram o alazão. Daniel chorou e declarou:

— Arranjarei outro mestre, talvez eu tenha mais sorte com ele.

E então arranjou um terceiro mestre e, em seu túmulo, havia uma pedra grande. Ninguém sabia a origem dela, e era tão pesada que ninguém conseguia movê-la, apesar de terem tentado por eras.

— Eu te servirei por um ano — disse o rapaz — em troca daquela pedra.

O mestre concordou, e Daniel iniciou as atividades. Em seguida, a pedra mudou, pois várias flores começaram a crescer

nela. De um lado, eram vermelhas, do outro, prateadas, e no terceiro, douradas. *Ahá*, pensou o jovem, *de qualquer forma, aquela pedra logo será minha. Ninguém conseguirá movê-la.*

Na manhã seguinte, porém, caiu um relâmpago, que atingiu a pedra e a reduziu a átomos. E então Daniel chorou e lamentou que Deus não lhe dera nada, apesar de tê-Lo servido por tantos anos. As pessoas, porém, diziam-lhe:

— Presta atenção! Tu, que és tão desafortunado, por que não vais até o czar? Ele é o pai de todos nós e, portanto, é certo que cuidará de ti!

O rapaz seguiu o conselho e foi até o monarca, que o abrigou na corte. Certo dia, o soberano disse-lhe:

— Admiro-me de tu seres tão desafortunado, pois, faças o que fizeres, não te beneficias. Eu gostaria de recompensar-te por todos os teus serviços.

Em seguida, pegou e encheu três barris, o primeiro com ouro, o segundo com carvão, o terceiro com areia, e disse a Daniel:

— Olha bem! Se tiveres êxito em escolher o barril com ouro, serás czar; se escolheres o cheio de carvão, serás ferreiro; mas, se escolheres o cheio de areia, então és, de fato, um desafortunado incurável, e deverás sair de meu reino agora mesmo, mas te darei um cavalo e uma armadura para levares contigo.

Em seguida, Daniel foi levado ao local onde os três barris estavam, examinou-os e tateou um depois do outro.

— Este é o cheio de ouro! — declarou ele.

Quebraram o barril, e estava cheio de areia.

— Bom — disse o czar —, estou vendo que és um desafortunado incurável. Sai de meu reino, pois não preciso de alguém como tu. — E deu-lhe um cavalo de guerra, uma armadura, o equipamento completo de um cossaco, e mandou-o embora.

O jovem cavalgou durante um dia inteiro, cavalgou mais e mais durante mais um dia, sem ter nada para comer, nem para o cavalo nem para si. Seguiu durante um terceiro dia e, a distância, viu uma meda de feno. *Vai servir de alimento para meu alazão, de qualquer forma*, pensou, *mesmo que não sirva para mim*.

Ele foi na direção dela e, no mesmo instante, a meda explodiu em chamas. Daniel começou a prantear, quando ouviu uma voz chorosa e cheia de pesar.

— Salva-me! Salva-me! Estou queimando.

— Como posso salvar-te — perguntou o rapaz —, se nem sequer posso aproximar-me?

— Ah! Dá-me tua arma — exclamou a voz —, e eu a agarrarei, e então poderás tirar-me daqui.

Ele estendeu a arma e salvou uma bela serpente, tal como é conhecida apenas em canções populares antigas, que lhe disse:

— Já que me salvaste, também deves me levar para casa.

— Como hei de te carregar?

— Carrega-me em tua montaria e, para qualquer direção que eu direcionar minha cabeça e a do animal, é para onde deverás ir.

E então Daniel montou-a no cavalo, e cavalgaram até chegar a uma corte tão esplêndida que era um deleite para os olhos.

Em seguida, o réptil desceu da montaria com elegância e disse:

— Espera aqui, e logo estarei contigo. — E serpenteou por baixo do portão.

Daniel ficou parado e esperou até sentir-se esgotado de tanto chorar; mas, por fim, a serpente voltou sob a forma de uma linda donzela, com vestes deslumbrantes, e abriu o portão para ele.

— Traz para dentro teu alazão — pediu ela —, come e descansa um pouco.

E adentraram o pátio, onde havia duas fontes no centro.

A moça retirou de uma delas um pequeno copo d'água e, espalhando um punhado de aveia ao lado dele, ordenou:

— Amarra teu cavalo aqui!

O quê?, pensou o rapaz. *Ficamos sem nada para comer nem beber durante três dias, e agora ela zomba de nós com um punhado de aveia!*

Em seguida, foram juntos até o quarto de hóspedes, e ela lhe deu um pequeno copo d'água e um pedaço de pão de trigo. *Ora, só isto para um homem faminto como eu?*, pensou ele.

No entanto, quando, por acaso, olhou pela janela, viu que o pátio inteiro estava repleto de aveia e água, e que o alazão já comera a parte dele. Em seguida, mordiscou o pedacinho de pão e bebericou a água, e a fome foi saciada no mesmo instante.

— Ora — disse a donzela —, já comeste tua parte?

— Sim, já.

— Então deita-te e descansa um pouco.

Na manhã seguinte, quando Daniel se levantou, ela lhe disse:

— Dá-me teu cavalo, tua armadura e tuas vestes, e eu te darei minhas respectivas posses em troca. — E então, ela lhe deu seu manto, a arma e continuou: — Esta espada é de tal natureza que basta brandi-la e todos os homens cairão diante de ti; quanto ao manto, uma vez que o vistas, ninguém será capaz de te apanhar. E agora, segue teu caminho até chegares a uma estalagem, e lá, contar-te-ão que o czar daquela terra está em busca de guerreiros. Vai, oferece-te a ele, e tu desposarás a filha dele, mas fica sete anos sem contar a verdade a ela!

E assim, ambos se despediram, e o jovem partiu. Chegou à estalagem, e nela perguntaram-lhe de onde viera. Quando souberam que vinha de uma terra estranha, disseram-lhe:

— Um povo estrangeiro atacou nosso czar, e ele é incapaz de se defender, pois um guerreiro poderoso conquistou seu reino, sequestrou sua filha, e agora ele está morto de preocupação.

— Leva-me até ele — pediu o rapaz.

Mostraram-lhe o caminho, e ele foi. Ao ficar diante do monarca, afirmou:

— Subjugarei esta terra estrangeira para vós. Só quero para meu exército dois cossacos, mas devem ser homens escolhidos a dedo.

Em seguida, os arautos saíram pelo reino até achar dois cossacos, e Daniel acompanhou-os até as planícies infinitas, e, nelas, fez com que se deitassem e dormissem, enquanto ficava de vigia. Enquanto dormiam, o exército de um país estrangeiro deparou-se com eles e gritou para o jovem recuar se quisesse escapar da morte. Os soldados começaram a disparar com armas e canhões, e dispararam tantas bolas que os cadáveres dos dois cossacos ficaram repletos delas. Em seguida, Daniel brandiu a espada e dizimou o exército, e apenas aqueles que não foram golpeados escaparam com vida. E assim, derrotou todos e conquistou a terra estrangeira, voltou e casou-se com a filha do czar, e viveram felizes para sempre.

Entretanto, os conselheiros da terra estrangeira maldiziam Daniel para a czarevna:

— Quem é o sujeito com quem te casaste? Quem é ele e de onde vem? Descobre para nós onde jaz a força dele para que possamos destruí-lo e levar-te daqui.

E então ela começou a questioná-lo, e ele respondeu-lhe:

— Presta atenção! Toda a minha força está nestas luvas.

E a princesa esperou Daniel dormir, tirou-lhe as luvas e entregou-as ao povo do país estrangeiro. No dia seguinte, ele saiu para caçar, e os conselheiros malignos cercaram-no, atiraram nele com dardos e espancaram-no com as luvas; mas tudo em vão.

O jovem brandiu sua espada e todos os que ele golpeou foram ao chão, em seguida, jogou todos no calabouço. A esposa, porém, acariciou-o, seduziu-o com suas palavras de novo e perguntou:

— Agora, conta-me, onde jaz tua força?

— Minha força, querida — respondeu o rapaz —, jaz em minhas botas.

E então, enquanto ele dormia, ela tirou-lhe as botas e entregou-as aos inimigos do marido. Mais uma vez, atacaram-no quando saiu e, de novo, ele brandiu a espada e todos que acertou foram ao chão e presos no calabouço.

A esposa seduziu-o com suas palavras e acariciou-o pela terceira vez.

— Não, mas dize-me, querido — perguntou ela —, onde jaz tua força?

Ele cansou-se das súplicas dela e respondeu-lhe:

— Minha força jaz nesta minha espada e no meu manto e, contanto que eu o vista, ninguém pode me machucar.

E então a czarevna acariciou-o, ameigou-o e sugeriu:

— Tu deverias tomar banho, meu amor, e banhar-te bem. Meu pai sempre fazia isso.

E então Daniel deixou-se ser persuadido e, assim que se despiu, a esposa trocou todas as roupas dele por outras e entregou a espada e a camisa aos inimigos do esposo. Em seguida, ele saiu do banho e, imediatamente, os inimigos atacaram-no, despedaçaram-no, colocaram-no em um saco, montaram-no no cavalo dele e soltaram o animal, que partiu sem rumo. E o alazão cavalgou, cavalgou e vagou para cada vez mais longe, até chegar ao antigo lugar onde seu cavaleiro hospedara-se com a donzela serpente. Quando sua benfeitora o viu, disse-lhe:

— Ora, se não é o pobre Daniel Desafortunado que, mais uma vez, está em apuros.

No mesmo instante, ela tirou-o do saco, remontou os pedaços dele, lavou-os bem, pegou água medicinal de uma das fontes e água vivificante da outra, borrifou em todo o corpo dele, e o jovem voltou a ficar são e forte de novo.

— Eu não te proibi de contar a verdade à sua esposa durante sete anos? — perguntou ela. — E tu não tomaste cuidado.

Ele ficou parado, sem dizer uma palavra.

— Bem, agora descansa um pouco — continuou a moça —, pois necessitas, e depois eu te darei outra coisa.

No dia seguinte, ela deu-lhe uma corrente e disse-lhe:

— Escuta! Vai até aquela estalagem onde tu te hospedaste antes e, de manhã bem cedo, enquanto estiveres no banho, ordena ao estalajadeiro que bata em tuas costas com esta corrente, com toda a força, e assim voltarás para tua esposa, mas não contes a ela nada do que aconteceu.

E então ele foi à mesma estalagem e pernoitou nela. De manhã, chamou o estalajadeiro e ordenou-lhe:

— Presta atenção! Na primeira vez que eu mergulhar minha cabeça na água, golpeia-me nas costas com esta corrente o mais forte que puderes.

E então, o homem esperou até Daniel ter mergulhado a cabeça debaixo d'água e bateu nele com a corrente, que o fez transformar-se em um cavalo tão lindo que era um deleite de se ver. O estalajadeiro ficou muito, muito feliz. *Eu me livrei de um hóspede apenas para conseguir outro,* pensou. Não perdeu tempo e levou o animal para a feira, com o intuito de vendê-lo e, entre os que o viram, estava o próprio czar.

— Quanto pedes por ele? — perguntou o monarca.

— Peço cinco mil rublos.

Em seguida, o imperador contou o dinheiro e levou o cavalo consigo. Quando chegou à corte, armou um grande rebuliço por causa do belo animal e chamou a filha:

— Vem ver, meu amorzinho, o belo cavalo que comprei.

E a princesa aproximou-se para olhá-lo; mas, assim que o viu, exclamou:

— Este cavalo me arruinará. Deves matá-lo agora.

— Não, meu amorzinho! Como posso fazer tal coisa? — indagou o monarca.

— Deves matá-lo, e matá-lo irás! — exclamou a czarevna.

E então mandaram buscar uma faca e começaram a afiá-la, quando uma das damas da corte apiedou-se do animal e exclamou:

— Ó meu bom e querido cavalo, tu és tão amável e, mesmo assim, querem matar-te!

O animal, porém, relinchou, foi até ela e pediu:

— Presta atenção! Pega a primeira gota de sangue que sair de mim e enterra-a no jardim.

Em seguida, mataram o alazão, mas a donzela obedeceu--lhe, pegou a gota de sangue e enterrou-a no jardim. Da gota, nasceu uma cerejeira; e sua primeira folha era dourada, a cor da segunda era mais vívida, a terceira, de outra cor, e cada folha da árvore era diferente das demais. Certo dia, o czar saiu para

caminhar no jardim e, quando viu a cerejeira, caiu de amores por ela e exaltou-a para a filha.

— Olha! — exclamou. — Mas que bela cerejeira temos em nosso jardim! Quem sabe dizer de onde nasceu?

No entanto, assim que a princesa a viu, exclamou:

— Esta árvore me arruinará! Deves cortá-la.

— Não! Como posso cortar o ornamento mais belo de meu jardim?

— Deves cortá-la, e cortada será! — replicou a czarevna.

E então mandaram buscar um machado e prepararam-se para cortar a árvore, mas a donzela apareceu correndo e disse:

— Ó querida e pequena cerejeira, querida e pequena cerejeira, és tão bela! Nasceste de um cavalo, e agora hão de te cortar antes de viveres um único dia!

— Não importa — respondeu a árvore —, pega a primeira lasca que cair de mim e joga-a na água.

Em seguida, cortaram a cerejeira, mas a moça fez o que lhe fora ordenado e jogou a primeira lasca da árvore na água, e dela saiu um marreco tão belo que era um deleite de se ver.

Em seguida, o czar saiu para caçar e viu a ave nadando na água, e estava tão perto que dava para tocá-la. O soberano tirou as roupas e mergulhou na água atrás do marreco, que o atraiu para cada vez mais longe da margem. Depois, o animal nadou em direção ao local onde o imperador deixara as roupas e, quando chegou a elas, transformou-se em homem, vestiu as roupas e oh! Era Daniel.

Em seguida, chamou o czar:

— Nadai até aqui! Nadai até aqui!

O imperador nadou, mas, quando chegou em terra firme, Daniel foi a seu encontro, matou-o e, depois disso, voltou para a corte com as roupas dele. Todos os cortesãos o saudaram como czar, mas ele indagou:

— Onde está a donzela que estava aqui há pouco?

Trouxeram-na no mesmo instante diante dele, e ele lhe disse:

— Ora, foste uma segunda mãe para mim, e agora serás minha segunda esposa!

E assim, ele viveu com ela, feliz, mas foi o responsável por sua primeira esposa ter sido amarrada às caudas de cavalos selvagens e despedaçada nas planícies infinitas.

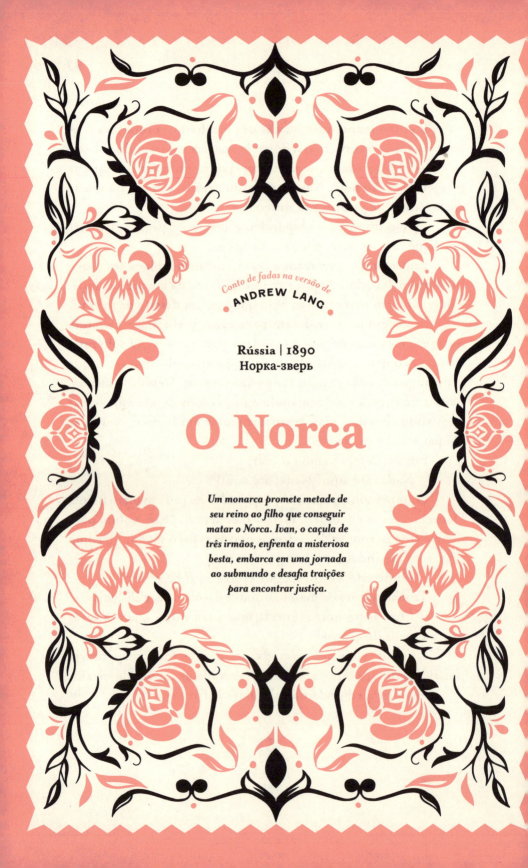

Conto de fadas na versão de
ANDREW LANG

Rússia | 1890
Норка-зверь

O Norca

Um monarca promete metade de seu reino ao filho que conseguir matar o Norca. Ivan, o caçula de três irmãos, enfrenta a misteriosa besta, embarca em uma jornada ao submundo e desafia traições para encontrar justiça.

Era uma vez um rei e uma rainha. O casal tinha três filhos, e dois deles eram astuciosos, mas o terceiro, um ingênuo. O soberano tinha um parque de cervos, no qual havia diversos animais selvagens de diferentes espécies, e nele aparecia uma fera enorme — cujo nome era Norca — que causava estragos assustadores e devorava, todas as noites, alguns animais. O monarca fazia tudo o que era possível, mas era incapaz de matar o monstro. Por fim, convocou e reuniu os filhos e disse:

— Àquele que matar o Norca, darei metade de meu reino.

Bom, o filho mais velho aceitou a tarefa. Assim que anoiteceu, pegou suas armas e partiu, mas, antes de chegar ao parque, foi até uma taverna e passou a noite inteira na patuscada. Quando voltou a si, já era tarde demais, pois o dia já raiara. Sentiu-se desonrado diante dos olhos do pai, mas não havia mais o que fazer. No dia seguinte, partiu o filho do meio, que fez a mesma coisa. O soberano repreendeu-os com severidade e deu o assunto como encerrado.

No terceiro dia, o filho caçula aceitou a tarefa. Os irmãos riram com desdém, porque ele era tão estúpido que tinham certeza de que não conseguiria fazer nada. O rapaz, porém, pegou suas armas, foi diretamente até o parque e sentou-se na grama, em uma posição que, assim que fosse dormir, as armas o espetariam e o acordariam.

Logo deu meia-noite. A terra começou a tremer, e o Norca saiu dela em disparada, derrubou a cerca e entrou no parque, tamanha era sua estatura. O príncipe recompôs-se, levantou-se, fez o sinal da cruz e foi na direção da fera, que disparou em fuga. Entretanto, logo viu que não conseguiria alcançá-la a pé, então apressou-se até o estábulo, montou no melhor cavalo que havia e partiu em perseguição. Alcançou a fera sem demora e começaram a lutar. Lutaram e lutaram, e o jovem feriu o monstro três vezes. Por fim, ambos sentiram-se muito cansados, então deitaram-se para descansar um pouco. No entanto, assim que o rapaz cerrou os olhos, a criatura levantou-se de um salto e fugiu. O alazão despertou o dono, e ele levantou-se de um salto, partiu outra vez em perseguição, alcançou a criatura, e ambos recomeçaram a luta. De novo, o príncipe golpeou a fera três vezes, e então ambos deitaram-se novamente para descansar. Em seguida, a fera escapou como antes. O rapaz alcançou-a e, mais uma vez, feriu-a três vezes. No entanto, de chofre, assim que começou a persegui-la pela quarta vez, a fera fugiu até uma grande rocha branca, derrubou-a e escapou para outro mundo, gritando para o príncipe:

— Só conseguirá me matar quando entrar aqui.

O jovem voltou para casa, contou ao pai tudo o que acontecera e pediu-lhe para trançar uma corda de couro grande o bastante para chegar ao outro mundo. O monarca ordenou, e assim foi feito. Quando a corda ficou pronta, o príncipe chamou os irmãos, e os três, levando serviçais consigo e tudo o mais que era necessário para durar um ano inteiro, partiram para o lugar onde a fera desaparecera sob a rocha. Quando chegaram, construíram um palácio no local e moraram nele por um tempo. No entanto, quando tudo estava pronto, o caçula disse aos irmãos:

— Agora, irmãos, quem levantará esta rocha?

Nenhum deles sequer conseguiu movê-la, mas, assim que o mais novo a tocou, ela voou para longe, apesar de ser tão grande... tão grande quanto uma colina. E, ao lançar a rocha, perguntou aos irmãos pela segunda vez:

— Quem irá até o outro mundo para matar o Norca?

Nenhum se ofereceu, então o caçula riu da grande covardia deles e disse:

— Bom, irmãos, adeus! Desçam-me até o outro mundo e não saiam daqui, e assim que eu sacudir a corda, puxem-na.

Os dois concordaram em fazê-lo e, quando o mais novo chegara ao outro mundo, debaixo da terra, seguiu seu caminho. Caminhou e caminhou até avistar, ao longe, um cavalo com gualdrapas magníficas, que o saudou:

— Saudações, príncipe Ivan! Faz tempo que te aguardo!

Ele montou no animal e cavalgou, cavalgou e cavalgou até ver, diante de um si, um palácio feito de cobre. Entrou no pátio, amarrou o alazão e adentrou o palácio. Em um dos recintos, o jantar estava servido. O príncipe sentou-se, jantou e depois foi para um dos quartos. Nele, viu uma cama, na qual deitou-se para descansar. Passado pouco tempo, entrou uma dama, mais bela do que um conto de fadas seria capaz de conceber, e disse-lhe:

— Tu, que estás em minha casa, identifica-te! Se fores um velho, serás meu pai; se fores um homem de meia-idade, meu irmão; mas, se fores jovem, serás meu amado esposo. E se fores uma mulher idosa, serás minha avó; se fores de meia-idade, minha mãe; e se fores uma menina, serás minha irmã.

Em seguida, ele se apresentou e, quando ela o viu, ficou encantada e exclamou:

— Por qual motivo, ó príncipe Ivan... tu serás meu amado marido! Por qual motivo vieste até aqui?

E então o rapaz contou tudo o que acontecera, e a dama disse:

— A fera que desejas matar é meu irmão. Ele está, neste minuto, com minha irmã do meio, que não mora tão longe daqui, em um palácio prateado. Tratei de três dos ferimentos que tu lhe infligiste.

Bom, depois disso, beberam, divertiram-se e tiveram uma conversa agradabilíssima. Em seguida, o príncipe despediu-se dela e foi até a irmã do meio, que morava no palácio prateado, e também hospedou-se com ela por um tempo. Ela lhe disse que seu irmão Norca estava na casa da irmã mais nova e, assim, o jovem foi até a morada dele, um palácio dourado. A caçula lhe contou que o irmão, naquele momento, estava dormindo no mar azul, e deu a Ivan uma espada de aço e um gole da Água da Força, e disse-lhe para cortar a cabeça do irmão com um único golpe. E quando terminara de ouvir tudo aquilo, o rapaz seguiu seu caminho.

Quando o príncipe chegou ao mar azul, observou — nele, dormia o Norca, em cima de uma rocha, no meio do mar; e seu ronco agitava a água por onze quilômetros. Ivan fez o sinal da

H. J. FORD E LANCELOT SPEED

cruz, foi até a criatura e decepou-lhe a cabeça com a espada. A cabeça voou, dizendo o seguinte:

— Bom, estou morto por ora! — E rolou para bem longe e mar adentro.

Depois de matar o monstro, regressou por onde veio, buscando todas as três irmãs no caminho, com o intuito de levá-las para o mundo superior, pois as três o amavam e não queriam separar-se dele. Cada uma transformou seu palácio em um ovo, pois eram feiticeiras, e ensinou ao príncipe como transformar os ovos em palácios e vice-versa, entregando-lhe os ovos. E assim, todos foram ao local onde tinham de ser içados para o mundo superior. Quando chegaram ao local da corda, Ivan a pegou e mandou as donzelas amarrarem-se nela. Em seguida, esquivou-se da corda, e os irmãos começaram a puxá-la. Ao terminarem de fazê-lo e virem as belíssimas donzelas, afastaram-se e disseram:

— Vamos abaixar a corda, puxar nosso irmão até certa altura, e depois cortá-la. Talvez ele morra; porque, caso contrário, nunca nos entregará aquelas belezas para ser nossas esposas.

Tendo isso combinado, abaixaram a corda. Ivan, porém, não era tolo; ele adivinhou a intenção dos irmãos, logo, amarrou a corda a uma pedra e puxou-a. Os irmãos içaram-na até uma grande altura e depois cortaram a corda. A pedra caiu e espatifou-se; o príncipe chorou aos borbotões e afastou-se. Bom, caminhou e caminhou, e logo caiu uma tempestade; os relâmpagos lampejavam, os trovões rugiam, e a chuva caía, abundante. Ele foi abrigar-se debaixo de uma árvore e viu nela alguns passarinhos que estavam ficando completamente encharcados. Tirou o casaco, cobriu-os com ele e sentou-se debaixo da árvore. Em pouco tempo, surgiu um pássaro voando, tão grande que encobria a luz, e já estava escuro, mas ficou muito mais. A ave era mãe dos passarinhos que o príncipe cobrira e, quando aparecera voando, percebeu que os filhotinhos estavam cobertos e perguntou:

— Quem agasalhou meus filhinhos? — E, assim que viu o rapaz, acrescentou: — Foste tu? Obrigada. Em troca, podes pedir o que desejares. Farei qualquer coisa por ti.

— Então leva-me ao outro mundo.

— Faz uma grande embarcação com uma divisória no meio — instruiu o pássaro. — Pega todo tipo de caça e coloca em uma metade e, na outra, acrescenta água; assim haverá comida e bebida para mim.

Ivan fez tudo o que lhe foi pedido e, em seguida, a ave — já com a embarcação nas costas, e o príncipe sentado no meio delas — começou a voar. Depois de voar uma certa distância, ela levou-o até o destino da jornada dele, despediu-se e voou de volta. Ele, porém, foi à casa de um certo alfaiate e foi contratado como seu servo. Estava tão desgastado e com a aparência tão mudada que ninguém suspeitaria de que era um príncipe.

Após ter começado a exercer o ofício, o jovem começou a perguntar o que estava acontecendo em seu país, e seu senhor respondeu:

— Nossos dois príncipes, pois o terceiro desapareceu, trouxeram esposas de outro mundo e desejam casar-se com elas, mas as noivas se recusam. Isso é porque insistem em ter seus vestidos de casamento feitos para elas primeiro, exatamente iguais aos que tinham no outro mundo, e isso sem que lhes tirem as medidas. O rei convocou todos os artífices, mas nenhum deles assumirá tal tarefa.

Depois de ouvir tudo isso, Ivan pediu:

— Amo, vai ao rei e dize-lhe que o senhor providenciará tudo o que estiver em seu ramo.

— Entretanto, será que consigo fazer roupas deste tipo? Meus clientes são plebeus — ponderou o mestre.

— Vai, mestre! Responderei por tudo — afirmou o rapaz.

E então o alfaiate partiu. O regente ficou extasiado ao, pelo menos, ter encontrado um bom artífice, e deu-lhe o tanto de dinheiro que fora pedido. Quando o alfaiate já tinha preparado tudo, foi para casa, e o príncipe disse-lhe:

— Agora reza para Deus e dorme; amanhã estará tudo pronto.

E o mestre seguiu o conselho e foi se deitar.

Deu meia-noite. Ivan despertou, saiu do povoado e foi até os campos, tirou do bolso os ovos que lhe foram dados pelas princesas e, tal como lhe ensinaram, transformou-os em três palácios. Entrou em cada um deles, pegou os vestidos das donzelas, saiu outra vez, transformou os palácios novamente em ovos, foi para casa e, ao chegar, pendurou as roupas na parede e deitou-se para dormir.

De manhã cedo, seu amo acordou e oh! Lá estavam pendurados vestidos como nunca havia visto na vida, todos reluzentes de ouro, prata e pedras preciosas. Ele ficou extasiado, apanhou-os e levou-os até o rei. Quando as princesas viram que as roupas eram as mesmas usadas no outro mundo, adivinharam que o príncipe Ivan estava entre elas, então trocaram olhares, mas permaneceram em silêncio. E o alfaiate, depois de ter entregado as roupas, foi para casa, mas não encontrou mais seu querido aprendiz, pois o príncipe fora até o sapateiro, que também foi enviado por ele até o monarca; e, do mesmo modo, fora a todos os artífices, e todos agradeceram-lhe, visto que, por intermédio dele, foram enriquecidos pelo regente.

Quando o aprendiz principesco já passara por todos os artífices, as princesas já haviam recebido o que pediram; todas as roupas ficaram idênticas a como eram no outro mundo. Em seguida, choraram aos borbotões, porque o príncipe não viera, e era impossível aguardar por mais tempo; era necessário que se casassem, mas, quando estavam prontas para o casamento, a noiva mais jovem solicitou ao rei:

— Permite-me, meu pai, sair e dar esmolas aos mendigos.

O monarca permitiu sua ida, e ela partiu e começou a distribuir esmolas entre os mendigos e a examiná-los com atenção. Quando aproximou-se de um deles, prestes a dar-lhe dinheiro, viu o anel que dera ao príncipe no outro mundo e os anéis das irmãs também — pois era ele mesmo. E então pegou-o pela mão, levou-o até o saguão e disse ao soberano:

— Aqui está aquele quem nos tirou do outro mundo. Os irmãos dele nos proibiram de dizer que estava vivo e ameaçaram nos matar se contássemos.

E então o regente ficou irado com os filhos e puniu-os da forma que achou melhor. Em seguida, três casamentos foram celebrados.

Conto de fadas na versão de
ALEXANDER AFANASYEV

Rússia | 1870
Упырь

O Vampiro

A bela Marusia conhece um misterioso rapaz que lhe promete casamento. Até que, usando um fio de novelo, ela descobre que ele é um vampiro.

Hum certo país, morava um velho casal que tinha uma filha chamada Marusia. Em seu vilarejo, era comum comemorar o banquete de Santo André, o primeiro chamado, no dia 30 de novembro. As moças tinham o hábito de se reunir em uma choupana, assar pãezinhos e se divertir durante uma semana inteira ou até mais. Bom, elas se encontravam na chegada do festival, faziam os preparativos e assavam o que era necessário. À noite, os rapazes chegavam, tocando música, trazendo bebida alcoólica, e a dança e a patuscada se iniciavam. Todas as garotas dançavam bem, mas Marusia era a melhor. Depois de um tempo, chegou à choupana um sujeito muito atraente! E como! Tinha a saúde perfeita e vestia-se com esmero e riqueza.

— Olá, belas donzelas! — saudou ele.

— Olá, bom rapaz! — cumprimentaram elas.

— Estão festejando?

— Fique à vontade para se juntar a nós.

Em seguida, ele tirou do bolso um saco cheio de moedas de ouro, pediu bebida alcoólica, nozes e bolo de gengibre. Tudo ficou pronto em um piscar de olhos, e o jovem começou a oferecer aos rapazes e às moças, dando a cada um sua parte. Em seguida, foi dançar. Ora, olhá-lo era um deleite! Marusia lhe agradou mais do que as outras; então não desgrudou dela. Chegou a hora de ir para casa.

— Marusia — chamou ele —, venha despedir-se de mim.

E ela assim o fez.

— Marusia, querida! Gostaria de que eu me casasse com você?

— Se quiser casar-se comigo, eu me casarei com você de bom grado, mas de onde você vem?

— Venho de vários lugares. Trabalho para um comerciante.

Ambos se despediram e se separaram. Quando a moça chegou em casa, a mãe perguntou-lhe:

— Oi, filha! Divertiu-se?

— Sim, mãe, mas, além disso, tenho uma notícia agradável para lhe contar. Na festa, havia um rapaz da vizinhança, bem-apessoado e com muito dinheiro, que prometeu casar-se comigo.

— Ouça, filha! Quando for se encontrar com as meninas amanhã, leve um novelo, dê um nó e, quando despedir-se do rapaz, amarre o nó em um dos botões dele e, em silêncio, desenrole a bola; depois, por meio do fio, conseguirá descobrir onde ele mora.

No dia seguinte, Marusia foi ao encontro das amigas e levou um novelo. O jovem compareceu outra vez e a saudou:

— Boa noite, Marusia!

— Boa noite! — cumprimentou ela.

Começaram as brincadeiras e as danças e, muito mais do que na noite anterior, o rapaz não desgrudou de Marusia nem se afastou um passo sequer dela. Chegou a hora de ir para casa.

— Venha despedir-se de mim, Marusia! — chamou o estranho.

Ela saiu para a rua e, quando estava se despedindo, em silêncio, deixou cair o nó sobre um dos botões dele. Ele seguiu seu caminho, mas ela permaneceu onde estava, desenrolando o novelo. Quando terminara de desenrolá-lo por completo, correu atrás do fio para descobrir onde seu prometido morava. A princípio, o fio seguia pela rua, depois esticava-se por sebes e valas, e conduziu Marusia na direção da igreja, até dar diretamente no pórtico. A moça tentou abrir a porta; estava trancada. Circundou a igreja, encontrou uma escada, apoiou-a contra uma janela e subiu por ela para ver o que acontecia dentro do local. Após entrar, olhou, e viu seu prometido parado, atrás de uma cova, devorando um cadáver — pois, naquela noite, um corpo fora deixado ali.

Ela queria descer a escada em silêncio, mas o medo a impediu de tomar o devido cuidado, e ela fez um barulhinho. Em seguida, correu para casa, quase fora de si, imaginando o tempo todo que estava sendo perseguida. Estava quase morta antes de entrar em casa e, na manhã seguinte, a mãe perguntou-lhe:

— Ora, Marusia! Viu o jovem?

—Vi, mãe — respondeu a filha, porém sem contar o que vira.

Marusia estava sentada, avaliando se iria ao encontro das amigas ou não.

— Vá — aconselhou a mãe. — Divirta-se enquanto ainda é jovem!

E assim, ela foi; o Vampiro já estava no local. As brincadeiras, a diversão e as danças recomeçaram; as moças não sabiam nada do que acontecera. Quando começaram a se despedir e ir para casa, o Maligno disse:

— Venha, Marusia! Despeça-se de mim.

Ela ficou com medo e não se mexeu. Em seguida, todas as outras garotas a interpelaram:

— Em que está pensando? Porventura ficou acanhada de repente? Vá se despedir do bom rapaz.

Não havia o que fazer, e lá foi ela, sem saber o que aconteceria. Assim que saíram pelas ruas, o estranho começou a questioná-la:

— Você estava na igreja na noite passada?

— Não.

— E viu o que eu estava fazendo?

— Não.

— Muito bem! Amanhã seu pai morrerá!

Após dizer isso, desapareceu.

Marusia voltou para casa, séria e triste. Quando acordou de manhã, o pai jazia morto!

Ela e a mãe choraram, prantearam a perda e o colocaram no caixão. À noite, a mãe foi visitar o padre, mas a filha ficou em casa até, por fim, sentir medo de ficar só. *Acho que vou visitar meus amigos*, pensou. Ela foi e encontrou o Maligno.

— Boa noite, Marusia! Por que não está feliz?

— Como posso estar feliz? Meu pai morreu!

— Ah! Coitadinha!

RAFAEL NOGUEIRA

O VAMPIRO

Todos se entristeceram por ela. Até o Maldito se entristeceu; como se não tivesse sido obra dele. Pouco a pouco, os presentes começaram a se despedir e a voltar para casa.

— Marusia — chamou ele —, despeça-se de mim.

Ela não quis.

— Está pensando em quê, menina? — insistiram as amigas. — Está com medo de quê? Vá despedir-se dele.

E então ela saiu para se despedir, e ambos foram para a rua.

— Diga-me, Marusia — perguntou ele —, você estava na igreja?

— Não.

— Viu o que eu estava fazendo?

— Não.

— Muito bem! Amanhã sua mãe morrerá.

Ele disse isso e desapareceu, e a moça voltou para casa mais triste do que nunca. A noite passou; na manhã seguinte, ao acordar, a mãe jazia morta! Marusia passou o dia chorando; mas, quando o sol se pôs e a noite chegou, ficou com medo de estar sozinha, então foi até a casa das amigas.

— Ora, o que aconteceu? Está desanimada — comentaram as moças.

— Como é possível estar animada? Ontem meu pai morreu, e hoje foi minha mãe.

— Coitadinha! Coitadinha dela! — exclamaram todas, com compaixão.

Bom, chegou a hora da despedida.

— Despeça-se de mim, Marusia — pediu o Vampiro.

E então ela foi despedir-se dele.

— Diga-me, você estava na igreja?

— Não.

— E viu o que eu estava fazendo?

— Não.

— Muito bem! Amanhã à noite, você morrerá!

Marusia passou a noite com as amigas; na manhã seguinte, levantou-se e ponderou sobre o que deveria fazer. Lembrou-se de que tinha uma avó — uma mulher muito, muito idosa, que ficara cega com o passar dos anos.

— Acho que vou me aconselhar com ela — disse a moça, e depois partiu para a casa da avó.

— Bom dia, vovó! — saudou Marusia.

— Bom dia, minha neta! Quais são as novidades? Como estão seus pais?

— Morreram, vovó — respondeu a moça, que lhe contou tudo o que acontecera.

A senhora ouviu e disse:

—Valha-me Deus! Coitadinha de minha netinha! Vá rápido até o padre e peça o seguinte favor: caso você morra, seu corpo não deve sair de casa pela porta, e o solo deve ser escavado sob o limiar dela, e você deverá ser arrastada para fora pela abertura. E também implore para ser enterrada em uma encruzilhada, em um ponto onde quatro estradas se cruzem.

Marusia foi até o padre, chorou aos borbotões e o fez prometer que faria tudo de acordo com as instruções da avó. Em seguida, voltou para casa, comprou um caixão, deitou-se nele e morreu no mesmo instante.

Bom, contaram ao padre da morte dela, e ele enterrou primeiro a mãe e o pai, e depois a própria Marusia. Passaram o corpo dela sob o limiar da porta e enterraram-no em uma encruzilhada.

Logo depois, o filho de um nobre calhou de passar pela cova da moça e, nela, viu que nascia uma flor magnífica, como nunca vira na vida. Ele ordenou a seu servo:

— Vá e arranque aquela flor pela raiz. Vamos levá-la para casa e colocá-la em um vaso. Talvez ela floresça nele.

Bom, colheram-na, levaram-na para casa, puseram-na em um vaso de vidro e colocaram-no no peitoril da janela. A flor começou a crescer e a ficar cada vez mais bonita. Certa noite, por algum motivo, o servo não conseguira dormir e calhou de estar olhando para a janela, quando viu uma coisa assombrosa acontecer. De súbito, a flor começou a estremecer, depois caiu do caule até o chão e transformou-se em uma bela donzela. A flor era bonita, mas a donzela era muito mais. Ela foi de cômodo em cômodo, pegou vários alimentos para comer e beber, alimentou-se, bateu com o pé no chão e voltou a ser flor, retornou à janela, e ficou, mais uma vez, sobre o caule. No dia seguinte, o servo contou as maravilhas que vira na noite anterior ao jovem senhor.

— Ah, amigo! — exclamou o rapaz. — Por que não me despertou? Nós dois ficaremos de vigia esta noite.

A noite chegou; os dois ficaram vigilantes e não dormiram. Bem à meia-noite, a flor começou a estremecer, voou de um lugar para o outro, depois caiu no chão, e a bela donzela apareceu, pegou alimentos para comer e beber e sentou-se para cear. O jovem precipitou-se e pegou as mãos brancas dela. Para ele, foi impossível olhá-la por tempo suficiente e contemplar sua beleza!

Na manhã seguinte, disse ao pai e à mãe:

— Por favor, permitam que me case. Achei minha noiva.

Os pais consentiram. Quanto a Marusia, ela disse:

— Eu me casarei apenas com uma condição: que durante quatro anos eu não precise ir à igreja.

— Muito bem — concordou o noivo.

Bom, eles se casaram e viveram juntos durante um ano, dois, e tiveram um filho. Certo dia, porém, receberam visitas em casa, que se divertiram e beberam, e começaram a se gabar das esposas. A esposa de uma das visitas era exuberante; a de outra era muito mais.

— Podem dizer o que quiserem — gabou-se o anfitrião —, mas não existe esposa mais exuberante do que a minha em todo o mundo!

— Sim, de fato! — rebateram os convidados. — Mas é pagã.

— Como assim?

— Ora, ela nunca vai à igreja.

O marido considerou as observações desagradáveis. Esperou até domingo e, então, mandou a esposa se vestir para ir à igreja.

— Não me importo com o que diga — sentenciou ele. — Vá se vestir neste instante.

Ambos ficaram prontos e partiram para a igreja. O marido ali entrou e não viu nada de estranho. No entanto, quando ela olhou em volta, o Vampiro estava parado na janela.

— Rá! Enfim você está aqui! — exclamou ele. — Lembre-se dos velhos tempos. Você estava na igreja naquela noite?

— Não.

— E viu o que eu estava fazendo?

— Não.

— Muito bem! Amanhã seu marido e seu filho morrerão.

Marusia fugiu apressada do local e foi à casa da avó. A idosa deu-lhe dois frascos, um cheio de água benta, outro cheio de água da vida, e disse à neta o que fazer. No dia seguinte, tanto o marido quanto o filho de Marusia estavam mortos. Em seguida, o Vampiro chegou voando até ela e perguntou:

— Diga-me: estava na igreja?

— Estava.

— E viu o que eu estava fazendo?

— Você estava devorando um cadáver.

Ela falou e jogou água benta nele; no mesmo instante, o rapaz virou um monte de pó e cinzas, que foram soprados pelo vento. Logo depois, ela borrifou a água da vida no marido e no filho, que reviveram de imediato, e, dali em diante, nunca mais souberam o que é o sofrimento nem a separação, e viveram longevos e felizes.

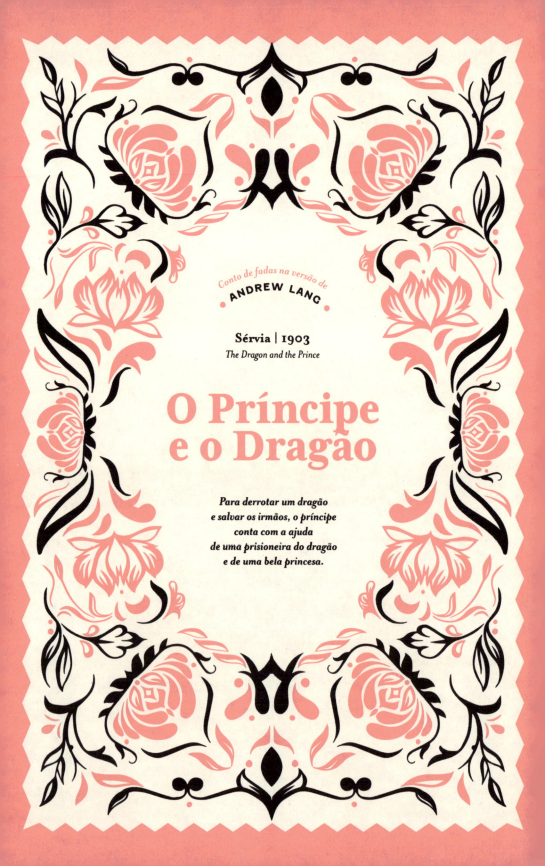

Conto de fadas na versão de
ANDREW LANG

Sérvia | 1903
The Dragon and the Prince

O Príncipe e o Dragão

Para derrotar um dragão e salvar os irmãos, o príncipe conta com a ajuda de uma prisioneira do dragão e de uma bela princesa.

ra uma vez um imperador que tinha três filhos. Eram todos belos rapazes, que gostavam de caçar, e quase todos os dias um ou outro ia praticar o esporte.

Certa manhã, o mais velho dos três príncipes montou em seu cavalo e partiu para uma floresta vizinha, onde era possível encontrar animais selvagens de todas as espécies. Mal tinha deixado o castelo, quando uma lebre saiu de uma moita e cruzou apressada a estrada à frente. No mesmo instante, o rapaz foi atrás dela e a perseguiu por vales e colinas até, por fim, o animal abrigar-se em um moinho que ficava à beira do rio. O jovem a seguiu e entrou no moinho, mas parou aterrorizado na porta, pois, no lugar da lebre, havia diante dele um dragão que cuspia fogo. Perante tal visão aterradora, o príncipe deu meia-volta para fugir, mas uma língua abrasadora enroscou-se em sua cintura, levou-o até a boca da fera, e ele nunca mais foi visto.

Uma semana se passou e, quando o príncipe não retornou, todos do povoado começaram a ficar irrequietos. Por fim, o irmão do meio disse ao pai que também gostaria de sair para caçar e que, talvez, achasse pistas do desaparecimento do irmão. Entretanto, o príncipe mal transpusera os portões do castelo quando uma lebre saiu da moita como antes e conduziu o caçador, por vales e colinas, até chegar ao moinho. O animal adentrou o local, com o príncipe no encalço, quando, oh! Em seu lugar, havia um dragão que cuspia fogo; e dele, saiu uma língua abrasadora que se enroscou na cintura do rapaz e puxou-o bem para a boca da fera, e ele nunca mais foi visto.

Os dias se passaram, e o imperador esperou e esperou os filhos, que nunca retornaram, além de não conseguir dormir à noite, pois imaginava onde estavam e que fim levaram. O filho caçula desejava partir para procurar os irmãos, mas, por muito tempo, o pai não lhe deu ouvidos, com medo de que também pudesse perdê-lo. O rapaz, porém, pedia tanto para sair em busca deles e prometia, com tanta frequência, que seria cauteloso que, por fim, o imperador concedeu-lhe permissão e ordenou que o melhor cavalo nos estábulos fosse selado para o filho.

Cheio de esperança, o jovem príncipe começou a seguir seu caminho, mas, assim que estava fora das muralhas da cidade, uma lebre saiu da moita e correu diante dele até chegar ao moinho. Tal como antes, o animal entrou apressado pela porta aberta, mas, desta vez, não foi seguido pelo rapaz. Mais esperto do que os irmãos, ele deu meia-volta, dizendo para si: *Há tantas boas lebres na floresta quanto as que saem dela e, quando eu as tiver apanhado, posso voltar aqui para procurar você.*

Durante muitas horas, o jovem cavalgou, subindo e descendo a montanha, mas não viu nada e, por fim, cansado de esperar, retornou ao moinho. Nele, encontrou uma senhora sentada, a quem cumprimentou com gentileza.

— Bom dia, minha senhora — saudou ele; e a idosa respondeu-lhe de volta:

— Bom dia, meu filho.

— Diga-me, senhora — prosseguiu o príncipe —, onde posso encontrar minha lebre?

— Meu filho, aquilo não era uma lebre, e sim um dragão que guiou muitos homens para cá e depois devorou todos.

Ao ouvir tais palavras, o coração do rapaz pesou, e ele exclamou:

— Então meus irmãos devem ter vindo para cá e sido devorados pela fera!

— Você está certo, e meu melhor conselho é que volte agora para casa, antes que sofra o mesmo destino.

— Não virá comigo para sair deste lugar pavoroso?

— Ele me mantém prisioneira também, e não consigo livrar-me dos grilhões.

— Então me escute — exclamou o rapaz. — Quando o dragão voltar, pergunte-lhe aonde ele sempre vai quando sai daqui e o que o torna tão forte; e, quando tiver arrancado o segredo dele, conte-me na próxima vez que eu vier.

E então o jovem foi para casa, e a senhora permaneceu no moinho e, assim que a criatura retornou, ela lhe perguntou:

— Onde esteve durante todo este tempo? Viajou para muito longe, não?

— Sim, minha senhora, de fato viajei para muito longe — respondeu ele.

Em seguida, ela começou a bajulá-lo e a enaltecer sua esperteza; e, quando pensou que o deixara de bom humor, disse:

— Já imaginei tantas vezes de onde vem sua força. Queria que me contasse. Eu me humilharia e beijaria este lugar por puro amor!

O réptil riu e respondeu:

— Na pedra da lareira jaz o segredo de minha força.

E então a velha levantou-se de súbito e beijou a lareira; o animal riu muito mais e debochou:

— Criatura tola! Só estava brincando. Não está na pedra da lareira; é naquela árvore alta onde jaz o segredo de minha força.

E então a senhora levantou-se de um salto, mais uma vez, abraçou a árvore e beijou-a com cordialidade. O dragão riu alto quando viu o que ela estava fazendo.

— Velha tola — exclamou o réptil, assim que conseguiu falar —, achou mesmo que minha força vinha daquela árvore?

— De onde vem, então? — questionou a prisioneira, muito zangada, pois não gostou de ser feita de boba.

— Minha força — respondeu a fera — jaz longe daqui; tão longe que é impossível alcançá-la. Bem, bem longe daqui, há um reino e, perto da capital, há um lago, e no lago, há um dragão e, dentro do dragão, há um javali selvagem, e dentro do javali selvagem, há um pombo e, dentro do pombo, há um pardal e, dentro do pardal, jaz minha força.

Quando a senhora ouviu isso, pensou que não adiantava mais bajulá-lo, pois nunca, nunca seria capaz de obter a força dele.

Na manhã seguinte, quando a criatura já deixara o moinho, o príncipe voltou ao local e a idosa contou-lhe tudo o que a criatura dissera. Ele ouviu em silêncio e depois regressou ao castelo, onde vestiu uma muda de roupa de pastor de ovelhas e, com um cajado na mão, saiu em busca de um lugar para cuidar de rebanhos.

Por algum tempo, vagou de vilarejo em vilarejo e de cidade em cidade, até, enfim, chegar a uma grande, num reino distante, cercado por um enorme lago em seus três lados, que calhava de ser o mesmo onde o dragão habitava. Como de costume, parava todos que encontrava nas ruas e que, pelo visto, queriam um pastor, e implorava para o contratarem, mas as pessoas pareciam já ter seus pastores ou não precisavam de nenhum. O rapaz estava começando a perder a esperança quando um homem, que entreouviu a pergunta, virou-se e disse que era melhor perguntar ao imperador, já que este estava procurando alguém para cuidar de seus rebanhos.

— Pode cuidar de minhas ovelhas? — perguntou o soberano, quando o jovem ajoelhou-se diante dele.

— Com todo o prazer, majestade — respondeu o pastor, que escutou, obediente, enquanto o imperador lhe dizia o que deveria ser feito.

— Fora das muralhas da cidade — prosseguiu o regente —, encontrará um grande lago e, em suas margens, jaz as campinas mais amplas de meu reino. Quando estiver guiando os rebanhos para pastar, ele correrá diretamente para elas, e todos que foram até lá jamais voltaram. Portanto, tome cuidado, meu filho, para não permitir que as ovelhas vão aonde quiserem; em vez disso, conduza-as para onde achar melhor.

Fazendo uma grande reverência, o príncipe agradeceu ao imperador pelo alerta e prometeu-lhe esforçar-se ao máximo para garantir a proteção das ovelhas. Em seguida, saiu do palácio e foi até o mercado, onde comprou dois cães da raça galgo, um gavião e um par de flautas. Depois disso, foi pastorear as ovelhas. Assim que os animais avistaram o lago, afastaram-se o mais rápido que as patas permitiam até as campinas verdes em

HENRY J. FORD

volta do lago. O príncipe não tentou impedi-las; apenas deixou o gavião sobre o galho de uma árvore, pôs os instrumentos na grama e mandou os cães ficarem sentados e parados; em seguida, arregaçou as mangas da camisa e as bainhas das calças, investiu contra a água e, enquanto o fazia, exclamava:

— Dragão! Dragão! Se não for covarde, apareça para me enfrentar!

E, de dentro das profundezas do lago, uma voz respondeu:

— Estava esperando você, ó, príncipe. — E, no minuto seguinte, a fera saiu da água, uma visão enorme e horrível.

O rapaz lançou-se sobre o monstro, atracaram-se e lutaram até o sol estar alto no céu, ao meio-dia. Em seguida, o dragão disse, com um suspiro:

— Ó, príncipe, deixe-me mergulhar minha cabeça incandescente no lago, e arremessarei você até a maior das alturas.

O jovem, porém, respondeu:

— Não, não! Meu bom dragão, não se gabe tão cedo! Se a filha do imperador estivesse aqui e me desse um beijo na testa, eu o arremessaria muito mais alto!

E, de repente, o aperto do dragão afrouxou, e ele caiu de volta no lago.

Assim que chegou o entardecer, o príncipe limpou todos os sinais da luta na água, pôs o gavião no ombro e as flautas debaixo do braço e, com os cães à frente e o rebanho seguindo-o, partiu para a cidade. Conforme passavam pelas ruas, as pessoas observavam maravilhadas, pois nunca viram nenhum rebanho retornar do lago.

Na manhã seguinte, o jovem levantou-se cedo e guiou as ovelhas pela estrada que dava no lago. Desta vez, contudo, o imperador enviou dois cavaleiros para o acompanharem, com ordens de passar o dia inteiro vigiando o príncipe. Ambos não perderam o rapaz e o rebanho de vista, e não foram vistos. Assim que avistaram as ovelhas correndo em direção às campinas, deixaram de segui-las e subiram um morro íngreme que se

O PRÍNCIPE E O DRAGÃO

projetava acima do lago. Quando o pastor chegou ao local, tal como fizera antes, colocou as flautas na grama e mandou os cães sentarem-se ao lado deles, enquanto empoleirava o gavião no galho da árvore. Em seguida, arregaçou as mangas das camisas e as bainhas das calças e investiu contra a água, exclamando:

— Dragão! Dragão! Se não for covarde, apareça para me enfrentar!

E a criatura respondeu:

— Estava esperando você, ó, príncipe. — E no minuto seguinte, a fera saiu da água, uma visão enorme e horrível.

Mais uma vez, ambos se atracaram, lutaram até meio-dia e, quando o sol estava a pino, o dragão disse, com um suspiro:

— Ó, príncipe, deixe-me mergulhar minha cabeça incandescente no lago, e arremessarei você até a maior das alturas.

O jovem, porém, respondeu:

— Não, não! Meu bom dragão, não se gabe tão cedo! Se a filha do imperador estivesse aqui e me desse um beijo na testa, eu o arremessaria muito mais alto!

E, de repente, o aperto do dragão afrouxou, e ele caiu de volta no lago.

Assim que chegou o entardecer, mais uma vez, o príncipe reuniu as ovelhas e, tocando as flautas, marchou diante delas e levou-as para a cidade. Quando passou pelos portões, todas as pessoas saíram de suas casas maravilhadas, pois nunca viram nenhum rebanho retornar do lago.

Enquanto isso, os dois cavaleiros retornaram depressa e contaram ao imperador tudo o que viram e ouviram. Ávido, o regente ouviu a história e, em seguida, chamou a filha e repetiu-a para ela.

—Amanhã — disse ele depois de terminar o relato —, irá com o pastor até o lago e lá você o beijará na testa como ele deseja.

Entretanto, quando a filha ouviu tais palavras, desatou a chorar e soluçou:

— O senhor me enviará mesmo, sua única filha, a um lugar pavoroso, e de onde é provável que jamais regressarei?

— Não tema, minha filhinha, tudo ficará bem. Muitos pastores foram àquele lago e nenhum jamais regressou; mas este pastor, nestes últimos dois dias, lutou duas vezes com o dragão e escapou ileso. Assim, torço para que, amanhã, ele mate a fera de uma vez e liberte esta terra do monstro que matou tantos de nossos soldados mais corajosos.

Na manhã seguinte, quando o sol mal começara a surgir por cima das colinas, a princesa já estava ao lado do pastor, pronta para ir ao lago. Ele transbordava de alegria, mas a donzela só sabia chorar aos borbotões.

— Enxugue as lágrimas, eu imploro — pediu ele. — Se fizer apenas o que eu lhe pedir e, no momento certo, correr e beijar minha testa, não há o que temer.

Com alegria, o príncipe tocou as flautas enquanto marchava à frente do rebanho, parando apenas de vez em quando para dizer o seguinte à garota chorosa a seu lado:

— Não chore tanto, coração de ouro; confie em mim e não tema. — E chegaram ao lago.

Em um instante, as ovelhas se espalharam pelas campinas, e o rapaz pôs o gavião na árvore e as flautas na grama, enquanto mandava os cães ficarem ao lado delas. Em seguida, arregaçou as mangas das camisas e as bainhas das calças e investiu contra a água, chamando:

— Dragão! Dragão! Se não for covarde, apareça e vamos lutar mais uma vez.

E a criatura respondeu:

— Estava esperando você, ó, príncipe. — E no minuto seguinte, o dragão saiu da água, uma visão enorme e horrível.

Sem demora, aproximou-se da margem do rio, e o príncipe lançou-se sobre ele, e ambos se atracaram, lutaram até meio-dia e, quando o sol estava a pino, o dragão exclamou:

— Ó, príncipe, deixe-me mergulhar minha cabeça incandescente no lago, e arremessarei você até a maior das alturas.

O jovem, porém, respondeu:

— Não, não! Meu bom dragão, não se gabe tão cedo! Se a filha do imperador estivesse aqui e me desse um beijo na testa, eu o arremessaria muito mais alto!

Mal dissera isso, e a princesa, que estivera escutando tudo, correu e beijou-o na testa. Em seguida, o príncipe arremessou o dragão diretamente até as nuvens, e, ao tocar na terra de novo, a fera espatifou-se em mil pedaços. Dos pedaços, surgiu um javali selvagem que fugiu, mas o príncipe chamou os cães para persegui-lo, e assim apanharam o animal e o despedaçaram em mil pedaços. Deles, surgiu uma lebre e, no ato, os cães perseguiram-na, pegaram-na e mataram-na; e da lebre, saiu um pombo. Bem depressa, o jovem soltou sua ave, que planou no ar, mergulhou em direção ao pombo e levou-o a seu dono. O rapaz abriu o corpo do animal e encontrou em seu interior um pardal, tal como a senhora lhe dissera.

— Agora — exclamou o príncipe, com a ave na mão —, agora você me dirá onde meus irmãos estão.

— Não me machuque — respondeu o pássaro —, e contarei de todo o coração. Atrás do castelo de seu pai há um moinho, e nele há três ramos finos. Corte-os e golpeie as raízes com eles, e a porta de ferro de um porão se abrirá. Nela, encontrará várias pessoas: jovens e velhos, mulheres e crianças, o suficiente para encher um reino e, entre essas pessoas, estão seus irmãos.

Àquela hora, o crepúsculo já caíra, então o príncipe banhou-se no lago, pôs o gavião no ombro e as flautas debaixo do braço e, com os cachorros à frente e o rebanho atrás, marchou com alegria até o povoado, e a princesa seguiu todos, ainda tremendo de medo. E assim, passaram pelas ruas, abarrotadas com a multidão maravilhada, até chegarem ao castelo.

Despercebido para todos, o imperador saíra de cavalo, às escondidas, e escondera-se no morro, onde conseguiu ver tudo

HENRY J. FORD

o que aconteceu. Quando tudo acabou, e o poder do dragão findou para sempre, o monarca cavalgou depressa até ao castelo e estava pronto para receber o príncipe de braços abertos e prometer-lhe a filha como esposa. O casamento foi realizado com grande esplendor e, durante uma semana, a cidade ficou repleta de lâmpadas coloridas, e mesas foram distribuídas pelo saguão do castelo para todos que quiseram comparecer e se banquetear. Quando o banquete acabou, o príncipe revelou sua verdadeira identidade ao imperador, e todos regozijaram-se muito mais, e foram realizados os preparativos para o príncipe e a princesa regressarem a seus reinos, pois o jovem estava impaciente para libertar os irmãos.

A primeira atitude dele, quando chegou a seu país natal, foi dirigir-se apressado até o moinho, onde achou os três ramos, tal como o pardal indicara. Assim que bateu com a raiz, a porta de ferro abriu-se de chofre e, do porão, afluiu uma multidão incalculável de homens e mulheres. O príncipe fez com que saíssem um a um, para onde quisessem, enquanto esperava na porta os irmãos passarem. Como ficaram felizes ao se reencontrarem e ao ouvirem tudo o que o caçula fizera para libertá-los do encantamento! E foram para casa com o irmão e serviram-no até o fim da vida, pois diziam que só aquele que provara ser valente e fiel era digno de ser rei.

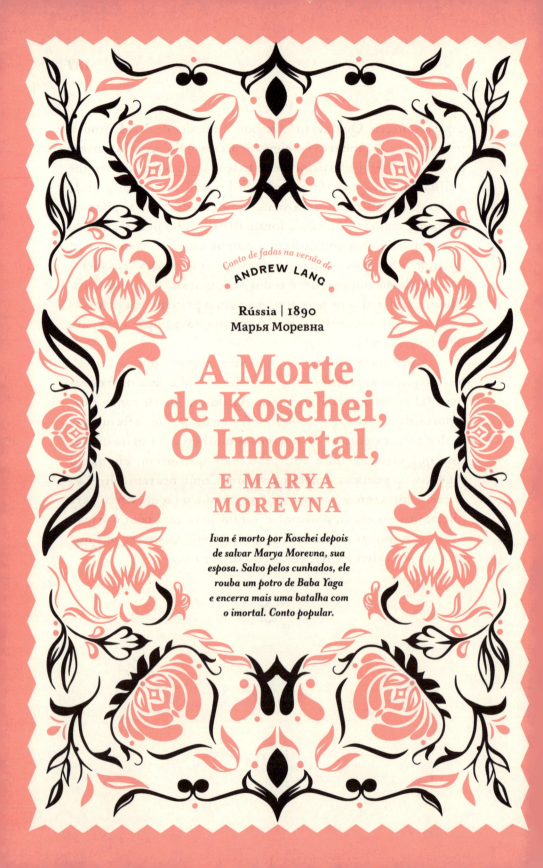

Conto de fadas na versão de
ANDREW LANG

Rússia | 1890
Марья Моревна

A Morte de Koschei, O Imortal, E MARYA MOREVNA

Ivan é morto por Koschei depois de salvar Marya Morevna, sua esposa. Salvo pelos cunhados, ele rouba um potro de Baba Yaga e encerra mais uma batalha com o imortal. Conto popular.

m um certo reino, morava o príncipe Ivan, que tinha três irmãs. A mais velha era a princesa Marya, a segunda, a princesa Olga, e a terceira, a princesa Anna. Quando seus pais estavam à beira da morte, ordenaram ao filho o seguinte:

— Ofereça suas irmãs em matrimônio aos primeiros pretendentes que vierem cortejá-las. Não as mantenha presas a você!

Os pais morreram, o príncipe os enterrou e, em seguida, para aliviar o luto, foi com as irmãs até o jardim verdejante dar uma volta. De repente, o céu ficou coberto por uma nuvem escura, e uma tempestade terrível armou-se.

— Vamos entrar, irmãs! — exclamou ele.

Mal tinham entrado no palácio quando o trovão retumbou, o teto se partiu e, no recinto em que se encontravam, entrou voando um falcão esplêndido. A ave pousou com violência no chão, transformou-se em um jovem valente e disse:

— Salve, príncipe Ivan! Já vim aqui como convidado, mas agora venho como um cortejador! Desejo pedir a mão de sua irmã em casamento, a princesa Marya.

— Se for agraciado pelo olhar de minha irmã, não interferirei nos desejos dela. Que ela se case com você, com a bênção de Deus.

A irmã aprovou; o falcão casou-se com ela e levou-a para o próprio reino.

Os dias se passaram, as horas avançaram; um ano inteiro se passou. Certo dia, o príncipe Ivan e suas duas irmãs foram dar uma volta no jardim verdejante. Mais uma vez, surgiu uma nuvem de tempestade, com furacão e relâmpagos.

— Vamos entrar, irmãs! — exclamou o príncipe.

Mal tinham entrado no palácio quando o trovão retumbou, o telhado explodiu, o teto partiu-se ao meio e, por ele, voou uma águia. A ave pousou com violência no chão e transformou-se em um jovem valente.

— Salve, príncipe Ivan! Já vim aqui como convidado, mas agora venho como um cortejador!

E pediu a mão da princesa Olga. O irmão respondeu:

— Se for agraciado pelo olhar da princesa Olga, então que ela se case com você. Não interferirei na liberdade de escolha dela.

A irmã aprovou e casou-se com a águia, que pegou-a e levou-a para o próprio reino.

Mais um ano se passou, e o príncipe Ivan disse à irmã mais nova:

— Vamos sair e dar uma volta no jardim verdejante!

Passearam por um tempo e, mais uma vez, surgiu uma nuvem de tempestade, com furacão e relâmpagos.

— Vamos entrar, irmã! — exclamou ele.

Ambos entraram, mas não tiveram tempo de sentar-se, quando o trovão caiu, o teto se abriu e, por ele, voou um corvo. A ave pousou com violência no chão e transformou-se em um jovem valente. Os jovens anteriores eram belos, mas este era muito mais.

— Ora, príncipe Ivan! Já vim aqui como convidado, mas agora venho como um cortejador! Conceda a princesa Anna para ser minha esposa.

— Não interferirei na liberdade de minha irmã. Se conquistar a afeição dela, que ela se case com você.

E então, ela casou-se com o corvo, que a levou para o próprio reino, e o príncipe Ivan ficou sozinho. Passou um ano inteiro sem as irmãs; então, enfastiou-se e disse:

— Partirei em busca de minhas irmãs.

Preparou-se para a jornada, e cavalgou e cavalgou até que, certo dia, viu um exército inteiro que jazia morto na planície.

— Se há um homem vivo, que me responda! — gritou. — Quem dizimou este exército poderoso?

E um homem ainda vivo respondeu-lhe:

— Todo este exército poderoso foi morto pela bela princesa Marya Morevna.

O rapaz foi adiante e chegou até uma tenda branca e, saindo para encontrá-lo, estava a bela princesa Marya Morevna.

H. J. FORD E LANCELOT SPEED

— Salve, príncipe! — saudou ela. — Para onde Deus o está enviando? E é de sua espontânea vontade ou contra ela?
Ele respondeu:
— Jovens valentes não cavalgam contra sua vontade!

— Bom, se sua demanda puder esperar, fique mais um pouco em minha tenda.

Ele ficou muito feliz com isso, passou duas noites na tenda e caiu nas graças da donzela, que se casou com ele. A bela princesa Marya Morevna levou-o para o próprio reino.

Passaram certo tempo juntos, e ocorreu à princesa ir guerrear. Assim, passou todos os afazeres domésticos para Ivan e deu-lhe as seguintes instruções:

— Pode ir aonde quiser e cuide de tudo; só não ouse olhar dentro daquele armário ali.

Ele não se aguentou e, assim que a esposa partiu, apressou-se até o armário, abriu a porta e olhou em seu interior: ali pendia Koschei, o imortal, preso por doze correntes. Em seguida, a entidade suplicou ao príncipe, dizendo:

— Tenha piedade de mim e dê-me de beber! Estou aqui atormentado há dez anos, sem comer nem beber; minha garganta está completamente seca.

O príncipe deu-lhe um balde d'água; ele bebeu e pediu mais:

— Só um balde d'água não saciará minha sede; dê-me mais!

Ivan deu-lhe um segundo balde. A criatura bebeu e pediu um terceiro e, quando já tinha bebido tudo, recuperou a antiga força, estremeceu as correntes e quebrou todas de uma vez.

— Obrigado, príncipe Ivan! — exclamou Koschei, o imortal. — Agora, você nunca mais verá Marya Morevna! — E voou pela janela, sob a forma de um terrível furacão.

O ser alcançou a bela princesa, conforme ela seguia seu caminho, apanhou-a e levou-a para a casa dele. Ivan, porém, chorou com amargura, aprontou-se e partiu em busca dela, dizendo para si: *Aconteça o que acontecer, procurarei Marya Morevna!*

Um dia se passou, e depois mais outro; ao amanhecer do terceiro dia, Ivan viu um palácio deslumbrante e, a seu lado, um carvalho, no qual estava empoleirado um falcão magnífico. A ave desceu da árvore, pousou com violência no chão, transformou-se em um jovem valente e exclamou:

BORIS ZVORYKIN

— Rá, caro cunhado! Como o Senhor o tem tratado?

Do palácio, veio correndo a princesa Marya, que, com alegria, cumprimentou o irmão e começou a indagar-lhe sobre sua saúde e a contar-lhe tudo a respeito de si. O príncipe passou três dias com eles e disse:

— Não posso permanecer com vocês; devo continuar a busca por minha esposa, a bela princesa Marya Morevna.

— Será difícil encontrá-la — comentou o falcão. — Em todo caso, deixe conosco sua colher de prata. Olharemos para ela e nos lembraremos de você.

E então o príncipe Ivan deixou sua colher prateada com o falcão e seguiu seu rumo.

Prosseguiu por um dia, por mais outro e, ao amanhecer do terceiro dia, viu um palácio mais grandioso do que o anterior e, bem perto dele, um carvalho, e neste havia uma águia. A ave desceu da árvore, pousou com violência no chão, transformou-se em um jovem valente e exclamou:

— Acorde, princesa Olga! Nosso querido irmão veio nos visitar!

No mesmo instante, Olga correu para encontrá-lo e começou a beijá-lo no rosto e a abraçá-lo e indagou-lhe sobre sua saúde e contou-lhe tudo a respeito de si. O príncipe passou três dias com eles e disse:

— Não posso ficar mais. Vou em busca de minha esposa, a bela princesa Marya Morevna.

— Será difícil encontrá-la — comentou a águia. — Deixe conosco um garfo de prata. Olharemos para ele e nos lembraremos de você.

Ele deixou um garfo prateado e seguiu seu rumo. Viajou durante um dia, durante mais um e, ao amanhecer do terceiro dia, viu um palácio mais grandioso do que os anteriores e, perto dele, um carvalho, e neste havia um corvo. A ave desceu da árvore, pousou com violência no chão, transformou-se em um jovem valente e exclamou:

BORIS ZVORYKIN

— Princesa Anna, venha rápido! Nosso irmão está chegando.

Anna saiu correndo do palácio, cumprimentou-o com alegria e começou a beijá-lo no rosto e a abraçá-lo, e indagou-lhe sobre sua saúde e contou-lhe tudo a respeito de si. O príncipe passou três dias com eles e disse:

— Adeus! Vou em busca de minha esposa, a bela princesa Marya Morevna.

— Será difícil encontrá-la — comentou o corvo. — Em todo caso, deixe conosco sua caixinha de rapé de prata. Olharemos para ela e nos lembraremos de você.

Ivan entregou sua caixinha de rapé prateada, partiu e seguiu seu rumo. Seguiu por um dia, depois outro e, no terceiro, chegou ao local onde Marya Morevna estava. Ela avistou seu amor, abraçou-o, rompeu em lágrimas e exclamou:

— Ó, príncipe Ivan! Por que me desobedeceu e olhou dentro do armário, libertando assim Koschei, o imortal?

— Perdoe-me, Marya Morevna! Esqueça o passado; é melhor fugir comigo, enquanto aquela entidade não está aqui. Talvez ele não nos apanhe.

E assim, o casal se preparou e fugiu. Naquele momento, Koschei estava caçando e, mais para o fim da tarde, voltava para casa, quando seu bom corcel tropeçou.

— Com que propósito tropeças, pobre rocim? Por acaso, farejas algum mal?

O animal respondeu:

— O príncipe Ivan veio e levou Marya Morevna.

— É possível apanhá-los?

— É possível semear trigo, esperar até crescer para segá-lo e debulhá-lo, moê-lo até obter farinha, com ela preparar cinco tortas, comê-las, e depois começar a perseguição e, mesmo assim, alcançá-los a tempo.

Koschei partiu a galope e alcançou o príncipe Ivan.

— Agora — ameaçou ele —, desta vez, eu o perdoarei, em troca da gentileza de me dar água para beber. Eu o perdoarei uma segunda vez, mas na terceira, cuidado! Vou fatiá-lo em pedaços.

E tirou dele sua amada e a levou, e o rapaz sentou-se em uma pedra e rompeu em lágrimas. Chorou e chorou, e depois retornou até onde estava a esposa. No momento, calhou de a entidade não estar em casa.

— Fujamos, Marya Morevna!

— Ah, príncipe Ivan! Ele nos pegará.

— Suponhamos que assim seja. Em todo caso, teremos passado uma ou duas horas juntos.

E assim, o casal se preparou e fugiu. Conforme Koschei, o imortal, voltava para casa, seu bom corcel tropeçou.

— Com que propósito tropeças, pobre rocim? Por acaso, farejas algum mal?

— O príncipe Ivan veio e levou Marya Morevna.

— É possível apanhá-los?

— É possível semear cevada, esperar até crescer para segá-la e debulhá-la, fabricar cerveja, embriagar-nos com ela, dormir até nos sentirmos saciados e depois começar a perseguição e, mesmo assim, alcançá-los a tempo.

Koschei partiu a galope e alcançou o príncipe Ivan.

— Eu não lhe disse que nunca mais veria Marya Morevna?

E tirou dele sua amada e a levou. O jovem ficou sozinho e chorou e chorou; em seguida, voltou, mais uma vez, até a esposa. Calhou de a criatura estar longe de casa naquele momento.

— Fujamos, Marya Morevna!

— Ah, príncipe Ivan! Ele com certeza nos pegará e o fará em pedaços!

— Pois que faça! Não consigo viver sem você.

E então o casal se preparou e fugiu.

Koschei, o imortal, voltava para casa, quando seu bom corcel tropeçou.

BORIS ZVORYKIN

— Com que propósito tropeças, pobre rocim? Por acaso, farejas algum mal?

— O príncipe Ivan veio e levou Marya Morevna.

A entidade partiu a galope e alcançou o príncipe Ivan, fatiou-o em pedacinhos, colocou-os em um barril, untou-o com piche, cingiu-o com aros de ferro e arremessou-o no mar azul. Marya Morevna, contudo, foi levada por ele para casa.

Naquele mesmo instante, os objetos prateados que Ivan deixara com os cunhados escureceram.

— Ah! — exclamaram. — Como esperado, o mal consumou-se!

E então a águia foi depressa até o mar azul, pegou o barril e levou-o até terra firme; o falcão voou para buscar a Água da Vida, e o corvo foi buscar a Água da Morte.

Em seguida, os três animais se encontraram, abriram o barril, retiraram os restos do cunhado, lavaram-nos e uniram-nos na ordem correta. O corvo borrifou a Água da Morte; os pedaços se uniram, e o corpo ficou inteiro. O falcão borrifou a Água da Vida no corpo; o príncipe tremeu, levantou-se e disse:

— Ah! Nossa, passei tanto tempo dormindo!

— E teria dormido durante muito mais tempo se não fosse por nós — rebateram os cunhados. — Agora, venha nos visitar.

— Não, irmãos; tenho de procurar Marya Morevna.

E quando a encontrou, disse-lhe:

— Consulte Koschei, o imortal, para saber onde ele conseguiu um corcel tão bom.

Então a princesa escolheu um momento favorável e começou a questionar a entidade, que respondeu:

— Além de vinte e sete terras, no trigésimo reino, do outro lado do rio de fogo, mora uma Baba Yaga. Ela tem uma égua tão boa que é capaz de dar a volta ao mundo todos os dias e tem muitas outras éguas esplêndidas. Vigiei os rebanhos dela durante três dias, sem perder uma única égua, e, em troca, ela me deu um potro.

— Mas como conseguiu atravessar o rio de fogo?

— Ora, tenho um lenço da seguinte natureza: quando o balanço três vezes com a mão direita, surge uma ponte muito elevada, a qual o fogo não consegue alcançar.

A donzela escutou tudo, repetiu para o esposo, furtou o lenço e entregou-lhe. Dessa forma, ele conseguiu cruzar o rio de fogo e foi rumo ao lar de Baba Yaga, percorrendo uma longa distância sem ter nada para comer nem beber. Por fim, Ivan deparou-se com um pássaro esquisito e seus filhotes e disse:

— Comerei um de seus filhos.

— Não coma, príncipe Ivan! — implorou a ave. — Em algum momento, retribuirei com uma boa ação.

Ele seguiu em frente, viu uma colmeia de abelhas na floresta e disse:

— Vou pegar um favo de mel.

— Não perturbe meu mel, príncipe Ivan! — exclamou a abelha-rainha. — Em algum momento, retribuirei com uma boa ação.

E então, ele não o perturbou e prosseguiu. Dentro em pouco, uma leoa e seu filhote cruzaram seu caminho.

— Em todo caso, comerei este filhote de leão — anunciou ele. — Estou tão faminto que estou muito indisposto!

— Por favor, deixe-nos em paz, príncipe Ivan! — implorou a leoa. — Em algum momento, retribuirei com uma boa ação.

— Muito bem, como quiser.

Faminto e debilitado, o rapaz prosseguiu, andou mais e mais e, enfim, chegou à casa de Baba Yaga. Em volta, havia doze estacas formando um círculo e, em onze delas, uma cabeça humana presa. A décima segunda estaca estava desocupada.

— Salve, senhora!

— Salve, príncipe Ivan! Por que veio? É de sua própria vontade ou por obrigação?

— Vim para ganhar da senhora um corcel heroico.

— Então que assim seja! Não terá de me servir durante um ano, apenas três dias. Se cuidar muito bem de minhas éguas, eu

H. J. FORD E LANCELOT SPEED

lhe darei um corcel heroico, mas se não cuidar, ora, então não deve se incomodar, caso sua cabeça vá parar no topo daquela última estaca ali.

    Ele concordou com as condições. A bruxa deu-lhe de comer e beber e ordenou-lhe que executasse logo a tarefa. Entretanto, assim que guiara as éguas até o campo, elas ergueram as caudas e saíram em disparada pelas campinas em todas as direções. Antes que o rapaz tivesse tempo de olhar em volta, perdeu todas de vista. Em seguida, começou a chorar e a sentir-se desassossegado, e depois sentou-se em uma pedra e dormiu. No entanto, quando faltava pouco para o pôr do sol, o pássaro esquisito chegou voando até ele e acordou-o, dizendo:

— Acorde, príncipe Ivan! As éguas estão em casa agora.

Ele levantou-se e voltou para casa. Nela, Baba Yaga vociferava, encolerizada, contra suas éguas e bradava:

— Por qual motivo vós voltastes para casa?

— Como poderíamos não voltar? — rebateram elas. — Vieram pássaros voando de todos os cantos e quase arrancaram nossos olhos com o bico.

— Bom, amanhã não galopeis nas campinas, mas dispersai-vos nas florestas densas.

O príncipe Ivan dormiu a noite toda. De manhã, a bruxa lhe disse:

— Cuidado, príncipe! Se não cuidar muito bem das éguas, se perder uma que seja, sua cabeça ficará empalada naquela estaca!

Ele guiou-as até o campo. No mesmo instante, elas ergueram as caudas e dispersaram-se em meio às florestas densas. Mais uma vez, o rapaz sentou-se na pedra, chorou e chorou e dormiu em seguida. O sol já se pusera atrás da floresta, quando apareceu a leoa correndo.

— Acorde, príncipe Ivan! As éguas já foram todas reunidas.

Ele levantou-se e voltou para casa. Mais do que nunca, Baba Yaga vociferou com as éguas e bradou:

— Por qual motivo vós voltastes para casa?

— Como poderíamos não voltar? Feras caçadoras apareceram correndo em nossa direção de todos os cantos e quase nos despedaçaram completamente.

— Bom, amanhã, galopai para o mar azul.

De novo, o príncipe dormiu a noite toda. Na manhã seguinte, a bruxa o enviou para vigiar as éguas.

— Se não cuidar muito bem delas — ameaçou —, sua cabeça ficará empalada naquela estaca!

Ele guiou as éguas até o campo. No mesmo instante, elas ergueram as caudas, desapareceram de vista e fugiram rumo ao mar azul. Entraram nele, com a água no nível dos pescoços, e o jovem sentou-se na pedra, chorou e dormiu. No entanto, quando o sol já se pusera atrás da floresta, surgiu uma abelha e disse:

— Acorde, príncipe! As éguas já foram todas reunidas, mas quando chegar em casa, não deixe Baba Yaga ver você, vá ao estábulo e esconda-se atrás dos comedouros. Lá, encontrará um potro infeliz rolando no estrume. Roube-o e, na calada da noite, fuja da casa.

Ele levantou-se, entrou escondido no estábulo e deitou--se atrás dos comedouros, enquanto a bruxa vociferava com as éguas e berrava:

— Por que vós voltastes?

— Como poderíamos não voltar? Surgiu um número infi-nito de abelhas de todos os cantos, e começaram a picar nossos corpos até sangrarmos!

Baba Yaga foi dormir. Na calada da noite, Ivan roubou o potro infeliz, selou-o, montou no lombo dele e galopou em direção ao rio de fogo. Quando chegou lá, balançou o lenço três vezes com a mão direita e, de repente, surgindo sabe-se lá de onde, suspensa, sobre o rio e alta no ar, uma esplêndida ponte. O príncipe atravessou-a e balançou o lenço apenas duas vezes com a mão esquerda; e permaneceu sobre o rio uma ponte estreita, estreitíssima!

Quando a bruxa levantou-se de manhã, não viu o potro em lugar algum! Partiu atrás dele e, a toda velocidade, voou em seu almofariz de ferro, impelindo-o com o pilão a varrer os rastros com a vassoura. Aproximou-se veloz do rio de fogo, deu uma olhadela e exclamou:

— Que ponte excelente!

Avançou, mas chegou apenas na metade do caminho, quando a ponte se partiu ao meio, e a bruxa despencou no rio. De fato, encontrou uma morte cruel!

O príncipe Ivan engordou o potro nas campinas verdes, e o animal transformou-se em um corcel magnífico. Em seguida,

H. J. FORD E LANCELOT SPEED

cavalgou até onde Marya Morevna estava. Ela correu ao seu encontro e abraçou-o, chorando:

— Mas de que forma Deus ressuscitou você?

— De uma ou de outra. Agora venha comigo.

— Estou com medo, príncipe Ivan! Se Koschei nos apanhar, você será fatiado em pedaços outra vez.

— Não, ele não nos apanhará! Tenho um corcel magnífico e heroico agora, veloz igual a um pássaro.

E assim, ambos montaram no animal e partiram a galope.

Koschei, o imortal, voltava para casa quando seu cavalo tropeçou.

— Com que propósito tropeças, pobre rocim? Por acaso, farejas algum mal?

— O príncipe Ivan veio e levou Marya Morevna.

— É possível apanhá-los?

— Sabe-se lá! Agora o príncipe tem um cavalo melhor do que eu.

— Bom, não tolerarei isto — decretou Koschei, o imortal. — Vou persegui-los.

Depois de um tempo, alcançou o príncipe Ivan, lançou-o no chão e estava prestes a fatiá-lo com sua espada afiada. Porém, no mesmo instante, o alazão do rapaz feriu o guerreiro com toda a força dos cascos, quebrando assim seu crânio, e o príncipe matou-o de vez com uma clava. Em seguida, formou uma pilha de lenha, ateou fogo e, na pira, queimou a entidade e espalhou as cinzas ao vento. Depois, Marya Morevna montou no cavalo de Koschei, o marido, no corcel, e ambos partiram para visitar primeiro o corvo, depois a águia e, por último, o falcão. Aonde quer que fossem, eram recebidos com um cumprimento jovial.

— Ah, príncipe Ivan! Ora, não esperávamos revê-lo. Bom, não foi à toa que se esforçou tanto. Pode-se procurar uma beleza igual a Marya Morevna em todo o mundo e nunca encontrar uma igual!

E ambos continuaram as visitas e os festejos; e, depois, partiram para o próprio reino.

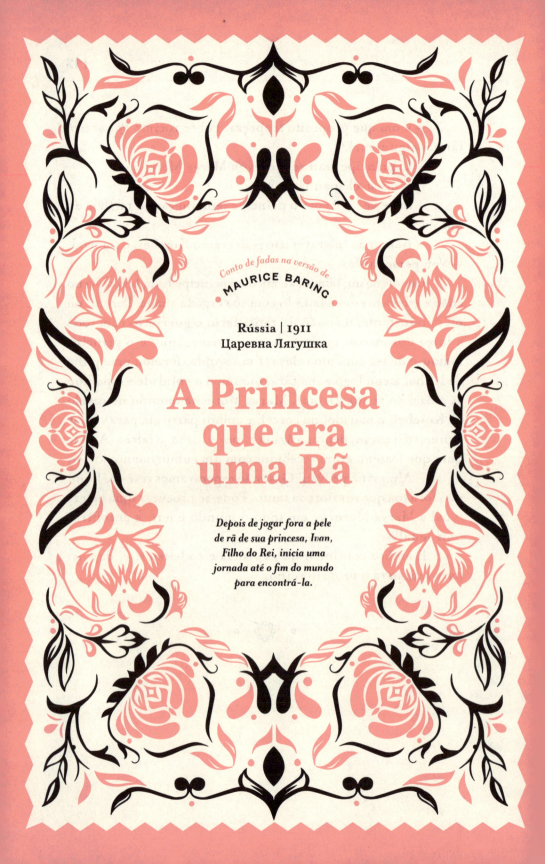

Conto de fadas na versão de
MAURICE BARING

Rússia | 1911
Царевна Лягушка

A Princesa que era uma Rã

Depois de jogar fora a pele de rã de sua princesa, Ivan, Filho do Rei, inicia uma jornada até o fim do mundo para encontrá-la.

ra uma vez um rei e uma rainha que tinham três filhos homens. Eram todos jovens, solteiros e corajosos como nenhum conto de fadas poderia narrar, nem qualquer caneta seria capaz de descrever o quão destemidos eram. O mais jovem se chamava Ivan, Filho do Rei.

Um dia, o rei falou aos filhos:

— Meus filhos queridos, cada um de vocês deve pegar uma flecha, retesar o arco e disparar em uma direção escolhida ao acaso. Lá, onde cair a flecha, cada um deve ir buscar uma esposa.

O irmão mais velho retesou o arco ao acaso, disparando uma flecha em direção à casa de um nobre, bem em frente ao sótão das mulheres. A segunda flecha caiu no pátio da casa de um comerciante, em um lance de escadas onde estava uma bela moça, a filha dele. O irmão mais novo também disparou uma flecha ao acaso, mas a dele caiu em um pântano sujo, onde uma rã a apanhou.

Ivan, Filho do Rei, disse:

— Como posso me casar com uma rã? Ela nem sequer é do meu tamanho.

— Case-se com ela — disse o rei. — Isso significa que esse é o seu destino.

Assim, os filhos do rei se casaram. O mais velho se casou com a filha do nobre; o segundo, com a filha do comerciante, e Ivan, Filho do Rei, casou-se com uma rã.

O rei os chamou e deu a seguinte ordem:

— Cada uma de suas esposas deve me preparar um pão branco e macio para o café da manhã de amanhã.

Ivan, Filho do Rei, foi para o quarto de cabeça baixa e coração pesado.

— Por que está tão triste? — perguntou a rã. — Seu pai lhe disse algo hostil ou cruel?

— Como poderia não estar triste? O rei, meu pai, ordena que você prepare um pão branco e macio para o café da manhã de amanhã.

— Não se preocupe, Ivan, Filho do Rei. Vá para a cama e durma, pois de manhã você será mais sábio do que à noite.

Ela o mandou para a cama e, logo após fazê-lo, tirou a pele de rã e transformou-se em uma moça lindíssima, pois não era ninguém menos do que a Princesa Sábia.

Ela saiu para os degraus e chamou em voz alta:

— Oh, vocês, minhas amas, preparem-se, preparem-se! Providenciem o necessário e façam um pão branco igual ao que eu costumava comer na casa de meu pai!

De manhã, quando Ivan se levantou, o pão da rã já estava pronto havia algum tempo, tão excelente que nunca se tinha visto nada igual. O pão estava decorado com muitas coisas: nas laterais havia palácios de reis e majestosas torres com muros e jardins.

O rei agradeceu a Ivan pelo pão, dando a seguinte ordem logo em seguida:

— Suas esposas devem tecer um tapete para mim até hoje à noite.

Mais uma vez, Ivan, Filho do Rei, voltou para casa cabisbaixo e de coração pesado.

— Croac, croac — disse a rã —, por que está tão triste? Seu pai lhe disse alguma coisa cruel ou desagradável?

— Como poderia não estar triste? O rei, meu pai, ordena que seja tecido para ele um tapete de seda até hoje à noite.

— Não se preocupe, Ivan, Filho do Rei. Vá para a cama e durma, pois de manhã você será mais sábio do que à noite.

Ela o colocou na cama, tirou a pele de rã e se transformou na linda donzela, chamando em voz alta ao sair para os degraus:

— Oh, ventos tempestuosos, tragam aquele mesmo tapete em que eu costumava me sentar na casa de meu pai.

Dito e feito. De manhã, quando Ivan, Filho do Rei, acordou, o tapete já estava pronto havia algum tempo, tão vistoso que nunca se tinha visto nada igual, adornado com ouro, prata e os mais engenhosos adereços.

O rei agradeceu ao filho pelo tapete, ao mesmo tempo que emitia uma nova ordem: os filhos deveriam estar presentes, cada um com sua esposa, para uma grande apresentação ao povo.

Ivan voltou para casa com o coração pesado e abaixou a cabeça.

— Croac, croac — disse a rã —, por que está tão triste, Ivan, Filho do Rei? Ouviu alguma coisa cruel ou desagradável de seu pai?

— Como posso não estar triste? O rei, meu pai, ordena que eu participe da apresentação com você. Como posso mostrá-la ao povo?

— Não se preocupe, Ivan, Filho do Rei! Vá sozinho e preste suas homenagens a seu pai. Eu o seguirei; e, assim que ouvir um barulho como o de um trovão, diga: "Minha pequena rã está vindo aqui em uma cesta".

Os dois irmãos mais velhos apareceram na apresentação com as esposas, todos vestidos com belas roupas. Eles riram de Ivan, Filho do Rei, e disseram:

— Por que veio sem a esposa, irmão? Poderia tê-la trazido no bolso. Afinal, onde encontrou uma dama tão bonita?

De repente, um barulho alto como um trovão foi ouvido, fazendo

LUCY FITCH PERKINS

tremer o palácio inteiro. Os convidados ficaram apavorados, pulando nos assentos, sem saber o que fazer. Mas Ivan, Filho do Rei, disse:

— Não tenham medo, senhores, esta é minha pequena rã que chegou aqui em uma cesta.

Uma carruagem dourada, puxada por seis cavalos, chegou ao palácio, e dela saiu a Princesa Sábia, tão bela que seria impossível descrevê-la. Ela pegou Ivan pela mão e conduziu-o até as cadeiras de carvalho e as mesas que haviam sido postas.

Os convidados começaram a comer, beber e se divertir. Enquanto bebia de um copo, a Princesa Sábia deixou cair uma gota na manga esquerda; e, enquanto comia um pedaço de cisne assado, escondeu um osso na manga direita. As esposas dos irmãos mais velhos notaram isso e fizeram o mesmo. Depois, quando a Princesa Sábia dançava com Ivan, ela sacudiu a manga esquerda, fazendo com que um lago aparecesse no mesmo instante. Sacudiu a manga direita, trazendo cisnes brancos para nadarem nesse mesmo lago.

O rei e seus convidados ficaram maravilhados. Quando as esposas dos filhos mais velhos começaram a dançar, sacudiram as mangas esquerdas, mas o único resultado foi espirrar água nos convidados. Então, sacudiram as mangas direitas, atingindo o rosto do rei com um osso de cisne. O rei ficou irritado e as expulsou em desgraça. Nesse meio-tempo, Ivan aproveitou a oportunidade para ir para casa.

Ele encontrou a pele da rã e a jogou em uma grande fogueira.

A Princesa Sábia chegou e perguntou onde estava sua pele de rã. Não a encontrando, ficou muito triste e disse:

— Oh, Ivan, Filho do Rei, o que você fez? Se tivesse esperado um momento, eu seria sua para sempre, mas agora, adeus. Procure por mim no fim do mundo, no Reino de Lugar Nenhum. Use três pares de botas de ferro até que se desgastem.

Dizendo isso, transformou-se em um cisne branco e voou pela janela.

A PRINCESA QUE ERA UMA RÃ

Ivan chorou com amargura e rezou a Deus com todas as forças. Depois, colocou as botas de ferro e caminhou sempre em frente. Caminhou e caminhou, encontrando um velho depois de algum tempo.

— Bom dia, rapaz — disse o velho —; o que está procurando e para onde está indo?

Ivan lhe contou todas as suas desgraças.

— Ah, Ivan, Filho do Rei, por que queimou a pele da rã? Você não a colocou e não cabia a você tirá-la. A Princesa Sábia era muito mais astuta e sábia que seu pai, que a vestiu com uma pele de rã e ordenou que fosse uma rã por três anos. Aqui está uma bola para você. Aonde quer que ela role, você deve seguir com coragem.

Ivan agradeceu ao velho e seguiu para onde a bola rolou. Se ela rolou para longe ou para perto, por um curto ou longo tempo, a história não diz; mas parou em uma cabana. Essa cabana se erguia em pernas de galinha e se balançava como uma.

Ivan, Filho do Rei, disse:

— Cabana, cabana, fique como costumava ficar: parada, como sua mãe a colocou, de costas para a floresta e de frente para mim.

A cabana girou, dando as costas para a floresta e a frente para ele. Ivan entrou e encontrou uma velha toda ossuda, com um nariz que crescia até o teto.

Ela disse em uma voz zangada:

— Ai, ai, ai! Por que veio aqui, Ivan, Filho do Rei?

— Ah, velha — respondeu ele —, antes de me fazer perguntas, deve me dar algo de comer e beber. Deve preparar um banho quente para mim, para depois me fazer perguntas.

A velha lhe deu comida, bebida e um banho quente. Assim, o Filho do Rei disse a ela que estava à procura da esposa, a Princesa Sábia.

— Meu filho — disse a velha —, é uma pena que não tenha vindo antes. Nos primeiros anos, após sua fuga, ela se lembrava de tudo, mas agora já deixou de pensar em você. Vá agora mesmo até minha segunda irmã; ela sabe mais do que eu.

Ivan, Filho do Rei, partiu em sua jornada e seguiu a bola. Ele caminhou e caminhou até encontrar mais uma cabana com pernas de galinha.

— Cabana, cabana, fique como costumava ficar: parada, como sua mãe a colocou, de costas para a floresta e de frente para mim.

A cabana girou. Ivan entrou e encontrou uma velha de pernas ossudas, que viu o príncipe e disse:

— Ai, ai! Ivan, Filho do Rei, você veio aqui por vontade própria ou foi obrigado?

Ivan respondeu:

— Vim por vontade própria, mas também porque não pude evitar. Estou à procura da Princesa Sábia.

— Lamento por você, Filho do Rei. Deveria ter vindo antes. A Princesa Sábia já se esqueceu de você. Ela quer se casar com outro marido. Neste momento, está morando com minha irmã mais velha. Vá para lá depressa, mas lembre-se de uma coisa: assim que entrar na cabana, a princesa se transformará em um fuso, e minha irmã começará a fiar fios de ouro e a girar a roda. Assegure-se de ser rápido ao pegar o fuso dela e quebrá-lo ao meio; jogue metade dele atrás de você e a outra metade à frente. Só assim a Princesa Sábia aparecerá.

Ivan partiu mais uma vez em sua jornada. Caminhou e caminhou, mas se o caminho era longo ou curto, se estava perto ou longe, a história não diz. Gastou três pares de botas de ferro, chegando, por fim, a uma cabana com pernas de galinha.

— Cabana, cabana, fique como costumava ficar: parada, como sua mãe a colocou, de costas para a floresta e de frente para mim.

A cabana girou. O Filho do Rei entrou, encontrando uma velha toda ossuda, sentada fiando ouro. Ela pegou o fuso, jogou-o em um armário e passou a chave na porta, mas Ivan conseguiu apanhar a chave para abri-la. Ele pegou o fuso e o quebrou em dois pedaços; jogou um atrás de si e outro na frente. No mesmo momento, a Princesa Sábia apareceu diante dele.

— Ah, Ivan, Filho do Rei, quanto tempo você levou para chegar! Quase me casei com outra pessoa.

Ela o pegou pela mão. Juntos, sentaram-se em um tapete mágico e voltaram para a casa de Ivan.

No quarto dia, o tapete parou no palácio real. O rei recebeu o filho com grande alegria e deu uma grande festa. Ao final, nomeou Ivan, Filho do Rei, como seu herdeiro.

Conto de fadas na versão de

ALEXANDER AFANASYEV

Rússia | 1870
Клад

O Tesouro

Ao cavar uma cova para enterrar sua falecida esposa, um homem encontra um pote de metal cheio de moedas. Mas sua sorte incita a ganância de um padre avarento.

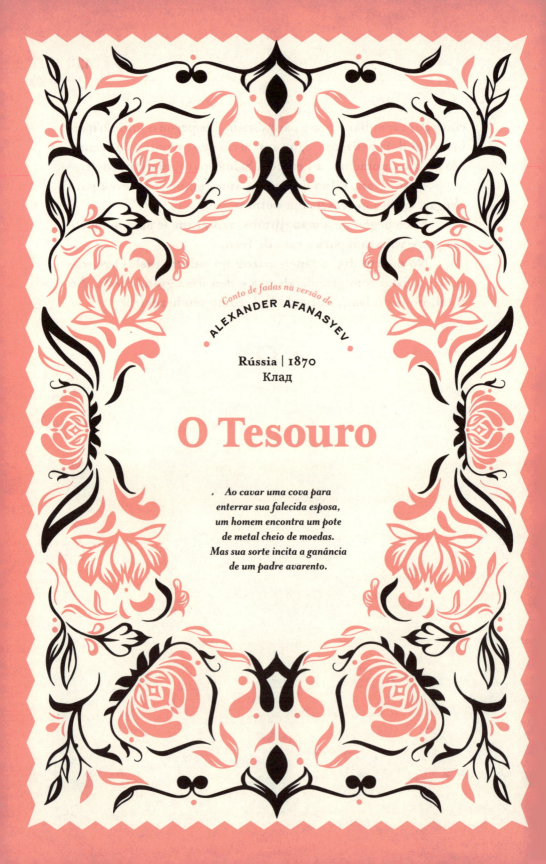

Hum reino qualquer, vivia um casal de idosos muito pobres. Um dia, durante um inverno rigoroso e gelado, a mulher veio a falecer. O homem foi até os amigos e vizinhos, implorando que o ajudassem a cavar um túmulo para a mulher, mas, sabendo o quanto ele era pobre, os amigos e vizinhos simplesmente se recusaram. O velho foi até o padre, mas naquele vilarejo havia apenas um padre avarento e sem nenhuma consciência.

O homem disse:

— Ajude-me a enterrar a minha velha senhora, reverendo.

— Tem dinheiro para pagar pelo funeral? Se tiver, pague adiantado, amigo!

— Não adianta tentar esconder isto do senhor. Não tenho uma única moeda em casa. Se esperar um pouco, posso ganhar algum dinheiro e lhe pagar com juros. Dou-lhe minha palavra de que pagarei!

O padre não quis nem ouvir o velho.

— Nem ouse vir aqui sem dinheiro — disse ele.

O que fazer?, pensou o velho. *Irei ao cemitério, cavarei uma cova como puder e enterrarei a velha eu mesmo.*

Pegando um machado e uma pá, ele foi até o cemitério. Lá chegando, começou a preparar uma cova, abrindo o solo congelado com o machado e depois com a pá. Ele cavou e cavou, até desenterrar um pote de metal. Olhando lá dentro, viu que estava cheio de moedas que brilhavam como fogo.

Felicíssimo, o velho exclamou:

— Glória a Vós, Senhor! Agora terei meios tanto para enterrar minha velha quanto para realizar os ritos de passagem.

Ele não continuou cavando a cova. Em vez disso, pegou o pote de ouro e o levou para casa. Bem, todos sabemos o que o dinheiro faz: tudo correu como um rio! Em um instante, encontraram-se boas pessoas para cavar a cova e fazer o caixão. O velho mandou a nora comprar carne, bebida e vários tipos de iguarias, tudo o que deveria haver em um velório.

Ele próprio pegou uma moeda na mão e caminhou de volta para a casa do padre.

No momento em que chegou à porta, o padre saiu correndo para encontrá-lo.

— Você foi claramente avisado, seu velho patife, que não deveria vir aqui sem dinheiro, mas agora, aqui está você.

— Não fique bravo, *batyushka* — implorou o velho. —Aqui está o ouro. Nunca esquecerei sua bondade se enterrar minha velha.

O padre pegou o dinheiro e não sabia como melhor receber o velho, onde sentá-lo, com que palavras acalmá-lo.

— Ora, velho amigo! Anime-se; tudo será feito — disse ele.

O velho fez uma reverência e foi para casa. Logo depois, o padre e a esposa começaram a falar sobre ele.

— Veja só, o velho avarento! — disseram. — Tão pobre, imaginem, tão pobre! Ainda assim, pagou com uma peça de ouro. Enterrei muitas pessoas de alta estirpe em minha vida, mas nunca recebi tanto de ninguém antes.

O padre se preparou com todo seu séquito para enterrar a velha em grande estilo. Após o funeral, o velho o convidou para sua casa, a fim de participar da festa em memória da falecida.

Bem, eles entraram na casa e se sentaram à mesa, onde havia surgido de algum lugar carne e bebida, bem como todos os tipos de petiscos, tudo em abundância. O reverendo convidado se sentou, comeu por três pessoas e olhou com avidez para o que não era dele. Os outros convidados terminaram as refeições e foram para casa. Por fim, o padre também se retirou da mesa.

O velho foi acompanhá-lo. Assim que chegaram ao pátio, quando o padre viu que por fim estavam a sós, começou a questionar:

— Escute, amigo! Confesse-me, não deixe um único pecado em sua alma. É o mesmo comigo, como diante de Deus! Como conseguiu progredir tão depressa? Você costumava ser um pobre *moujik;* agora, de onde veio tudo isso? Confesse, amigo, de quem tirou o último suspiro? Quem você pilhou?

RAFAEL NOGUEIRA

— O que está dizendo, *batyushka*? Vou lhe contar a verdade como ela é. Não roubei, nem saqueei, nem matei ninguém. Um tesouro caiu em minhas mãos por conta própria.

Ele contou como tudo aconteceu. Ao ouvir essas palavras, o padre de fato começou a tremer de ganância. Indo para casa, não fez mais nada de noite e de dia, a não ser pensar:

Que um patife miserável de um moujik *tenha conseguido tanto dinheiro! Há alguma maneira de enganá-lo agora e conseguir esse pote de dinheiro dele?*

Ele contou à esposa sobre isso, de maneira que os dois discutiram o assunto juntos e fizeram um plano.

— Escute, mãe — disse ele —; temos um bode, não temos?

— Sim.

— Muito bem. Nesse caso, esperaremos até anoitecer, quando faremos o trabalho da forma correta.

Tarde da noite, o padre arrastou o bode para dentro de casa, matou-o e tirou a pele, chifres, barba e tudo mais. Então, vestiu a pele do bode e disse à esposa:

— Traga uma agulha e linha, mãe. Costure a pele ao redor para que não escorregue.

Ela pegou uma agulha forte e linha resistente, costurando-o na pele do bode. Bem no meio da noite, o padre foi direto à casa do velho, ficou sob a janela e começou a bater e arranhar. O velho, ouvindo o barulho, pulou e perguntou:

— Quem está aí?

— O Diabo!

— Este é um lugar sagrado! — gritou o camponês, benzendo-se e recitando orações.

— Escute, velho — disse o padre —, não escapará de mim por mais que reze e se benza. É melhor devolver meu pote de dinheiro, caso contrário, farei com que pague por isso. Veja, eu me compadeci de você em sua desgraça e lhe mostrei o tesouro, pensando que pegaria um pouco para pagar o funeral, mas você o pilhou por completo.

O velho olhou pela janela quando os chifres e a barba do bode chamaram sua atenção. Era o próprio Diabo, sem dúvida alguma.

Vamos nos livrar dele com dinheiro e tudo, pensou o velho. *Já vivi sem dinheiro antes; agora, continuarei vivendo sem ele*. Então, pegou o pote de ouro, carregou-o para fora, jogou-o no chão e correu para dentro de casa o mais rápido possível.

O padre agarrou o pote de dinheiro e correu para casa.

— Vamos — disse ao voltar —, o dinheiro está em nossas mãos agora. Aqui, mãe, esconda-o bem e pegue uma faca afiada, corte a linha e tire a pele do bode de mim antes que alguém veja.

Ela pegou uma faca e estava começando a cortar a linha na costura quando o sangue começou a jorrar e o padre a gritar:

— Ah! Está doendo, mãe, está doendo! Não corte, mãe, não corte!

Ela começou a rasgar a pele em outro lugar, mas com o mesmo resultado. A pele do bode havia se unido ao corpo dele por completo. Tudo o que tentaram, tudo o que fizeram, mesmo devolvendo o dinheiro ao velho, foi em vão. A pele permaneceu grudada ao padre do mesmo jeito, algo que Deus sem dúvida havia feito para puni-lo pela imensa ganância.

Esta é uma história um pouco menos pagã sobre dinheiro, que pode ser considerada um exemplo das *skazki*, que trazem a marca da reverência genuína que os camponeses sentem pela religião, qualquer que seja o sentimento que tenham para com seus ministros. Ao mencionar este assunto, aliás, é bom observar que não se pode confiar muito nas evidências contidas em contos populares de qualquer país no que diz respeito às relações entre o clero e seus rebanhos. Via de regra, o pároco local do folclore é meramente o herdeiro sem culpa da má reputação adquirida por algum eclesiástico de outra época e lugar.

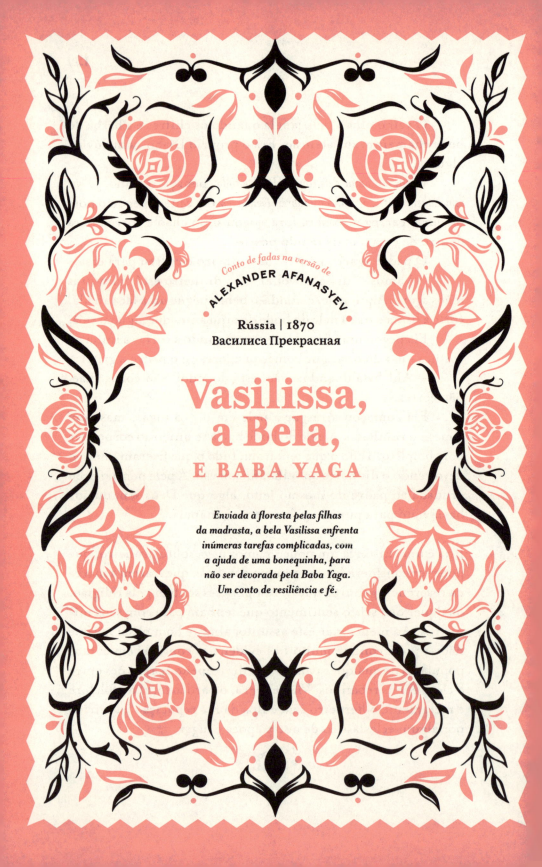

Em um certo Czarado[1], além de três vezes nove reinos, depois de altas cadeias montanhosas, vivia um mercador. Ele fora casado por doze anos, mas nesse tempo lhe foi concedida apenas uma criança, uma filha, que desde o berço foi chamada Vasilissa[2], a Bela. Quando a garotinha tinha oito anos, sua mãe adoeceu e, após poucos dias, via-se claramente que ela morreria. Então ela chamou sua filhinha para junto de si e, pegando uma bonequinha de madeira de debaixo do cobertor da cama, colocou-a em suas mãos, dizendo:

— Minha pequena Vasilissa, minha querida filha, escute o que eu digo; lembre-se bem de minhas últimas palavras e não falhe em cumprir os meus desejos. Eu estou morrendo e, com a minha bênção, deixo a você essa bonequinha. Ela é muito preciosa, pois não há outra igual no mundo todo. Carregue-a sempre com você, em seu bolso, e nunca a mostre a ninguém. Quando o mal a ameaçar ou a tristeza cair sobre você, vá até um cantinho, pegue a boneca de seu bolso e dê a ela alguma coisa para comer e beber. Ela vai comer e beber um pouquinho, e então você poderá contar-lhe sua aflição e pedir-lhe conselhos. Ela lhe dirá como agir em horas de necessidade.

Assim dizendo, ela beijou a filhinha na testa, abençoou-a e, pouco depois, morreu.

A pequena Vasilissa sofreu muito com a perda da mãe, e sua tristeza foi tão profunda que, quando a noite escura veio, ela deitou-se em sua cama e chorou sem conseguir dormir. Passado algum tempo, lembrou-se da bonequinha, então se levantou,

....

1 Território controlado por um Czar (ou Tsar), nome dado aos governantes russos até a Revolução de 1917. [N.T.]

2 O nome Vasilissa (também escrito Vasilisa) é a forma feminina de Basil, derivado de basileus, que significa "rei". Vasilissa, pois, significa "rainha", e é um nome comum nos contos de fadas russos. Basil também é o nome em inglês do manjericão, conhecido como o rei das ervas. [N.T.]

retirou-a do bolso de seu vestido e, pegando também um pedaço de pão e um copo de *kvass*[3], pôs tudo diante dela:

— Aqui está, minha bonequinha, pegue. Coma e beba um pouco, e escute o meu pesar. Minha querida mãe está morta e eu sinto a falta dela.

Então os olhos da bonequinha começaram a brilhar como pirilampos e, de repente, ela ganhou vida. Ela comeu um pedaço do pão e tomou um gole da *kvass* e, quando já havia comido e bebido, disse:

— Não chore, pequena Vasilissa. A dor é pior à noite. Deite-se, feche os olhos, console-se e vá dormir. A manhã é mais sábia do que a noite.

Então Vasilissa, a Bela, deitou-se, consolou-se e dormiu. No dia seguinte, sua tristeza era menos profunda e suas lágrimas, menos amargas.

Depois da morte de sua esposa, o mercador manteve o luto por muitos dias, como era apropriado, mas ao final desse tempo, começou a querer casar-se novamente e procurou por uma esposa adequada. Isso não foi difícil de encontrar, pois ele possuía uma boa casa, com um estábulo com cavalos velozes, além de ser um bom homem, que doava bastante aos pobres. De todas as mulheres que ele viu, porém, a que lhe era, em sua opinião, a mais compatível, era uma viúva mais ou menos de mesma idade que a sua, com duas filhas. E ela, ele pensou, além de ser uma boa dona de casa, poderia ser uma gentil madrasta para sua pequena Vasilissa.

Então, o mercador casou-se com a viúva e a trouxe para casa como sua esposa, mas a garotinha logo descobriu que sua madrasta estava bem longe de ser o que seu pai imaginara. Ela era uma mulher fria e cruel, que desejara o mercador por conta de sua fortuna e que não tinha amor nenhum por sua filha.

3   Bebida fermentada levemente alcoólica, típica da Rússia e da Ucrânia, feita a partir de pão de centeio ou frutinhas. [N.T.]

Vasilissa era a maior beleza de todo o vilarejo, enquanto as filhas da viúva eram tão dispensáveis e medíocres como dois corvos; por causa disso, as três a invejavam e a odiavam. O trio dava a ela todos os tipos de incumbências e tarefas difíceis de realizar, de modo que a labuta a fizesse magra e desgastada e que seu rosto ficasse queimado do sol e do vento[4]; elas a tratavam tão cruelmente para que a menina tivesse poucas alegrias na vida. Mas tudo isso a pequena Vasilissa suportou sem reclamar e, enquanto as duas filhas de sua madrasta cresciam sempre mais magras e feias, a despeito do fato de não terem tarefas difíceis a cumprir, de nunca saírem quando estava frio ou chovendo e de sentarem sempre com os braços dobrados como damas de uma Corte, Vasilissa possuía bochechas como sangue e leite e ficava a cada dia mais e mais bela.

A razão disso era a bonequinha, sem cuja ajuda a pequena Vasilissa jamais poderia dar conta de todo o trabalho que lhe era atribuído. A cada noite, quando todos os outros já estavam em sono profundo, Vasilissa levantava-se da cama, levava a bonequinha até um aposento e, fechando a porta, dava-lhe algo para comer e beber, e dizia:

— Aqui está, minha bonequinha, pegue. Coma e beba um pouco, e escute o meu pesar. Vivo na casa de meu pai, mas minha madrasta maldosa deseja me expulsar do mundo branco[5]. Diga-me! Como devo agir, o que devo fazer?

E então os olhos da bonequinha começavam a brilhar como vaga-lumes, e ela ganhava vida. Ela comia um pouco da comida, tomava um gole da bebida, e então confortava e dizia a Vasilissa

....

4 Pode parecer estranho que o sol e o vento sejam colocados na mesma sentença como causas de queimadura, mas temos de lembrar que, na Rússia, os ventos gélidos podem sim causar queimaduras por exposição prolongada, fenômeno chamado de "windburns". [N.T.]

5 O "mundo branco" é uma expressão datada que designa a Europa, durante muito tempo usada na Rússia como referência ao mundo como um todo. Uma expressão atual seria "minha madrasta maldosa deseja livrar-se de mim." [N.T.]

como agir. Enquanto Vasilissa dormia, a bonequinha fazia todo seu trabalho do dia seguinte, para que a Vasilissa só restasse descansar na sombra das árvores e colher flores, já que a bonequinha já havia retirado as ervas daninhas do quintal, regado os pés de repolho, pegado baldes de água fresca do poço e aquecido o fogão na temperatura certa. E, além disso, a bonequinha lhe ensinara a fazer um unguento de uma certa erva que a protegia de queimaduras de sol. Então, toda a alegria da vida de Vasilissa vinha por causa da bonequinha que ela sempre carregava consigo, em seu bolso.

Os anos se passaram, até que Vasilissa cresceu e chegou à idade em que é melhor se casar. Todos os jovens na vila, nobres e vassalos, ricos e pobres, pediam sua mão, enquanto nenhum deles parava para sequer olhar as filhas da madrasta, tão desfavorecidas que eram. Isso aumentou ainda mais a raiva que a madrasta nutria por Vasilissa; ela respondia a cada jovem galante que batia à sua porta com a mesma frase:

— Nunca a mais nova se casará antes que as mais velhas!

E, a cada vez que um pretendente saía porta afora, a madrasta acalmava sua raiva e ódio batendo na enteada. Assim, ainda que Vasilissa crescesse cada dia mais amável e graciosa, estava frequentemente infeliz e, se não fosse pela bonequinha em seu bolso, ela já teria tido vontade de deixar o mundo branco.

Chegou um tempo em que se tornou necessário para o mercador deixar a sua casa e viajar para um distante Czarado. Ele se despediu de sua esposa e de suas duas filhas, beijou Vasilissa, deu-lhe suas bênçãos e partiu, incumbindo-as todas de fazerem uma prece todos os dias pelo seu retorno a salvo. Mal ele saiu da vista do vilarejo, porém, a madrasta vendeu sua casa, encaixotou todos os seus bens e mudou-se com elas para outro domicílio, distante da cidade, em uma vizinhança sombria à beira de uma floresta selvagem. Lá, todos os dias, enquanto suas filhas trabalhavam dentro de casa, a esposa do mercador mandava Vasilissa em uma tarefa ou outra floresta adentro, fosse para achar um galho de um arbusto raro ou para trazer-lhe flores ou frutinhas.

Mas lá nas profundezas da floresta, como a madrasta bem sabia, existia uma clareira verde[6], e nessa clareira havia uma cabaninha miserável construída sobre pés de galinha, onde vivia uma Baba Yaga[7], uma velha bruxa. Ela vivia sozinha e ninguém ousava se aproximar da cabana, pois ela comia pessoas como se come galinhas. A esposa do mercador mandava Vasilissa floresta adentro todo dia, esperando que ela encontrasse a velha bruxa e fosse devorada; porém, a garota sempre voltava para casa sã e salva, porque sua bonequinha

---

6   Literalmente "gramado", "relva"; mas há um uso arcaico que significa "clareira". [N.T.]

7   Baba Yaga é uma figura sobrenatural e folclórica, presente em diversos contos eslavos, representada como uma (às vezes com outras irmãs, por isso o uso de "uma" Baba Yaga) bruxa velha e feroz, que vive em uma casa construída sobre pés de galinha. A palavra "baba" ainda é usada como sinônimo de "avó" ou "velha" em línguas como búlgaro e romeno; no russo, "babushka" (avó) deriva dela. [N.T.]

mostrava-lhe onde os arbustos, as flores e frutinhas cresciam, e não a deixava chegar perto da choupana que ficava sobre pés de galinha. E cada vez a madrasta a odiava mais e mais por não ter sofrido nenhum mal.

Numa noite de outono, a madrasta chamou as três garotas e deu uma tarefa a cada uma. A uma de suas filhas ela incumbiu tecer um pedaço de renda; a outra, mandou tricotar um par de calçolas; e, para Vasilissa, deu uma bacia de linho para ser fiado. Ela ordenou que cada uma terminasse sua parte, e então apagou todas as fogueiras da casa, deixando apenas uma única vela acesa no quarto onde as três trabalhavam, e foi dormir.

Elas trabalharam por uma, por duas, por três horas, até que uma das irmãs mais velhas pegou uma pinça para ajeitar o pavio da vela e, desajeitadamente (como sua mãe a havia instruído), a apagou, como que por acidente.

— O que faremos agora? – perguntou a outra irmã. — As fogueiras estão todas apagadas, não há qualquer luz em toda a casa, e nós não acabamos as nossas tarefas!

— Nós devemos sair e arranjar fogo – disse a que havia apagado a vela. — A única casa por perto é uma cabana na floresta, onde vive uma Baba Yaga. Uma de nós deve ir e pedir fogo a ela.

— Eu tenho luz suficiente, que vem dos meus alfinetes de aço – disse a irmã que estava fazendo o rendado. — E não vou.

— E eu tenho bastante luz das minhas agulhas prateadas – disse a outra, que tricotava as calçolas. — E não vou.

— Você, Vasilissa – as duas irmãs disseram —, deve ir e conseguir o fogo, pois não tem nem alfinetes de aço nem agulhas de prata, e não tem como enxergar para fiar o seu linho!

As duas irmãs se levantaram, empurraram Vasilissa para fora da casa e trancaram a porta, gritando:

— Você não vai entrar enquanto não tiver trazido fogo!

Vasilissa sentou-se nos degraus em frente à porta, tirou a boneca minúscula de dentro de um bolso e de outro ela tirou

VASILISSA, A BELA,

o jantar que estava preparado para ela; pôs a comida diante da boneca e disse:

— Aqui está, minha bonequinha, pegue. Coma e beba um pouco, e escute o meu pesar. Eu devo ir até a cabana da velha Baba Yaga, lá na floresta escura, para pegar emprestado um pouco de fogo, mas tenho medo de que a bruxa me devore. Diga-me! O que devo fazer?

Então os olhos da bonequinha começaram a brilhar como duas estrelas e ela ganhou vida. Ela comeu um pouco e disse:

— Não tema, pequena Vasilissa. Vá até onde foi mandada. Enquanto eu estiver com você, nenhum mal a velha bruxa lhe causará.

Então, Vasilissa colocou a bonequinha de volta no bolso, fez o sinal da cruz e começou a entrar na floresta escura e selvagem.

Se ela caminhou muito ou pouco é fácil contar, mas a jornada foi difícil[8]. A floresta era muito escura, e ela não podia deixar de tremer de medo. De repente, ouviu o som dos cascos de um cavalo e um homem passou a galope por ela. Ele estava vestido todo de branco, e o cavalo que montava também era branco como o leite, assim como os arreios que usava; e, assim que ele passou por ela, anoiteceu.

Ela seguiu um pouco mais adiante e mais uma vez ouviu o som dos cascos de um cavalo, e então outro homem passou por ela a galope. Ele estava vestido todo de vermelho, e o cavalo que montava era vermelho como o sangue, assim como os arreios que usava. Assim que ele passou por ela, o sol se ergueu no horizonte.

Durante aquele dia inteiro, Vasilissa caminhou, pois havia se perdido. Ela não conseguia achar qualquer caminho na floresta escura e não tinha comida nenhuma para pôr diante da bonequinha e fazê-la criar vida.

....

8   Frase comum em contos de fadas russos, significa que falar (ou contar) é fácil, mas a jornada foi bem difícil, uma forma de fazer o ouvinte/leitor acrescentar com a própria imaginação as tribulações da personagem. [N.T.]

Mas, à noite, ela chegou enfim à clareira verde onde a cabaninha miserável ficava, sobre seus pés de galinha. A parede ao redor da cabana era feita de ossos humanos e no seu teto havia caveiras. Havia um portão no muro, cujas dobradiças eram ossos de pés humanos e as fechaduras, ossos de mandíbulas humanas, com dentes afiados. Esta visão horrorizou Vasilissa e ela parou, imóvel como uma coluna enterrada no chão.

Enquanto ela permanecia imóvel, um terceiro homem a cavalo veio galopando. Sua face era preta, e ele estava todo vestido de preto; o cavalo que ele montava era da cor do carvão. Ele galopou até ao portão da cabana e desapareceu ali, como se houvesse afundado no chão; e, naquele momento, a noite chegou e a floresta escureceu.

Mas não estava escuro na clareira verde, pois instantaneamente todos os olhos das caveiras no muro se acenderam e brilharam até o local se tornar claro como o dia. Quando viu isso, Vasilissa tremeu tanto de medo que não pôde correr.

Então, de repente, a floresta se encheu de um barulho terrível; as árvores começaram a gemer, os galhos a chiar e as folhas secas a se agitar, e a Baba Yaga veio voando da floresta. Ela estava cavalgando um grande almofariz de ferro, dirigindo-o com o pilão, e, enquanto se aproximava, varria o caminho atrás dela com uma vassoura de cozinha.

Ela cavalgou até o portão e, parando, disse:

— Casinha, casinha! Mamãe não te pôs assim; vire as costas para a floresta e fique de frente para mim! – E a cabaninha virou-se de frente para ela e ficou parada. Então, farejando em volta, a Baba Yaga gritou: — Fu! Fu! Eu sinto um cheiro russo! Quem está aí?

Vasilissa, num grande temor, aproximou-se da velha e, curvando-se muito baixo, disse:

— É somente Vasilissa, vovó. As filhas de minha madrasta me mandaram à senhora para pegar um pouco de fogo emprestado.

— Bem... – disse a velha bruxa. — Eu as conheço. Mas se lhe der o fogo, você vai ficar comigo um tempo e fazer alguns trabalhos para pagar por ele. Se não, você será a comida da minha ceia. – Então, ela se voltou ao portão e gritou: — Olá! Vocês, minhas fechaduras sólidas, destranquem-se! Você, meu robusto portão, abra!

Instantaneamente, as fechaduras se destrancaram, o portão abriu sozinho e a Baba Yaga adentrou assoviando. Vasilissa entrou logo atrás dela e, de imediato, o portão fechou de novo e as fechaduras estalaram com força ao fechar.

Quando elas entraram na cabana, a velha bruxa atirou-se em frente ao forno, esticou suas pernas ossudas e disse:

— Ande, pegue e ponha já sobre a mesa tudo o que está nesse forno! Eu estou com fome!

Vasilissa correu, acendeu uma lasca de madeira em uma das caveiras na parede, pegou a comida do forno e pôs diante da bruxa. Havia carne cozida suficiente para alimentar três homens fortes. Ela trouxe ainda, da adega, *kvass*, mel e vinho tinto; e a Baba Yaga comeu e bebeu de tudo, deixando para a garota apenas um pouco de sopa de repolho, uma crosta de pão e um naco de leitão.

Quando sua fome estava saciada, a velha bruxa, ficando sonolenta, deitou-se sobre o forno e disse:

— Escute-me bem e me obedeça: amanhã, quando eu for embora, limpe o quintal, varra o chão e cozinhe meu jantar. Então, pegue um quarto da medida de trigo da minha despensa e cate todos os grãos pretos e as ervilhas bravas. Cuide para fazer tudo que ordenei, senão será a comida da minha ceia.

Dentro em pouco, a Baba Yaga virou-se para a parede e começou a roncar; e Vasilissa soube que ela tinha caído em sono profundo. Ela foi até o canto, pegou a bonequinha do seu bolso, pôs diante dela um pouquinho de pão e sopa de repolhos que tinha guardado e, caindo no choro, disse:

— Aqui está, minha bonequinha, pegue. Coma e beba um pouco, e escute o meu pesar. Estou aqui na casa da velha bruxa e o portão no muro está trancado e eu estou com medo. Ela me deu uma tarefa difícil e, se eu não fizer tudo que ordenou, vai me comer amanhã. Diga-me, o que devo fazer?

Os olhos da bonequinha começaram a brilhar como duas velas. Ela comeu um pouquinho de pão, bebeu um pouquinho da sopa e disse:

— Não tenha medo, Vasilissa, a Bela. Reconforte-se. Ore e vá dormir; a manhã é mais sábia que a noite.

Então, Vasilissa acreditou na bonequinha e reconfortou-se. Ela rezou, deitou-se no chão e dormiu profundamente.

Quando acordou, muito cedo na manhã seguinte, ainda estava escuro. Ela levantou e olhou pela janela e viu que os olhos das caveiras que ficavam em cima do muro estavam esmaecendo. Enquanto ela olhava, o homem todo trajado em branco, cavalgando o cavalo branco como leite, galopou rapidamente ao redor da cabana, pulou o muro e desapareceu; e, quando o fez, o céu ficou bastante claro e os olhos das caveiras tremeluziram e se apagaram. A velha bruxa estava no quintal; neste momento, começou a assoviar, e o grande almofariz de ferro, o pilão e a vassoura de cozinha voaram para fora da cabana até ela. Enquanto ela entrava no almofariz, o homem vestido todo em vermelho, montado em seu cavalo vermelho como sangue, galopou como o vento ao redor da cabana, pulou sobre o muro e sumiu e, naquele momento, o sol nasceu. Então a Baba Yaga gritou:

— Olá! Vocês, minhas fechaduras sólidas, destranquem-se! Você, meu robusto portão, abra!

E as fechaduras destrancaram-se, o portão abriu e ela partiu no almofariz, dirigindo-o com o pilão e varrendo o caminho atrás de si com a vassoura.

Quando Vasilissa viu-se sozinha, examinou a cabana e teve a impressão de que ela tinha uma abundância de tudo. Passou um tempo parada, lembrando-se de todo o trabalho que fora ordenada a fazer e pensando por onde começar. Mas, quando voltou a si e olhou ao seu redor, esfregou os olhos, pois o quintal

IVAN BILIBIN

já estava cuidadosamente limpo, todo o chão estava bem varrido e a bonequinha estava sentada no armazém, separando os últimos grãos pretos e ervilhas bravas da quarta medida do trigo.

Vasilissa correu e pegou a bonequinha em seus braços.

— Minha querida bonequinha! – ela gritou. — Você me salvou do meu problema! Agora eu tenho só que cozinhar o jantar da Baba Yaga, já que todas as outras tarefas estão feitas!

— Cozinhe, então, com a ajuda dos céus – disse a bonequinha. — E então descanse, e que o cozinhar a faça saudável!

E, assim dizendo, ela rastejou para o bolso de Vasilissa e se tornou novamente apenas uma bonequinha de madeira.

Assim, Vasilissa descansou todo o dia e ficou revigorada; quando estava perto de anoitecer, ela pôs a mesa para a ceia da velha bruxa e sentou-se, olhando pela janela, esperando-a chegar. Depois de um tempo, ouviu o som dos cascos de um cavalo e o homem trajado de preto, montado em um cavalo preto como carvão, galopou acima do portão do muro, desaparecendo como uma grande sombra escura. Instantaneamente, escureceu muito, e os olhos de todas as caveiras começaram a reluzir e brilhar. Subitamente, as árvores passaram a chiar e gemer, as folhas e arbustos a carpir e suspirar, e a Baba Yaga veio pela floresta escura, montada no enorme almofariz de ferro, conduzindo-o com o pilão e varrendo o chão atrás de si com a vassoura de cozinha. Vasilissa deixou-a entrar; e a bruxa, cheirando tudo a sua volta, perguntou:

— Bem, você fez perfeitamente todas as tarefas que ordenei, ou devo comê-la no meu jantar?

— Faça o favor e veja por si mesma, vovó – respondeu Vasilissa.

A Baba Yaga foi a todo lugar, batendo com seu pilão de ferro e examinando tudo cuidadosamente. Mas a bonequinha havia feito o seu trabalho tão bem que, por mais que ela tentasse, não conseguia achar um defeito do qual reclamar. Não havia erva daninha restante no quintal, nem mancha de poeira no chão, ou sequer um grão preto ou ervilha brava misturada ao trigo.

A velha bruxa ficou muito irritada, porém foi obrigada a fingir que estava satisfeita:

— Bom, você fez tudo bem – ela disse e, batendo palmas, gritou. — Olá! Meus fiéis servos! Amigos de meu coração! Apressem-se e moam meu trigo!

Imediatamente, três pares de mãos apareceram, apanharam a medida de trigo e levaram-na embora.

A Baba Yaga sentou-se para jantar e Vasilissa pôs diante dela toda a comida do forno, com *kvass*, mel e vinho tinto. A velha bruxa comeu tudo, até os ossos, até quase o último pedaço, o suficiente para saciar quatro homens fortes e, então, ficando sonolenta, esticou suas pernas ossudas em frente ao forno e disse:

— Amanhã, faça tudo como fez hoje; e, além dessas tarefas, pegue de meu armazém meia medida de sementes de papoula e limpe-as, uma a uma. Alguém misturou terra com elas para me tapear e enfurecer, e eu as quero perfeitamente limpas.

Assim dizendo, ela se virou para a parede e logo começou a roncar.

Quando ela adormeceu, Vasilissa foi a um cantinho, pegou a bonequinha de seu bolso, colocou diante dela uma parte da comida que havia sobrado e pediu por seu conselho. E a bonequinha, quando ganhou vida e comeu um pouquinho de comida e bebericou um golinho de bebida, disse:

— Não se preocupe, bela Vasilissa! Reconforte-se. Faça exatamente como fez noite passada: ore e vá dormir.

Então, Vasilissa reconfortou-se. Ela rezou e foi dormir, e não acordou até a manhã seguinte, quando ouviu a velha bruxa assoviando no quintal. Correu até a janela bem a tempo de vê-la se acomodar no almofariz; e, enquanto ela o fazia, também o homem trajado em vermelho, montando o cavalo como sangue, saltou sobre o muro e se foi, exatamente quando o sol nasceu na floresta selvagem.

Assim como aconteceu na primeira manhã, aconteceu na segunda. Quando Vasilissa olhou, descobriu que a bonequinha tinha acabado todas as tarefas, exceto a de cozinhar o jantar. O quintal estava varrido e em ordem, o chão estava tão limpo quanto madeira nova, e não existia um grão de terra sequer na meia medida de sementes de papoula. Ela descansou e refrescou-se até a tarde, quando cozinhou o jantar; e, quando a noite chegou, ela pôs a mesa e sentou-se para esperar a velha bruxa aparecer.

Logo, o homem de preto, no cavalo como o carvão, galopou por cima do portão, e a escuridão caiu e os olhos das caveiras começaram a brilhar como o dia; e então o chão começou a tremer, e as árvores da floresta começaram a gemer e as folhas secas a farfalhar, e a Baba Yaga chegou montada em seu almofariz, dirigindo-o com o pilão e varrendo o chão atrás de si com a vassoura.

Quando ela entrou, cheirou tudo ao seu redor e andou pela cabana, batendo com o pilão; mas, mesmo examinando e vasculhando como pôde, novamente ela não achou motivo para reclamar e ficou com mais raiva do que nunca. Bateu palmas e gritou:

— Olá! Meus fiéis servos! Amigos de minha alma! Apressem-se e prensem o óleo das sementes de papoula! – E instantaneamente, os três pares de mãos apareceram, pegaram a medida de sementes de papoula e levaram-na embora.

Pouco depois, a velha bruxa sentou-se para jantar e Vasilissa trouxe tudo que havia cozinhado, o suficiente para alimentar cinco homens crescidos; colocou diante dela, trouxe cerveja e mel, e ficou esperando silenciosamente. A Baba Yaga comeu e bebeu tudo, cada pedaço, deixando um pouco menos de um farelo de pão; e disse abruptamente:

— Bem, por que não diz nada, mas fica aí parada como se fosse estúpida?

— Eu nada falei – Vasilissa respondeu — porque não me atrevi. Mas se me permitir, vovó, eu desejo fazer algumas perguntas.

— Bem... – disse a velha bruxa. — Só lembre que cada pergunta não levará a nada bom. Se sabe demais, envelhecerá muito cedo. O que deseja perguntar?

— Peço que fale dos homens em seus cavalos – disse Vasilissa. — Quando vim para a sua cabana, um cavaleiro passou por mim. Ele estava todo vestido de branco e galopava em um cavalo branco como o leite. Quem era ele?

— Aquele era meu dia branco e brilhante – respondeu a Baba Yaga com raiva. — Ele é um servo meu, mas não pode machucá-la. Pergunte-me mais.

— Depois disso... – prosseguiu Vasilissa. — Um segundo cavaleiro me ultrapassou. Ele estava todo vestido em vermelho e cavalgava um cavalo vermelho como o sangue. Quem era ele?

— Esse era meu servo, o sol, redondo e vermelho; e ele, também, não pode feri-la – respondeu a Baba Yaga, rangendo os dentes. — Pergunte-me mais.

— Um terceiro cavaleiro – continuou Vasilissa — veio galopando sobre o portão; ele era negro, suas vestes também eram negras e seu cavalo negro como o carvão. Quem era ele?

— Esse era meu servo, a noite negra e escura! – respondeu a velha bruxa, furiosamente. — Mas ele também não pode fazer mal a você. Pergunte-me mais!

Mas Vasilissa, lembrando que a Baba Yaga havia dito que nem toda pergunta leva ao bem, ficou em silêncio.

— Pergunte-me mais! – gritou a velha bruxa. — Por que não me pergunta mais? Pergunte-me dos três pares de mãos que me servem!

Mas Vasilissa viu como a bruxa rosnou para ela e respondeu:

— As três perguntas são o suficiente para mim. Como a senhora disse, vovó, eu não quero, por saber demais, envelhecer muito cedo.

— É bom para você – disse a Baba Yaga — que não tenha perguntado sobre elas, mas só do que viu fora dessa cabana. Se tivesse perguntado deles, meus servos, os pares de mãos levariam

BORIS ZVORYKIN

VASILISSA, A BELA.

você também, como fizeram com o trigo e as sementes de papoula, para se tornar minha comida. Agora é a minha vez de fazer-lhe uma pergunta. Como foi capaz, em tão pouco tempo, de executar perfeitamente todas as tarefas que lhe dei? Diga-me!

Vasilissa estava com tanto medo ao ver como a velha bruxa rangia os dentes que quase lhe contou sobre sua bonequinha, mas caiu em si a tempo de responder:

— A bênção de minha falecida mãe me ajuda.

Então a Baba Yaga levantou-se, tomada pela fúria.

— Ponha-se para fora da minha casa já! – ela gritou. — Não quero ninguém que carrega uma bênção cruzando meus domínios! Suma daqui!

Vasilissa correu para o quintal e, lá atrás, ouviu a velha bruxa gritando para as fechaduras e para o portão. As fechaduras se abriram, o portão abriu-se, e ela correu para fora da clareira. A Baba Yaga pegou da muralha uma das caveiras de olhos brilhantes e arremessou-a em Vasilissa.

— Tome! – uivou. — É o fogo para as filhas da sua madrasta! Pegue! Foi para isso que elas a mandaram aqui; que elas fiquem felizes!

Vasilissa pôs a caveira na ponta de uma vara e lançou-se pela floresta, correndo tão rápido quanto podia, achando seu caminho graças à luz que saía dos olhos da caveira, que se apagou quando a manhã chegou.

Quer tenha ela corrido um caminho longo ou curto, ou tenha sido o caminho fácil ou difícil, por volta da noite do dia seguinte, quando os olhos da caveira começaram a cintilar, ela saiu da floresta escura e selvagem e chegou à casa de sua madrasta.

Quando chegou perto do portão, pensou:

Com certeza, a esta altura, elas já devem ter achado algum fogo. — E jogou a caveira na cerca viva, mas a caveira falou com ela:

— Não me jogue fora, bela Vasilissa; leve-me para sua madrasta.

Então, olhando para a casa e não vendo nenhuma centelha de luz vinda de nenhuma das janelas, ela pegou a caveira novamente e a levou com ela.

Desde que Vasilissa partira, a madrasta e suas duas filhas não tiveram nem fogo nem luz na casa. Quando elas batiam pedras ou aço, a estopa não acendia; e o fogo que traziam dos vizinhos apagava-se imediatamente ao cruzar os limites do seu terreno, de modo que elas não puderam iluminar a casa, aquecer-se, ou cozinhar algo para comer. Portanto agora, pela primeira vez em sua vida, Vasilissa sentiu-se bem-vinda. Elas lhe abriram a porta, e a esposa do mercador, sua madrasta, rejubilou-se ao descobrir que o fogo da caveira não se apagou tão logo fora trazido:

— Talvez o fogo da bruxa resista – disse e levou a caveira para dentro do melhor quarto. Colocou-a sobre um castiçal e chamou as duas filhas para admirá-la.

Contudo, os olhos da caveira de repente começaram a brilhar e lampejar como carvões vermelhos e, para onde quer que as três se virassem ou corressem, os olhos as perseguiam, crescendo, ficando mais largos e mais brilhantes, até queimarem como duas fornalhas, quentes e mais quentes. Assim, a esposa do mercador e suas duas filhas perversas pegaram fogo e se reduziram a pó. Só Vasilissa, a Bela, fora poupada.

Pela manhã, Vasilissa cavou um buraco profundo no chão e enterrou a caveira. Então, trancou a casa e partiu para a vila, onde foi viver com uma mulher idosa que era pobre e não tinha filhos. Assim ela permaneceu por muitos dias, esperando pelo retorno do pai do longínquo Czarado.

Mas, sentindo-se solitária, o tempo logo começou a arrastar-se mais e mais. Um dia, disse à velha senhora:

— É tedioso para mim, vovó, sentar-me ociosa toda hora. Minhas mãos querem trabalho para fazer. Vá, pois, e compre para mim algum linho, o melhor e mais fino que possa ser encontrado, e pelo menos eu poderei fiá-lo.

A velha apressou-se e comprou um pouco de linho do melhor tipo e Vasilissa sentou-se para trabalhar. Tão bem ela fiou que a linha saiu uniforme e fina como um fio de cabelo, e logo já havia o suficiente para começar a tecer. Porém, a linha era tão fina que nenhuma armação sobre a qual tecer pôde ser achada, nem nenhum tecelão concordou em construir uma.

Desse modo, Vasilissa foi até seu armário, pegou a bonequinha de seu bolso, colocou diante dela comida e bebida e pediu por sua ajuda. Depois que ela comeu e bebericou um pouquinho, a bonequinha ganhou vida e disse:

— Traga para mim uma armação velha, uma cesta velha e alguns cabelos da crina de um cavalo, e vou arranjar tudo para você.

Vasilissa se apressou para trazer tudo o que a bonequinha pediu e, quando a noite chegou, rezou e foi dormir. Na manhã seguinte, achou uma armação pronta, feita perfeitamente para tecer suas linhas finas.

Ela teceu por um mês; teceu por dois meses; por todo o inverno, Vasilissa teceu sua linha fina até que toda a peça de tecido ficasse completa, de uma textura tão fina que poderia ser passada, como um fio, pelo buraco de uma agulha. Quando a primavera chegou, ela branqueou o tecido, que ficou tão branco que nem à neve se poderia comparar. Então, disse à velha senhora:

— Pegue esta peça de tecido e leve ao mercado, vovó, e a venda; o dinheiro que conseguir deve bastar para pagar por minha comida e alojamento aqui.

Quando a velha senhora examinou a peça, porém, disse:

— Eu jamais venderia tal tecido no mercado; ninguém deve usar isto exceto o próprio Czar, e amanhã levarei ao Palácio.

No dia seguinte, como havia dito, a senhora foi ao esplêndido Palácio do Czar e decidiu ficar andando de um lado para outro, em frente às janelas. Os servos vieram perguntar-lhe o que desejava, mas ela nada respondeu, e continuou andando de um lado para o outro. Eventualmente, o Czar abriu sua janela e perguntou:

— O que quer, senhora, já que veio até aqui?

— Ó, Majestade, Czar... – respondeu a velha senhora. — Eu tenho comigo uma maravilhosa peça de tecido de linho tão espantosamente tecida que não mostrarei a ninguém além de vós!

O Czar ordenou que a trouxessem diante de si e, quando viu o linho, foi acometido de grande espanto por sua beleza e delicadeza.

— Quanto deseja por isso, velha senhora? – perguntou.

— Não há dinheiro que possa comprá-lo, paizinho Czar[9] – ela respondeu. — Mas eu o trouxe como um presente para vós.

O Czar não pôde lhe agradecer o suficiente. Ele pegou o tecido e mandou-a para casa com muitos presentes valiosos.

Costureiras foram chamadas para fazer camisas daquele tecido para ele; mas, quando o tecido foi cortado, era tão fino que não havia ninguém que fosse proficiente e habilidoso o suficiente para costurá-lo. A melhor costureira em todo o Czarado foi convocada, todavia não se atreveu a assumir a responsabilidade. Então, finalmente o Czar mandou chamar a velha senhora e disse:

— Se a senhora sabe como fiar tal tipo de linha e tecer tal tecido, deve também saber como costurar dele camisas para mim.

A velha senhora respondeu:

— Ó Majestade, Czar, não fui eu quem teceu a peça: este foi o trabalho de minha filha adotiva.

— Então pegue o tecido – disse o Czar — e ordene-a que o faça para mim.

A velha pegou a peça, trouxe-a para casa e contou a Vasilissa a ordem do Czar:

---

[9] Existem registros na linguagem russa de um sentimento de relação íntima e paternal entre o Czar e seus súditos; ele era chamado em diversos textos de "o Czar pai", "o pai soberano" etc.; a língua russa é ainda cheia de diminutivos, e uma destas formas pode ser traduzida como "paizinho Czar". [N.T.]

— Bem, eu sabia bem que este trabalho teria de ser feito por minhas próprias mãos – disse Vasilissa e, trancando-se em seu quarto, começou a fazer as camisas.

Tão bem e tão rápido ela fez o trabalho que logo uma dúzia de camisas estava pronta. Então, a senhora carregou-as para o Czar, enquanto Vasilissa lavou seu rosto, arrumou seus cabelos, colocou seu melhor vestido e sentou-se à janela para ver o que aconteceria. Em pouco tempo, um servo vestido com a farda do Palácio veio até a casa e, entrando, disse:

— O Czar, nosso senhor, deseja ele mesmo ver a hábil costureira que fez essas camisas e recompensá-la com suas próprias mãos.

Vasilissa levantou-se e foi imediatamente ao Palácio; logo que o Czar a viu, apaixonou-se por ela com toda sua alma. Ele a tomou por sua alva mão e a fez sentar-se ao seu lado.

— Bela donzela... – ele disse. — Nunca vou me separar de vós; e vós deverás ser minha esposa.

Assim, o Czar e Vasilissa, a Bela, se casaram. O pai dela retornou do longínquo Czarado; e ele e a velha senhora viviam sempre com Vasilissa em seu Palácio esplêndido, com toda alegria e contentamento. E quanto à pequena bonequinha de madeira, ela a carregou consigo em seu bolso por toda a vida.

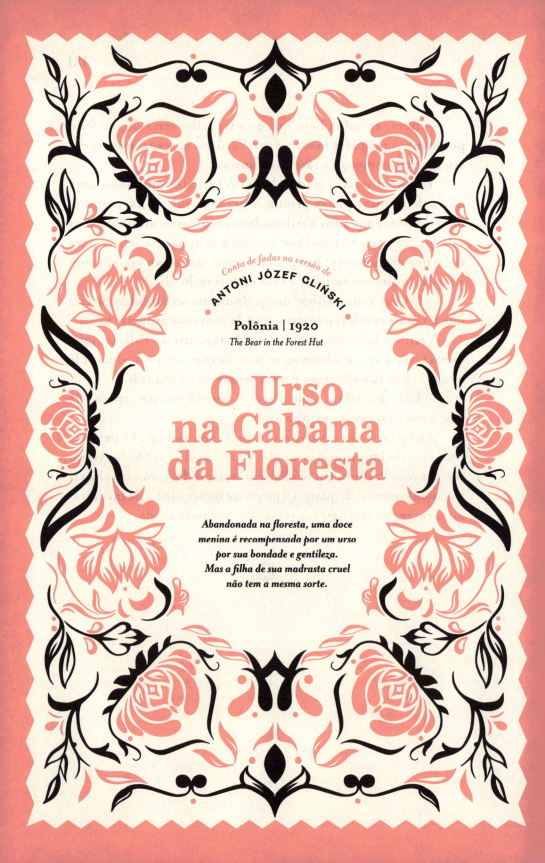

Conto de fadas na versão de
ANTONI JÓZEF GLIŃSKI

Polônia | 1920
The Bear in the Forest Hut

O Urso na Cabana da Floresta

Abandonada na floresta, uma doce menina é recompensada por um urso por sua bondade e gentileza. Mas a filha de sua madrasta cruel não tem a mesma sorte.

Havia um velho viúvo que se casou com uma mulher também viúva. Ambos tinham filhos dos primeiros casamentos; o velho tinha uma filha ainda viva, assim como a velha também tinha uma.

O velho era um homem honesto, trabalhador e de bom coração, mas muito submisso à esposa. Um enorme infortúnio, pois ela era má, astuta e dissimulada. Uma verdadeira bruxa.

A filha era muito parecida com ela em temperamento; mas era a queridinha da mamãe. A filha do velho, por sua vez, era uma menina doce e bondosa. A madrasta a odiava; atormentava-a sempre e desejava que morresse.

Um dia, ela a espancou com muita crueldade e a empurrou para fora de casa, dizendo ao velho em seguida:

— Sua filha miserável está sempre me dando problemas; ela é uma malcriada de péssimo temperamento, e não há o que fazer com ela. Portanto, se quiser paz em casa, deve colocá-la na carroça, levá-la para a floresta e voltar sem ela.

O velho ficou muito triste por ter de fazer isso, pois amava muito a própria filhinha, mas tinha tanto medo da esposa que não ousou recusar. Assim, colocou a pobre menina na carroça, dirigiu-se para a floresta e a deixou lá, sozinha.

Ela vagou por um bom tempo, colhendo morangos silvestres para comer com um pedaço de pão que o pai lhe havia dado. Perto do anoitecer, chegou a uma cabana na floresta e bateu à porta.

Ninguém respondeu. Então, levantou a tranca, entrou e olhou em volta. Não havia ninguém.

Havia, porém, uma mesa em um canto, bancos ao redor das paredes e um forno perto da porta. Perto da mesa, junto à janela, havia uma roda de fiar e uma boa quantidade de linho.

A menina se sentou à roda de fiar, abriu a janela, olhou para fora e parou para ouvir, mas ninguém apareceu.

Quando começou a escurecer, ouviu um farfalhar não muito distante, até que, de algum lugar próximo à cabana, uma voz foi ouvida, cantando:

— Andarilha, excluída, abandonada! Pela noite maltratada! Se nenhum crime a sua consciência manchar, hoje à noite, nesta cabana deve ficar.

Quando a voz cessou, ela respondeu:

— Sou excluída e abandonada; no entanto, de consciência limpa vou estar. Seja você rico ou pobre, por esta noite aqui me deixe ficar!

Houve mais um farfalhar nos galhos. A porta se abriu, então entrou na sala… um urso!

Muito assustada, a menina se levantou, mas o urso apenas disse:

— Boa noite, bela donzela!

— Boa noite para você também, quem quer que seja — respondeu ela, um pouco mais tranquila.

— Como chegou aqui? — perguntou ele. — Foi por sua própria vontade ou à força?

Chorando muito, a donzela lhe contou tudo. O urso se sentou ao lado dela e, acariciando seu rosto com a pata, respondeu:

— Não chore, bela donzela; você ainda será feliz. Mas, por enquanto, deve fazer exatamente o que eu digo. Está vendo aquele linho? Deve transformá-lo em fio; desse fio, deve confeccionar um tecido, do qual deve fazer uma camisa para mim. Virei aqui amanhã a esta mesma hora e, se a camisa estiver pronta, eu a recompensarei. Adeus!

O urso fez uma mesura de despedida e se retirou. De início, a menina começou a chorar, dizendo para si mesma:

— Como posso fazer isso em apenas vinte e quatro horas? Fiar todo aquele linho, tecê-lo e fazer uma camisa com ele? Bem! Devo começar a trabalhar e fazer o que puder… Ele pelo menos verá que tive boa vontade, mesmo que não tenha conseguido realizar a tarefa.

Dizendo isso, secou as lágrimas, comeu um pouco de pão e morangos, sentou-se à roda de fiar e começou a fiar à luz da lua.

O tempo passou depressa enquanto ela trabalhava, amanhecendo antes que ela percebesse.

Já não havia mais linho; ela havia fiado a última porção.

Ficou surpresa ao ver o quão depressa o trabalho havia avançado, mas começou a se perguntar como teceria o fio sem um tear.

Pensando, adormeceu. Quando acordou, o sol já estava alto no céu. Havia um café da manhã pronto na mesa e um tear sob a janela.

Ela correu até o riacho vizinho, lavou o rosto e as mãos, voltou, fez uma oração e tomou o café da manhã. Em seguida, sentou-se ao tear.

A lançadeira voava tão rápido que o tecido estava pronto ao meio-dia. Ela o levou para um campo, molhou-o no riacho, estendeu-o ao sol e, em uma hora, o tecido estava alvejado. Voltando com ele para a cabana, cortou a camisa e começou a costurá-la com esmero.

O crepúsculo se aproximava. Estava dando o último ponto quando a porta se abriu.

—A camisa está pronta?—perguntou o urso ao entrar. Ela a entregou para ele.—Obrigado, minha boa menina. Agora, devo recompensá-la. Você me disse que tinha uma madrasta má; se quiser, enviarei meus ursos para despedaçá-la junto com a filha.

—Ah! Não faça isso! Não quero vingança; deixe-as viver!

—Que assim seja! Enquanto isso, faça-se útil na cozinha: prepare-me um mingau para o jantar. Você encontrará tudo de que precisa no armário na parede; mas irei buscar minha roupa de cama, pois passarei a noite em casa.

O urso saiu. A donzela reacendeu o fogo no forno e começou a preparar o mingau.

Nesse momento, ouviu um som debaixo do banco, de onde saiu um pobre ratinho magro, que se levantou nas patas traseiras e disse com voz humana:

—Senhora! Ajude-me ou morrerei. Um pobre ratinho sou eu! Estou com fome, dê-me comida e a você serei grato.

Com pena do ratinho, a menina jogou uma colher de mingau para ele. O ratinho comeu, agradeceu e correu de volta para o buraco.

O urso logo voltou com um monte de madeira e pedras, as quais colocou sobre o fogão. Após comer uma tigela de mingau, ele subiu no fogão e disse:

— Aqui, menina, está um molho de chaves em um anel de aço. Apague o fogo; mas você deve andar pela sala a noite toda e balançar essas chaves até eu me levantar. Se eu a encontrar viva pela manhã, você será feliz.

O urso começou a roncar no mesmo instante. A filha do velho continuou andando pela cabana, balançando as chaves.

Logo, o ratinho saiu do buraco na parede e disse:

— Dê-me as chaves, senhora. Eu as balançarei para você; mas você deve se esconder atrás do fogão, pois as pedras logo começarão a voar.

Nisso, o ratinho começou a correr debaixo do banco, para cima e para baixo pela parede. A donzela se escondeu atrás do forno, até que, por volta da meia-noite, o urso acordou e jogou uma pedra no meio da sala.

O ratinho continuou correndo e balançando as chaves.

— Está viva? — perguntou o urso.

— Sim, estou — respondeu a voz da menina de trás do forno.

O rato continuou correndo para cima e para baixo, balançando as chaves.

Com o amanhecer, os galos começaram a cantar, mas o urso não acordou. O rato devolveu as chaves e correu de volta para o buraco. A filha do velho começou a andar pela sala, balançando as chaves.

Ao nascer do sol, o urso desceu do fogão e disse:

— Ah, filha do velho! Você é abençoada pelo céu! Pois aqui estava eu, um poderoso monarca, transformado por encantamento em urso até que alguma alma viva passasse duas noites nesta cabana. Logo voltarei a ser homem e retornarei a meu

RAFAEL NOGUEIRA

reino, levando você como minha esposa. Mas, antes que isso aconteça, olhe dentro de minha orelha direita.

Ela jogou o cabelo para trás e olhou dentro da orelha direita do urso, onde viu um belo país, com milhões de pessoas, montanhas muito altas, rios profundos, florestas impenetráveis, pastagens cobertas de rebanhos, vilarejos prósperos e cidades ricas.

— O que vê? — perguntou o urso.

— Vejo um lindo país.

— Aquele é o meu reino. Olhe em minha orelha esquerda.

Ela olhou, incapaz de parar de admirar o que via: um magnífico palácio com muitas carruagens e cavalos no jardim, além de ricas vestes, joias e todos os tipos de raridades nas carruagens.

— O que vê? — perguntou o urso. Ela descreveu tudo. — Qual dessas carruagens prefere?

— Aquela com quatro cavalos — respondeu ela.

— Nesse caso, ela é sua — disse o urso, abrindo a janela.

Houve um som de rodas na floresta. Uma carruagem dourada e puxada por quatro esplêndidos cavalos chegou à frente da cabana, embora não houvesse condutor.

O urso adornou sua amada com um vestido tecido em ouro, brincos de diamante, um colar incrustado com várias pedras preciosas e anéis de brilhantes.

— Espere aqui um momento — disse ele —; seu pai virá buscá-la em breve. Em alguns dias, quando o poder do encantamento acabar e eu voltar a ser rei, virei buscá-la, e você será minha rainha.

Dizendo isso, o urso desapareceu na floresta. A filha do velho olhou pela janela para esperar a chegada do pai.

O velho, tendo deixado a filha na floresta, voltou para casa muito triste; mas, no terceiro dia, ele arreou a carroça outra vez e se dirigiu para a floresta, a fim de ver se ela estava viva ou morta, para ao menos enterrá-la, caso assim fosse.

Ao anoitecer, a velha e a própria filha olharam pela janela; então um cachorro, o favorito da filha do velho, correu de repente para a porta e começou a latir:

—Au! Au! Au! O velho está chegando! A filha querida com ele está voltando! Decorada com ouro e diamantes, presentes brilhantes!

A velha deu um chute raivoso no cachorro.

— Você mente, seu cachorro grande e feio! Lata assim: "Au! Au! Au! O velho está voltando! Os ossos da filha ele vem carregando!".

Dizendo isso, ela abriu a porta. O cachorro saltou para fora, ao passo que ela foi com a filha para o pátio.

Ficaram estupefatas! A carruagem chegou com quatro cavalos galopantes, o velho sentado na boleia, estalando o chicote. No interior da carruagem, a filha estava vestida com tecido de ouro e adornada com joias.

A velha fingiu estar muito feliz por vê-la. Acolheu-a com muitos beijos, ansiosa para saber onde ela havia conseguido todas aquelas coisas ricas e bonitas.

A menina disse que haviam sido todas dadas a ela pelo urso na cabana da floresta.

No dia seguinte, a velha assou bolos deliciosos, os quais deu para a própria filha.

— Se sua filha miserável e inútil teve tanta sorte — disse ela ao velho —, tenho certeza de que minha querida e linda menina ganhará muito mais do urso, se ele apenas a vir. Você deve levá-la na carroça, deixá-la na floresta e voltar sem ela.

E deu ao velho um bom empurrão para apressar sua partida, fechou a porta na cara dele e olhou pela janela para ver o que aconteceria.

O velho foi ao estábulo, tirou a carroça, atrelou o cavalo, ajudou a enteada a subir e se dirigiu com ela até a floresta. Chegando lá, ele a deixou, virou a cabeça do cavalo e voltou depressa para casa.

A filha da velha não demorou a encontrar a cabana na floresta. Confiante no poder de seus encantos, entrou direto no pequeno cômodo. Não havia ninguém dentro, apenas a mesma mesa em um canto, os bancos ao redor das paredes, o forno perto da porta e a roda de fiar sob a janela, com um grande feixe de linho.

Ela se sentou em um banco, desfez o pacote que havia trazido e começou a comer os bolinhos com grande satisfação, olhando pela janela o tempo todo.

Logo começou a escurecer, um vento forte começou a soprar e uma voz foi ouvida cantando lá fora:

—Andarilha, excluída, abandonada! Pela noite maltratada! Se nenhum crime a sua consciência manchar, hoje à noite, nesta cabana deve ficar.

Quando a voz cessou, ela respondeu:

— Sou excluída e abandonada; no entanto, de consciência limpa vou estar. Seja você rico ou pobre, por esta noite aqui me deixe ficar!

A porta se abriu, e o urso entrou.

A garota se levantou com um sorrido triunfante e esperou que ele se curvasse primeiro. O urso olhou para ela com atenção, fez uma reverência e disse:

— Bem-vinda, donzela... mas não tenho muito tempo para permanecer aqui. Devo voltar para a floresta; mas, entre agora e amanhã à noite, deve fazer para mim uma camisa com este linho. Deve começar agora mesmo a fiar, tecer, branquear, lavar e costurar. Adeus!

Dizendo isso, o urso se virou e saiu.

— Não foi para isso que vim até aqui — disse a garota, assim que ele se virou —, para fazer sua fiação, tecelagem e costura! Pouco me importa se você ficar sem uma camisa!

Dizendo isso, ela se acomodou em um banco e foi dormir.

No dia seguinte, ao anoitecer, o urso voltou e perguntou:

— A camisa está pronta?

Ela não respondeu.

— O que é isso? O fuso não foi tocado.

Silêncio como antes.

— Prepare minha ceia agora mesmo. Encontrará água naquele balde e grãos naquele armário. Devo sair para buscar minha cama, pois esta noite dormirei em casa.

O urso saiu. A filha da velha acendeu o fogo no fogão e começou a preparar o mingau. Nisso, o ratinho saiu, ficou de pé sobre as patas traseiras e disse:

— Senhora! Ajude-me ou morrerei. Um pobre ratinho sou eu! Estou com fome, dê-me comida e a você serei grato.

Mas a garota cruel apenas pegou a colher com a qual estava mexendo a papa e a jogou no pobre ratinho, que fugiu assustado.

O urso logo voltou com uma enorme carga de pedras e madeira. Em vez de um colchão, arrumou uma camada de pedras no topo do fogão e a cobriu com madeira no lugar de um lençol.

Ele comeu o mingau e disse:

— Aqui! Pegue essas chaves; caminhe a noite toda pela cabana e continue a sacudi-las. Se eu a encontrar viva pela manhã, você será feliz.

O urso começou a roncar de imediato. A filha da velha andava sonolenta para cima e para baixo, sacudindo as chaves. Por volta da meia-noite, o urso acordou e jogou uma pedra em direção ao lugar de onde ouvia o tilintar. A pedra acertou a filha da velha, que deu um grito e caiu morta no mesmo instante.

Na manhã seguinte, o urso desceu do topo do forno, olhou uma vez para a garota morta, abriu a porta da cabana, ficou na soleira e bateu três vezes com toda a força. Trovões e relâmpagos surgiram; em um instante, o urso se transformou em um belo e jovem rei, com um cetro de ouro na mão e uma coroa de diamantes na cabeça.

Uma carruagem brilhante como o sol e puxada por seis cavalos parou em frente à cabana. O cocheiro estalou o chicote, fazendo com que as folhas caíssem das árvores. O rei entrou na carruagem e foi embora da floresta para a sua capital.

Tendo deixado a enteada na floresta, o velho voltou para casa, jubiloso com a alegria da filha que esperava todos os dias pelo rei. Enquanto isso, ele se ocupava cuidando dos quatro esplêndidos cavalos, limpando a carruagem dourada e arejando as roupas caras dos animais.

No terceiro dia após seu retorno, a velha foi para cima dele e disse:

— Vá buscar minha filha querida; ela sem dúvida está toda vestida de ouro agora, ou casada com um rei. Serei a mãe de uma rainha.

Obediente como sempre, o velho arreou a carroça e partiu.

Ao cair da noite, a velha olhou pela janela, no que o cachorro começou a latir:

— Au! Au! Au! O velho está voltando! Os ossos de sua filha ele vem carregando!

— Você mente! — exclamou a velha. — Lata assim: "Au! Au! Au! O velho está chegando! A filha querida com ele está voltando! Decorada com ouro e diamantes, presentes brilhantes!".

Dizendo isso, ela correu para fora da casa para encontrar o velho, que chegava na carroça; mas ficou paralisada, soluçou e chorou, mal conseguiu articular:

— Onde está minha filha querida?

O velho coçou a cabeça e respondeu:

— Ela teve algum grande infortúnio; isso é tudo que encontrei dela, alguns ossos nus e roupas manchadas de sangue. Na floresta, na velha cabana... ela foi devorada por lobos.

Louca de tristeza e desespero, a velha recolheu os ossos da filha, foi a um cruzamento próximo e, quando um grande número de pessoas se reuniu ali, ela os enterrou com choro e lamento, caindo de bruços sobre o túmulo e se transformando em pedra.

Enquanto isso, uma carruagem real chegava ao pátio da cabana do velho, brilhante como o sol e com quatro cavalos esplêndidos. O cocheiro estalou o chicote, fazendo com que a cabana desabasse com o som.

    O rei levou o velho e a filha para a carruagem. Juntos, foram embora para a capital, onde o casamento logo aconteceu. O velho viveu feliz em seus anos derradeiros como sogro de um rei, e a doce filha, antes tão miserável, como uma rainha.

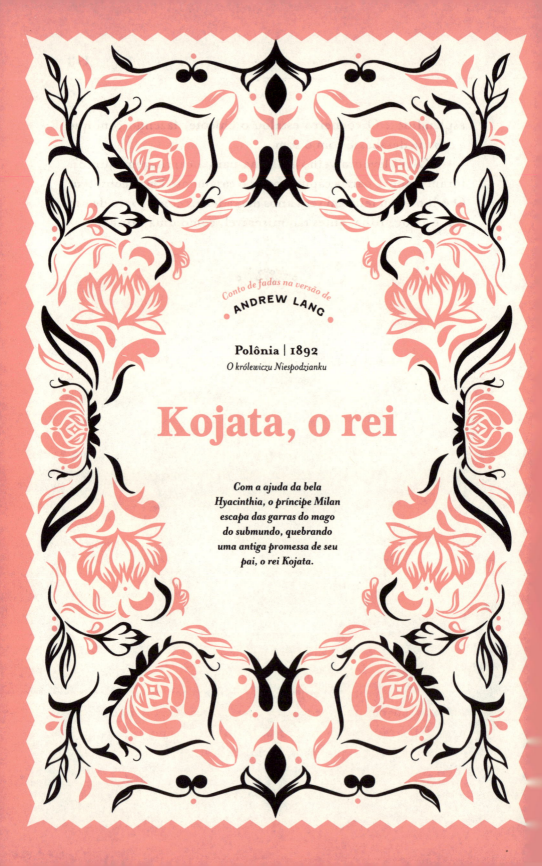

Conto de fadas na versão de
ANDREW LANG

Polônia | 1892
O królewiczu Niespodzianku

Kojata, o rei

Com a ajuda da bela Hyacinthia, o príncipe Milan escapa das garras do mago do submundo, quebrando uma antiga promessa de seu pai, o rei Kojata.

Um rei chamado Kojata, conhecido por sua barba tão longa que alcançava os joelhos, vivia angustiado pela ausência de um herdeiro. Apesar de três anos de felicidade ao lado de sua esposa desde o casamento, os céus ainda não haviam atendido a esse desejo. Um dia, ele partiu da capital para realizar uma jornada através do reino. Viajou por quase um ano pelas diferentes partes do território, até que, tendo visto tudo o que havia para ver, começou o caminho de volta. Como o dia estava muito quente e abafado, ordenou aos servos que montassem tendas no campo aberto e esperassem pelo frescor da noite.

De repente, uma sede terrível se apoderou do rei, que, não vendo água por perto, montou no cavalo e cavalgou pelas redondezas à procura de uma fonte. Chegou logo a um poço cheio até a borda com água cristalina, sobre o qual flutuava um jarro dourado. No mesmo instante, o rei Kojata tentou apanhar o recipiente, mas, embora tentasse agarrá-lo com a mão direita e depois com a esquerda, a maldita coisa sempre escapava de seus esforços, recusando-se a ser apanhada. Tentou pegá-lo primeiro com uma só mão, depois com as duas, mas o jarro sempre deslizava como um peixe por entre os dedos do rei, caindo no chão e ressurgindo em outro lugar, como se zombasse dele.

— Maldito seja! — exclamou o rei. — Posso matar a sede sem você!

Inclinando-se sobre o poço, sorveu a água com tanta avidez que mergulhou o rosto, a barba e tudo mais bem no espelho de cristal. Porém, ao matar a sede e tentar se levantar, não conseguiu erguer nem a cabeça, pois alguém lhe segurava a barba com firmeza dentro da água.

— Quem está aí? Solte-me! — gritou o rei, mas não houve resposta, apenas um rosto terrível que o olhava do fundo do poço com dois grandes olhos verdes, brilhantes como esmeraldas, e uma boca larga que ia de orelha a orelha, mostrando duas fileiras de dentes brancos e reluzentes.

H. J. FORD

A barba do rei estava presa não por mãos mortais, mas por um par de garras. Por fim, uma voz rouca soou das profundezas:

— Seu esforço é em vão, rei Kojata; só o soltarei com a condição de que me dê alguma coisa sobre a qual nada sabe, mas que encontrará ao voltar para casa.

O rei não ponderou por muito tempo. *O que poderia estar em meu palácio sem que eu saiba... a coisa é absurda*, pensou, respondendo depressa:

— Sim, prometo que a terá.

— Muito bem — respondeu a voz —, mas saiba que será péssimo para você se não cumprir a promessa.

Nisso, as garras relaxaram o aperto, até que o rosto desapareceu nas profundezas. O rei tirou o queixo da água e se sacudiu como um cachorro; montou e cavalgou pensativo para casa com sua comitiva.

Ao se aproximarem da capital, todo o povo veio ao encontro deles com grande alegria e furor. O rei chegou ao palácio, sendo recebido na soleira da porta pela rainha, ao lado da qual estava o primeiro-ministro, segurando um pequeno berço no qual se deitava um recém-nascido tão belo quanto o dia.

O rei então se deu conta da situação. *Era disso que eu não sabia*, murmurou para si mesmo, gemendo profundamente enquanto as lágrimas rolavam pelo rosto. Os membros da corte ficaram muito surpresos com a tristeza do rei, mas ninguém ousou perguntar a razão. Ele tomou a criança nos braços e a beijou com ternura; depois, colocando-a no berço, decidiu controlar a emoção e voltou a reinar como antes.

O segredo do rei permaneceu assim, um segredo, embora sua expressão grave e preocupada não passasse despercebida. Com o temor constante de que o filho fosse tirado dele, o pobre Kojata não encontrava descanso nem de noite, nem de dia.

No entanto, o tempo passou sem que nada acontecesse. Dias, meses e anos se passaram até que o príncipe crescesse e se tornasse um belo jovem. Por fim, o próprio rei havia se esquecido do incidente ocorrido tanto tempo atrás.

Um dia, o príncipe saiu para caçar, perseguindo um javali selvagem até se perder dos outros caçadores, completamente sozinho no meio de uma floresta sombria. As árvores cresciam tão densas e próximas umas das outras que era quase impossível enxergar através delas; apenas à frente havia um pequeno pedaço de campo, coberto de cardos e ervas daninhas, ao centro do qual se erguia uma frondosa árvore de tília. Súbito, um som de farfalhar foi ouvido do tronco oco da árvore, de onde saiu um velho extraordinário, de olhos e queixo verdes.

— Um belo dia, príncipe Milan — disse ele. — Você me fez esperar muitos anos; já era hora de me fazer uma visita.

— Quem é você, por curiosidade? — perguntou o príncipe, surpreso.

— Descobrirá em breve. Enquanto isso, faça o que digo. Cumprimente por mim o seu pai, o rei Kojata, mas não se esqueça de lembrá-lo da dívida dele. O tempo já passou há muito, mas agora ele terá de pagar. Por ora, adeus; nós nos encontraremos de novo.

Com essas palavras, o velho desapareceu na árvore. O príncipe voltou para casa bastante assustado, contando ao pai o que havia visto e ouvido.

O rei ficou pálido como uma folha seca ao ouvir a história do príncipe.

— Ai de mim, meu filho! — exclamou. — É chegado o momento de nos separarmos.

Com o coração pesado, contou ao príncipe o que havia acontecido na época de seu nascimento.

— Não se preocupe nem se aflija, querido pai — respondeu o príncipe Milan. — As coisas nunca são tão ruins quanto parecem. Apenas me dê um cavalo para minha jornada. Aposto que logo me verá de volta.

O rei lhe deu um belo cavalo com estribos dourados, bem como uma espada. A rainha pendurou uma pequena cruz em seu pescoço, até que, após muitas lágrimas e lamentações, o príncipe se despediu de todos e partiu em sua jornada.

Ele cavalgou direto por dois dias. No terceiro, chegou a um lago liso como vidro e claro como cristal. Não havia um sopro do vento, nenhuma folha se mexia, tudo estava silencioso como um túmulo, a não ser pelos trinta patos de plumagem brilhante que nadavam no sereno seio do lago.

Não muito longe da margem, o príncipe Milan avistou trinta pequenas roupas brancas jogada na grama. Desmontando e se agachando sob as taboas altas, pegou uma das roupas e se escondeu atrás dos arbustos que cresciam ao redor do lago. Os patos nadavam por toda parte, mergulhavam nas profundezas e subiam outra vez, deslizando pelas ondas. Por fim, cansados de tanto se divertir, nadaram até a margem, onde vinte e nove deles colocaram as pequenas roupas brancas e se transformaram em belas donzelas.

Elas terminaram de se vestir e desapareceram. Somente o trigésimo patinho não conseguiu chegar a terra firme; nadava próximo à margem, e, emitindo um grito agudo, esticava o pescoço com timidez, olhando ao redor de maneira agitada, para depois mergulhar de novo. O coração do príncipe Milan ficou tão comovido de pena da pobre criaturinha que ele saiu detrás das taboas para ver se podia ajudar.

Assim que o pato o percebeu, gritou com uma voz humana:

— Ah, querido príncipe, pelo amor dos céus, serei tão grata a você se devolver minha roupa.

O príncipe colocou a pequena roupa na margem ao lado dela e voltou para os arbustos. Em poucos instantes, uma bela garota em uma túnica branca surgiu diante dele, tão bela, doce e jovial que palavras não poderiam descrevê-la.

— Muito obrigada, príncipe Milan — disse ela, dando a mão a ele. — Meu nome é Hyacinthia. Sou uma das trinta filhas de um mago perverso, um poderoso governante do submundo com muitos castelos e grandes riquezas. Ele o espera há séculos, mas você não precisará ter medo se seguir meu conselho. Assim que estiver na presença de meu pai, jogue-se de imediato no chão e se aproxime de joelhos. Ignore-o se bater furiosamente com os pés, xingar e praguejar. Eu cuidarei do resto. Por ora, é melhor partirmos.

Com essas palavras, a bela Hyacinthia bateu o pezinho no chão, fazendo com que a terra se abrisse e tragasse ambos para a mundo inferior.

O palácio do mago havia sido esculpido por completo em um único rochedo, iluminando toda a área ao redor. O príncipe entrou com toda a alegria.

O mago estava sentado em um trono, com uma coroa cintilante na cabeça, olhos que brilhavam como fogo verde e garras no lugar das mãos. Assim que entrou, o príncipe se jogou de joelhos. O mago fez ruídos ao bater com os pés, lançou um olhar terrível com aqueles olhos verdes e praguejou tão alto que todo o submundo tremeu. Lembrando-se do conselho que lhe havia sido dado, o príncipe não teve o menor medo e aproximou-se do trono ainda de joelhos. Por fim, o mago riu alto e disse:

— Seu trapaceiro, você foi bem aconselhado para me fazer rir. Não serei mais seu inimigo. Bem-vindo ao submundo! Mesmo assim, porém, pela demora em chegar aqui, devemos exigir três serviços de você. Hoje você pode ir, mas amanhã terei mais a dizer.

Assim, dois servos levaram o príncipe Milan para uma bela acomodação, onde ele se deitou sem medo na cama macia que lhe havia sido preparada, caindo em um sono profundo logo depois.

Na manhã seguinte, o mago o mandou chamar e disse:

— Vamos ver agora o que aprendeu. Em primeiro lugar, deve construir um palácio para mim esta noite, com o telhado de ouro puro, paredes de mármore e janelas de cristal. Ao redor, deve criar um belo jardim, com lagos de peixes e cachoeiras artísticas. Se fizer tudo isso, eu o recompensarei ricamente; mas, se não fizer, perderá a cabeça.

Ah, monstro perverso!, pensou o príncipe Milan. *Poderia muito bem ter me matado de uma vez*. Muito triste, voltou para o quarto e, de cabeça baixa, meditou sobre seu destino cruel até o anoitecer. Quando escureceu, uma pequena abelha voou até lá, bateu na janela e disse:

— Abra e me deixe entrar. — Milan abriu a janela sem demora, e, assim que a abelha entrou, ela se transformou na bela Hyacinthia. — Boa noite, príncipe Milan. Por que está tão triste?

— Como poderia não estar? Seu pai me ameaça de morte. Já me vejo sem cabeça.

— E o que você decidiu fazer?

— Não há nada a ser feito. Afinal de contas, suponho que só se possa morrer uma vez.

— Ora, não seja tão tolo, meu querido príncipe; anime-se, pois não há necessidade de desespero. Vá para a cama, pois, quando acordar amanhã de manhã, o palácio estará terminado. Então, deverá andar por toda a volta, dando uma batidinha aqui e ali nas paredes para parecer que acabou de terminá-lo.

Tudo transcorreu exatamente como ela havia dito. Ao amanhecer, o príncipe Milan saiu do quarto e encontrou um palácio que era uma verdadeira obra de arte, até nos menores detalhes. O mago ficou bastante surpreso com tamanha beleza, mal podendo acreditar nos próprios olhos.

— Bem, você com certeza é um trabalhador esplêndido — disse ele ao príncipe. — Vejo que é muito habilidoso com as mãos. Agora, preciso ver se é igualmente talentoso com a cabeça. Tenho trinta filhas em minha casa, todas lindas princesas. Amanhã, colocarei todas em fila. Você deverá passar por elas três vezes e, na terceira, mostrar-me qual é a minha filha mais nova, Hyacinthia. Se não adivinhar corretamente, perderá a cabeça.

Desta vez, você cometeu um erro, pensou o príncipe Milan, voltando ao quarto e se sentando à janela. *Imagine só eu não reconhecer a bela Hyacinthia! Ora, isso será a coisa mais fácil do mundo.*

— Não tão fácil quanto pensa — disse a abelhinha que voava por ali. — Se eu não o ajudar, você nunca adivinhará. Somos trinta irmãs tão idênticas que nosso próprio pai mal consegue nos distinguir.

— O que devo fazer? — perguntou o príncipe.

— Ouça — respondeu Hyacinthia. — Você me reconhecerá por uma pequena mosca que terei em minha bochecha esquerda; mas, tenha cuidado, pois você pode cometer um erro com facilidade.

No dia seguinte, o mago mais uma vez ordenou que o príncipe Milan fosse levado à sua presença. As filhas estavam todas dispostas em uma fila diante dele, vestidas exatamente iguais e com os olhos voltados para o chão.

— Agora, seu gênio — disse o mago —, olhe três vezes para estas belas jovens e nos diga qual é a princesa Hyacinthia.

Milan passou por elas e as observou de perto, mas eram tão iguais que pareciam um rosto refletido em trinta espelhos, e a mosca não estava em lugar nenhum. Na segunda vez que passou por elas, continuou sem ver nada; mas, na terceira, percebeu uma pequena mosca descendo por uma bochecha, fazendo-a corar de leve. Então o príncipe segurou a mão da garota e gritou:

— Esta é a princesa Hyacinthia!

— Acertou outra vez — exclamou o mago, surpreso —, mas ainda tenho outra tarefa para você. Antes que a vela que vou acender queime até o fim, deve me fazer um par de botas que cheguem até meus joelhos. Se não estiverem prontas nesse tempo, você perderá a cabeça.

O príncipe voltou ao quarto em desespero. Nisso, a princesa Hyacinthia foi até ele mais uma vez na forma de uma abelha.

— Por que está tão triste, príncipe?

— Como posso não estar triste? Seu pai desta vez me deu uma tarefa impossível. Antes que a vela que ele acendeu queime até o fim, devo fazer um par de botas. Mas o que sabe um príncipe sobre fazer sapatos? Se eu não conseguir, perderei a cabeça.

— E o que pretende fazer? — perguntou Hyacinthia.

— Bem, o que há para ser feito? Ele deverá acabar comigo, pois o que exige não posso e não vou fazer.

— De maneira alguma, querido. Eu o amo muito; você se casará comigo, e eu salvarei sua vida ou morrerei com você. Devemos fugir agora o mais rápido que pudermos, pois não há outra saída.

Com essas palavras, ela soprou na janela, de maneira que sua respiração congelou no vidro. Levou Milan para fora do

H. J. FORD

quarto consigo, fechou a porta e jogou a chave fora. De mãos dadas, correram para o local onde haviam descido ao mundo inferior, até chegarem às margens do lago.

O cavalo do príncipe Milan ainda estava pastando na grama que crescia perto d'água. Ao reconhecer o dono, o cavalo relinchou alto de alegria e, saltando em direção a ele, ficou parado como se estivesse enraizado no chão, enquanto o príncipe e a princesa montavam em seu dorso. Em seguida, disparou como a flecha de um arco.

Enquanto isso, o mago esperava com impaciência pelo príncipe. Enfurecido com o atraso, enviou seus servos para buscá-lo, pois o tempo determinado havia passado.

Os servos chegaram à porta do quarto, batendo ao encontrá-la trancada, quando a respiração congelada na janela respondeu com a voz do príncipe Milan:

— Estou chegando neste instante.

Com essa resposta, voltaram ao mago. Porém, após um tempo sem que o príncipe aparecesse, ele enviou os servos uma segunda vez para trazê-lo. A respiração congelada deu sempre a mesma resposta, mas o príncipe nunca veio. Por fim, o mago perdeu a paciência e ordenou que a porta fosse arrombada. Os servos o fizeram, encontrando o quarto vazio. A respiração congelada riu alto.

Fora de si de tanta raiva, o mago ordenou que o príncipe fosse encontrado, dando início a uma perseguição alucinada.

— Ouço o som de cascos atrás de nós — disse Hyacinthia ao príncipe.

Ele saltou da sela, pôs o ouvido no chão e parou para ouvir.

— Sim — respondeu —, estão nos perseguindo e já estão bem perto.

— Neste caso, não devemos perder tempo — disse Hyacinthia, que no mesmo instante transformou a si mesma em um rio, o príncipe em uma ponte de ferro e o cavalo em um melro. Atrás da ponte, a estrada se ramificava em três caminhos.

Os servos do mago correram atrás das pegadas frescas, mas pararam ao chegar à ponte, sem saber qual dos três caminho tomar, pois as pegadas acabavam de repente. Tremendo de medo, voltaram para contar ao mago o que havia acontecido.

Ele ficou furioso ao vê-los, gritando:

— Ah, tolos! O rio e a ponte eram eles! Voltem e tragam-nos para mim agora mesmo, ou será pior para vocês!

Assim, a perseguição recomeçou.

— Ouço o som de cascos de cavalos — suspirou Hyacinthia.

O príncipe desmontou e pôs o ouvido no chão.

— Estão correndo atrás de nós e já estão bem perto.

Em um instante, a princesa Hyacinthia transformou a si, ao príncipe e ao cavalo em uma floresta densa, onde mil caminhos e estradas se cruzavam. Os perseguidores entraram na floresta, mas procuraram em vão pelo príncipe Milan e sua noiva. Por fim, desesperados e de mãos vazias, perceberam que haviam voltado ao mesmo ponto aonde haviam começado. Outra vez, retornaram ao mago.

— Pois eu mesmo irei atrás dos desgraçados — gritou ele. — Tragam-me um cavalo agora mesmo; eles não escaparão de mim.

Mais uma vez, a bela Hyacinthia murmurou:

— Ouço o som de cascos bem perto.

O príncipe respondeu:

— Estão nos perseguindo intensamente, cada vez mais próximos.

— Agora estamos perdidos, pois aquele é meu pai em pessoa. Contudo, na primeira igreja que chegarmos, seu poder cessará. Ele não poderá mais nos perseguir. Dê-me sua cruz.

Milan tirou do pescoço a pequena cruz de ouro que a mãe lhe havia dado. Tão logo Hyacinthia a pegou, ela se transformou em uma igreja, Milan em um monge e o cavalo em um campanário. Mal haviam feito isso, o mago e seus servos chegaram.

— Não viu ninguém passar a cavalo, padre? — perguntou ele ao monge.

— O príncipe Milan e a princesa Hyacinthia acabaram de passar por aqui. Pararam por alguns minutos na igreja para rezar e pediram que eu acendesse esta vela de cera para você, enviando-lhe todo o amor deles.

— Gostaria de torcer os pescoços deles — disse o mago, fazendo todo o possível para voltar para casa, onde ordenou que cada um dos servos fosse espancado até a beira da morte.

O príncipe Milan prosseguiu aos poucos com a noiva, sem temer mais perseguições. O sol estava se pondo; os últimos raios iluminavam uma grande cidade da qual se aproximavam, quando o príncipe foi tomado por um desejo súbito e irrefreável de entrar na cidade.

— Ah, meu amado — implorou Hyacinthia —, por favor, não vá. Estou com medo e temo algum mal.

— Do que tem medo? — perguntou o príncipe. — Vamos apenas olhar o que há na cidade por cerca de uma hora. Depois, continuaremos nossa jornada para o reino de meu pai.

— A cidade é fácil de entrar, mas difícil de sair — respondeu Hyacinthia, com um suspiro. — Que seja como você deseja. Vá. Esperarei aqui, mas primeiro me transformarei em um marco branco; apenas peço que tenha muito cuidado. O rei e a rainha da cidade virão encontrá-lo, trazendo uma criança com eles. O que quer que faça, não beije a criança, ou você se esquecerá de mim e de tudo o que aconteceu conosco. Esperarei por você aqui por três dias.

O príncipe correu para a cidade, mas Hyacinthia permaneceu disfarçada como um marco branco na estrada. O primeiro dia passou, depois o segundo e enfim o terceiro também, mas o príncipe Milan não retornou, pois não seguira o conselho de Hyacinthia. O rei e a rainha vieram ao encontro dele, como ela havia dito, trazendo uma linda menina de cabelos loiros, cujos olhos brilhavam como duas estrelas claras. No mesmo instante, a criança acariciou o príncipe, que, encantado com sua beleza, inclinou-se e a beijou na bochecha. A partir desse momento, sua memória ficou em branco, de maneira que esqueceu por completo a bela Hyacinthia.

Quando o príncipe não voltou, a pobre Hyacinthia chorou amargamente. Transformando-se de um marco em uma pequena flor do campo azul, disse:

— Vou crescer aqui, na beira da estrada, até que algum passante me pise.

E uma de suas lágrimas permaneceu como uma gota de orvalho e brilhou na pequena flor azul.

Pouco tempo depois, um velho passou por ali e ficou encantado com a beleza da flor. Ele a arrancou com cuidado pelas raízes e a levou para casa. Lá, plantou-a em um vaso, regou e cuidou da pequena planta com carinho. Logo depois, algo extraordinário aconteceu, pois a partir desse momento tudo na casa do velho mudou. Quando ele acordava de manhã, sempre encontrava o quarto arrumado e tão bem organizado que não havia um grão de poeira em lugar algum. Quando chegava em casa ao meio-dia, encontrava uma mesa posta com a comida mais delicada, podendo se sentar e se deliciar à vontade. A princípio, ficou tão surpreso que não soube o que pensar, mas, após algum tempo, começou a se sentir um pouco desconfortável e foi procurar uma velha bruxa para pedir conselhos.

A bruxa disse:

— Levante-se antes de o galo cantar e observe com cuidado até ver algo se mover. Então, jogue este pano depressa por cima do que encontrar para ver o que acontece.

O velho não fechou os olhos durante toda a noite. Quando o primeiro raio de luz entrou no quarto, percebeu que a pequena flor azul começou a tremer até sair do vaso e voar pelo quarto, arrumando tudo, varrendo a poeira e acendendo o fogo. Com grande pressa, o velho saltou da cama e cobriu a flor com o pano que a velha bruxa lhe dera. No instante seguinte, a bela princesa Hyacinthia surgiu diante dele.

H. J. FORD

— O que você fez? — indagou ela, chorosa. — Por que me chamou de volta à vida? Não tenho nenhum desejo de viver desde que meu noivo, o belo príncipe Milan, me abandonou.

— O príncipe Milan está prestes a se casar — respondeu o velho. — Tudo está sendo preparado para a festa. Os convidados estão chegando ao palácio de todos os lados.

A bela Hyacinthia chorou amargamente ao ouvir isso. Depois, secou as lágrimas e foi para a cidade vestida como uma camponesa. Foi direto para a cozinha do rei, onde cozinheiros em aventais brancos corriam em grande confusão.

A princesa foi até o chefe dos cozinheiros e disse:

— Querido cozinheiro, por favor, ouça meu pedido e me deixe fazer um bolo de casamento para o príncipe Milan.

Muito ocupado, o cozinheiro estava prestes a recusar o pedido e mandá-la embora, mas as palavras morreram em seus lábios quando se virou e viu a bela Hyacinthia, no que ele respondeu com educação:

— Chegou na hora certa, bela donzela. Faça o bolo. Eu mesmo o levarei ao príncipe Milan.

O bolo foi feito sem demora. Os convidados já estavam lotando a mesa quando o chefe dos cozinheiros entrou na sala carregando um lindo bolo de casamento em uma bandeja de prata, o qual colocou diante do príncipe Milan. Todos ficaram admirados, pois o bolo era uma verdadeira obra de arte. No mesmo instante, o príncipe começou a cortá-lo, mas, para sua surpresa, dois pombos brancos saíram dele, um dizendo ao outro:

— Meu querido companheiro, não voe para longe e me deixe, nem me esqueça como o príncipe Milan esqueceu sua amada Hyacinthia.

Milan deu um suspiro profundo ao ouvir o que o pequeno pombo dizia. Então, saltou de repente para longe da mesa e correu para a porta, onde encontrou a bela Hyacinthia à espera. Do lado de fora, estava seu fiel cavalo, batendo no chão com os cascos. Sem parar por um momento que fosse, Milan e Hyacinthia montaram e galoparam o mais rápido possível para o país do rei Kojata. O rei e a rainha os receberam com alegria e felicidade jamais vistas, e todos viveram felizes para sempre.

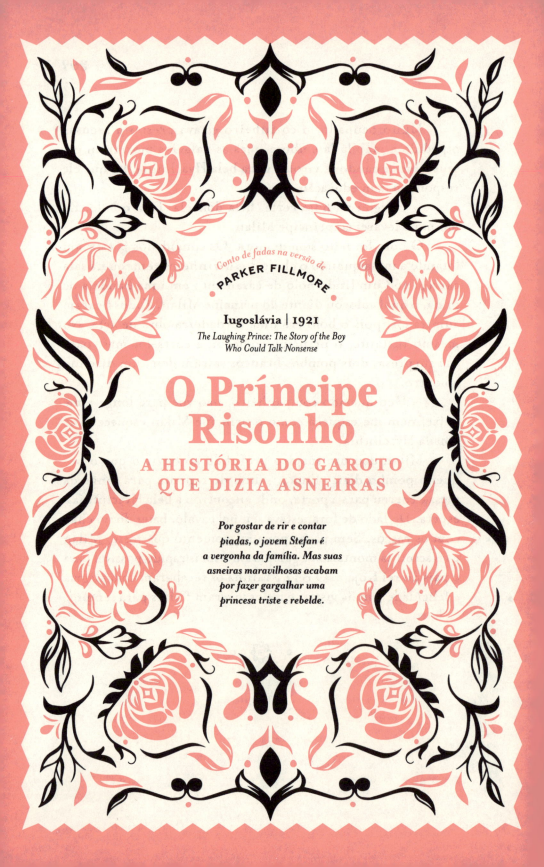

Conto de fadas na versão de
PARKER FILLMORE

Iugoslávia | 1921
The Laughing Prince: The Story of the Boy Who Could Talk Nonsense

O Príncipe Risonho
A HISTÓRIA DO GAROTO QUE DIZIA ASNEIRAS

Por gostar de rir e contar piadas, o jovem Stefan é a vergonha da família. Mas suas asneiras maravilhosas acabam por fazer gargalhar uma princesa triste e rebelde.

Era uma vez um fazendeiro que tinha três filhos e uma filhinha. O filho mais velho era um garoto estudioso, que havia aprendido tanto com os livros que o fazendeiro disse:

— Precisamos mandar Mihailo para a escola, para que se torne padre.

O segundo menino era um negociante. O que quer que você tivesse, ele conseguiria de você oferecendo algo em troca, dando-lhe sempre algo de menor valor do que o que você lhe havia dado.

— Jakov será um excelente mercador — disse o fazendeiro. — É diligente e astuto. Provavelmente será um homem rico algum dia.

Mas Stefan, o mais jovem entre os filhos do fazendeiro, não tinha nenhum talento especial, e, como não passava o tempo todo com a cara enfiada nos livros, tampouco tirava o maior proveito de qualquer barganha, os irmãos o tratavam com desprezo. Militza, a irmãzinha, amava-o muito, pois ele era gentil e alegre, sempre pronto para brincar com ela e lhe contar histórias  ao entardecer. O fazendeiro, no entanto, dava ouvidos apenas aos irmãos mais velhos.

— Não sei o que será do pobre Stefan — costumava dizer. — É um bom menino, mas só diz asneiras. Suponho que terá de permanecer na fazenda e trabalhar.

A fazenda era sem dúvida um ótimo lugar para Stefan, pois ele era forte e vigoroso, gostava de arar e colher e levava muito jeito com os animais. Falava com eles como se fossem humanos: os cavalos relinchavam quando se aproximava, as vacas esfregavam os focinhos macios em seu ombro e os porcos o amavam tanto que corriam e grunhiam por entre suas pernas ao vê-lo.

— Stefan não é nada além de um fazendeiro! — dizia Mihailo, como se ser um fazendeiro fosse motivo de vergonha.

Jakov comentava:

— Imagine como as pessoas do vilarejo ririam dele se vissem como os porcos o seguem! Espero que ele não venha me visitar quando eu for morar lá!

Outra coisa a respeito de Stefan que os irmãos não conseguiam entender era por que ele estava sempre rindo e brincando. Ele trabalhava por dois, mas, estivesse trabalhando ou descansando, sempre podiam ouvi-lo contando piadas e rindo com alegria.

— Acho que ele é um tolo — disse Mihailo.

Jakov torcia para que as pessoas do vilarejo não ficassem sabendo daquilo.

— Elas ririam dele — falou. — Ririam de nós também, por sermos seus irmãos.

Mas Stefan não se importava. Quanto mais o olhavam com desaprovação, mais alto ele ria, continuando a contar piadas e dizer asneiras a despeito dos olhares sinistros que lhe lançavam.

Todos os dias, ao entardecer, após a ceia, a irmãzinha Militza batia palmas e gritava:

— Conte-me uma história, Stefan! Conte-me uma história!

— Pai — dizia Mihailo —, o senhor precisa fazê-lo ficar quieto. Ele é um tolo e tudo o que faz é encher a cabeça de Militza com asneiras.

Isso sempre deixava Militza indignada. Ela batia o pezinho, dizendo:

— Ele não é tolo! Sabe mais do que qualquer outro! É capaz de fazer mais do que qualquer outra pessoa, é o mais belo irmão do mundo!

Pois Militza amava muito o irmão Stefan. Quando se ama alguém, é normal achar que aquela pessoa é maravilhosa. Mas o pai concluía que Mihailo devia ter razão, pois havia estudado com livros. Assim, balançava a cabeça e suspirava sempre que pensava em Stefan.

O reino onde viviam os três irmãos era governado por um grande czar, o qual tinha apenas uma filha. Decepcionado por não ter tido um filho, ele agora criava a filha como se ela fosse um menino. Trouxera tutores e professores de todas as partes do mundo para que instruíssem a pobre garota em política, direito e filosofia, bem como todas as coisas que o herdeiro do trono deveria saber.

Por ser uma menina obediente e amar muito o pai, a princesa procurava estudar o tempo todo, embora os velhos e ressequidos eruditos que o czar empregava como professores não fossem uma companhia muito interessante para uma jovem menina. Sempre presente, a principal dama de companhia não era muito melhor, pois também era velha, magra e muito formal.

Se, entre uma lição de geografia e aritmética a pobre princesinha se voltasse mesmo por um instante para um espelho, a dama de companhia a cutucaria no braço em reprovação, dizendo:

— Minha querida, a vaidade não cai bem a uma princesa.

Um dia, a princesinha perdeu a paciência e respondeu com rispidez:

— Mas eu sou uma garota, mesmo sendo uma princesa! Adoro me olhar em espelhos e ficar bonita, e adoraria ir a bailes todas as noites de minha vida e dançar com jovens bonitos!

— Você fala como a filha de um fazendeiro — disse a dama de companhia.

Perdendo ainda mais a paciência, a princesa disse algo que não deveria ter dito:

— Queria ser a filha de um fazendeiro! — declarou. — Poderia usar laços bonitos, sair para dançar e ser cortejada pelos rapazes! Não teria de passar todo meu tempo com velhos esquisitos e velhas tolas!

De fato, mesmo que os tutores e professores fossem velhos esquisitos, e mesmo que a dama de companhia fosse uma velha tola, a princesa não deveria ter dito isso. Havia ferido os sentimentos da dama de companhia, deixando-a furiosa, de maneira que ela correu de imediato até o czar e reclamou com imensa amargura.

— É essa minha recompensa após todos os anos de serviço amoroso a sua filha? — perguntou ela. — É verdade que fiquei velha e magra lhe ensinando boas maneiras, e agora ela me chama de velha tola! E todos os sábios e eruditos que Vossa Majestade reuniu dos cantos mais distantes da terra, ela lhes aponta o dedo e os chama de velhos esquisitos!

O fato era que a maioria deles tinha uma aparência engraçada, mas a dama de companhia tinha razão: a princesa não deveria ter dito isso.

— E pense na ingratidão dela para consigo, ó czar! — continuou. — Vossa Majestade planeja torná-la herdeira de seu trono, mas ainda assim ela diz que gostaria de ser filha de um fazendeiro para se enfeitar com laços e ser cortejada por rapazes! Que coisa bonita para uma princesa dizer!

O czar ficou furioso ao ouvir isso. A verdade era que a princesa havia herdado o temperamento do pai.

— Uau! Uau! — rugiu ele, desse jeito mesmo. — Traga a princesa até mim neste instante. Farei com que mude de tom!

Nisso, a dama de companhia mandou a princesa ao pai, que começou a rugir assim que a viu, dizendo:

— Uau! Uau! Como assim, velhos esquisitos e velhas tolas?

Toda vez que o czar começava a rugir e dizer "Uau! Uau!", a princesa sempre se enrijecia toda, e, em vez de se comportar como a filha doce e obediente que costumava ser, tornava-se obstinada. Os olhos bonitos brilhavam, o rosto suave endurecia. As pessoas sussurravam: "Deus nos acuda, como ela se parece com o pai!".

— Foi bem o que eu disse! — exclamou a princesa. — São um bando de velhos esquisitos e velhas tolas. Estou cansada deles! Quero me divertir, quero rir!

— Uau! Uau! Uau! — rugiu o czar. — Que bela princesa você é! Volte já para a sala de aula e se comporte!

Assim, a princesinha marchou para fora da sala do trono com a cabeça erguida bem alto, parecendo tanto com o czar que a dama de companhia ficou espantada de verdade.

A princesa voltou para a sala de aula, mas não se comportou. Era mesmo muito levada. Quando o pobre homem que sabia mais do que qualquer outra pessoa no mundo a respeito da influência das estrelas sobre os destinos das nações chegou para a aula, ela jogou o livro dele pela janela. Quando o antiquado general que lhe ensinava manobras militares lhe mostrou um diagrama no qual o inimigo estava representado por uma série de pontos pretos e os soldados por pontos vermelhos, ela apanhou o papel e o rasgou em dois. Mas, pior do que tudo, quando o velho acadêmico que lhe ensinava turco — pois uma princesa deveria ser capaz de falar todos os idiomas — derrubou os óculos no chão, ela pisou nele de propósito e quebrou-os.

Ao ouvir sobre tudo isso, o czar apenas *uau-uauzou* uma coisa terrível.

— Tranquem aquela jovenzinha em seus aposentos — ordenou. — Alimentem-na com pão e água até que esteja pronta para pedir desculpas!

Longe de se deixar intimidar pela ameaça, a princesa anunciou com calma:

— Nem sequer vou comer esse seu pão velho, ou beberei a água, até que envie alguém que me faça rir!

Isso assustou o czar, pois ele sabia o quanto a princesa podia ser obstinada. Afinal, ela havia tirado essa teimosia toda diretamente dele.

— Isso é inadmissível! — exclamou ele.

Ele se apressou até os aposentos da princesa, encontrando-a deitada, com os belos cabelos espalhados pelo travesseiro como um leque dourado.

— Minha querida — disse o czar —, eu estava brincando. Você não precisa comer apenas pão e água. Pode ter tudo o que desejar.

— Obrigada — respondeu a princesa —, mas nunca mais comerei coisa alguma até que envie alguém que me faça rir. Estou cansada de viver neste castelo velho e sombrio com um bando de velhos e velhas que não fazem nada além de me dar ordens e um pai que sempre perde a cabeça e diz "Uau! Uau!".

— É um lindo castelo! — disse o pobre czar. — Tenho certeza de que estamos todos fazendo nosso melhor para educá-la!

— Mas quero me divertir, além de ser educada! — rebateu a princesinha.

Então, ao sentir que estava prestes a chorar, voltou o rosto para a parede e não disse mais nenhuma palavra.

O que o czar deveria fazer? Reuniu os conselheiros e perguntou-lhes como poderiam fazer a princesa rir. Eles eram sábios em questões de estado, mas nenhum conseguia sugerir um meio de entreter a princesa. O Mestre de Cerimônias até começou a dizer algo sobre algum jovem bonito, mas o czar no mesmo instante rugiu um "Uau! Uau!" tão furioso que ele tossiu e fingiu que não havia falado.

Em seguida, o czar reuniu os estudiosos e professores, bem como a primeira dama de companhia. Encarou-os com ferocidade, rugindo:

— Uau! Uau! Que belo grupo vocês são! Encarreguei-os de minha filha, e nenhum de vocês tem bom senso o suficiente para saber que a pobre criança precisa de um pouco de diversão! Estou pensando seriamente em jogar todos vocês na masmorra!

— Mas, Vossa Majestade — falou um pobre velho estudioso, tremendo —, fui empregado como professor de astrologia, não como bobo da corte!

— E eu — disse outro — como professor de idiomas!

— E eu de filosofia!

— Silêncio! — rugiu o czar. — Vocês quase mataram minha pobre criança. Agora, eu pergunto: com todo o seu aprendizado, nenhum de vocês sabe como fazer uma jovem rir?

Pelo visto, nenhum deles sabia, pois ninguém respondeu.

— Nem mesmo você? — indagou o czar, olhando para a dama de companhia.

— Quando me chamou para a corte — respondeu ela, empertigando-se de maneira muito refinada —, disse que queria que eu ensinasse etiqueta a sua filha. Como não disse nada sobre diversão, eu naturalmente me limitei ao tema do comportamento. Se me permite dizer, ninguém jamais foi mais devotado ao dever do que eu. Estou sempre dizendo a ela: "Uma princesa não deveria agir assim!". Na verdade, quase não houve nos últimos anos um momento no dia em que eu não a corrigisse por algo!

— Pobre criança! — exclamou o czar com um gemido. — Não é de se admirar que ela queira mudanças! Ah, que grandes tolos vocês todos são, apesar de tanto conhecimento. Não sabem que uma jovem é uma jovem, mesmo que seja uma princesa!

Bem, os estudiosos não foram mais úteis ao czar do que os conselheiros. Por fim, em um ato desesperado, enviou arautos por toda a terra para anunciar que daria três sacos de ouro a qualquer um que fizesse a princesa rir.

Três sacos de ouro não davam em árvore todos os dias, de maneira que todos os jovens, adultos e velhos com histórias das quais suas namoradas, esposas e filhas davam risada correram para o castelo.

Eles foram recebidos um por um nos aposentos da princesa. Entraram esperançosos, mas, ao verem o czar sentado ao lado da porta, murmurando "Uau! Uau!" através da barba, bem como a velha dama de companhia do outro lado, olhando para eles com desdém, e a própria princesa na cama com o lindo cabelo espalhado sobre o travesseiro como um leque dourado, esqueciam-se das histórias engraçadas e começavam a gaguejar e hesitar, até que, por fim, um após o outro, eram expulsos em desgraça.

Um, dois e três dias se passaram com a princesa se recusando a comer. Desesperado, o czar enviou os arautos mais uma vez. Dessa vez, declarou que aquele que a fizesse rir receberia a mão da princesa em casamento, tornando-se herdeiro conjunto de todo o reino.

— Esperava casá-la com o filho de algum grande czar — lamentou ele com um suspiro —, mas prefiro casá-la com um fazendeiro a vê-la morrer de fome.

Os arautos cavalgaram muito longe, até que todos, mesmo as pessoas nas fazendas mais distantes, tivessem ouvido a oferta do czar.

— Não vou tentar de novo — disse Mihailo, o filho mais velho do fazendeiro do qual lhe falei antes. — Fui lá anteontem e comecei a contar a ela uma história engraçada do meu livro de latim, mas em vez de rir, ela disse: "Ah, mandem ele embora!". Pois agora terá de morrer de fome no que depender de mim!

— De mim também! — exclamou Jakov, o segundo filho. — Quando tentei contar a ela a história engraçada de como troquei aveia mofada pelo porco da velha viúva, em vez de rir, ela me olhou na cara e disse: "Trapaceiro!".

— Stefan deveria ir — sugeriu Mihailo. — Talvez ela ria dele. Todo mundo ri!

Ele falou com escárnio, mas Stefan apenas sorriu.

— Quem sabe? Talvez eu vá. Se a fizer rir, ó irmãos, ela rirá de vocês, pois me tornarei czar, enquanto vocês serão conhecidos como meus irmãos pobres. Há! Há! Há! Que grande piada isso seria!

Stefan riu alto e com vontade. A irmãzinha se uniu a ele, mas os irmãos o olharam com desdém.

— Ele fica cada vez mais tolo — disseram um ao outro.

Na hora de irem para a cama, Militza foi até Stefan e sussurrou no ouvido dele:

O PRÍNCIPE RISONHO

— Irmão, você deve ir até a princesa. Conte a ela a história que começa assim: "Nos meus dias de juventude, quando eu era muito, muito velho…". Acho que ela simplesmente terá de rir. Se ela rir, então poderá comer, pois a essa altura já deve estar faminta.

Stefan primeiro disse que não, que não iria, mas Militza insistiu até que, por fim, para agradá-la, ele concordou.

Na manhã seguinte, ele se vestiu com a fina camisa de domingo, com bordados azuis e vermelhos. Colocou o cinto vermelho e brilhante de domingo, além de botas longas e lustrosas. Montou o cavalo e partiu rumo ao castelo do czar antes que os irmãos despertassem.

Chegando lá, aguardou sua vez de ser admitido na câmara da princesa. Ao entrar, era tão jovem, saudável e vigoroso que parecia trazer consigo um pouco do frescor do ar livre. A primeira dama de companhia o olhou de soslaio, pois sem dúvida se tratava de um jovem camponês cujos modos à mesa não deveriam ser muito bons. Bem, ele era mesmo um camponês e, portanto, não sabia que ela era a primeira dama de companhia. Olhou para ela uma vez, pensando: *que velha feia!*, sem pensar mais nela depois disso. Olhou da mesma forma para o czar, o qual lembrava um de seus touros. Ele não tinha medo do touro, por que teria medo do czar?

De repente, viu a princesa deitada na cama com os lindos cabelos espalhados como um leque dourado no travesseiro, ficando sem palavras por um breve momento. Em seguida, ajoelhou-se ao lado da cama e beijou a mão dela.

— Princesa, não sou instruído nem esperto, tampouco acho que posso ser bem-sucedido onde tantos homens sábios falharam. Mesmo que eu consiga fazê-la rir, não terá de se casar comigo, a menos que queira, porque a verdadeira razão pela qual vim foi para agradar Militza.

— Militza?

— Sim, princesa. Minha irmãzinha, Militza. Ela me ama muito, por isso acha graça e ri de minhas histórias. Na noite passada, ela me disse: "Stefan, você deve ir até a princesa e contar a ela a história que começa assim: 'Nos meus dias de juventude, quando eu era muito, muito velho…'. Acho que ela simplesmente terá de rir. Se ela rir, então poderá comer, pois a essa altura já deve estar faminta".

— Estou — disse a princesa, com a voz embargada. Depois, acrescentou: — Acho que gosto dessa sua irmãzinha, e acho que gosto de você também. Gostaria que me contasse a história que começa assim: "Nos meus dias de juventude, quando eu era muito, muito velho…".

— Mas, princesa, é uma história muito tola.

— Quanto maior tola, melhor!

Nesse momento, a primeira dama de companhia tentou corrigir a princesa, pois é claro que ela deveria ter dito: "Quanto mais tola, melhor!", mas o czar a calou com uma carranca sinistra e um feroz "Uau!".

— Nesse caso — começou Stefan —: "Nos meus dias de juventude, quando eu era muito, muito velho, costumava contar minhas abelhas todas as manhãs. Era fácil contar as abelhas, mas não as colmeias, pois eu tinha muitas delas. Um dia, quando terminei de contar, descobri que estava faltando minha melhor abelha. No mesmo instante, montei em um galo e saí para procurá-la".

— Papai! — exclamou a princesa. — Ouviu o que Stefan disse? Ele disse que montou em um galo!

— Hunf! — resmungou o czar.

— Princesa, não o interrompa! — corrigiu a severa dama de companhia. — Continue, jovem.

— "O rastro me levou ao mar, o qual atravessei em uma ponte. A primeira coisa que vi do outro lado foi minha abelha. Lá estava ela, em um campo de milheto, atrelada a um arado. 'Essa abelha é minha!', gritei para o homem que a conduzia. 'É mesmo?', perguntou o homem. Sem dizer mais nada, ele me devolveu minha abelha e me entregou um saco de milheto para

JAY VAN EVEREN

pagar pelo serviço. Peguei o saco e o amarrei com segurança na abelha, desmontando do galo e passando a sela para a abelha. O galo, coitado, estava tão cansado que tive de segurá-lo pela mão e conduzi-lo ao nosso lado."

— Papai — gritou a princesa —, ouviu isso? Ele segurou o galo pela mão! Não é engraçado?

— Hunf! — resmungou o czar.

— Silêncio! Deixe o jovem terminar! — sussurrou a dama de companhia.

— "Enquanto atravessávamos a ponte, a corda do saco arrebentou e todo o milheto se espalhou. Ao anoitecer, amarrei o galo na abelha e deitei à beira-mar para dormir. Durante a noite, alguns lobos vieram e mataram minha abelha. Ao acordar, descobri que todo o mel havia escorrido do corpo dela. Havia tanto mel que subiu e subiu até atingir os tornozelos dos vales e os joelhos das montanhas. Peguei uma machadinha e nadei até uma floresta, onde encontrei dois cervos pulando em uma perna só. Arremessei a machadinha contra eles, matei-os e esfolei-os, fazendo duas garrafas de couro com as peles. Enchi essas garrafas com mel, amarrei-as nas costas do galo e voltei para casa montado nele.

"Assim que cheguei em casa, meu pai nasceu. 'Precisamos de água benta para o batizado', falei. 'Suponho que deva ir ao céu buscar um pouco.' Mas como chegar lá? Pensei em meu milheto, que sem dúvida a umidade havia feito crescer tanto que seus ramos mais altos agora alcançavam os céus. Assim, tudo o que precisei fazer foi escalar um talo de milheto, e lá estava eu no céu. Lá em cima, haviam cortado um pouco do meu milheto, assando-o para fazer pão e comer com leite fervido. 'Esse é o meu milheto!', disse eu. 'O que quer por ele?', perguntaram-me. 'Quero um pouco de água benta para batizar meu pai que acabou de nascer.' Nisso, deram-me um pouco de água benta, e eu me preparei para descer de volta à Terra. Mas lá havia uma tempestade violenta acontecendo, levando meu milheto embora com o vento. Logo, lá estava eu, sem jeito de descer. Pensei em meu cabelo, tão longo que, quando eu ficava em pé, cobria minhas orelhas. Quando eu deitava, alcançava o mundo todo. Arranquei um fio dele, amarrei-o a uma árvore no céu e comecei a descer por ele. Quando escureceu, fiz um nó no cabelo e me sentei. Estava frio, portanto, peguei uma agulha que tinha em meu casaco, parti-a e acendi uma fogueira com os pedaços."

—Ah, pai! — gritou a princesa. — Stefan diz que transformou uma agulha em lenha! Ele não é engraçado?

—Se quer a minha opinião... — começou a dama de companhia, mas, antes que pudesse dizer mais, o czar se aproximou e pisou no pé dela com tanta força que ela foi forçada a terminar a frase com um gritinho de "ai!".

Veja bem, a princesa estava sorrindo, de maneira que o czar esperava que começasse a gargalhar. Ele instigou Stefan a continuar.

— "Deitei-me ao lado do fogo e adormeci. Enquanto eu dormia, uma faísca do fogo caiu no cabelo e o queimou. Caí com tanta força que afundei no chão até a altura do peito. Como não conseguia me mover, fui forçado a ir para casa buscar uma pá para me desenterrar. No caminho, cruzei um campo onde os ceifeiros estavam cortando o milho. O calor era tão intenso que tiveram de parar de trabalhar. Eu disse: 'Vou pegar nossa égua para que possam se refrescar'. Nossa égua tem dois dias de comprimento, é tão larga quanto a meia-noite e tem salgueiros crescendo nas costas. Corri até ela e a peguei, e ela lançou uma sombra tão fresca que os ceifeiros puderam voltar ao trabalho no mesmo instante. Agora eles queriam um pouco de água fresca para beber, mas, quando foram ao rio, descobriram que ele havia congelado. Voltaram até mim e me pediram para buscar um pouco de água. 'Com certeza', respondi. Fui até o rio, tirei minha cabeça e com ela abri um buraco no gelo. Depois disso, foi fácil pegar um pouco de água para eles. 'Mas onde está sua cabeça?', perguntaram. 'Ah!', disse eu, 'acho que a esqueci!'"

— Oh, pai! — gritou a princesa, rindo alto. — Ele disse que esqueceu a cabeça! Então, Stefan, o que você fez? O que você fez?

— "Corri de volta até o rio e cheguei lá justo quando uma raposa estava farejando meu crânio. 'Ei, você!', disse eu, puxando a raposa pelo rabo. Ela se virou e me deu um papel onde estavam escritas estas palavras: A PRINCESA AGORA PODE VOLTAR A COMER, POIS ELA RIU. STEFAN E SUA IRMÃZINHA ESTÃO MUITO FELIZES."

— Quanta asneira — murmurou a dama de companhia, jogando a cabeça para trás.

— Sim, asneiras maravilhosas — exclamou a princesa, batendo palmas e caindo em uma risada alegre atrás da outra. — Não são asneiras maravilhosas, pai? Stefan não é querido? E, pai, estou morrendo de fome. Por favor, mande trazer comida agora mesmo. Stefan deve ficar e comer comigo.

O czar mandou trazer grandes bandejas de comida: aves assadas, legumes e pão de trigo, além de vários tipos de bolinhos, mel, leite e frutas. Stefan e a princesa comeram e se divertiram, o czar se juntou a eles, e até a primeira dama de companhia pegou um bolinho que esfarelou no lenço de maneira muito refinada.

Quando Stefan se levantou para ir embora, o czar lhe disse:

— Stefan, vou recompensá-lo com generosidade. Você fez a princesa rir e, além disso, não insistiu em se casar com ela. É um bom rapaz. Nunca me esquecerei de você.

— Mas, pai — disse a princesa —, não quero que Stefan vá embora. Ele me diverte, e gosto dele. Ele disse que não precisaria me casar com ele a menos que eu quisesse, mas acho que quero.

— Uau! Uau! — rugiu o czar. — O quê? Minha filha se casar com o filho de um fazendeiro?

— Ora, pai — retrucou a princesa —, sabe que não adianta gritar comigo. Se não puder me casar com Stefan, não me casarei com ninguém. E se não me casar, também vou parar de comer de novo. Então, é isso!

E, ainda segurando a mão de Stefan, a princesa virou o rosto para a parede.

O que o pobre czar poderia fazer? Ele bufou e esbravejou, mas, como de costume, depois de um ou dois dias, cedeu à maneira de pensar da princesa. De fato, logo parecia que ele próprio havia escolhido Stefan desde o início.

Um de seus conselheiros comentou:

— Nesse caso, Vossa Majestade, não há necessidade de enviar notícias aos reis vizinhos de que a princesa atingiu a idade de se casar e gostaria de conhecer os filhos deles?

— Uau! Uau! — rugiu o czar, furioso. — Seu tolo! Reis vizinhos e seus filhos inúteis! Não, senhor! O marido que quero para minha filha é um rapaz honesto, um fazendeiro que sabe trabalhar e brincar! Esse é o tipo de genro de que precisamos neste reino!

Assim, Stefan e a princesa se casaram e, a partir desse dia, o castelo não foi mais sombrio, e sim repleto de risos e alegria. Seguindo o exemplo de seus governantes, as pessoas do reino logo estavam rindo e contando piadas. Com estranhamento, descobriram também que estavam trabalhando muito melhor em razão da alegria.

O riso se tornou tão popular que até Mihailo e Jakov foram forçados a aderir. Não o faziam muito bem, mas praticavam com frequência. Sempre que as pessoas falavam de Stefan, eles se empertigavam e diziam:

— Há! Há! Há! Está falando de Stefan, o Príncipe Risonho? Há! Há! Há! Ora, não sabe que ele é nosso irmão?

Quanto a Militza, a princesa a trouxe ao castelo e lhe disse:

— Devo toda minha felicidade a você, minha querida, pois foi você quem soube, sem dúvida nenhuma, que eu riria das asneiras de Stefan. Que garota sensata não riria?

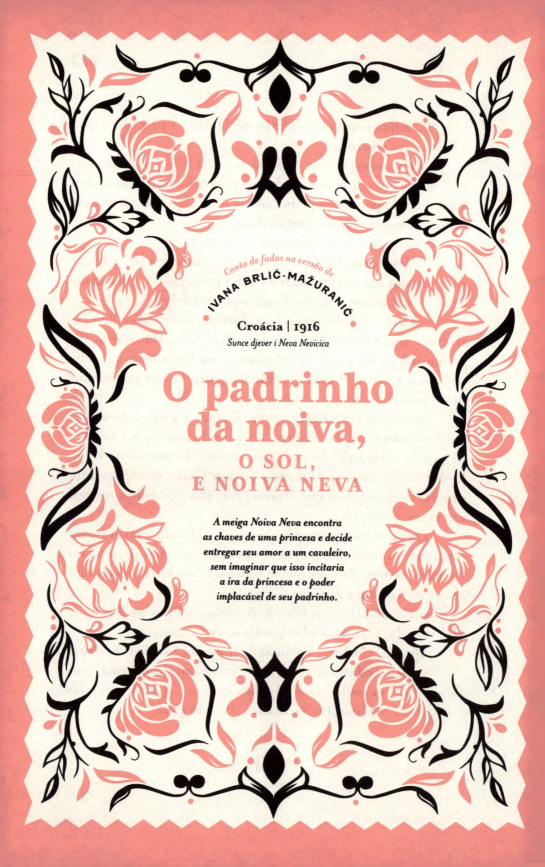

Conto de fadas na versão de
IVANA BRLIĆ-MAŽURANIĆ

Croácia | 1916
Sunce djever i Neva Nevicica

O padrinho da noiva, O SOL, E NOIVA NEVA

A meiga Noiva Neva encontra as chaves de uma princesa e decide entregar seu amor a um cavaleiro, sem imaginar que isso incitaria a ira da princesa e o poder implacável de seu padrinho.

Um moleiro e sua esposa, miseráveis e de coração endurecido como pedra, viviam em uma pequena aldeia. Sempre que os serviçais do imperador traziam milho para ser moído, o moleiro fazia o serviço gratuitamente e ainda enviava um presente junto, buscando agradar o poderoso soberano e sua altiva filha, a princesa. Porém, quando os pobres vinham com seus grãos, ele exigia uma porção como pagamento para cada duas que moía, recusando-se a trabalhar caso não fosse atendido.

Um dia, quando o Yuletide[10] estava perto de começar e a tempo do frio congelante, uma velha veio até o moinho — uma mulher de idade que era toda remendos e trapos. O moinho ficava em um bosquezinho à beira do riacho, e ninguém era capaz de dizer de onde saíra aquela mulher.

Mas ela não era uma velha como as outras; aquela era a Mãe Molhada. Ela era capaz de se transformar em qualquer coisa mortal, seja num pássaro ou numa cobra, seja numa velha ou numa jovem. Além disso, também conseguia fazer qualquer coisa, tanto boa quanto ruim. Mas ai daquele que pisasse em seu calo, pois ela era muitíssimo vingativa. Molhada vivia no atoleiro à beira do pântano onde o sol de outono fazia morada. E com ela o sol sobrevivia à longa noite invernal; afinal, Molhada conhecia ervas porretas e feitiços poderosos; portanto, ela zelaria e prezaria o sol débil e velho até que este voltasse a rejuvenescer no Yuletide e começasse sua trajetória uma vez mais.

----

10   Yuletide, também conhecido como Yule, é um festival tradicional celebrado originalmente pelos povos germânicos e escandinavos durante o solstício de inverno. Suas origens são pagãs, com práticas que incluem acender grandes fogueiras, decorar árvores perenes, e realizar festas e rituais em homenagem a deuses. Muitos elementos dessa celebração foram incorporados ao Natal cristão, como a decoração de árvores e o conceito de reunir-se para compartilhar refeições e presentes. O termo "Yuletide" refere-se tanto à estação festiva quanto ao período de celebração, que historicamente durava 12 dias, similar aos "12 dias de Natal". [N. E.]

— Um bom dia para os senhores — disse Mãe Molhada para o moleiro e sua esposa. — Só moa este saco de milho para mim.

A velha colocou o saco no chão, e o moleiro concordou:

— Vou fazer isso para a senhora; metade do saco fica para você e seu bolo, e metade fica para mim pelo trabalho.

— Não me venha com essa, meu filho! É capaz que eu nem tenha o bastante para meu bolo de Yuletide, pois tenho seis bocas, que são meus filhos, e ainda uma sétima, meu neto, o Sol, que nasceu hoje.

— Dê o fora daqui e pare de falar besteira, sua velha coroca! — explodiu o moleiro. — Ah, sim, bem provável mesmo que a senhora seja a avó do Sol!

E assim eles bateram boca para cá e para lá; mas o moleiro não cederia o moinho por menos da metade do milho moído e, portanto, a velha recolheu o saco e partiu pelo mesmo caminho no qual viera.

O moleiro, no entanto, tinha uma filha; uma menina linda chamada Noiva Neva. Quando nasceu, as fadas a banharam na água que cai da roda-d'água, para que os males lhe dessem as costas, assim como a água foge de um moinho. E, além disso, as fadas previram que, no casamento da menina, o Sol seria padrinho da noiva. Que chique! Ela era a noivinha do Sol. E por isso a chamavam de Noiva Neva; e ela era muitíssimo bonita e toda sorrisos, assim como um dia de verão.

Noiva Neva ficou muito sentida quando o moleiro mandou a velha embora com tamanha grosseria. Sendo assim, ela saiu e, no bosque, ficou à espera da mulher, dizendo-lhe:

— Volte amanhã de novo, Mãe, quando devo estar sozinha. Vou moer o milho para a senhora sem cobrar nada.

No dia seguinte, o moleiro e a esposa foram para o bosque cortar madeira para o Yuletide, e então Noiva Neva foi deixada sozinha.

Pouco tempo depois, a velha apareceu com o saco.

— Que a sorte recaia sobre você, jovem donzela — disse a mulher.

—E sobre a senhora também — retribuiu Noiva Neva e então acrescentou: — Espere um pouco, Mãe, até abrirmos o moinho.

O moinho funcionava por meio de uma roda pequena que captava a água através de quatro pás cruzadas na transversal, as quais giravam como um eixo. O moleiro tinha desativado a água e, por isso, Noiva Neva precisou entrar até os joelhos na água congelante para abrir a eclusa.

O moinho rangeu, as mós giraram e Noiva Neva moeu o milho da velha. Ela encheu o saco com farinha e nada aceitou por seu esforço.

—Ah, muitíssimo obrigada, donzela — disse Mãe Molhada. — E eu vou ajudá-la em qualquer lugar para onde seus pés possam te levar, já que você não os poupou da água fria como gelo, nem suas mãos tiveram má vontade de semear uma labuta sem pagamento. E digo mais, vou dizer ao meu neto, o Sol, a quem ele deve seu bolo de Yuletide.

E assim a velha pegou o saco e partiu.

Daquele dia em diante, nada prosperava no moinho sem Noiva Neva. A não ser que ela estivesse tocando o moinho, as pás não captariam a água; a menos que ela estivesse olhando o silo, não haveria farinha nele. Não importava quanto grão caísse ali, despejado pela comporta, pois tudo se perdia pelo chão; o silo continuava vazio a menos que fosse Noiva Neva quem alimentasse o moinho. E assim o era com tudo que acontecia no moinho e que se relacionava a ele.

Essa situação perdurou por muito tempo, de novo e de novo sem nunca haver qualquer mudança, até que o moleiro e a esposa começaram a ter inveja da filha e passaram a odiá-la. Quanto mais a menina trabalhava pesado, e quanto mais ela ganhava, pior ficava aos olhos dos pais, porque para ela era fácil como cantar uma música, já para eles não dava certo nem mesmo com esforço e afinco.

Foi durante uma manhã, perto do Beltane, quando o Sol, forte e flamejante, viaja através de uma metade do céu como uma bola de ouro puro. O Sol não mais dormia no pântano, nem àquela altura Molhada tomava conta dele; mas o Sol era o senhor do mundo, e a ele o céu e a terra obedeciam. No Beltane, Noiva Neva sentou-se ao lado do moinho e pensou consigo mesma: *Se ao menos eu pudesse sair daqui, já que não sou capaz de agradar a esses amargurados de jeito nenhum!*

E assim que pensou isso, bem diante dela apareceu a velha, que era Molhada.

— Eu vou te ajudar, mas você deve me obedecer de todas as formas, e cuidado para não me ofender — avisou ela. — Nesta mesmíssima manhã, a princesa orgulhosa caminhou pelo prado e perdeu as chaves de seu baú e de seu guarda-roupa, e agora não consegue pegar sua coroa nem suas vestes. Por conta disso, a princesa conseguiu que proclamassem que fosse lá quem encontrasse as chaves, e, nesse caso, se tratando de um rapaz, a princesa vai se tornar sua alma gêmea e futura noiva, e, se tratando de uma donzela, a princesa vai tomá-la como primeira dama de companhia. Então você vem comigo, e eu vou te mostrar onde as chaves caíram em meio aos amarantos que crescem por lá. Depois você vai levá-las para a princesa e se tornar a primeira dama de companhia dela. E se vestirá em seda e se sentará ao lado dos joelhos da princesa.

De supetão, Molhada se transformou numa codorna, e Noiva Neva a seguiu.

E assim as duas chegaram ao prado em frente ao castelo do imperador. Nobres e cavaleiros galantes caminhavam pelo prado, e ao redor dali estavam seus escudeiros segurando corcéis cheios de espírito. Apenas um corcel não era segurado por um escudeiro, e sim por um garoto descalço. Essa montaria pertencia a Oleg, o Guardião, e era o corcel mais impetuoso de todos. Sob o sol, o próprio Oleg, o Guardião, era o mais brilhante cavaleiro. É possível que identificasse Oleg, o Guardião, em meio a tantos condes e nobres, já que seu traje era simples e sem firulas, mas suas plumas brancas, a gratificação de valor, o distinguiam de todo o resto.

Os cavaleiros e as damas caminhavam pelo prado, todos atropelando a grama com seus sapatos, movidos pela ansiedade de encontrar as chaves. Apenas Oleg, o Guardião, fazia uma busca preguiçosa pelas chaves, pois considerava a situação uma mera brincadeira e um passatempo. Mas, através de sua janela, a filha do imperador observava e prestava atenção para ver quem seria favorecido pela sorte. E de fato os olhos bem atentos a princesa orgulhosa manteve, enquanto repetia encantos afortunados para que Oleg, o Guardião, fosse a pessoa a encontrar as chaves.

Quando Noiva Neva veio com a codorna voando logo à frente, nem uma alma sequer no prado lhe deu alguma atenção, exceto Oleg, o Guardião.

Nunca na vida vi uma donzela tão meiga, pensou Oleg, o Guardião, e então marchou em direção a ela.

Mas bem naquele momento a filha do imperador, de onde estava na janela, também notou Noiva Neva, e era uma figura tão orgulhosa e sem coração que nunca chegou a parar para observar como a donzela era meiga; pelo contrário, foi ficando com muita raiva, e então disse:

— Eu estaria em maus lençóis se aquela meretriz vulgar encontrasse as chaves e se tornasse minha dama de companhia.

Com isso em mente, ela de imediato mandou seus servos para dispersar a garota.

Para onde quer que a codorna fosse no prado, logo atrás estava Noiva Neva. Desse modo, elas chegaram ao centro do prado, onde os amarantos cresciam bem altos. A codorna partiu duas folhas ao pé de um tufo de amarantos, e lá estavam as chaves.

Noiva Neva se curvou e pegou as chaves; no entanto, quando olhou para cima, para o castelo do imperador, e viu a princesa orgulhosa, acabou ficando temerosa e pensou: *Como poderia eu me tornar a dama de companhia da princesa?*

Enquanto pensava isso, olhou para cima e eis que ao seu lado havia um cavaleiro magnífico, que poderia muito bem ser um irmão jurado do Sol. E este se tratava de Oleg, o Guardião.

Em pouquíssimo tempo, Noiva Neva decidiu desobedecer às ordens de Molhada e, assim, entregou as chaves para Oleg, o Guardião.

— Fique com as chaves, cavaleiro desconhecido, e faça com que a filha do imperador se torne sua alma gêmea e futura esposa — disse Noiva Neva, que não conseguia desgrudar os olhos do cavaleiro magnífico.

Naquele momento, porém, vieram os servos com chicotes, e repreenderam Noiva Neva com rudez de forma a afastá-la do prado, assim como ordenara a princesa. Ao testemunhar isso, Oleg, o Guardião, logo tomou uma decisão e assim respondeu à garota:

— Agradeço pelas chaves, minha donzela meiga, porém minha decisão é outra. É *você* quem deve ser minha alma gêmea e futura esposa, porque você é mais justa que a estrela da manhã. Aqui está meu bom corcel; ele nos levará para as minhas Terras Inférteis.

De livre e espontânea vontade, Noiva Neva se juntou a Oleg, o Guardião, que a ergueu junto de si no corcel. À medida que a montaria os conduzia com rapidez, eles passaram pela filha do imperador, sentada à janela. Oleg, o Guardião, jogou-lhe as chaves com tamanha habilidade que elas se prenderam no trinco da janela!

— Aí estão suas chaves, princesa augusta! — gritou Oleg, o Guardião. — Vista sua coroa e suas vestes em todo júbilo, pois estou levando a donzela para mim.

Durante toda aquela noite, Oleg, o Guardião, cavalgou com Noiva Neva e, ao amanhecer, chegaram às Terras Inférteis, na fortaleza feita de carvalho do cavaleiro. Ao redor da paliçada havia três fossos, e no meio dela havia uma casa enegrecida pela fuligem.

O PADRINHO DA NOIVA.

— Contemple o Castelo de Oleg, o Guardião! — disse o cavaleiro para Noiva Neva, e então se desmanchou em risada porque seu castelo já não era esse esplendor todo.

Noiva Neva riu ainda mais calorosamente porque viria a se tornar a dama de um cavaleiro tão magnífico.

Então, decidiram-se de pronto quem estaria na lista de convidados para que celebrassem o casamento. Convidaram vinte galantes e vinte servas órfãs, pois eram estes os únicos que habitavam as Terras Inférteis. E pela crença de quanto mais, melhor, eles também convidaram o Lobo Selvagem e seu Camarada das colinas, e também a Águia-Rapace, e também o Açor Cinza; e Noiva Neva convidou ainda duas damas de honra — a Rola-Brava e a Andorinha Delgada.

Noiva Neva até mesmo se pavoneou com Oleg, o Guardião:

— Se ao menos o Sol me notasse, ele também viria ao casamento. O Sol teria que ser o padrinho da noiva, pois assim previram as fadas.

Assim sendo, os convidados do casamento se reuniram no castelo enegrecido pela fuligem para trazer boa-venturança — mas mal sabiam eles as adversidades que os aguardavam no futuro.

Quando Oleg, o Guardião, jogara as chaves para a princesa orgulhosa, diante de tantos nobres, diante de condes e cavaleiros, mal sabia ele como a havia ferido, recusando a princesa augusta e preferindo uma donzela qualquer.

A princesa, então, convenceu o imperador, seu pai, implorando e rogando até que lhe emprestasse seu exército poderoso. Bem montados, o exército adentrou as Terras Inférteis de Oleg, o Guardião, com a princesa vingativa encabeçando o comboio.

Os convidados tinham acabado de chegar às mesas quando o exército entrou no campo de visão. Era tão imenso que ocupava as Terras Inférteis por inteiro, até que não houvesse um pedaço de chão sequer para ser visto. E, da frente do exército, um grito mensageiro surgiu para que todo o mundo ouvisse:

— "Pasmem, um exército valente

tomou conta do terreno.
O Guardião é um rebelde,
e pedimos-lhe que se renda.
Com vida, ele deve ser levado...
Aquela liberdade tão amada;
Mas, do seio de sua donzela,
o coração deve ser arrancado."

Quando Oleg, o Guardião, ouviu isso, perguntou a Noiva Neva:

— Está com medo, donzela amada?

— Não, não estou — respondeu ela, sorrindo. — Deposito minha confiança no Lobo e em seu Camarada, em seus vinte galantes e suas vinte órfãs, e acima de tudo confio em Oleg, o Guardião. Além disso, tenho duas damas de honra corajosas, a Rola-Brava e a Andorinha Delgada.

Oleg, o Guardião, sorriu, e àquela altura os convidados do casamento já tinham, sorrateiramente, se colocado de pé. Eles então apanharam suas armas de guerreiros, tanto os galantes quanto as órfãs, e se postaram às janelas do castelo enegrecido pela fuligem, puxando seus bons arcos com cordas de seda enquanto esperavam pela princesa e seu exército. Mas este era tão poderoso que nem mesmo Oleg, o Guardião, nem seus convidados e ainda a casa enegrecida pela fuligem eram capazes de resistir.

Os primeiros a cair foram o Lobo e seu Camarada, pois saltaram sobre a paliçada e os fossos, e correram direto para o exército do imperador para arrancar fora os olhos da princesa que estava lá no meio. No entanto, uma centena de porretes surgiu no ar; os soldados defenderam a princesa orgulhosa, a Águia e o Açor Cinza acabaram com a ponta das asas quebradas e então a cavalaria pesada os pisoteou para dentro da terra preta.

A grande tropa se aproximou cada vez mais da casa enegrecida pela fuligem. Quando estavam quase na soleira da porta, os convidados do casamento soltaram o fio de seda dos arcos e receberam os soldados com uma saraivada de flechas.

Mas os arqueiros coléricos da princesa colérica não pararam aí!

As flechas voaram aqui e ali. Havia arqueiros além da conta no exército, de modo que suas flechas entravam pelas janelas da casa enegrecida pela fuligem como se fossem uma praga vinda do céu. Cada galante tinha seus dois ou três ferimentos na pele, e cada órfã, uns dez.

O ferimento mais grave, no entanto, caíra sobre Oleg, o Guardião. Sua mão direita dominante estava inerte, de tanto que ele fora afetado pela lesão.

Com agilidade, Noiva Neva correu para Oleg, o Guardião, para lavar o ferimento dele no pátio da casa enegrecida pela fuligem. Enquanto lavava, Oleg, o Guardião, lhe disse:

— Que má sorte nós colhemos, minha Noiva Neva. Não há mais ninguém sobre quem você possa depositar sua confiança, e aqui está a tropa, bem à porta da casa enegrecida pela fuligem. Eles vão colocar as estacadas abaixo, arrombar os portões antigos. Estamos perdidos... É o nosso fim... lobos e águias, e galantes e órfãs, e Oleg, o Guardião, e sua Noiva Neva!

Mas então Noiva Neva analisou com tristeza e disse:

— Não tema, meu Guardião corajoso. Vou mandar a Rola-Brava buscar Molhada do pântano em que vive. Não há nada que ela não saiba ou que não possa fazer, e ela vai nos ajudar.

E assim ela mandou a Rola-Brava, que era veloz. Para longe voava a ave cinzenta, mais rápida do que a flecha lançada de um arco, e nem mesmo os soldados a alcançaram. E assim ela voou, trazendo consigo, direto do pântano, Molhada. Mas esta havia se transformado num corvo e pousou na aresta da casa enegrecida pela fuligem.

Àquela altura, os soldados esmurravam a entrada. Faziam--no com porretes pesados, acertando portas e portais, batendo e ressoando até que todos os pátios e passagens da casa enegrecida pela fuligem badalassem de novo, como se uma tropa saída do abismo mais profundo estivesse batendo nos portões de Oleg, o Guardião.

— Minhas saudações, querida Molhada! — clamou a amável Noiva Neva ao corvo preto. — Minhas saudações! Nos ajude contra a maldade da princesa, ou então vamos todos morrer antes da hora!

Mas Molhada, vingativa, só tinha esperado pela oportunidade de dar vazão ao rancor que sentia. Assim, batendo as asas pretas, o corvo disse:

— Salve a si mesma, minha pombinha! Se tivesse me dado ouvidos, teria entregado as chaves para a princesa. E, assim sendo, teria se deliciado nas graças da realeza, pois você tinha seu lugar ao lado dela, envolvida em seda suntuosa e bela, bebericando vinho de um cálice de ouro. Mas agora você conquistou o desejo de seu coração. Aqui está, numa casa enegrecida pela fuligem, com nada além de pobretões feridos e uma tropa gigante do lado de fora. Busque a ajuda daqueles cujos conselhos a trouxeram até aqui.

Quando Oleg, o Guardião, ouviu isso, colocou-se de pé, ferido como estava, e gritou, com raiva:

— Deixe para lá esse assunto que não leva a lugar nenhum, Noiva Neva! Quando foi que um herói recebeu ajuda de um corvo? E você — disse ele, referindo-se a Molhada —, saia do meu telhado, seu pássaro de mau agouro, pois não quero desperdiçar uma boa flecha veloz para acertar o pássaro sobre minha aresta. — Com isso, Oleg, o Guardião, abraçou Noiva Neva e disse: — Quando eu perecer em meio à tropa do imperador, vá, minha amada Noivinha! Submeta-se à princesa e você deverá se tornar dama de companhia da princesa orgulhosa, que deveria ter sido a alma gêmea e a senhora de Oleg, o Guardião.

Por um momento, Oleg, o Guardião, vacilou; mas então se afastou da noiva e correu pátio e passagem afora para levantar as barras de carvalho e abrir os portões para a tropa numerosa e, então, perecer ou abrir seu caminho entre eles.

Noiva Neva ficou sozinha no castelo e acima dela, empoleirado no telhado, estava o corvo preto. De lá, conseguia ouvir as barras de carvalho caindo; a essa altura, os portões antigos deveriam acabar cedendo; mais outro momento e os soldados cruéis iriam entrar, tomar Oleg, o Guardião, como prisioneiro, e arrancar do peito dela seu coração, minha nossa! Os pensamentos de Noiva Neva corriam em seu cérebro: o que há de ser feito, e como?

A adorável noiva olhou ao redor para ver se havia qualquer coisa para consolá-la em meio à angústia. Pousou sobre a terra seu olhar belo, e o levou em direção aos céus. À medida que fazia isso, o Sol viajou através do zênite numa chama de puro ouro. E à medida que olhava para o Sol, este se maravilhou com tamanha beleza e correspondeu ao seu olhar. O Sol e Noiva Neva olharam um para o outro e, enquanto faziam isso, reconheceram um ao outro, e de imediato o Sol se lembrou.

— Ora, mas essa é a noivinha para quem o Sol deveria ser padrinho de casamento! Em uma hora de sorte, ela me deu meu bolo de Yuletide e, num momento de ainda mais sorte, ela buscou por mim no céu.

Só um momento atrás, o Sol havia ouvido Molhada tirar sarro de Noiva Neva e, por maldade, se recusar a ajudá-la. Então, naquele momento o Sol trovejou devido à raiva. Com aquilo, toda a terra caiu em silêncio devido ao medo; machados e porretes caíram em temor conforme o Sol estrondou em direção a Molhada:

— Ah, mãe que me criou, coração de pedra! Se a justiça do mundo fosse para ser esculpida pelo rancor, que justiça mais desonesta perverteria a razão! Se do lodo tu me criastes, ainda assim te contentas em fazer do lodo teu elemento! Ao meu lado tu não caminhastes pelos céus, nem dos céus inclinastes tais olhos para aprender que a justiça deveria nascer da luz. Nossa, mãe adotiva, que coração de pedra! Oras, deveria o Sol em pleno Beltane esquecer-se de quem lhe mandou presentes na noite de Yuletide, quando este não passava de um bebê frágil? Ou deveria o Sol, o padrinho da noiva, causar mal a ela porque esta partiu do palácio do imperador e da corte da princesa porque preferiu ter um herói em seu coração? Desça você para a terra, ama de coração sombrio! Pois com você sob a terra, e comigo nos céus, podemos ajudar aquele cavalheiro digno e sua esposa adorável.

Tanto o céu como a terra obedeciam ao Sol, então como o corvo preto — e este se tratava de Molhada — resistiria àquelas ordens? No mesmo instante, Molhada afundou terra adentro para satisfazer a vontade do Sol.

E forte como o Sol estivera antes, naquele momento ele fez com que se sentisse ainda mais. Lá de cima, o Sol castigou; incendiou as Terras Inférteis; cauterizou céu e terra; e teria até mesmo derretido as Montanhas de Latão!

Sobre a cabeça dos soldados cruéis seus elmos se dissolveram; suas armaduras pesadas derreteram; suas lanças e machados ficaram escaldantes. O calor dominou a princesa colérica; dominou a multidão de arqueiros conforme seus cérebros fritavam sob os elmos e seus peitos labutavam com o aquecimento assolando suas armaduras. Aquele que não tivesse um teto sobre a cabeça não podia sair vivo. Toda a tropa foi derrubada pelo calor, caindo uns sobre os outros. Assim que um deles chamava por seus irmãos de juramento, sua voz sumia à medida que perecia.

E, enquanto o Sol acabava com os soldados cruéis, Molhada o ajudava sob a terra. Ela abria depressões profundas no solo alagado sob os pés deles. E toda vez que o Sol acertava alguém, sob essa pessoa abria uma depressão para engoli-la. Quando caía pântano adentro, este se fechava sobre a vítima. Onde havia um homem, lá havia também seu túmulo à espera.

Dessa forma, os soldados foram desaparecendo um a um, e também os arqueiros, e suas armas de guerra, e ainda os porretes e os machados. Era terrível acompanhar um exército tão vasto ser assolado pelo julgamento do Sol, que estava no céu. O Sol era ao mesmo tempo o carrasco e o coveiro da terra. Pouco tempo depois, coisa de uma ou duas horas, a grande horda havia sumido — não sobrou uma viva alma nas Terras Inférteis. Somente aqueles que estavam sob o telhado da casa enegrecida pela fuligem foram deixados com vida.

Mais uma vez, tudo estava quieto nas Terras Inférteis. E então a donzela adorável, Noiva Neva, bisbilhotou janela afora com felicidade para ver seu padrinho de casamento se suavizar, agora que havia dado um fim ao rancor sobre a terra.

Em pouco tempo, os ferimentos dos galantes se curaram, pois estes tinham a boa sorte para ajudá-los; e as órfãs se recuperaram com ainda mais rapidez, pois o sofrimento é uma boa escola. Já Oleg, o Guardião, este não poderia ter terminado com uma alma gêmea melhor ao seu lado do que Noiva Neva. E cedo na manhã, a Andorinha Delgada alçou voo com cumprimentos para o Sol. Ao cair da noite, a ave voltou com cumprimentos do Sol, ordenando-lhes que preparassem o banquete do casamento para o dia seguinte, pois ele viria para entregar a noiva.

Sendo assim, eles fizeram os preparos e tudo saiu como planejado. E um casamento como o deles, e músicas como as que foram cantadas aquele dia nas Terras Inférteis, não serão encontrados novamente em cem anos, nem em todos os nove impérios.

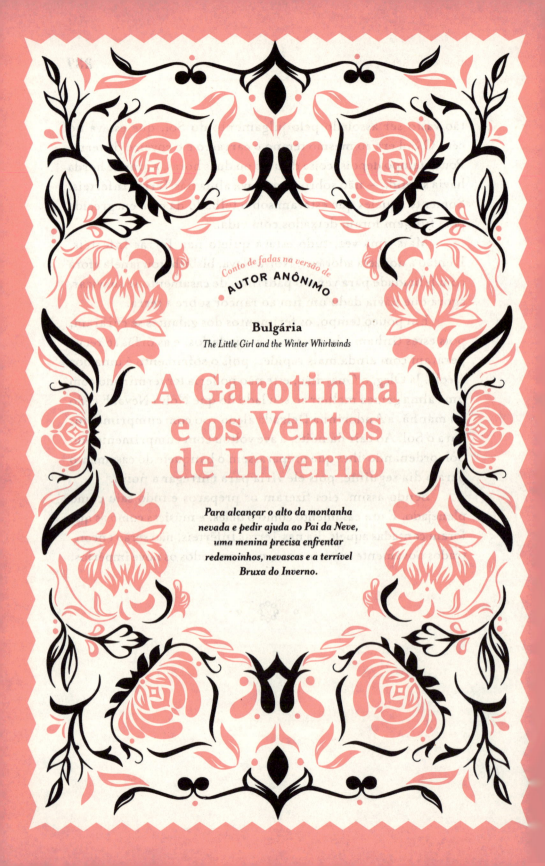

Conto de fadas na versão de
AUTOR ANÔNIMO

Bulgária
The Little Girl and the Winter Whirlwinds

A Garotinha e os Ventos de Inverno

Para alcançar o alto da montanha nevada e pedir ajuda ao Pai da Neve, uma menina precisa enfrentar redemoinhos, nevascas e a terrível Bruxa do Inverno.

Houve um ano em que a malvada Bruxa do Inverno decidiu impedir que a Primavera chegasse, tornando o Inverno a única estação da Terra. Ela escondeu o sol atrás de nuvens escuras e cobriu o mundo com uma neve muito pesada.

Certo dia, os moradores de uma pequena vila nas montanhas acordaram e encontraram as casas soterradas de neve até a altura dos telhados. Tiveram de cavar túneis das próprias casas para as vizinhas, reunindo-se em pequenos grupos para decidir o que poderia ser feito.

Por fim, decidiram que a melhor coisa a fazer era enviar alguém ao pico mais alto da montanha, onde o bondoso mago conhecido como Pai da Neve vivia em um palácio de gelo, e pedir ajuda a ele.

Mas ninguém estava disposto a fazer uma viagem tão perigosa.

— Estou pronto para ir — disse um ancião —, mas temo que seja velho e lento demais para alcançar o pico a tempo. Se eu fosse vinte anos mais jovem...

— Não se preocupe, avô, eu irei! — exclamou a netinha dele. Era órfã e vivia na casa do avô desde que os pais haviam morrido.

— Não, você não! — disseram os vizinhos, com muita pena dela. — Você é jovem e delicada demais para um trabalho tão árduo! Nem tem um casaco quente! Sem chapéu e cachecol! Nem mesmo luvas de lã!

— Não tenho medo! — declarou a menina. — Meus pés são fortes, sou rápida como uma cabra montesa!

— Vai congelar lá em cima, sem um abrigo para se proteger do frio!

— Não vou, não — protestou a menina, com firmeza. — Tenho um coraçãozinho quente, cheio de amor por todos. Isso me salvará do frio.

— Vá, minha filha — disse o velho. — Conheço seu bom coração e confio nele.

As crianças, que eram todas amigas dela, deram à menina as roupas mais quentes que tinham:

— Aqui, leve meu casaco — falou uma delas.

— Minhas luvas são tão quentes. Coloque-as! — disse outra.

— Pegue meu chapéu!

— Meu cachecol!

— Minhas meias de lã!

— Minhas botas!

Logo, a menina estava pronta para ir. Ela acenou para os amigos e partiu em direção ao pico nevado da montanha o mais depressa que conseguia.

Foi mais longe e mais alto, sem pensar em descansar, até avistar o gelo reluzente no topo do pico mais distante. De repente, os redemoinhos acordaram de um sono profundo, ficando muito curiosos ao notar a pequena figura em meio à neve.

— Quem ousa invadir nosso território?

— Vamos mostrar a ela quem somos! — gritaram. — Vamos soprar tão forte, que ela vai esquecer aonde está indo!

Começaram a girar com grande ferocidade ao redor da menina, mas ela apenas se aconchegou no casaco quente e continuou com bravura. Os redemoinhos ficaram muito cansados até que, um após o outro, caíram no chão, ofegando.

— Que menina forte! — exclamou um deles. — Estamos exaustos, mas ela nem está cansada!

— Nenhum ser humano jamais nos domou, quanto mais uma menina tão frágil. Se não conseguimos sozinhos, devemos chamar nossas irmãs, as Nevascas, para ajudar.

Assim, as Nevascas foram chamadas, ficando muito irritadas ao ouvi-los.

— Ela vai pagar por isso!

Elas rugiram e se lançaram atrás dela.

Foi uma batalha longa e desigual, mas a menina superou também as Nevascas, graças a seu coração forte e cheio de calor, que nunca a deixou sentir medo ou cansaço.

LAUREN ZATSVAR

As Nevascas caíram no chão, respirando com dificuldade.

— Iss-s-s-so é um desas-s-s-s-s-stre! — sibilou uma delas. — Não conseguimos pará-la! Vamos chamar nossa mãe para ajudar!

— Mãe! Mãe! — gritaram todos. — Ajude-nos!

A mãe deles era a Bruxa do Inverno, que surgiu de imediato e disse:

—Eu vi tudo. Agora, escutem: quando não puderem derrotar alguém pela força, invertam as coisas. Vamos ser boas com ela!

— O que quer dizer? Beijá-la? — perguntou um redemoinho com ironia.

— Nada disso — respondeu a bruxa. — Vamos apenas tentar ser educados e gentis, para que ela não suspeite de nossas más intenções.

Assim, os ventos pararam e as nevascas foram embora.

A Bruxa do Inverno apareceu diante da menina como uma linda jovem em um vestido branco e brilhante, com longos cabelos brancos e uma coroa de diamantes gelados.

Seria um sonho, ou algum milagre benevolente?, pensou a menina. *Essa bela senhora tem o rosto de minha querida mãe! Posso ouvir sua doce voz cantando minha canção de ninar!*

— Ah, como desejo ouvir mais! Vou me sentar aqui por um tempo... — disse a si mesma. — Estou tão perto do palácio, não mais que uma hora de caminhada... Vou chegar a tempo...

A menina se sentou e fechou os olhos. A Bruxa do Inverno sorriu de alegria:

— Durma, menina. Que você durma para sempre!

Ela deixou a menina adormecida na colina nevada e voou para contar aos filhos como havia enganado a menina.

A garotinha estava dormindo, feliz e sorridente, mas a cor de seu rosto estava mudando à medida que passava o tempo. As bochechas rosadas ficaram primeiro vermelhas, depois azuis, depois de um amarelo ceroso. Estava congelando pouco a pouco.

De repente, algo agitou a neve. Um som agudo foi ouvido, e uma cabecinha apareceu de um buraco na neve. Era um ratinho branco. Seus olhos negros e brilhantes se fixaram na figura imóvel.

— Alguém está em apuros! — chiou o rato.

Em seguida, vários buraquinhos se abriram na neve, de onde vários ratos espiaram.

Eles correram até a menina e começaram a massagear os pés e mãos dela, mas eram tão pequenos, e seus esforços, tão ineficazes, que decidiram chamar os amigos coelhos para ajudar.

Desta vez, buracos maiores se abriram na neve, de onde vários coelhos brancos espiaram e correram para o resgate.

Vários esquilos também pularam das árvores cobertas de neve, fazendo com que a menina logo estivesse coberta de pelos brancos e marrons por toda parte. Aquecendo-a com os próprios corpos peludos, os pequenos animais ficaram muito felizes ao ver as bochechas dela ficarem rosadas outra vez.

Logo, a menina abriu os olhos.

Ela agradeceu aos novos amigos por salvarem a vida dela, contando-lhes também por que estava ali e para onde estava indo.

— Vamos com você! — disseram eles, comemorando. — Nós também sofremos muito com esse inverno sem fim.

Reunidos ao redor da menina, os animais a acompanharam até o Palácio de Gelo. Lá, bateram no portão, mas ninguém respondeu.

— O que pode ter acontecido ao Pai da Neve? — perguntavam-se os animais.

— Vamos tentar abrir a porta! Não está trancada!

Eles empurraram o portão pesado. A menina entrou, seguida pelos amigos.

Um corredor de gelo reluzente os levou a um grande salão de cristal. Lá, em um magnífico trono esculpido em gelo, o Papai Noel estava profundamente adormecido, sentado naquele assento gelado e vestido com roupas bordadas em prata.

Dois esquilos pularam no colo dele e lhe fizeram cócegas no rosto com as caudas peludas. Um poderoso som de espirro fez todos congelarem de medo, mas o Papai Noel abriu os olhos azuis e sorriu.

— O que estão fazendo aqui, amiguinhos?

A menina lhe contou tudo.

— Quer dizer que, enquanto eu dormia, a malvada Bruxa do Inverno estava tentando impedir a chegada da Primavera? Durante todo o Inverno? — perguntou o Papai Noel, espantado. — Parece que ela resolveu me enganar e ficar na Terra para sempre, mas não vou deixar!

"Obrigado, pequenos, por me acordarem! Chegou a hora de restaurar a ordem natural das coisas e dar a cada um o que merece."

Ele soprou um apito de prata e, em um instante, todos os seus súditos apareceram no grande salão de cristal, onde ordenou que fossem encontrar a Bruxa do Inverno e a trouxessem ao palácio, para que ele pudesse trancá-la no porão até o próximo ano. Disse-lhes também que limpassem os céus de todas as nuvens, para que o sol pudesse derreter a neve.

Quando os grandes portões se abriram mais uma vez, o sol lá fora já estava brilhando; a neve macia já começava a derreter.

O caminho de volta foi muito mais fácil. Os novos amigos se despediram, prometendo ajudar sempre que necessário. Todos na vila comemoraram, recebendo de volta a corajosa menina. Ficaram muito felizes em colher as primeiras gotas de neve derretida e dá-las a ela.

Muito feliz, também, ficou a Primavera ao ouvir as canções e ver as danças que as crianças haviam preparado especialmente para ela.

Conto de fadas na versão de
ROBERT NISBET BAIN

Ucrânia | 1894
Oh: The Tsar of the Forest

Oh, o Czar da Floresta

Numa floresta, o pai de um jovem preguiçoso invoca sem querer Oh, um ardiloso homenzinho, que procura de todo jeito manter seu poder sobre o rapaz. Mas o acaso se encarregaria de mudar o futuro.

Os tempos antigos não eram como os que vivemos hoje. Na Antiguidade, todo tipo de força maligna caminhava com liberdade. O mundo não era o mesmo, pois agora não há mais esse mal entre nós.

Vou lhe contar uma *kazka*, "Oh, o Czar da Floresta", para que fique sabendo que tipo de criatura ele foi.

Era uma vez, há muito, muito tempo, além das épocas das quais podemos recordar, antes mesmo de nossos bisavós ou os avós deles terem nascido, um homem pobre que vivia com a esposa. Tinham um filho, mas que não era como um filho único deveria ser para os pais idosos.

Por Deus, como era ocioso e preguiçoso! Não fazia nada, nem mesmo buscar água no poço. Ficava o dia inteiro deitado em frente ao fogão e rolando entre as cinzas quentes. Se lhe dessem algo para comer, ele comia; mas, se não lhe dessem nada, ficava sem. Os pais se preocupavam muito por causa dele, dizendo:

— O que faremos com você, ó filho? Você não serve para nada. Os filhos dos outros são um apoio para os pais, mas você não passa de um tolo que consome nosso pão sem dar nada em troca.

Mas não adiantava. Ele não fazia nada além de se sentar próximo ao fogão e brincar com as cinzas. Assim, os pais se lamentaram por causa dele durante muitos e longos dias, até que, por fim, a mãe disse ao pai:

— O que fazer com nosso filho? É visto que ele cresceu, mas, ainda assim, não nos serve de nada. É tão tolo que não temos uso para ele. Veja bem, se pudermos mandá-lo embora, vamos mandá-lo embora. Se pudermos lhe arranjar trabalho, vamos lhe arranjar trabalho. Talvez outras pessoas possam fazer mais com ele do que nós.

Os pais dele o enviaram para uma alfaiataria para aprender a costurar. Ele permaneceu lá por três dias, mas logo fugiu para casa e subiu no fogão para brincar com as cinzas outra vez. O pai então lhe deu uma boa surra e o enviou para um sapateiro para aprender a consertar sapatos, mas de novo ele fugiu para casa. O pai lhe deu outra surra e o enviou para um ferreiro para aprender o ofício, mas lá também não ficou muito tempo, fugindo de volta para casa mais uma vez. Afinal, o que aquele pobre pai podia fazer?

—Vou lhe dizer o que vou fazer com você, seu filho de um cão! — disse ele. — Vou levar você, seu preguiçoso, para outro reino. Talvez lá possam ensiná-lo melhor do que aqui, e será longe demais para fugir de volta para casa.

Assim, ele o pegou e partiu em uma jornada.

Eles andaram e andaram, andaram um pouco e andaram muito, até chegarem a uma floresta tão escura que não podiam ver a terra nem o céu. Atravessaram a floresta, mas em pouco tempo ficaram muito cansados. Chegando a um caminho que levava a uma clareira cheia de grandes tocos de árvores, o pai disse:

—Estou tão cansado que vou descansar um pouco aqui. — Ele se sentou em um toco de árvore e gritou: — Oh, como estou cansado! — Ele mal havia dito essas palavras quando, do toco da árvore, ninguém poderia dizer como, surgiu um homenzinho minúsculo, todo enrugado e franzido, com uma barba toda verde que chegava até o joelho. — O que deseja de mim, ó homem? — perguntou, estarrecido com a estranheza daquele que havia surgido. — Não o chamei; vá embora!

— Como pode dizer isso quando foi você quem me chamou? — perguntou o velhinho.

—Quem é você, afinal?

—Eu sou Oh, o Czar da Floresta — respondeu o pequeno homem. — Por que me chamou, eu me pergunto.

—Vá embora, não o chamei.

—Ora! Não me chamou quando disse "Oh"?

— Eu estava cansado, por isso disse "oh" — respondeu o homem.

—Para onde está indo? — perguntou Oh.

— Tenho o mundo todo à frente. Estou levando esse tolo para entregá-lo a alguém. Pode ser que outras pessoas consigam colocar mais juízo nele do que nós conseguimos em casa. Não importa aonde o mandamos, ele sempre volta correndo para casa.

E. W. MITCHELL

— Deixe-o comigo, garanto que o ensinarei — declarou Oh. — Mas com uma condição: você deve voltar para buscá-lo quando um ano tiver passado. Se o reconhecer, poderá levá-lo. Do contrário, ele servirá mais um ano comigo.

— Ótimo! — exclamou o homem.

Eles apertaram as mãos e beberam para selar o acordo.

O homem voltou para casa. Oh levou o filho dele, passando com ele para o outro mundo, o mundo debaixo da terra, chegando a uma cabana tecida com juncos verdes. As paredes eram verdes, os bancos eram verdes, a esposa de Oh e seus filhos eram verdes. Na verdade, tudo ali era verde. Oh tinha ninfas da água como criadas, todas tão verdes quanto arruda.

— Sente-se e coma alguma coisa — disse Oh ao novo empregado. As ninfas trouxeram comida, que também era verde. — Agora, levem meu empregado para o pátio, para que ele possa cortar lenha e tirar água.

Elas o levaram ao pátio, mas, em vez de cortar lenha, ele se deitou para dormir. Oh saiu para ver como ele estava se saindo, e lá estava ele, roncando.

Oh o agarrou e ordenou que trouxessem lenha, amarrando o empregado com firmeza nela, para em seguida incendiá-la até que o empregado fosse reduzido a cinzas. Depois, Oh pegou as cinzas e as espalhou aos quatro ventos, mas um pedacinho de carvão queimado caiu das cinzas, o qual ele borrifou com água. O empregado ressurgiu, vivo mais uma vez, um pouco mais bonito e forte do que antes.

De novo, Oh deu a ordem para que cortasse a lenha, mas de novo ele adormeceu. Assim, Oh o amarrou na lenha uma segunda vez, queimando-o e espalhando as cinzas aos quatro ventos, para em seguida borrifar o carvão remanescente com água. Em vez do palhaço grosseiro, veio dali um cossaco tão belo e robusto que não se poderia imaginar ou descrever, apenas contar em histórias.

O rapaz ficou ali por um ano, ao final do qual o pai voltou para buscá-lo. Chegou aos mesmos tocos carbonizados da mesma floresta, sentou-se e chamou:

— Oh!

Oh saiu do toco carbonizado no mesmo instante, dizendo:

— Saudações, ó homem!

— Saudações a você, Oh!

— O que deseja? — perguntou Oh.

— Vim buscar meu filho.

— Pois venha! Se o reconhecer, poderá levá-lo. Do contrário, ele deverá me servir por mais um ano.

O homem o seguiu. Chegaram até a cabana, onde Oh apanhou alguns punhados de milheto e os espalhou. Miríades de galos vieram correndo para bicar o milheto.

— Bem, reconhece seu filho? — disse Oh.

O homem olhou e olhou, mas não havia nada além de galos, um igualzinho ao outro.

Não conseguiu identificar o filho.

— Bem, como não o reconhece, volte para casa. Este ano o seu filho deverá permanecer em meu serviço.

O homem voltou para casa. O segundo ano se passou, no que o homem foi mais uma vez ver Oh. Chegou aos tocos carbonizados e chamou:

— Oh!

E Oh saiu outra vez do mesmo toco.

— Venha! Veja se consegue reconhecer seu filho agora.

Ele o levou a um curral de ovelhas com fileiras e fileiras de carneiros, um igualzinho ao outro. O homem olhou e olhou, mas não conseguiu identificar o filho.

— Nesse caso, pode voltar para casa. Seu filho viverá comigo por mais um ano.

O homem foi embora com o coração cheio de pesar.

O terceiro ano também passou, e o homem voltou para encontrar Oh. Ele andou e andou até que encontrou um velho branco como leite, com vestes que brilhavam de tão brancas.

— Saudações, ó homem — disse ele.

— Saudações a você também, meu senhor.

— Para onde Deus o leva?

— Vou libertar meu filho de Oh.

— Como assim? — E o homem contou ao ancião branco como havia entregado o filho para Oh e sob quais condições. — Ah, sim — disse o velho —, é um pagão ardiloso esse com o qual você tem que lidar; ele o enganará por muito tempo ainda.

— Sim — concordou o homem —, percebo que se trata de um vil pagão, mas não sei o que fazer com ele. Não pode me dizer como recuperar meu filho, querido senhor?

— Sim, posso — respondeu o velho.

— Então, por favor, diga-me. Rezarci em seu nome por toda a minha vida, pois, embora ele não tenha sido muito bom para mim, ainda é minha carne e meu sangue.

— Pois escute! — exclamou o velho. — Quando for até Oh, ele soltará uma multidão de pombas diante de você, mas não escolha nenhuma delas. A que deve escolher é a que não sair, mas permanecer sentada debaixo da pereira alisando as penas. Essa será seu filho.

O homem agradeceu ao ancião branco e seguiu em frente. Chegou aos tocos carbonizados e gritou:

— Oh!

Oh apareceu e o levou ao reino silvestre. Lá, espalhou punhados de trigo e chamou as pombas, tantas que não se podia contá-las, uma igualzinha à outra.

— Reconhece seu filho? — perguntou Oh. — Se o reconhecer, ele é seu. Do contrário, ele é meu.

Todas as pombas estavam bicando o trigo, a não ser uma que permanecia sozinha debaixo da pereira, estufando o peito e alisando as penas.

— Este é meu filho — disse o homem.

— Já que o reconheceu, leve-o — respondeu Oh.

O pai pegou a pomba, que no mesmo instante se transformou em um belo jovem. Não havia no mundo alguém mais bonito. O pai ficou muito alegre, abraçando e beijando o filho.

— Vamos para casa, meu filho! — disse ele, e assim fizeram.

Enquanto conversavam e caminhavam juntos pela estrada, o pai perguntou ao filho como ele havia se saído com Oh. Depois, ele mesmo contou o que havia sofrido. Além disso, o pai disse:

— O que faremos agora, meu filho? Sou pobre, e você também. Serviu por três anos e não ganhou nada?

— Não se aflija, querido pai, pois tudo se resolverá antes do fim. Veja! Lá estão alguns jovens nobres caçando uma raposa. Eu me transformarei em um galgo e a pegarei. Quando os jovens quiserem me comprar de você, deve me vender por trezentos rublos. Mas lembre-se de me vender sem corrente; assim teremos muito dinheiro em casa e viveremos felizes juntos!

Eles seguiram em frente até que lá, nos arredores da floresta, alguns cães de caça estavam perseguindo uma raposa. Eles a perseguiam de novo e de novo, mas não conseguiam alcançá-la, de maneira que a raposa continuava escapando. Nisso, o filho se transformou em um galgo, correu atrás da raposa e a matou. Os nobres saíram galopando da floresta logo depois.

— Esse galgo é seu?

— É.

— É um bom cão; gostaria de vendê-lo?

— Façam uma oferta!

— Quanto quer por ele?

— Trezentos rublos, sem a corrente.

— Por que quereríamos *essa* corrente? Daríamos a ele uma corrente de ouro. Que tal cem rublos?

— Não!

— Então pegue o dinheiro e nos dê o cão.

Eles contaram o dinheiro, pegaram o cão e voltaram à caçada, mandando-o atrás de outra raposa. Ele correu atrás dela e a perseguiu até a floresta, mas logo se transformou de novo em um jovem e se reuniu com o pai.

Eles prosseguiram até que o pai disse:

— De que nos serve esse dinheiro, afinal? Mal é suficiente para nos sustentarmos e repararmos nossa cabana.

— Não se aflija, querido pai, pois conseguiremos mais ainda. Ali, adiante, alguns jovens nobres estão caçando codornas com falcões. Vou me transformar em um falcão, e você deve me vender para eles. Venda-me por trezentos rublos e sem capuz.

Foram até a planície onde os nobres lançavam um falcão contra uma codorna. O falcão a perseguia, mas não a alcançava. O filho então se transformou em um falcão e no mesmo instante apanhou a presa.

Os jovens nobres presenciaram isso e ficaram maravilhados.

— Esse falcão é seu?

— É.

— Pois venda-o para nós!

— Façam uma oferta!

— Quanto quer por ele?

— Se derem trezentos rublos, poderão levá-lo, mas sem o capuz.

— Como se quiséssemos o *seu* capuz. Faremos para ele um capuz digno de um czar.

Eles pechincharam e discutiram, dando, por fim, os trezentos rublos. Em seguida, enviaram-no atrás de outra codorna, à qual perseguiu e derrubou, mas logo voltou a ser um jovem e continuou com o pai.

— Como viveremos com tão pouco? — indagou o pai.

— Espere um pouco, pois teremos mais ainda — respondeu o filho. — Quando passarmos pela feira, vou me transformar em um cavalo para que você me venda por mil rublos, mas sem as rédeas.

Assim, quando chegaram à feira de uma cidadezinha próxima, o filho se transformou em um cavalo tão ágil quanto uma serpente e tão arisco que era perigoso se aproximar dele.

O pai conduzia pelas rédeas o cavalo que trotava e soltava faíscas do chão com os cascos. Logo, os negociantes de cavalos se reuniram e começaram a barganhar por ele.

— Podem levá-lo por mil rublos na mão, mas sem as rédeas — disse o pai.

— Para que quereríamos *suas* rédeas? Faremos para ele rédeas de prata brilhante. Vamos, podemos lhe dar quinhentos!

— Não!

Nisso, um cigano cego de um olho apareceu.

— Ó homem, quanto quer por esse cavalo? — indagou.

— Mil rublos, sem as rédeas.

— Não, isso é muito caro, senhor! Não aceitaria quinhentos com as rédeas?

— Não, nem um pouco.

— Nesse caso, tome seiscentos! — O cigano começou a pechinchar, mas o homem não cedia. — Vamos lá, venda-o com as rédeas.

— Não, senhor. Tenho muito apreço por estas rédeas.

— Mas meu bom homem, onde já se viu vender um cavalo sem rédeas? Como poderia conduzi-lo?

— Mesmo assim, elas permanecerão minhas.

— Veja bem, eu lhe darei cinco rublos extras, mas ficarei com as rédeas.

O homem parou para pensar: *Rédeas desse tipo valem apenas três grívnias, mas o cigano está me oferecendo cinco rublos. Deixe que fique com elas.*

Assim, fecharam o negócio com uma boa bebida. O homem foi para casa com o dinheiro, enquanto o cigano partia com o cavalo. Mas ele não era de fato um cigano: era Oh na forma de um.

Oh montou no cavalo, que o levou mais alto do que as árvores da floresta, mas mais baixo do que as nuvens do céu. Por fim, desceram entre as árvores e chegaram à cabana de Oh, que entrou e deixou o cavalo do lado de fora, na estepe.

— O filho de um cão não escapará de minhas mãos tão depressa uma segunda vez — disse ele à esposa.

Ao amanhecer, Oh pegou o cavalo pelas rédeas e o levou ao rio para lhe dar água, mas, assim que o cavalo chegou ao rio e baixou a cabeça para beber, transformou-se em uma perca e começou a nadar para longe. Sem maiores delongas, Oh se transformou em um lúcio e o perseguiu.

Quando o lúcio estava quase alcançando a perca, ela deu um giro repentino, levantou as barbatanas espinhosas e virou a cauda para ele, de modo que o lúcio não conseguiu agarrá-la. Quando a alcançou, ele disse:

— Perca! Perca! Vire a cabeça para mim, quero conversar com você!

— Posso ouvi-lo muito bem como estou, querido primo — retrucou a perca.

Assim, retomaram a perseguição, e mais uma vez o lúcio alcançou a perca.

— Perca! Perca! Vire a cabeça para mim, quero conversar com você!

A perca levantou as barbatanas espinhosas outra vez, dizendo:

— Posso ouvi-lo muito bem como estou, querido primo.

O lúcio continuou perseguindo a perca, em vão. Por fim, a perca nadou até a margem, onde uma czarevna entalhava um galho de freixo. A perca se transformou em um anel de ouro com granadas, o qual a czarevna avistou e pegou da água. Cheia de alegria, ela o levou para casa e disse ao pai:

— Veja, querido papai! Veja que anel bonito encontrei!

O czar a beijou, mas ela não sabia em qual dedo o anel ficaria melhor. Era tão lindo!

Quase ao mesmo tempo, informaram ao czar que um certo mercador havia chegado ao palácio. Era Oh, que havia se transformado em mercador. O czar foi até ele e disse:

— O que deseja, velho?

— Estava navegando pelo mar em meu navio — disse Oh —, levando ao czar de minha terra um valioso anel de granada, o qual deixei cair na água. Algum de seus servos por acaso encontrou esse anel tão precioso?

— Não, mas minha filha o encontrou — respondeu o czar.

A donzela foi chamada. Oh implorou a ela que devolvesse o anel, alegando que não poderia mais viver se não o levasse, mas era inútil, ela não queria devolvê-lo.

— Devolva-o, minha querida filha — disse o czar —, para que não sobrevenha desgraça a este homem por nossa causa. Devolva-o, digo eu!

Oh implorou e suplicou ainda mais.

— Leve o que quiser de mim, apenas devolva o anel.

— Não — retrucou a czarevna. — Nesse caso, não será meu nem seu.

Ela jogou o anel no chão, o qual se transformou em uma pilha de sementes de milho que se espalharam por todo o chão. No mesmo instante, Oh se transformou em um galo e começou a bicar todas as sementes, bicando e bicando até ter apanhado todas. No entanto, havia um único grão de milho que rolou para baixo dos pés da czarevna, um que ele não viu. Quando terminou de bicar, subiu no parapeito da janela, abriu as asas e voou para longe.

Aquele único grão de milho restante se transformou em um jovem belíssimo, tão belo que, quando a czarevna o viu, apaixonou-se por ele na mesma hora, implorando ao czar e à czarina que a deixassem se casar com ele.

— Não serei feliz com nenhum outro — disse ela —; minha felicidade está somente nele!

O cenho do czar se tornou enrugado por um longo tempo com a ideia de dar a filha a um simples jovem, mas, por fim, deu-lhes sua bênção. Os dois foram coroados com guirlandas de noivado, e todos foram convidados para a festa de casamento.

Eu também estive lá. Bebi cerveja e hidromel. O que minha boca não conseguiu segurar, escorreu pela minha barba, meu coração repleto de alegria.

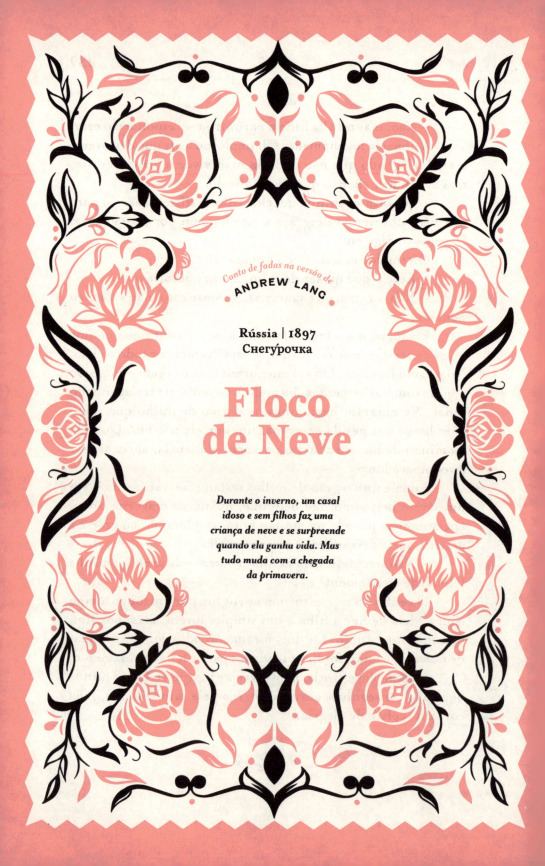

Conto de fadas na versão de
ANDREW LANG

Rússia | 1897
Снегу́рочка

Floco de Neve

Durante o inverno, um casal idoso e sem filhos faz uma criança de neve e se surpreende quando ela ganha vida. Mas tudo muda com a chegada da primavera.

ra uma vez um camponês chamado Ivan, cuja esposa se chamava Marie. Eram ambos muito felizes, a não ser por uma coisa: não tinham filhos para brincar. Idosos como eram, também não achavam que observar os filhos dos vizinhos compensava de qualquer maneira o fato de não terem um para chamar de seu.

Certo inverno, um do qual ninguém vivo jamais haverá de esquecer, a neve estava tão profunda que chegava aos joelhos até do homem mais alto. Depois, quando toda a neve caiu e permitiu que o sol voltasse a brilhar, as crianças correram às ruas para brincar. Ao velho e à esposa restou se sentar à janela para observá-las.

As crianças primeiro fizeram uma espécie de terraço, pisoteando-o para deixá-lo firme. Depois, fizeram uma mulher de neve. Enquanto as observavam, Ivan e Marie pensavam nas mais variadas coisas.

De repente, o rosto de Ivan se iluminou. Ele olhou para a esposa e disse:

— Querida, por que não fazemos uma mulher de neve também?

— Ora, por que não? — respondeu Marie, que estava de muito bom humor. — Pode ser divertido. Mas, em vez de fazer uma mulher, vamos fazer uma criança de neve e fingir que é uma criança de verdade.

— Sim, vamos — concordou Ivan. Ele apanhou o chapéu e caminhou até o jardim com a velha esposa.

Os dois trabalharam com todas as forças para fazer uma boneca de neve. Moldaram um corpinho, mãozinhas e pezinhos, com uma bola de neve no topo para representar a cabeça.

— O que estão fazendo? — perguntou um transeunte.

— Não consegue adivinhar? — respondeu Ivan.

— Estamos fazendo uma criança de neve — disse Marie.

Já haviam terminado o nariz e o queixo. Ivan moldou a boca com cuidado e fez dois buracos para os olhos. Mal havia terminado quando sentiu uma respiração quente em seu rosto. Surpreso, deu um passo para trás e olhou: eis que os olhos da criança se encontraram com os dele, e lábios vermelhos como framboesas sorriram de volta para Ivan!

— O que significa isso? — gritou Ivan, fazendo o sinal da cruz. — Estou louco? É uma bruxaria?

A criança de neve inclinou a cabeça como se estivesse de fato viva. Mexeu os bracinhos e as perninhas na neve ao redor, igualzinho ao que uma criança faria.

— Ah! Ivan! Ivan! — exclamou Marie, tremendo de alegria. — Os céus finalmente nos enviaram uma criança!

Ela se jogou sobre Floco de Neve, pois esse era o nome da criança de gelo, e a cobriu de beijos. A neve caiu ao redor dela como a casca se solta de um ovo, revelando a menina que Marie agora segurava nos braços.

— Oh, minha querida Floco de Neve! — exclamou a velha mulher, levando-a para dentro de casa em seguida.

Floco de Neve crescia rápido; a cada hora e a cada dia ela mudava, tornando-se mais e mais bela. O casal mal sabia como conter tanta alegria, não pensava em mais nada. A casa também estava sempre cheia de crianças da aldeia que vinham brincar com Floco de Neve. Não havia nada no mundo que não fizessem para agradá-la.

Ela era como uma boneca para o casal. Estavam sempre inventando novos vestidos para ela, ensinando-lhe músicas ou brincando com ela. Era incrível o quanto era inteligente! Notava tudo e aprendia as lições em instantes. Qualquer um pensaria que tinha pelo menos treze anos de idade. Além de muito bonita, também era tão boazinha e obediente! Tinha a pele branca como neve, olhos azuis como não-me-esqueças, o cabelo longo e dourado. Só as bochechas e a fronte não tinham cor, tão brancas que eram.

O inverno passou. O sol da primavera finalmente subia mais alto no céu para aquecer a terra. Os campos ficaram verdes, os céus se encheram do canto das cotovias. As meninas da aldeia se reuniam e dançavam em roda, cantando: "Bela primavera, como chegou aqui? Como chegou aqui? Veio em um arado, ou foi numa charrua?".

Mas a menina permanecia em total silêncio à janela da casa.

— O que há de errado, querida? — perguntou Marie. — Por que está tão triste? Está doente? Alguém a maltratou?

— Não — respondeu Floco de Neve. — Não é nada, mãe; ninguém me fez qualquer mal. Estou bem.

O sol da primavera levou embora os últimos resquícios de neve dos esconderijos sob as sebes. Os campos floresciam; rouxinóis cantavam nas árvores, e todo o mundo estava repleto de alegria. Porém, quanto mais alegres ficavam os pássaros e as flores, maior a tristeza de Floco de Neve. Ela se escondia das amigas e se encolhia como um lírio entre as folhas, onde as sombras eram mais profundas.

Seu único prazer era se deitar entre os salgueiros perto de algum riacho reluzente. Apenas ao amanhecer e ao entardecer demonstrava alguma alegria. Quando uma grande tempestade se aproximava, deixando a terra branca de granizo, ela ficava radiante e alegre como a Floco de Neve de outrora; mas, quando as nuvens passavam e o granizo derretia, chorava como uma irmã choraria a perda do irmão.

A primavera passou. Chegava a véspera de São João, dia de festa junina. Era o feriado mais importante do ano, quando as jovens se reuniam nos bosques para dançar e brincar.

Elas foram buscar Floco de Neve e disseram a Marie:

— Deixe-a vir dançar conosco!

Mas Marie estava com medo; não sabia o porquê, mas não suportava a ideia de deixar a menina ir. Floco de Neve também não queria, mas não tinha uma desculpa pronta. Assim, Marie beijou a menina e disse:

— Vá, minha Floco de Neve. Seja feliz com suas amigas. Quanto a vocês, crianças queridas, cuidem bem dela. Sabem muito bem que ela é a luz dos meus olhos.

— Ah, nós cuidaremos dela! — gritaram as meninas com alegria, correndo rumo aos bosques em seguida. Lá, elas se

BORIS ZVORYKIN

enfeitavam com coroas de flores, colhiam buquês e cantavam canções, algumas tristes, outras alegres. E tudo o que faziam, Floco de Neve fazia também.

Quando o sol se pôs, acenderam uma fogueira de grama seca e se colocaram em fila, com Floco de Neve no final.

— Veja como fazemos — disseram elas — e corra do mesmo jeito como nós corremos.

Uma após a outra, todas começaram a cantar e a pular por cima do fogo.

De súbito, ouviram um suspiro vindo de trás, seguido de um gemido: "Ah!". Elas se voltaram, apressadas, e olharam umas para as outras. Não havia nada.

Olharam outra vez. Onde estava Floco de Neve?

— Ela deve ter se escondido para nos pregar uma peça — disseram, procurando por ela em toda parte. — Floco de Neve! Floco de Neve!

Não houve resposta.

— Onde ela poderia estar? Ah, ela deve ter voltado para casa!

Elas voltaram para a aldeia, mas não a encontraram.

A busca prosseguiu por vários dias. Vasculharam todos os arbustos e cercas vivas, mas não havia qualquer sinal de Floco de Neve. Tempos depois, quando todos os demais haviam perdido a esperança, Ivan e Marie ainda vagavam pelos bosques, chorando:

— Floco de Neve, minha querida, volte, volte!

Por vezes, pensaram ter ouvido um chamado, mas nunca era a voz de Floco de Neve. Afinal, o que acontecera com ela? Algum animal feroz a tinha agarrado e arrastado para uma toca na floresta? Alguma ave a levara para o outro lado do vasto mar azul?

Não, nenhuma fera a tocara, nenhuma ave a levara embora. Com o primeiro sopro de chama que a envolveu quando corria com as amigas, Floco de Neve derreteu, e uma pequena e suave névoa que flutuou para o alto foi tudo o que restou dela.

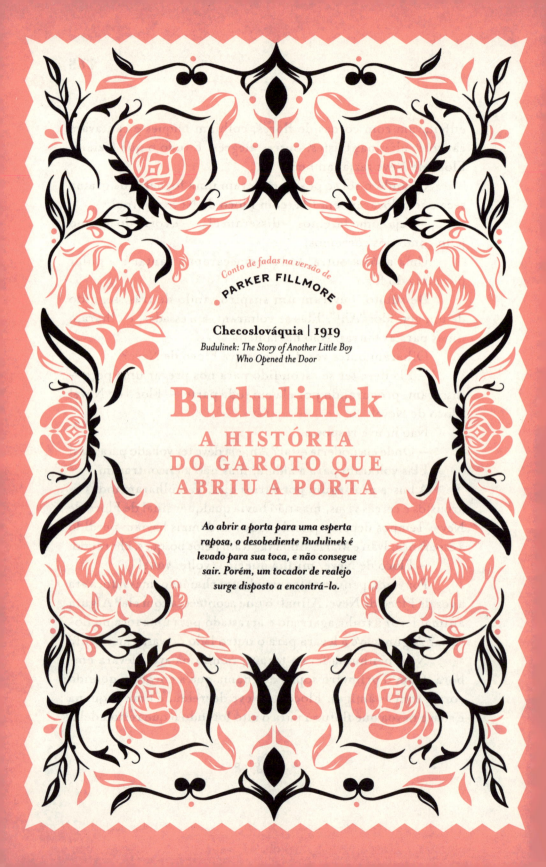

Conto de fadas na versão de
PARKER FILLMORE

Checoslováquia | 1919
Budulinek: The Story of Another Little Boy Who Opened the Door

Budulinek
A HISTÓRIA DO GAROTO QUE ABRIU A PORTA

Ao abrir a porta para uma esperta raposa, o desobediente Budulinek é levado para sua toca, e não consegue sair. Porém, um tocador de realejo surge disposto a encontrá-lo.

Era uma vez um garotinho chamado Budulinek, que vivia com a avó em uma cabana próxima à floresta.

A Vovó saía todos os dias para trabalhar. De manhã, antes de ir embora, sempre dizia:

— O jantar está na mesa, Budulinek. Mas lembre-se de que não deve abrir a porta, não importa quem bata!

Certa manhã, ela disse:

— Preste atenção, Budulinek. Hoje estou deixando sopa para o jantar. Coma quando for a hora, mas lembre-se do que sempre digo: não abra a porta, não importa quem bata.

Ela saiu. Logo em seguida, a velha e astuta raposa Lishka correu e bateu na porta:

— Budulinek! — chamou. — Você sabe que sou eu! Por favor, abra a porta!

Budulinek respondeu:

— Não, não posso abrir.

Mas a velha e astuta Lishka continuou batendo.

— Escute, Budulinek — disse ela —: se você abrir a porta, sabe o que eu vou fazer? Vou levá-lo para passear em minha cauda!

Budulinek pensou consigo: *Ora, seria divertido passear na cauda de Lishka, a raposa!* Assim, esqueceu-se por completo do que a Vovó lhe dizia todos os dias e abriu a porta.

A ardilosa Lishka entrou, e o que você acha que ela fez? Levou Budulinek para passear na cauda dela? Ora, é claro que não. Ela saltou direto para a mesa, tomou toda a tigela de sopa que a Vovó havia deixado para o jantar dele e depois fugiu.

Na hora do jantar, Budulinek não tinha mais nada para comer. À noite, quando a Vovó chegou em casa, disse:

BUDULINEK

— Budulinek, você abriu a porta para alguém?

Chorando de tanta fome, ele respondeu:

— Sim, abri a porta para Lishka, a velha raposa. Ela comeu todo o meu jantar!

— Pois bem, Budulinek — disse a Vovó —, entende agora o que acontece quando deixa alguém entrar? Da próxima vez, lembre-se bem do que lhe digo e não abra a porta.

Na manhã seguinte, a Vovó fez mingau para o jantar de Budulinek.

— Preste atenção, Budulinek — disse ela. — Aqui está uma porção de mingau para o jantar. Lembre-se de que, enquanto eu estiver fora, você não deve abrir a porta, não importa quem bata.

A Vovó mal havia saído da vista quando Lishka voltou a bater na porta.

— Ah, Budulinek! — chamou ela. — Abra a porta e me deixe entrar!

Mas Budulinek respondeu:

— Não, não vou abrir!

— Por favor, Budulinek, abra a porta! — implorou Lishka. — Você me conhece! Sabe o que vou fazer se abrir a porta? Vou levá-lo para passear em minha cauda! Juro que vou!

Budulinek pensou consigo mesmo: *Pode ser que desta vez ela me deixe passear na cauda dela*. Então, abriu a porta, no que Lishka entrou, comeu todo o mingau de Budulinek e fugiu sem levá-lo para passeio algum.

Chegada a hora do jantar, Budulinek mais uma vez não tinha nada para comer. À noite, quando a Vovó chegou em casa, disse:

— Budulinek, você abriu a porta para alguém?

Mais uma vez, Budulinek estava chorando de tanta fome.

— Sim — respondeu ele —, deixei Lishka entrar, e a velha raposa comeu todo meu mingau!

— Budulinek, você é um menino mau! — retrucou a Vovó.
— Se abrir a porta de novo, vou ser obrigada a lhe dar uma bela palmada! Entendeu?

Na manhã seguinte, antes de sair para o trabalho, a Vovó fez ervilhas para o jantar de Budulinek, as quais ele se pôs a comer assim que ela saiu. Estavam tão boas!

A raposa Lishka logo apareceu e bateu na porta.

— Budulinek! — chamou. — Abra a porta! Quero entrar!

Mas Budulinek não abriu. Ele pegou a tigela de ervilhas e foi comer na janela, onde Lishka podia vê-lo.

— Ah, Budulinek! — implorou ela. — Você me conhece! Por favor, abra a porta! Prometo que desta vez vou levá-lo para passear em minha cauda! Juro que vou!

Ela implorou tanto que, por fim, Budulinek abriu a porta. No mesmo instante, Lishka saltou para dentro da sala, e sabe o que ela fez? Meteu o focinho na tigela de ervilhas e devorou todas!

Então, ela disse a Budulinek:

— Agora suba em minha cauda. Vou levá-lo para passear!

Budulinek subiu na cauda de Lishka, que começou a correr cada vez mais rápido ao redor da sala, até que Budulinek ficou tonto e teve de se segurar com todas as forças.

Antes que Budulinek se desse conta do que estava acontecendo, Lishka saiu correndo da casa e, veloz, fugiu para a floresta, para dentro da toca onde morava, com Budulinek ainda na cauda!

Ela escondeu Budulinek na toca com os três filhotes, impedindo que saísse. Ele teve de ficar lá, com as três raposinhas que o provocavam e mordiam. Mais uma vez, Budulinek se arrependeu de ter desobedecido à Vovó. Ah, como ele chorou!

Quando ela chegou em casa, encontrou a porta aberta e nenhum sinal de Budulinek. Procurou por toda parte, mas não havia qualquer sinal dele. Perguntou a todos que encontrava se haviam visto o menino, mas ninguém sabia de nada. Por fim, à pobre Vovó restou apenas chorar e chorar, tão triste e sozinha que agora estava.

Um dia, um homem com uma perna de pau tocava um realejo em frente à cabana da Vovó.

A música a fez pensar em Budulinek.

— Aqui está uma moeda para você — disse ela —, mas, por favor, não toque mais. Sua música me faz chorar.

— Por quê? — perguntou o músico.

— Porque me lembra de Budulinek — respondeu a Vovó, contando a ele tudo sobre o menino e como alguém o havia levado embora.

O tocador de realejo disse:

— Pobre Vovó! Vou lhe dizer o que vou fazer: enquanto estiver tocando meu realejo por aí, vou ficar de olho em Budulinek. Se o encontrar, eu o trarei de volta para a senhora.

— Vai mesmo? — indagou a Vovó, aos prantos. — Se trouxer de volta meu pequeno Budulinek, eu lhe darei uma medida de centeio, uma de milho, uma de sementes de papoula e uma de tudo mais que tiver em casa!

O tocador de realejo tomou seu rumo, procurando em vão por Budulinek em todos os lugares onde tocava, até que, um dia, enquanto caminhava pela floresta, pensou ter ouvido um garotinho chorando. Olhou ao redor e encontrou uma toca de raposa.

— Arrá! — exclamou para si mesmo. — Lishka, aquela velha malvada, deve ter sequestrado Budulinek! Aposto que o mantém aqui com os filhotes. Logo vou descobrir.

Ele colocou o realejo no chão e começou a tocar, cantando suavemente enquanto tocava:

Uma velha raposa
Um, dois, três
E Budulinek
Veremos outra vez!

A velha Lishka ouviu a música e disse ao filhote mais velho:

— Aqui, meu filho. Dê ao velho uma moeda e diga-lhe para ir embora, pois estou com dor de cabeça.

O filhote mais velho saiu da toca, deu a moeda ao homem e falou:

— Minha mãe pediu que, por favor, vá embora, pois ela está com dor de cabeça.

Quando estendeu a mão para pegar a moeda, o velho agarrou a raposinha e a colocou em um saco. Depois, continuou tocando e cantando:

> Uma velha raposa
> Dois, três, quatro
> E Budulinek
> Peguei-a no ato!

Logo, Lishka mandou o segundo filhote com uma moeda, o qual o homem apanhou do mesmo jeito e colocou no mesmo saco. Da mesma maneira, ele continuou tocando o realejo e cantando suavemente:

> Uma velha raposa
> E outro pra mim
> E Budulinek
> Vem chegando assim!

— Por que aquele velho continua tocando o realejo? — perguntou Lishka, mandando o terceiro filhote com uma moeda.

O homem apanhou a terceira raposinha e a colocou no saco junto com as outras. Então, continuou tocando e cantando:

> Uma velha raposa
> Pego você depois!
> E Budulinek
> Agora são só dois!

Por fim, Lishka saiu, e ele também a apanhou e a enfiou no saco junto com os filhotes.

Quatro raposas travessas
Pego, não brinco!
E Budulinek
É o número cinco!

O tocador de realejo foi até a toca e chamou:
— Budulinek! Budulinek! Vamos, saia!
Como não havia mais raposas para mantê-lo ali, Budulinek conseguiu rastejar para fora da toca. Ele chorou ao ver o homem, dizendo:
— Ah, por favor, senhor! Quero voltar para a casa de minha Vovó!
— Vou levá-lo até ela — garantiu o homem —, mas primeiro preciso ensinar uma lição a essas raposas danadas.
O tocador de realejo cortou uma vara forte com um galho e deu uma bela surra nas quatro raposas dentro do saco, até que elas imploraram para que parasse e prometeram nunca mais fazer qualquer maldade com Budulinek. Por fim, ele as soltou e acompanhou Budulinek até a casa da Vovó.
Ela ficou encantada ao ver seu pequeno Budulinek. Como prometido, deu ao tocador de realejo uma medida de centeio, uma de milho, uma de sementes de papoula e uma de tudo mais que havia na casa.
E Budulinek nunca mais abriu a porta!

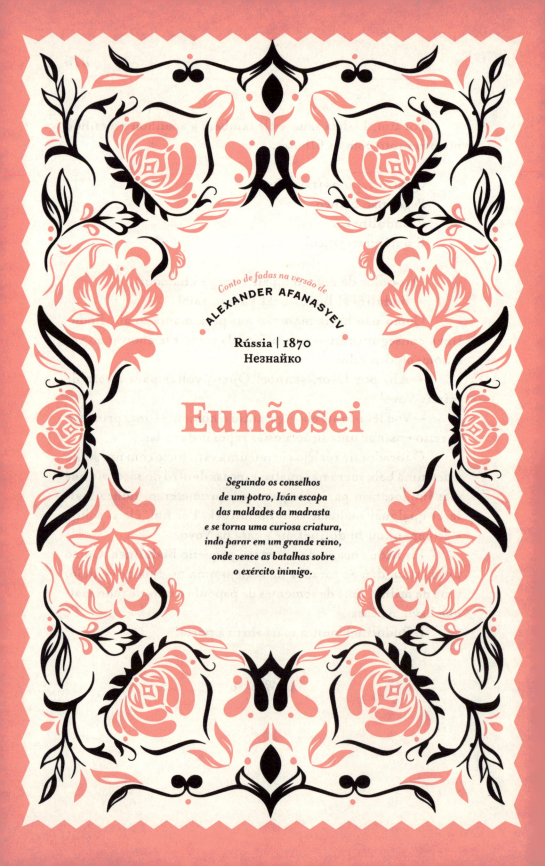

Conto de fadas na versão de
ALEXANDER AFANASYEV

Rússia | 1870
Незнайко

Eunãosei

Seguindo os conselhos de um potro, Iván escapa das maldades da madrasta e se torna uma curiosa criatura, indo parar em um grande reino, onde vence as batalhas sobre o exército inimigo.

qui começa a história de um cavalo cinzento, um castanho e um sábio cavalo baio. Na beira do oceano, na ilha de Buyán, havia um boi assado; e, atrás dele, alho amassado. De um lado, carne de corte; do outro, coma e mergulhe forte.

Era uma vez um comerciante. Ele tinha um filho que, ao crescer, foi levado para trabalhar no negócio da família. A primeira esposa do comerciante havia falecido, o que o levou a se casar de novo.

Ao passar de alguns meses, o comerciante se preparou para navegar para terras distantes. Carregou o navio com mercadorias e pediu ao filho que cuidasse bem da casa e desse a devida atenção aos negócios.

Nisso, o filho do comerciante disse:

— *Bátyushka*, quando o senhor for, traga minha sorte!

— Meu filho amado — respondeu o velho —, onde poderei encontrá-la?

— Minha sorte não está longe. Amanhã de manhã, ao acordar, aguarde nos portões, compre a primeira coisa que encontrar e a dê para mim.

— Muito bem, meu filho.

No dia seguinte, o pai se levantou bem cedo e parou do lado de fora dos portões, onde a primeira coisa que encontrou foi um camponês tentando vender um potro doente e sarnento, que mal serviria para virar comida de cachorro. O comerciante pechinchou por ele e o comprou por um rublo de prata, levando o potro para o pátio e o colocando no estábulo.

O filho do comerciante perguntou:

— Bem, *bátyushka*, o que encontrou como minha sorte?

— Saí para encontrá-la, mas ela se revelou como uma coisa muito pobre.

— Ora, é assim que deve ser: seja qual for a sorte que Deus nos dá, devemos aproveitá-la.

Assim, o pai partiu com as mercadorias rumo a terras estrangeiras, deixando o filho no balcão da loja para cuidar dos negócios. O filho logo criou o hábito de, sempre que ia à loja ou voltava para casa, parar na frente do potro primeiro.

Havia, porém, a madrasta que não amava nem um pouco o enteado, procurando adivinhos que lhe dissessem como poderia se livrar dele. Por fim, encontrou uma velha sábia que lhe deu um frasco de veneno e disse para colocá-lo sob a soleira da porta, bem quando o enteado estivesse entrando.

Quando voltava da loja, o filho do comerciante foi ao estábulo e viu que seu potro estava chorando.

Ele acariciou o animal e perguntou:

— Por que chora, meu bom cavalo? Por que guarda para si seus conselhos?

O potro lhe respondeu:

—Ah, Iván, filho do mercador, mestre tão amado, por que eu não deveria chorar? Sua madrasta está tentando arruiná-lo. Você tem um cachorro: quando for para casa, deixe-o entrar primeiro e veja o que acontece com ele.

O filho do mercador obedeceu, de maneira que, assim que o cachorro cruzou a soleira da porta, foi desintegrado a nada mais do que átomos.

Iván não permitiu que a madrasta soubesse que estava ciente da maldade dela. No dia seguinte, foi até a loja enquanto ela saía para ver a adivinha. A velha deu a ela um segundo veneno, o qual disse para colocar em um copo.

À noite, quando voltava para casa, o filho do comerciante foi ao estábulo, onde mais uma vez o potro estava nas pontas dos cascos, aos prantos. Ele o acariciou nas ancas e perguntou:

— Por que chora, meu bom cavalo? Por que guarda para si seus conselhos?

O potro respondeu:

— Como poderia não chorar, meu mestre, Iván, filho do mercador? Ouço um grande infortúnio: sua madrasta deseja arruiná-lo. Quando chegar e se sentar à mesa, ela lhe oferecerá uma bebida em um copo. Não beba, mas jogue-a pela janela para ver o que acontecerá lá fora.

Iván fez como havia sido instruído e, assim que jogou a bebida pela janela, o veneno começou a corroer a terra. Mais uma vez, ele nada disse à madrasta, de maneira que ela continuava achando que ele permanecia alheio à maldade dela.

No terceiro dia, enquanto ele ia à loja, a madrasta foi ver a adivinha outra vez, recebendo dela uma camisa encantada. À noite, ao sair, o filho do comerciante foi até o potro e viu que lá estava o bom cavalo nas pontas dos cascos, aos prantos.

Ele o puxou pelas rédeas e disse:

— Por que chora, meu bom cavalo? Por que guarda para si seus conselhos?

O potro lhe respondeu:

— Por que não deveria chorar? Não sei que sua madrasta deseja arruiná-lo? Ouça o que digo: quando chegar em casa, ela o enviará para o banho e mandará o criado para lhe levar uma camisa. Não a vista, mas coloque-a no criado para ver o que acontece.

Depois, o filho do comerciante subiu até o sótão, quando a madrasta se aproximou e falou:

— Não gostaria de tomar um banho de vapor? Já está tudo pronto.

— Muito bem — disse Iván, dirigindo-se até o banho.

Logo depois, foi-lhe trazida uma camisa, a qual o filho do comerciante colocou no criado. No mesmo instante, o rapaz fechou os olhos e caiu no chão como se estivesse morto. Ao tirar a camisa dele e jogá-la no fogo, o menino reviveu, mas o fogão se partiu em mil pedaços.

Percebendo que seus esforços não estavam dando resultado, a madrasta foi se consultar com a velha adivinha mais uma vez, implorando que lhe dissesse como poderia se livrar do enteado.

A velha respondeu:

— Enquanto o cavalo viver, nada poderá ser feito. Finja estar doente e, quando seu marido voltar, diga-lhe: "Sonhei que nosso potro deve ter a garganta cortada e o fígado extraído, para que eu o esfregue em mim mesma. Somente assim minha doença desaparecerá".

Algum tempo depois, o mercador voltou de viagem. O filho correu para encontrá-lo.

— Saudações, meu filho! — exclamou o pai. — Está tudo bem em casa?

— Tudo está bem, exceto que a mãe está doente — respondeu ele.

O comerciante descarregou as mercadorias e foi para casa, encontrando a esposa deitada na cama, gemendo e dizendo:

— Só poderei me recuperar se realizar meu sonho.

O mercador concordou de imediato. Ele chamou o filho e disse:

— Meu filho, preciso cortar a garganta de seu cavalo. Sua mãe está doente, e preciso curá-la.

Iván chorou amargamente, dizendo:

— Ah, pai, quer tirar de mim minha última sorte?

Nisso, caminhou até o estábulo, onde o potro o viu e disse:

— Meu amado mestre, eu o salvei de três mortes; agora, salve-me de uma. Peça a seu pai que o deixe sair em meu dorso pela última vez para correr campo afora com seus companheiros.

O filho pediu permissão ao pai para ir uma última vez aos campos em seu cavalo. Quando ele concordou, Iván montou e saltou rumo aos campos abertos para se divertir com os amigos e companheiros. Por fim, enviou ao pai uma carta que dizia: "Cure minha madrasta com um chicote. Este é o melhor meio de curar a doença dela". Enviou essa carta por intermédio de um de seus bons companheiros e partiu para terras além da fronteira.

O mercador leu a carta e resolveu de fato curar a esposa com um chicote, o que fez com que logo se recuperasse. O filho partiu em direção aos prados e às amplas planícies, onde avistou gado com chifres pastando à frente. Nisso, o bom cavalo falou:

— Iván, deixe-me partir em liberdade, mas antes tire três pelos de minha cauda. Sempre que precisar de mim, queime um único pelo, e surgirei diante de você no mesmo instante como folhas sobre a grama. Quanto a você, bom jovem, vá até o rebanho, compre um touro e corte a garganta dele; vista-se com o couro desse touro, coloque a bexiga na cabeça e, aonde quer que vá, qualquer coisa que lhe perguntem, responda apenas com: "Eunãosei".

Iván libertou o cavalo, vestiu-se com o couro do touro, colocou a bexiga na cabeça e partiu para além dos mares, onde encontrou um navio que cruzava o mar azul. A tripulação do navio ficou maravilhada: um animal que não era um animal, um homem que não era um homem, com uma bexiga na cabeça e coberto de couro e pelo. Eles navegaram até a costa em um pequeno barco e começaram a perguntar e a investigar a respeito dele. Iván, o filho do comerciante, respondeu com apenas isto: "Eunãosei".

— Nesse caso, seu nome deve ser Eunãosei.

Assim, a tripulação do navio o recebeu a bordo e navegou até o rei.

Talvez tenha demorado, talvez tenha sido rápido, mas, por fim, chegaram a uma grande capital, onde se dirigiram ao rei com presentes e o informaram sobre Eunãosei.

O rei ordenou que a curiosa criatura fosse apresentada diante dele. Assim, trouxeram Eunãosei para o palácio, onde as pessoas vistas e não vistas vieram de todas as partes para admirá-lo.

— Que tipo de homem é você? — perguntou o rei.

— Eunãosei.

— De onde vem?

— Eunãosei.

— De que raça e de que lugar?

— Eunãosei.

Por fim, o rei colocou Eunãosei no jardim como espantalho para afugentar os pássaros das macieiras, ordenando que fosse alimentado pela cozinha real.

Esse rei tinha três filhas: as mais velhas eram belas, mas a mais nova era ainda mais bonita. Não demorou até que o filho do Rei dos Árabes começasse a pedir a mão da filha mais nova, escrevendo ao rei ameaças como esta: "Se não me der sua filha de boa vontade, eu a tomarei à força".

Isso não agradou ao rei, que respondeu ao príncipe árabe da seguinte maneira: "Comece a guerra, e que seja como Deus quiser".

Assim, o príncipe reuniu uma legião incontável e deu início ao cerco.

Eunãosei tirou o couro e a bexiga de boi. Foi aos prados, queimou um dos pelos e gritou com uma voz grave e um assobio de cavaleiro. De algum lugar, um cavalo maravilhoso apareceu diante dele.

A terra tremia sob o galope do corcel.

— Saudações, jovem valente. Por que me chamou com tanta urgência?

— Prepare-se para a guerra!

Eunãosei montou no bom cavalo, que perguntou:

— Para onde devo levá-lo? Acima, sob as árvores ou por cima das florestas?

— Leve-me até acima das florestas.

O cavalo se ergueu da terra e voou sobre o exército inimigo. Eunãosei saltou sobre eles, tomando a espada de um deles e o elmo dourado de outro, o qual colocou em si mesmo para cobrir o rosto com a viseira antes de se pôr a massacrar o exército árabe. Aonde quer que fosse, cabeças voavam como feno ceifado.

O rei e a princesa olhavam maravilhados das muralhas da cidade:

— Que herói tão poderoso é aquele? De onde terá vindo? Seria Egóri, o Bravo, que veio para nos salvar?

Jamais teriam imaginado que se tratava de Eunãosei, o qual o rei havia colocado no jardim como espantalho.

Eunãosei matou muitos daquele exército, e ainda mais do que ele matou, seu cavalo pisoteou, deixando apenas o príncipe árabe vivo e dez homens como escolta para levá-lo de volta para casa.

Após esse grande combate, ele cavalgou de volta à muralha da cidade e perguntou:

— Meu serviço foi de seu agrado, Vossa Majestade?

O rei agradeceu e o convidou para ser seu hóspede, mas Eunãosei recusou. Saltou para o campo aberto, dispensou o cavalo e se vestiu de novo com a bexiga e a pele de touro, voltando a andar pelo jardim, como antes, tal qual um espantalho.

Passou-se algum tempo, não muito, não pouco, até que o príncipe árabe escrevesse ao rei outra vez: "Se não me der a mão de sua filha mais nova, queimarei todo o seu reino e a levarei como prisioneira".

Isso também não agradou ao rei, de maneira que ele respondeu que o aguardaria com seu exército. Mais uma vez, o príncipe árabe reuniu uma legião incontável, maior do que antes, e cercou o rei por todos os lados, com os três mais poderosos cavaleiros à frente.

Quando Eunãosei ficou sabendo disso, tirou a pele de touro e a bexiga, chamou o cavalo e saltou para o campo.

Um cavaleiro veio em sua direção. Eles se encontraram para um duelo, cumprimentaram-se e partiram para a luta com suas lanças. O cavaleiro atingiu Eunãosei com tanta força que ele mal conseguiu se segurar nos estribos, mas ele se levantou, voou com toda a força da juventude e cortou a cabeça do cavaleiro, levantando-se enquanto a jogava para longe e dizia:

— Assim voarão todas as suas cabeças!

Outro cavaleiro veio ao seu encontro, tendo o mesmo destino. Quando um terceiro oponente surgiu, Eunãosei o enfrentou por uma hora inteira. O cavaleiro cortou a mão dele e o fez sangrar, mas Eunãosei cortou a cabeça do oponente e a jogou junto com as demais. Então, todo o exército árabe tremeu e recuou.

Naquele momento, o rei e as princesas estavam na muralha da cidade. Quando a princesa mais nova viu o sangue escorrendo da mão do valente campeão, tirou um lenço do pescoço e atou a ferida com as próprias mãos.

O rei o convidou de novo para ser seu hóspede.

— Eu virei um dia — declarou Eunãosei —, mas não desta vez.

Ele saltou de volta para os prados, dispensou o cavalo e se vestiu com a pele de touro e a bexiga que usava na cabeça, voltando a andar pelo jardim como um espantalho.

Passou-se algum tempo, não muito, não pouco, até que o rei deu as filhas mais velhas em casamento a dois renomados Tsarévichi, dois filhos de czares. Uma grande celebração estava sendo preparada, durante a qual os convidados que resolveram passear pelo jardim viram Eunãosei e perguntaram:

— Que tipo de monstro é esse?

— Este é Eunãosei — disse o rei em resposta. — Eu o estou usando como espantalho. Ele afasta os pássaros das macieiras.

A filha mais nova corou ao olhar para a mão de Eunãosei e ver seu lenço nela, mas não disse nada. A partir daquele momento, passou a andar pelo jardim e a olhar para Eunãosei, tornando-se pensativa, sem dar atenção às festividades e ao entretenimento ao redor.

— Aonde você vai, minha filha? — perguntou o rei.

— Ah, pai. Vivi tantos anos com o senhor e andei tantas vezes pelo jardim, mas nunca havia visto um pássaro tão encantador quanto o que vi agora!

Ela começou a pedir ao pai que lhe concedesse sua bênção e a casasse com Eunãosei, insistindo, por mais que ele tentasse dissuadi-la da ideia.

— Se não der minha mão a ele, permanecerei solteira por toda a vida e não procurarei outro homem.

RAFAEL NOGUEIRA

Por fim, o pai concordou com o noivado. Logo depois, no entanto, o príncipe árabe escreveu ao rei pela terceira vez para exigir a mão de sua filha mais nova: "Se não consentir, farei com que seu reino seja consumido pelo fogo e a tomarei à força".

O rei respondeu: "Minha filha já está prometida; se desejar, venha e veja você mesmo". O príncipe assim o fez e, quando viu que um monstro estava prometido em casamento à bela princesa, decidiu que mataria Eunãosei, desafiando-o para um duelo até a morte.

Eunãosei tirou a pele de touro e a bexiga da cabeça, chamou seu bom cavalo e saiu, um jovem tão belo como nenhuma história seria capaz de contar, nem qualquer pena poderia escrever.

Eles se encontraram em meio aos prados, nas amplas planícies, onde duelaram por um longo tempo, até que Iván, o filho do mercador, matou o príncipe árabe. O rei enfim reconheceu que Eunãosei não era um monstro, mas um belo e esplêndido cavaleiro, o qual nomeou como seu herdeiro. Iván, o filho do mercador, foi feliz por muito tempo em seu reino, levando o próprio pai para morar com ele, mas condenando a madrasta às piores punições.

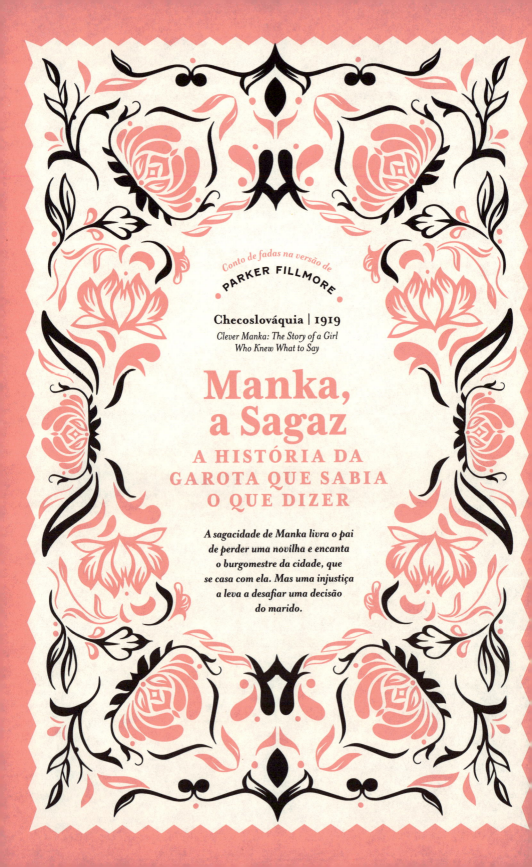

Conto de fadas na versão de
PARKER FILLMORE

Checoslováquia | 1919
*Clever Manka: The Story of a Girl
Who Knew What to Say*

Manka, a Sagaz
A HISTÓRIA DA GAROTA QUE SABIA O QUE DIZER

A sagacidade de Manka livra o pai de perder uma novilha e encanta o burgomestre da cidade, que se casa com ela. Mas uma injustiça a leva a desafiar uma decisão do marido.

ra uma vez um fazendeiro muito rico, mas tão avarento e inescrupuloso quanto. Jogava sujo em qualquer negociação, sempre levando vantagem sobre os pobres vizinhos, um dos quais era um humilde pastor de ovelhas que, em troca de serviços prestados, deveria receber uma novilha do fazendeiro. Chegada a hora do pagamento, no entanto, o fazendeiro se recusou a entregar a novilha ao pastor, que foi forçado a levar o assunto ao burgomestre.

Jovem e ainda pouco experiente, o burgomestre ouviu ambos os lados e, após deliberar a respeito, disse:

— Em vez de tomar uma decisão sobre o caso, proponho uma charada para os dois. Aquele que der a melhor resposta ficará com a novilha. Concordam?

O fazendeiro e o pastor aceitaram a proposta, e o burgomestre disse:

— Muito bem, aqui está minha charada: "Qual é a coisa mais rápida do mundo? Qual é a mais doce? Qual é a mais rica?". Reflitam sobre as respostas e as tragam para mim amanhã a essa mesma hora.

O fazendeiro chegou muito irritado em casa.

— Que tipo de burgomestre é esse jovem! — resmungou. — Se tivesse me dado a novilha, eu o teria presenteado com um alqueire de peras, mas agora estou prestes a perdê-la, pois não consigo pensar em resposta alguma para essa charada tola.

— O que foi, querido? — perguntou a esposa.

— É esse novo burgomestre. O antigo teria me dado a novilha sem pestanejar, mas esse jovem prefere decidir o caso nos propondo charadas.

Quando ele contou à esposa qual era a charada, ela de pronto o deixou bastante animado ao revelar que sabia as respostas.

— Ora, querido — explicou ela —, nossa égua cinzenta deve ser a coisa mais rápida do mundo. Você mesmo sabe que nada nunca nos ultrapassa na estrada. Quanto à mais doce, já provou algum mel mais doce que o nosso? Tenho certeza também de que não há nada mais rico do que o baú com os ducados de ouro que temos guardado há quase quarenta anos.

O fazendeiro ficou maravilhado.

— Você está certa, querida, está certa! Aquela novilha será nossa!

O pastor, por sua vez, chegou em casa triste e abatido. Tinha uma filha, uma garota muito sagaz chamada Manka, que o encontrou na porta da cabana e perguntou:

— O que houve, pai? O que disse o burgomestre?

O pastor suspirou.

— Receio ter perdido a novilha. O burgomestre nos deu uma charada que nunca conseguirei desvendar.

— Talvez eu possa ajudar — disse Manka. — Qual é a charada?

O pastor de ovelhas contou a charada para ela. No dia seguinte, a caminho da casa do burgomestre, Manka lhe disse as respostas que deveria dar. Chegando lá, o fazendeiro já estava esfregando as mãos e irradiando soberba.

O burgomestre apresentou outra vez a charada, perguntando primeiro ao fazendeiro quais eram suas respostas.

Ele pigarreou e respondeu com um ar pomposo:

— A coisa mais rápida do mundo? Ora, meu caro senhor, é minha égua cinzenta, claro, pois nenhum outro cavalo jamais nos ultrapassa na estrada. A mais doce? O mel de minhas colmeias, sem dúvida alguma. A mais rica? Ora, o que poderia ser mais rico do que meu baú de ducados de ouro?

O fazendeiro se empertigou e sorriu em seu momento de triunfo.

— Humm — fez o jovem burgomestre, seco. Em seguida, perguntou: — Quais as respostas do pastor de ovelhas?

O pastor se curvou com reverência e disse:

— A coisa mais rápida do mundo é o pensamento, pois ele pode percorrer qualquer distância num piscar de olhos. A coisa mais doce de todas é o sono, pois quando um homem

está cansado e triste, o que pode ser mais doce? E a coisa mais rica é a terra, pois dela vêm todas as riquezas do mundo.

— Excelente! — exclamou o burgomestre. — Excelente! A novilha vai para o pastor!

Mais tarde, o burgomestre disse ao pastor:

— Diga-me: quem lhe deu aquelas respostas? Por certo não saíram de sua própria cabeça?

A princípio, o pastor hesitou em contar, mas, diante da insistência do burgomestre, confessou que as respostas vieram de Manka, sua filha. Curioso para pôr à prova a esperteza de Manka, o burgomestre mandou buscar dez ovos, os quais entregou ao pastor.

— Leve esses ovos para Manka — disse ele. — Diga a ela para chocá-los até amanhã e me trazer os pintinhos.

Quando o pastor chegou em casa e entregou a mensagem, Manka riu e disse:

— Pegue um punhado de milho e volte agora mesmo ao burgomestre. Diga a ele: "Minha filha lhe envia este milho. Ela diz que se o plantar, cultivar e colher até amanhã, ela lhe trará os dez pintinhos, e poderá alimentá-los com o grão maduro".

O burgomestre riu ao ouvir a resposta.

— Essa sua filha é muito sagaz — elogiou ele. — Se for tão bonita quanto é inteligente, acho que gostaria de me casar com ela. Diga a ela que venha me ver, mas que venha nem de dia, nem à noite, tampouco montada ou a pé, nem vestida, nem despida.

Quando Manka recebeu a mensagem, esperou até o amanhecer, momento em que a noite já havia passado, mas o dia ainda não havia chegado. Depois, enrolou-se em uma rede de pesca e, com uma perna sobre o dorso de um bode e outra no chão, foi até a casa do burgomestre.

Assim, eu lhe pergunto: ela foi vestida? Não, ela não estava vestida. Uma rede de pesca não é uma roupa. Ela foi despida? É claro que não, pois estava coberta por uma rede de pesca. Foi caminhando até o burgomestre? Não, ela não caminhou, pois foi com uma perna sobre o bode. Logo, ela foi montada? Também não, pois andou o tempo inteiro com um pé no chão.

Chegando à casa do burgomestre, ela chamou:

— Aqui estou, senhor. Nem de dia, nem de noite; nem montada, nem a pé, tampouco vestida ou despida.

O jovem burgomestre ficou tão encantado com a esperteza de Manka e tão satisfeito com sua beleza que a pediu em casamento de imediato, casando-se com ela pouco tempo depois.

— Mas entenda, minha querida Manka — disse ele —, você não deve usar essa sua esperteza à minha custa. Não permitirei que interfira em qualquer de meus casos. Se algum dia der conselhos a alguém que venha a mim para julgamento, serei obrigado a expulsá-la de minha casa e mandá-la de volta para a casa de seu pai.

Tudo correu bem por um tempo. Manka se ocupava com os afazeres de casa e tomava cuidado para não interferir nos assuntos do marido. Então, um dia, dois fazendeiros foram ao burgomestre para resolver uma disputa.

Um deles tinha uma égua que havia dado à luz em meio ao mercado. O potro correu para debaixo da carroça do outro fazendeiro que, a partir disso, reivindicou-o como sua propriedade.

Distraído com alguma outra coisa enquanto o caso era apresentado, o burgomestre disse, despreocupado:

— O homem que encontrou o potro debaixo da carroça deve ser o dono dele.

Enquanto saía, o dono da égua encontrou Manka e parou para lhe contar sobre o caso. Ela ficou bastante envergonhada ao saber que o marido havia tomado uma decisão tão tola.

— Volte esta tarde com uma rede de pesca — disse ela — e a estenda em meio à estrada empoeirada. Quando o burgomestre o vir, ele lhe perguntará o que está fazendo. Diga a ele que está pescando. Quando ele perguntar como espera apanhar um peixe no meio da estrada, diga-lhe que é tão fácil pegar peixe em uma estrada empoeirada quanto uma carroça dar à luz. Ele perceberá a injustiça daquela decisão e mandará devolver o potro a você. Mas lembre-se: não deixe que ele saiba que fui eu quem lhe disse para fazer tudo isso.

Naquela tarde, ao olhar pela janela por acaso, o burgomestre viu um homem estendendo uma rede de pesca na estrada empoeirada. Curioso, saiu e perguntou:

— O que está fazendo?

— Pescando.

— Pescando em uma estrada empoeirada? Está louco?

— Ora — respondeu o homem —, diria que é tão fácil apanhar um peixe em uma estrada quanto uma carroça dar à luz.

Naquele momento, o burgomestre reconheceu o homem como o dono da égua e foi forçado a admitir que o que ele dizia era verdade.

— O potro pertence a sua égua e deve ser devolvido a você — disse ele —, mas diga: quem lhe deu essa ideia? Você decerto não bolou esse plano sozinho.

O fazendeiro tentou manter o segredo, mas o burgomestre o interrogou até descobrir que Manka estava por trás de tudo, o que o deixou muito irritado.

Ele entrou em casa e chamou pela esposa:

— Manka, você se esqueceu do que eu disse que aconteceria se interferisse em algum de meus casos? Hoje mesmo você voltará para casa. Não quero ouvir desculpas. A decisão está tomada. Permito que leve consigo uma única coisa de que mais gosta em minha casa, pois não quero que digam por aí que a tratei com descaso.

Manka não fez nenhum alarde.

— Muito bem, querido marido, farei como diz: voltarei para a casa de meu pai e levarei comigo a única coisa de que mais gosto em sua casa. Mas não me mande embora antes do jantar. Fomos muito felizes juntos; portanto, gostaria de fazer uma última refeição em sua companhia. Não vamos mais discutir, mas sejamos gentis um com o outro como sempre fomos, para que possamos nos despedir como amigos.

O burgomestre concordou, de maneira que Manka preparou um excelente jantar com todos os pratos de que o marido mais gostava. Ele abriu seu vinho mais refinado e brindou à saúde dela. Por fim, sentou-se para desfrutar de uma refeição tão boa que ele comeu, comeu e comeu. Quanto mais comia, mais bebia, até que ficou sonolento e adormeceu na cadeira. Então, sem acordá-lo, Manka mandou que o colocassem na carroça que estava à espera para levá-la de volta à casa do pai.

Ao abrir os olhos na manhã seguinte, o burgomestre percebeu que estava deitado na cabana do pastor.

— O que significa isso? — quis saber.

—Nada, querido marido, nada! —respondeu Manka. —Você

disse que eu poderia trazer comigo uma única coisa de que mais gostasse em sua casa; então é claro que eu trouxe você! Só isso.

O burgomestre esfregou os olhos em espanto por um momento. Então, riu alto e com vontade ao perceber o quanto Manka o havia superado.

— Manka, você é esperta demais para mim. Venha, querida. Vamos para casa.

Assim, subiram de volta na carroça e voltaram juntos para casa. O burgomestre também nunca mais reclamou da esposa. Pelo contrário: a partir de então, sempre que um caso muito difícil lhe era apresentado, dizia:

— Acho que preciso consultar minha esposa!

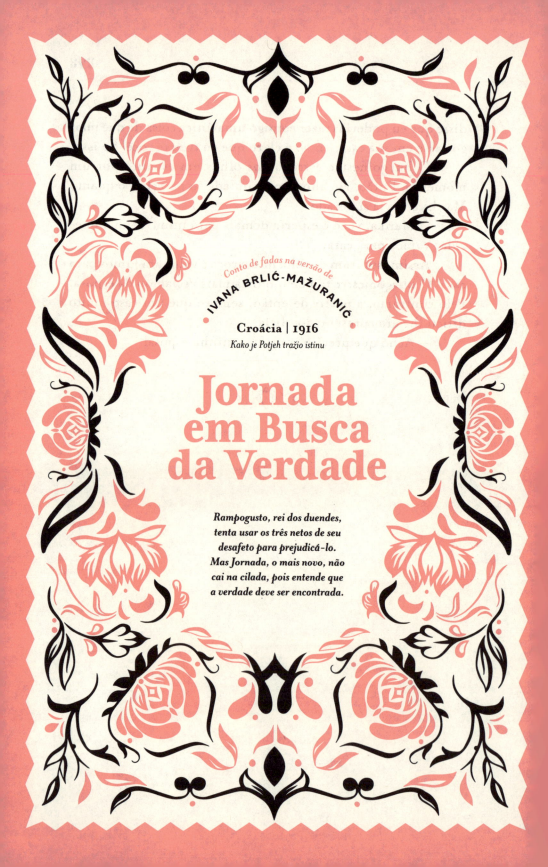

Conto de fadas na versão de
IVANA BRLIĆ-MAŽURANIĆ

Croácia | 1916

Kako je Potjeh tražio istinu

Jornada em Busca da Verdade

Rampogusto, rei dos duendes, tenta usar os três netos de seu desafeto para prejudicá-lo. Mas Jornada, o mais novo, não cai na cilada, pois entende que a verdade deve ser encontrada.

I

Era uma vez, há muito tempo, um velho que vivia em uma clareira em meio a uma antiga floresta. Seu nome era Ciente. Era um velho sozinho no mundo, exceto pelos três netos que viviam com ele, dos quais havia sido pai e mãe desde que eram bem pequenos. Eles agora eram rapazes crescidos, tão altos que chegavam aos ombros do avô, talvez mais. Seus nomes eram Fanfarra, Cautela e Jornada.

Numa manhã de primavera, o velho Ciente se levantou cedo, antes do nascer do sol, chamou os três netos e lhes disse para irem ao bosque onde haviam colhido mel no ano passado, para ver como as abelhas haviam passado o inverno e se já haviam acordado do sono invernal. Cautela, Fanfarra e Jornada se levantaram, vestiram-se e saíram.

Era um bom caminho até o lugar onde as abelhas viviam. Ora, os três irmãos conheciam todos os caminhos através da mata, caminhando com alegria e coragem pela grande floresta. Mesmo assim, estava um pouco escuro e sombrio sob as árvores, pois o sol ainda não havia nascido, tampouco os pássaros e as feras se mexiam. Logo, os rapazes começaram a se sentir um pouco assustados naquele grande silêncio, pois, ao amanhecer, antes do nascer do sol, o malvado Rampogusto, Rei dos Duendes da Floresta, gostava de vagar pela floresta, deslizando de leve de árvore em árvore na escuridão.

Mais tarde, os irmãos começaram a perguntar uns aos outros sobre todas as coisas maravilhosas que poderia haver no mundo. No entanto, como nenhum deles jamais havia deixado a floresta, nenhum podia contar aos outros qualquer coisa, o que só os deixava mais e mais desanimados. Por fim, para elevar um pouco a coragem, começaram a cantar e a clamar o Alvor para trazer o sol:

> *Pequeno lorde, o Alvor brilhante*
> *Traga-nos o dourado, o sol cintilante*

Mostre-se, Alvor brilhante
Avante! Avante!

Cantando a plenos pulmões, os rapazes caminharam pela floresta em direção a um ponto de onde poderiam ver uma nova cadeia de montanhas. À medida que se aproximavam, viram uma luz acima daquelas montanhas, mais brilhante do que qualquer outra que já tivessem visto, tremulando como uma bandeira dourada.

Os rapazes ficaram pasmados de admiração quando, de repente, a luz desapareceu da montanha e reapareceu sobre uma grande rocha mais próxima, depois ainda mais perto, sobre um velho limoeiro, até brilhar como ouro polido bem diante deles. Então, viram que era um lindo jovem em trajes cintilantes: era seu manto dourado que se agitava como uma bandeira dourada. Não podiam suportar olhar para o rosto do jovem, cobrindo os olhos com as mãos de tanto medo.

— Por que me chamam se têm medo de mim, seus tolos? — riu o jovem dourado, pois ele era o Alvor. — Vocês chamam o Alvor, mas depois têm medo dele. Falam sobre o mundo vasto, mas não o conhecem. Venham comigo, eu lhes mostrarei o mundo, tanto a terra quanto o céu, e lhes direi o que está reservado para vocês.

Assim falou o Alvor, batendo o manto dourado de modo que envolveu Fanfarra, Cautela e Jornada em suas dobras cintilantes. Agarrados à barra do manto, os irmãos giraram com ele, rodando e rodando, o mundo todo passando diante de seus olhos.

Primeiro, viram todos os tesouros, todas as terras, todas as posses e riquezas que existiam no mundo. Continuaram girando e girando, vendo em seguida todos os exércitos, as lanças e as flechas, todos os capitães e todos os saques que existiam no mundo. O manto girou ainda mais rápido, rodando e rodando, até que de repente viram todas as estrelas, grandes e pequenas, a lua e as Sete Irmãs, os ventos e todas as nuvens. Os irmãos ficaram atordoados por completo com tantas visões, mas ainda assim o manto continuava a girar e girar como uma bandeira dourada e um som de farfalhar e sussurrar. Por fim, a barra dourada tremulou para baixo. Fanfarra, Cautela e Jornada estavam sobre o gramado outra vez. Diante deles estava o jovem dourado, o Alvor, que lhes disse:

— Pronto, meus rapazes, agora viram tudo o que há para ver no mundo. Ouçam o que está reservado para vocês e o que devem fazer para terem sorte.

Nisso, os irmãos ficaram mais assustados do que nunca, mas levantaram as orelhas e prestaram muita atenção para lembrar de tudo com muito cuidado. Mas o Alvor continuou de imediato:

— Fiquem na clareira e não deixem seu avô até que ele os deixe; não entrem no mundo, nem para o bem nem para o mal, até que tenham retribuído a seu avô todo o amor que ele dedicou a vocês.

E ao dizer isso, o Alvor girou o manto e desapareceu, como se nunca tivesse estado ali. Eis que era dia na floresta.

Mas Rampogusto, Rei dos Duendes da Floresta, tinha visto e ouvido tudo. Como um espectro de névoa, ele deslizou de árvore em árvore e se manteve escondido dos irmãos entre os galhos de um velho carvalho.

Rampogusto sempre odiou o velho Ciente. Ele o odiava como um canalha odeia um homem íntegro, mas, acima de tudo, odiava-o porque o velho havia trazido o fogo sagrado para a clareira para que nunca se apagasse, o fogo cuja fumaça fazia Rampogusto tossir horrivelmente.

Portanto, Rampogusto não gostou da ideia de que os irmãos obedecessem ao Alvor, ficassem ao lado do avô e cuidassem dele; mas pensou em como poderia prejudicar o velho Ciente e, de alguma forma, virar os netos contra ele.

Portanto, mal Fanfarra, Cautela e Jornada haviam se recuperado do espanto e tomado o caminho de casa, Rampogusto deslizou depressa, como uma nuvem antes do vento, para um vale arborizado onde havia um grande matagal de vime cheio de

RAFAEL NOGUEIRA

duendes minúsculos, feios, corcundas, sujos, vesgos e tudo mais, brincando como criaturas loucas. Eles guinchavam e gritavam, pulavam e brincavam; eram um bando de diabinhos travessos, inúteis, ainda que inofensivos, desde que ninguém buscasse sua companhia.

Rampogusto sabia como fazer isso. Ele escolheu três deles e lhes disse para pular sobre cada um dos irmãos, para ver como poderiam prejudicar o velho Ciente por meio dos netos.

Enquanto Rampogusto estava ocupado escolhendo os duendes, Fanfarra, Cautela e Jornada seguiram seu caminho. Estavam tão assustados que esqueceram por completo tudo o que tinham visto durante o voo e tudo o que o Alvor lhes havia dito.

Voltaram para a cabana e se sentaram em uma pedra do lado de fora, onde contaram ao avô o que lhes havia acontecido.

— E o que viram enquanto voavam? O que o Alvor lhes disse? — perguntou Ciente a Cautela, o neto mais velho.

Naquele momento, Cautela estava em um verdadeiro aperto, pois havia esquecido por completo, nem conseguia lembrar o que o Alvor lhe havia dito. Mas, debaixo da pedra onde estavam sentados, surgiu um duendezinho feio, com chifres e cinzento como um rato.

O duende puxou a camisa de Cautela por trás e sussurrou:
— Diga: "Vi grandes riquezas, centenas de colmeias, uma casa de madeira entalhada e peles finas aos montes. O Alvor me disse: 'Você será o mais rico de todos os irmãos'".

Cautela nem se preocupou em pensar se aquilo era verdade, apenas se virou e repetiu palavra por palavra ao avô. Mal falou, o duende pulou em sua bolsa, encolheu-se em um canto e lá ficou.

Depois, Ciente perguntou a Fanfarra, o segundo neto, o que ele teria visto durante o voo, ou o que o Alvor teria dito a ele. Mas Fanfarra também não notou nada, nem se lembrava de nada. De baixo de uma pedra surgiu o segundo duendezinho, bem pequeno, mal-humorado, com chifres e sujo como um gambá.

O duende puxou a camisa de Fanfarra e sussurrou:

— Diga: "Vi muitos homens armados, muitos arcos e flechas e escravos em abundância em correntes. O Alvor me disse: 'Você será o mais poderoso dos irmãos'".

Fanfarra não ponderou mais do que Cautela. Ficou muito contente e mentiu para o avô como o duende lhe havia sugerido. No mesmo instante, o duende pulou no pescoço dele e rastejou por dentro da camisa, escondeu-se em seu peito, onde permaneceu.

Depois o avô perguntou ao neto mais novo, Jornada, mas ele também não conseguia se lembrar de nada. E, de baixo de uma pedra, surgiu o terceiro duendezinho, o mais jovem e mais feio, com chifres grandes e escuro como uma toupeira.

O duende puxou a camisa de Jornada e sussurrou:

— Diga: "Vi todos os céus, todas as estrelas e todas as nuvens. O Alvor me disse: 'Você será o mais sábio entre os homens, saberá o que os ventos dizem e as estrelas contam'".

Contudo, Jornada amava a verdade e, portanto, não quis ouvir o duende, nem mentir para o avô. Ele chutou o duende para longe e disse:

— Não sei o que vi ou ouvi, meu avô.

O duende deu um grito, mordeu o pé de Jornada e correu como um lagarto de volta para debaixo da pedra. Jornada colheu ervas potentes e enfaixou o pé com elas para que sarasse depressa.

II

O duende que Jornada havia chutado primeiro fugiu para debaixo de uma pedra; depois, esgueirou-se para a grama e pulou até a floresta, atravessando-a até o matagal de vime.

Tremendo de medo, ele foi até Rampogusto e disse:

— Rampogusto, soberano temível, não consegui saltar naquele jovem a quem colocou sob meus cuidados.

O rei dos duendes ficou furioso, pois conhecia bem aqueles três irmãos. Mais do que tudo, temia Jornada, com medo de que ele se lembrasse da verdade. Se isso acontecesse, Rampogusto nunca se livraria do velho Ciente, nem do fogo sagrado.

Ele agarrou o pequeno duende pelos chifres, levantou-o e o sacudiu com vigor, usando uma grande vara de bétula.

— Volte! — rugiu. — Volte até o jovem, pois será um dia negro para você se ele em algum momento se lembrar da verdade!

Com essas palavras, Rampogusto soltou o duende, que, assustado até a alma, ficou agachado por três dias no matagal de vime, pensando sem parar em como poderia cumprir a difícil tarefa.

Vou ter tanto trabalho com Jornada quanto ele terá comigo, refletiu o duende, que, além de pequeno, era tolo e disperso. Não gostava nem um pouco de trabalhos cansativos.

Enquanto se agachava no matagal de vime, os outros dois diabretezinhos já estavam trabalhando, um na bolsa de Cautela e outro no peito de Fanfarra. A partir daquele dia, Cautela e Fanfarra começaram a vagar por colinas e vales, a dormir pouco em casa, tudo por causa dos duendes.

Lá estava o duende enrolado no fundo da bolsa de Cautela, o duende que amava riquezas mais do que os próprios chifres. O dia todo ele cutucava Cautela nas costelas, provocando-o e incitando-o:

— Vamos, ande logo! Precisamos procurar, precisamos encontrar! Vamos procurar abelhas, vamos colher mel! Faremos uma contagem com fileiras e fileiras de marcas!

Assim dizia o duende, pois naqueles dias as posses de um homem eram contadas com marcas, o que nada mais era do que um longo pedaço de madeira com um entalhe para cada soma que se devia àquele homem.

Enquanto isso, o duende de Fanfarra o cutucava no peito. Aquele duende queria ser o mais forte de todos e senhor de toda a terra. Ele incomodava e preocupava Fanfarra, incitando-o a vagar pelos bosques à procura de ramos de freixo e mudas delgadas de bordo para fazer armas e equipamento de guerreiro.

— Vamos, ande logo! — provocava o duende. — Você deve procurar, deve encontrar! Lanças, arcos e flechas adequadas à mente de um herói, para que homens e animais tremam diante de nós.

Tanto Fanfarra quanto Cautela ouviam os duendes e seguiam atrás dos próprios interesses guiados por eles, mas Jornada ficou com o avô naquele dia e nos três subsequentes, o tempo todo angustiado sobre o que quer que o Alvor pudesse ter lhe dito. Jornada queria contar a verdade ao avô, mas infelizmente não conseguia se lembrar de nada.

Assim, aquele dia se passou, bem como o dia seguinte e outros três dias. No terceiro dia, Jornada disse ao avô:

—Adeus, avô. Estou indo para as colinas. Não voltarei até que me lembre da verdade, mesmo que demore dez anos.

Os cabelos de Ciente eram grisalhos. Havia pouco de que gostasse no mundo, exceto o neto Jornada. Ele o amava e estimava como uma folha murcha estima uma gota de orvalho.

Muito triste, o velho disse:

—De que me adiantará a verdade, meu garoto, quando já poderei estar morto e enterrado antes que você se lembre dela?

Isso ele disse, ainda que em seu coração se entristecesse muito mais do que demonstrava com palavras. *Como o garoto foi capaz de me deixar?*, pensou.

Jornada respondeu:

—Preciso ir, avô, pois pensei muito sobre isso. Parece a coisa certa para mim.

Ciente era um velho sábio. *Talvez haja mais sabedoria em uma cabeça jovem do que em uma velha; mas, se o pobre rapaz estiver fazendo algo errado, será um destino triste que terá de enfrentar, pois é muito gentil e justo,* considerou ele. Pensar nisso o deixava mais triste do que nunca, mas ele não disse mais nada, apenas beijou o neto em despedida e permitiu que fosse aonde quisesse.

O coração de Jornada ficou angustiado por causa do avô, tanto que quase mudou de ideia ainda na soleira da porta e permaneceu ao lado dele. Contudo, forçou-se a fazer o que havia decidido e saiu para as colinas.

Assim que Jornada se separou do avô, seu diabinho pensou que poderia muito bem sair do matagal de vime e enfrentar aquela tarefa tão cansativa, chegando à clareira enquanto Jornada se preparava às pressas para ir embora.

Muito triste e abatido, Jornada partiu em direção às colinas. Chegando à primeira rocha, eis que lá estava o duende, tagarelando. *Ora*, pensou Jornada, *é o mesmo de antes: pequenininho, deformado, escuro como uma toupeira e com grandes chifres.*

O duende ficou bem no caminho de Jornada, impedindo-o de passar e deixando-o muito zangado por impedi-lo assim, tanto que ele pegou uma pedra, jogou-a no duende e o acertou bem entre os chifres. *Agora eu o matei*, pensou; mas, quando olhou mais uma vez, lá estava o duende tão vivo quanto antes, com dois chifres a mais que haviam brotado bem onde a pedra o acertou.

— Bem, é evidente que pedras não o afastarão — disse Jornada.

Ele contornou o duende e seguiu adiante, mas o diabinho correu na frente dele à direita, à esquerda e ao centro, como um coelho.

Por fim, chegaram a um pequeno local plano entre os penhascos, um lugar muito pedregoso, com um poço profundo de um lado.

— Aqui eu ficarei — declarou Jornada, estendendo o casaco de pele de carneiro debaixo de uma macieira, onde se sentou para refletir em paz e tentar se lembrar do que o Alvor havia dito de fato.

Quando viu isso, o diabinho se agachou bem na frente dele sob a árvore, pregando-lhe uma porção de peças bobas para incomodá-lo. Perseguiu lagartos sob os pés de Jornada, jogou carrapichos em sua camisa e colocou gafanhotos nas mangas dele.

Ah, céus, isso é muito irritante!, pensou Jornada após algum tempo. *Deixei meu sábio avô, meus irmãos e minha casa para que pudesse ficar quieto e me lembrar da verdade, mas aqui estou eu, perdendo tempo com esse diabretezinho chifrudo!*

No entanto, como havia partido por uma boa causa, ele achou que o certo seria ficar onde estava.

III

Jornada e o duende viveram juntos naquele platô solitário entre os penhascos, onde cada dia era igual ao anterior: o duende o importunava para que não conseguisse pensar direito.

Em uma manhã clara, Jornada se levantou, sentindo-se muito contente. *Como está tranquilo, como é lindo! Com certeza, hoje me lembrarei da verdade!*, pensou. Eis que um punhado de maçãs caiu em sua cabeça de um galho logo acima, fazendo com que ela zumbisse e os pensamentos se misturassem. Lá estava ele, o pequeno monstro que zombava dele do alto da macieira, rindo como se estivesse prestes a explodir. Em outra ocasião, Jornada estava deitado na sombra, pensando com tranquilidade, até sentir vontade de dizer em voz alta: *Está vindo, está vindo e vai voltar para mim. Agora vou desvendar a verdade!*, no que o duende esguichou nele a água gelada da nascente através de um ramo oco de sabugueiro, fazendo com que se esquecesse por completo do que já havia pensado.

Não havia truque bobo nem piada de mau gosto que o duende não fizesse com Jornada no platô. Ainda assim, tudo teria corrido bem se Jornada não tivesse achado pelo menos um pouquinho engraçado assistir de perto a essas palhaçadas. Embora estivesse pensando seriamente sobre a tarefa, seus olhos por vezes vagavam e olhavam em volta para ver o que o diabinho faria a seguir.

Jornada estava bravo consigo mesmo por causa disso, pois sentia cada vez mais falta do avô. Parecia-lhe claro que nunca se lembraria da verdade enquanto o duende estivesse por perto.

— Preciso me livrar dele.

Bem, numa bela manhã, o duende pensou em um novo jogo. Subiu no penhasco onde havia um curso d'água bastante íngreme na face da rocha e montou em um pedaço liso de madeira como se fosse um cavalinho de pau, para em seguida deslizar pelo curso d'água tal qual um raio. O pequeno patife se agradou tanto com a brincadeira que decidiu compartilhá-la com outros para se divertir ainda mais.

Ele assobiou em uma folha até que soasse por colinas e vales, até que, de matagais, rochas e arbustos vieram marchando duendes tão pequenos quanto ele, aos quais ordenou que pegassem gravetos e os usassem para escalar os montes.

Céus! Era impressionante como montavam naqueles cavalinhos de pau e desciam o curso d'água! Vinham em todos os tipos, formas e tamanhos de duendes: vermelhos como o peito de um tordo, verdes como verdilhões, felpudos como cordeiros ou lisos como sapos, com chifres espiralados ou carecas como ratos. Voavam para baixo sem parar, cada um seguindo os calcanhares do que ia à frente, até chegarem a uma pedra grande e toda coberta de musgo pela metade do despenhadeiro, onde pararam de repente. A euforia e o choque dessa parada repentina fizeram com que tombassem e tropeçassem uns por cima dos outros em meio ao musgo.

Berrando de alegria, a comitiva de tolos já havia feito a viagem duas ou três vezes, enquanto o pobre Jornada se via dividido entre duas ideias: por um lado, queria assistir aos duendes e se divertir com eles; por outro, estava irritado por fazerem tanto barulho e impedi-lo de se lembrar da verdade. Hesitou por um tempo até que disse:

— Ora, isso já passou dos limites. Preciso me livrar desses arruaceiros inúteis. Se for para tê-los aqui, eu poderia muito bem ter ficado em casa.

Enquanto considerava o problema, Jornada percebeu que, ao descerem o curso d'água, os duendes iam direto para a nascente, na qual cairiam de cabeça se não fosse pela grande rocha. Ele se agachou atrás dessa pedra e, quando os duendes vieram correndo outra vez, rindo e gargalhando como antes, rolou a pedra para o lado, de maneira que todo aquele bando de loucos correu direto para a nascente e depois para dentro dela, atirando-se de cabeça, um por cima do outro. Vermelhos como o peito de um tordo, verdes como verdilhões, felpudos como cordeiros ou lisos como sapos, com chifres espiralados ou carecas como ratos, e, à frente de todos, aquele que havia se agarrado a Jornada.

Por fim, Jornada virou uma grande rocha plana sobre a nascente, prendendo os duendes como moscas em um jarro. Muito satisfeito por ter se livrado dos pestinhas, sentou-se com a certeza de que agora se lembraria da verdade, mas não teve tanta sorte, pois no fundo os duendes começaram a se contorcer e se agitar como nunca antes, soltando pequenas chamas de medo e angústia através de cada brecha e fenda na rocha. As chamas dançavam e oscilavam ao redor da nascente, fazendo girar a cabeça de Jornada.

Ele fechou os olhos para que o barulho não o deixasse zonzo, mas logo veio do poço uma barulheira tamanha, tanto tumulto, batidas e pancadas, latidos e miados, gritos e pedidos de ajuda, que os ouvidos de Jornada estavam prestes a estourar. Como poderia sequer tentar pensar em meio a isso tudo?

Tapou os ouvidos para não ouvir, quando um cheiro de enxofre e ácido sulfúrico chegou até ele. Uma fumaça espessa e tóxica que os duendes expeliam em momentos de extrema aflição saiu através de cada fenda e rachadura na pedra. A fumaça e os vapores sufocantes de enxofre o envolveram por completo.

Percebeu que não tinha outra saída.

— Duendes aprisionados são cem vezes piores que duendes soltos — disse. — É melhor soltá-los, já que não consigo me livrar deles. Prefiro suas palhaçadas do que essa algazarra toda.

Foi até a pedra e a tirou dali. Os duendes aterrorizados correram em todas as direções como uma multidão de gatos selvagens, fugindo rumo à floresta para nunca mais voltarem ao penhasco. Nenhum ficou para trás, com exceção de um com grandes chifres e escuro como uma toupeira, aquele que não ousava deixar Jornada por medo de Rampogusto. Contudo, até aquele se acalmou um pouco a partir daquele dia, adquirindo um pouco mais de respeito por Jornada.

Os dois chegaram a algo parecido com um acordo; acostumaram-se um com o outro e viveram lado a lado no desfiladeiro pedregoso.

Quando o ano estava quase chegando ao fim, o duende começou a se sentir horrivelmente entediado. *Por mais quanto tempo terei de ficar aqui?*, pensou, até que, certa noite, quando Jornada estava prestes a pegar no sono, o duende se esgueirou até ele e disse:

— Bem, meu amigo, você aqui tem ficado por quase um ano e um dia, mas de que lhe adiantou isso? Quem sabe se nesse meio-tempo seu velho avô não morreu sozinho lá na cabana?

Uma pontada atravessou o coração de Jornada como se o tivessem apunhalado, mas ele disse:

— Decidi que não sairia daqui até me lembrar da verdade, pois a verdade deve vir antes de todas as outras coisas.

Assim disse ele, pois era justo e de boas intenções. Ainda assim, ficou bastante perturbado com o que o duende lhe havia dito sobre o avô. Não pregou o olho a noite inteira, torturando-se ao pensar: *Como estará meu velho e querido avô?*

IV

Todo aquele tempo, o avô continuou vivendo com Cautela e Fanfarra na clareira, exceto que a vida havia tomado um rumo bastante triste para o pobre homem. Os netos haviam se distanciado e parado de se preocupar com ele. Não lhe davam bom-dia nem boa-noite, apenas cuidavam dos próprios assuntos, dando ouvidos somente aos duendes que cada um levava consigo, um na bolsa e o outro no peito.

Todos os dias, Cautela trazia mais abelhas da floreta, derrubava árvores, montava vigas e aos poucos construía uma nova cabana. Havia feito dez marcas para si, contando e recalculando todos os dias quando essas marcas estariam cheias.

Fanfarra, por sua vez, saía para caçar e saquear, trazendo peles, espólios e tesouros de volta para casa. Certo dia, trouxe dois prisioneiros que havia capturado para forçá-los a trabalhar e servir aos irmãos.

Tudo isso era muito difícil e perturbador para o velho avô, mas mais difíceis e perturbadores ainda eram os olhares que recebia dos netos. Para que servia um velho que não aceitava ser servido pelos escravos, que envergonhava os netos cortando lenha e tirando água do poço ele mesmo? Já não havia nada no velho que não irritasse os netos, nem mesmo o fato de que todos os dias ele colocava lenha no fogo sagrado.

O velho Ciente sabia bem aonde isso tudo levaria: eles muito em breve estariam pensando em se livrar dele em definitivo. Não se importava tanto com a própria vida, visto que não lhe era de grande utilidade, mas lamentava que pudesse morrer antes de ver Jornada uma última vez, o querido rapaz que tanto alegrava sua velhice.

Uma noite, justamente aquela em que Jornada pensava sobre o avô, Cautela disse a Fanfarra:

— Vamos, irmão. Precisamos nos livrar de nosso avô. Você tem armas. Espere por ele no poço e mate-o.

Cautela propôs isso porque queria muito a velha cabana, queria a qualquer custo o espaço para colocar mais colmeias.

— Não posso — respondeu Fanfarra, cujo coração havia se endurecido menos em meio ao derramamento de sangue e pilhagem do que o de Cautela entre riquezas e varas de contagem.

Cautela não desistiu. O duende em sua bolsa continuava sussurrando e importunando, certo de que ele seria o primeiro a tentar se livrar do velho, o que lhe traria muito mérito com Rampogusto.

Cautela tentou de todo jeito convencer Fanfarra, mas não conseguiu persuadi-lo a matar o avô com as próprias mãos. Por fim, concordaram e combinaram que naquela mesma noite ateariam fogo à cabana do velho... ateariam fogo com ele lá dentro.

Quando tudo estava quieto na clareira, ordenaram aos escravos que fossem vigiar as armadilhas na floresta aquela noite, aproveitando para se esgueirar em silêncio até a cabana do velho Ciente. Fecharam a porta pelo lado de fora com uma tora para que o avô não pudesse escapar das chamas, ateando fogo aos quatro cantos da casa em seguida.

Quando tudo estava feito, partiram para longe nas colinas, para não ouvir o pobre avô gritando por socorro. Decidiram percorrer toda a montanha, o mais longe que pudessem, retornando apenas no dia seguinte, quando tudo estaria acabado. O avô e a cabana teriam queimado juntos.

Assim fizeram. As chamas subiram devagar pelos cantos, mas as vigas eram feitas de nogueira temperada, dura como pedra. Embora o fogo lambesse e rastejasse ao redor delas, não conseguia incendiá-las direito, de maneira que já era tarde da noite quando as chamas alcançaram o telhado.

O velho Ciente acordou, abriu os olhos e viu que o telhado estava em chamas sobre a cabeça. Ele se levantou e correu até a porta, sabendo de imediato de quem era a culpa ao descobrir que estava preso com uma tora pesada.

— Ah, meus filhos! Meus pobres filhos! — exclamou o velho. — Vocês se desfizeram de seus corações em troca daquelas miseráveis varas de contagem que nem sequer estão cheias, em que ainda faltam muitos entalhes... mas seus corações já estão vazios até o fundo, já que conseguiram atear fogo a seu avô e à cabana onde nasceram.

Isso foi tudo que o pai Ciente pensou sobre Cautela e Fanfarra. Depois, não pensou mais neles, bem ou mal, nem se lamentou mais pelos filhos, limitando-se a se sentar e esperar pela morte.

Ele se sentou em um baú de carvalho e meditou sobre a longa vida que tivera; que não havia nada nela de que se arrependesse, exceto que Jornada não estivesse com ele em seus últimos momentos. Jornada, o querido filho por quem tanto lamentou.

Permaneceu sentado enquanto o telhado ardia como uma tocha. As vigas queimaram e queimaram, até que o teto que ardia e estalava começou a rachar, cedendo de cada um dos lados do pobre velho.

Por fim, as vigas e o teto desabaram em meio às chamas dentro da cabana. O fogo rugia ao redor de Ciente, o telhado se abria sobre sua cabeça. Ele já enxergava a madrugada pálida no céu antes do amanhecer. O velho Ciente se levantou e ergueu as mãos aos céus, à espera do momento em que as chamas levariam embora desse mundo o velho e seu lar.

V

Jornada passou a noite toda preocupado. Ao raiar do dia, foi até a nascente para refrescar o rosto, que ardia.

O sol acabava de aparecer no céu quando Jornada chegou até a nascente, onde viu uma luz brilhando na água. A luz brilhou mais forte, subiu e, ao lado da fonte e diante de Jornada, eis que estava um belo jovem em vestes douradas. Era o Alvor.

Jornada saltou de alegria, dizendo:

— Meu senhor, o Alvor brilhante, como eu ansiava por encontrá-lo! Por favor, conte-me o que me disse que eu deveria fazer? Aqui estou eu, quebrando a cabeça e me torturando, recorrendo a toda minha inteligência por um ano e um dia, mas ainda não consigo me lembrar da verdade!

Quando disse isso, o Alvor balançou com certa irritação a cabeça e os cachos dourados.

— Ora, garoto. O que eu disse foi que ficasse com seu avô até que devolvesse todo o amor que lhe deve, que não o deixasse até que ele o deixasse.

"Pensei que fosse mais sábio do que seus irmãos, mas aí está você, o mais tolo dos três, quebrando a cabeça e recorrendo à inteligência por um ano e um dia para se lembrar da verdade. Se tivesse ouvido seu coração quando lhe disse na soleira da cabana para voltar e não abandonar seu velho avô... bem, garoto tolo, ali você teria encontrado a verdade, mesmo sem inteligência!"

Assim falou o Alvor, mais uma vez balançando a cabeça com certa irritação e agitando os cachos dourados. Em seguida, envolveu-se no manto dourado e desapareceu.

Jornada ficou sozinho ao lado da nascente, envergonhado e perturbado, até que ouviu o riso zombeteiro do duende entre as pedras, aquele mesmo, pequenininho, deformado e com grandes chifres. O pequeno miserável estava muito satisfeito que o Alvor havia envergonhado Jornada, que sempre se portava de maneira tão digna; mas, quando Jornada se recuperou do susto inicial, gritou com alegria:

— Pois vou apenas me lavar depressa e voltar para meu querido e velho avô.

Isso ele disse enquanto se ajoelhava junto à nascente para se lavar. Inclinou-se para alcançar a água, mas se inclinou demais, perdeu o equilíbrio e caiu.

Caiu e se afogou.

VI

O duende saltou de entre as pedras, pulou até a borda e olhou para baixo para conferir com os próprios olhos se aquilo era mesmo verdade.

Sim, lá estava Jornada no fundo da água, afogado e branco como cera.

— Irra! Irra! — gritou o duende, que era apenas um pobre tolo. — Irra! Irra! Vamos embora hoje, meu amigo!

O diabretezinho gritou tanto que todas as rochas ao redor da borda vibraram com o barulho. Depois, levantou a pedra na borda da nascente e a usou para cobrir a fonte como uma tampa. Jogou o casaco de pele de carneiro de Jornada sobre a pedra, onde se sentou para pular e se divertir.

— Irra! Irra! Meu trabalho está feito!

Mas aqueles pulos e gritos não duraram muito tempo. Quando o duende se cansou, olhou ao redor do desfiladeiro e foi acometido por uma sensação muito estranha.

Ora, o duende havia se acostumado com Jornada. Nunca antes tivera maior tranquilidade do que o tempo que passou com aquele jovem bondoso. Podia brincar à vontade, sem ninguém para repreendê-lo ou fazê-lo parar. Pensou que agora teria de voltar para o matagal de vime, para o lamaçal e o raivoso rei Rampogusto para repetir a mesma velha tagarelice dos duendes entre quinhentos outros deles, todos iguaizinhos ao que ele costumava ser.

Havia perdido esse hábito. Havia começado a pensar, ao menos um pouco. Começou a se sentir triste, apenas um pouco, mas cada vez mais inconsolável, até que se viu torcendo e batendo as mãos, o tolo e despreocupado duende que um minuto antes estava gritando de alegria. Agora, esse mesmo duende chorava e lamentava de tristeza sobre o casaco, transtornado por completo.

Chorou e uivou até que os gritos em seu interior não fossem nada em comparação, pois um duende é sempre um duende: quando começa a lamentar, lamenta com toda a força. Arrancou os pelos do casaco de pele aos punhados, rolando sobre ele como se tivesse perdido a razão.

Naquele momento, Fanfarra e Cautela haviam chegado ao desfiladeiro solitário.

Tinham vagado por toda a montanha, estando agora a caminho da clareira para ver o avô e a cabana que já estariam queimados por completo. No caminho de volta, chegaram a um despenhadeiro afastado onde nunca haviam estado antes.

Os dois ouviram alguém chorando, avistando o casaco de Jornada logo em seguida. Concluíram no mesmo instante que algum grande mal deveria ter ocorrido ao irmão. Não que sentissem pena dele, pois não conseguiriam se entristecer por ninguém enquanto os duendes estivessem com eles.

Naquele momento, os dois duendes começaram a se contorcer, pois podiam ouvir que um de seus semelhantes estava em apuros. Ora, não havia ninguém mais unido ou fiel uns aos outros do que os duendes. Brigavam e discutiam o dia todo no matagal de vime, mas, se houvesse problemas, cada um daria o próprio couro pelo outro!

Muito preocupados, eles se contorceram e levantaram as orelhas, espiando através da bolsa e da camisa. Foi quando avistaram um irmão brigando com algo ou alguém, rolando e se contorcendo em meio ao pelo que voava.

— Uma fera selvagem o está atacando! — gritaram os duendes aterrorizados, saltando da bolsa de Cautela e do peito de Fanfarra para correr em socorro do amigo.

Chegando lá, ele ainda não fazia mais nada além de rolar sobre a pele e uivar:

— O garoto está morto! O garoto está morto!

Os outros dois duendes tentaram acalmá-lo, pensando: *Talvez um espinho tenha entrado na pata dele, ou um mosquito no ouvido.* Nunca haviam habitado um homem justo, logo, não sabiam o que significava lamentar pelos outros.

Inconsolável, o primeiro duende continuou lamentando tanto, tanto, que você não conseguiria ouvir a si mesmo falando. Os outros duendes estavam muito confusos sobre o que fazer com ele, mas não podiam deixá-lo ali naquele momento de aflição. Por fim, tiveram uma ideia: cada um pegou uma manga do casaco dele e, juntos, arrastaram-no com o irmão dentro e correram para a floresta, seguindo então para o matagal de vime e de volta para Rampogusto.

Assim, pela primeira vez em um ano e um dia, Fanfarra e Cautela estavam livres dos duendes. Quando os diabinhos saltaram para longe deles, a sensação que tiveram foi a de que haviam andado pelo mundo como cegos por todo aquele tempo, voltando a enxergar pela primeira vez ali, no despenhadeiro rochoso.

Eles primeiro olharam um para o outro, perplexos. Depois, perceberam que haviam cometido um erro terrível com o avô.

— Meu irmão! Meu conterrâneo! — cada um gritou para o outro. — Depressa, vamos salvar nosso avô!

E correram de volta para a clareira como se tivessem asas de falcão. Chegando lá, a cabana já estava sem telhado, as chamas subindo como uma pira. As paredes estavam de pé, mas a porta permanecia bem fechada.

Os irmãos correram, arrancaram a tora do lado de fora, entraram depressa na cabana e carregaram o velho nos braços para longe das chamas que estavam prestes a alcançá-lo.

Eles o carregaram e o colocaram na grama verde e fresca, permanecendo ao lado dele sem ousar dizer uma palavra. Depois de um tempo, o velho Ciente abriu os olhos e, ao vê-los, não perguntou nada sobre eles. A única pergunta que fez foi:

— Vocês encontraram Jornada em algum lugar na montanha?

— Não, avô — responderam os irmãos. — Jornada está morto. Ele se afogou esta manhã na fonte. Perdoe-nos, avô! Nós o serviremos e cuidaremos do senhor como escravos!

O velho Ciente se levantou e ficou de pé enquanto falavam.

— Vejo que já estão perdoados, meus filhos, já que estão aqui, vivos — disse ele. — Mas aquele que era o mais justo de vocês três teve de pagar com a vida por esse erro. Venham, meus filhos. Levem-me ao lugar onde ele morreu.

Humildes em penitência, Cautela e Fanfarra apoiaram o avô enquanto o conduziam até o desfiladeiro, mas, após caminharem mais um pouco, perceberam que haviam se desviado da rota por um caminho no qual jamais haviam estado. Relataram isso ao avô, que lhes pediu apenas que continuassem por aquele caminho.

Chegaram então a uma encosta íngreme, onde o caminho levava até o topo da montanha.

— Nosso avô vai morrer — sussurraram os irmãos —, tão frágil contra uma encosta tão íngreme.

O velho Ciente disse apenas:

— Continuem, filhos, continuem. Sigam em frente.

Começaram a subida através da trilha, ao longo da qual o velho ia ficando cada vez mais grisalho e pálido, mas em cujo topo havia algo muito belo que sussurrava, cantava, brilhava e resplandecia.

Chegando ao topo, os três ficaram em silêncio e imóveis de assombro e maravilhamento, pois diante deles não havia colinas ou vales, tampouco montanhas ou planícies, nada além de uma grande nuvem branca que se estendia como um gigantesco oceano branco, com uma nuvem rosada por cima da nuvem branca. Sobre essa nuvem, erguia-se uma montanha de vidro, sobre a qual havia um castelo dourado com amplos degraus que levavam até os portões.

Aquele era o Castelo Dourado do Alvor, do qual uma luz suave era irradiada, parte da nuvem rosa, parte da montanha de vidro e parte das paredes de ouro puro, mas a maior parte das janelas do próprio castelo. Lá estavam os convidados do Alvor, bebendo de cálices dourados para saudar cada novo visitante.

No entanto, o Alvor não apreciava a companhia de ninguém que carregasse qualquer culpa no coração, não permitia que adentrassem seu castelo. Apenas as companhias mais nobres e seletas se reuniam em seus jardins, pois delas era a luz que fluía através das janelas.

O velho Ciente e os netos estavam agora no alto da montanha, todos sem palavras enquanto contemplavam tamanha maravilha. De repente, olharam e viram alguém sentado nos degraus que levavam ao castelo, alguém que chorava com o rosto escondido nas mãos.

Era Jornada.

A alma do velho se abalou dentro dele, reavivando seu ânimo para que gritasse através da nuvem:

— O que o aflige, meu filho?

— Estou aqui, avô — respondeu Jornada. — Uma grande luz me levantou da fonte e me trouxe até aqui, mas não me foi permitido entrar no castelo, pois pequei contra o senhor.

Lágrimas escorreram pelo rosto do velho. Ele estendeu as mãos para alcançar o filho querido, para confortá-lo, ajudá-lo e libertá-lo. Cautela e Fanfarra olharam para o avô e viram que o rosto dele havia mudado por inteiro: estava pálido e abatido, não se parecendo em nada com o rosto de um homem vivo.

— Nosso avô vai morrer de terror — sussurraram um para o outro.

Mas o velho se ergueu em toda sua altura. Já estava se afastando deles quando olhou para trás mais uma vez e disse:

— Voltem para casa, meus filhos. Voltem à clareira, pois foram perdoados. Vivam e desfrutem com toda a honra do que lhes cabe. Quanto a mim, ajudarei aquele a quem foi dada a melhor parte com o maior custo.

A voz do velho Ciente era fraca, mas ele se erguia diante deles altivo e reto como uma flecha.

Fanfarra e Cautela se olharam. Teria o avô ficado louco ao pensar em andar sobre as nuvens quando não tinha fôlego nem para falar?

Mas o velho já os havia deixado. Ele os deixou, seguiu em frente e pisou na nuvem como se fosse um prado. Caminhou e avançou, carregado pelos próprios pés tal qual uma pluma, a capa esvoaçando como uma nuvem sobre outra. Assim, chegou à nuvem rosada, à montanha de vidro a aos amplos degraus.

Voou até o neto. Ah, a alegria de abraçá-lo! Apertou-o firme, como se nunca mais fosse soltá-lo. Cautela e Fanfarra ouviram tudo; ouviram através da nuvem quanto o velho e o neto choraram com a mais pura alegria ao se abraçarem.

O velho tomou Jornada pela mão e o conduziu até os portões do castelo. Guiou o neto com a mão esquerda e bateu no portão com a direita.

Eis que um milagre aconteceu! Súbito, os grandes portões se abriram, revelando todo o esplendor do castelo. Os nobres convidados lá dentro receberam o avô e o neto no limiar da entrada, acolhendo-os e estendendo as mãos para conduzirem ambos para o lado de dentro.

Cautela e Fanfarra apenas os viram passar pela janela, vendo também onde foram colocados à mesa. O primeiro lugar de todos foi dado ao velho Ciente, ao lado do qual se sentou Jornada. O jovem e dourado Alvor brindou as boas-vindas aos convidados com um cálice de ouro.

Um grande temor recaiu sobre Fanfarra e Cautela quando foram deixados sozinhos com essas visões tão impressionantes.

— Vamos embora para nossa clareira, irmão — sussurrou Cautela.

Assim o fizeram. Voltaram, ainda atordoados em razão de todas as maravilhas que haviam presenciado, à clareira que lhes cabia, de onde nunca mais conseguiram encontrar o caminho ou a encosta que levava ao topo da montanha.

VII

Assim foi, assim aconteceu.

Cautela e Fanfarra continuaram vivendo na clareira. Viveram longos anos como homens bravos e verdadeiros; criaram boas famílias, filhos e netos. Todas suas melhores qualidades foram passadas de pai para filho, além, claro, do fogo sagrado, alimentado todos os dias com mais lenha para que nunca se apagasse.

Ora, Rampogusto estava certo em temer Jornada, pois se ele não tivesse morrido em busca da verdade, os dois duendes jamais teriam libertado Fanfarra e Cautela. Não haveria na clareira nem homens justos, nem fogo sagrado.

Mas assim foi, para a enorme vergonha e desprazer de Rampogusto e sua trupe.

Quando aqueles dois duendes arrastaram o casaco de pele de carneiro de Jornada diante de Rampogusto, mostrando dentro dele o terceiro duende que ainda estava gritando e se comportando como um desvairado, ele ficou furioso, pois sabia que os três jovens haviam escapado. Em sua ira, ordenou que os três duendes tivessem os chifres cortados rente aos crânios, para que todos zombassem deles quando saíssem por aí.

Ainda assim, o maior infortúnio de Rampogusto foi este: todo dia a fumaça sagrada entrava em sua garganta e o fazia tossir horrivelmente. Ele também nunca se atreveu a sair para a floresta, com receio de encontrar alguém do povo valente.

Por fim, Rampogusto não obteve nada além da pele de carneiro descartada de Jornada. Tenho certeza de que ele pode muito bem ficar com ela, pois Jornada nunca precisaria de uma pele de carneiro qualquer nos salões dourados do Alvor.

BIBLIOGRAFIA
E CRÉDITOS DE TRADUÇÃO

A Ave de Fogo, o Cavalo de Poder e a Princesa Vasilissa | Arthur Ransome | Old Peter's Russian Tales | 1916 | traduzido por Paulo Noriega

A Garotinha e os Ventos de Inverno | Anônimo | Bulgária | traduzido por Luiz Henrique Batista

A História de Daniel Desafortunado | Robert Nisbet Bain | Cossack Fairy Tales and Folk Tales | 1894 | traduzido por Paulo Noriega

A Morte de Koschei, O Imortal, e Marya Morevna | Andrew Lang | The Red Fairy Book | 1890 | traduzido por Paulo Noriega

A Princesa que era uma Rã | Maurice Baring | The Blue Rose Fairy Book | 1911 | traduzido por Luiz Henrique Batista

Budulinek | Parker Fillmore | The shoemaker's apron | 1919 | traduzido por Luiz Henrique Batista

Eunãosei | Alexander Afanasyev | Russian Folk Legends | 1870 | traduzido por Luiz Henrique Batista

Floco de Neve | Andrew Lang | The Pink Fairy Book | 1897 | traduzido por Luiz Henrique Batista

Kojata, o rei | Andrew Lang | The Green Fairy Book | 1892 | traduzido por Luiz Henrique Batista

Jornada em Busca da Verdade | Ivana Brlić-Mažuranić | Croatian Tales of Long Ago | 1916 | traduzido por Luiz Henrique Batista

Manka, a Sagaz | Parker Fillmore | The shoemaker's apron | 1919 | traduzido por Luiz Henrique Batista

O Norca | Andrew Lang | The Red Fairy Book | 1890 | traduzido por Paulo Noriega

O Pastor e o Dragão | Lilian Gask | Folk Tales from Many Lands | 1910 | traduzido por Paulo Noriega

O Príncipe Bayaya | Parker Fillmore | Czechoslovak Fairy Tales | 1919 | traduzido por Paulo Noriega

O Príncipe e o Dragão | Andrew Lang | The Crimson Fairy Book | 1903 | traduzido por Paulo Noriega

O Príncipe Risonho | Parker Fillmore | The laughing prince; a book of Jugoslav fairy tales and folk tales | 1921 | traduzido por Luiz Henrique Batista

O Tesouro | Alexander Afanasyev | Russian Folk Legends | 1870 | traduzido por Luiz Henrique Batista

O Vampiro | Alexander Afanasyev | Russian Folk Legends | 1870 | traduzido por Paulo Noriega

O Urso na Cabana da Floresta | Antoni Józef Ciński | Polish Fairy Tales | 1920 | traduzido por Luiz Henrique Batista

O padrinho da noiva, o Sol, e Noiva Neva | Ivana Brlić-Mažuranić | Croatian Tales of Long Ago | 1916 | traduzido por João Rodrigues

Oh, o Czar da Floresta | Robert Nisbet Bain | Cossack Fairy Tales and Folk Tales | 1894 | traduzido por Luiz Henrique Batista

Os Dois Príncipes | Robert Nisbet Bain | Cossack Fairy Tales and Folk Tales | 1894 | traduzido por Paulo Noriega

Pai Inverno | Verra Xenophontova Kalamatiano de Blumenthal | 1903 | traduzido por Paulo Noriega

Vasilissa, a Bela, e Baba Yaga | Alexander Afanasyev | Russian Folk Legends | 1870 | traduzido por Felipe Lemos e Kamila França

NOTAS
DA EDITORA

O universo dos contos de fadas eslavos é imenso e fascinante, englobando milhares de histórias entre contos, lendas e tradições folclóricas, transmitidas através de gerações e em diferentes nações. **Nesta edição, buscamos capturar a riqueza dessa herança cultural, oferecendo uma seleção que represente a diversidade de estilos narrativos e culturais que compõem o legado eslavo.**

Optamos por histórias provenientes de várias regiões e países, proporcionando uma experiência rica e multifacetada. Entretanto, o processo de curadoria trouxe desafios únicos. Narrativas icônicas e amplamente reconhecidas podem não ter chegado à edição final deste livro, enquanto outras, menos conhecidas, mas culturalmente relevantes, foram priorizadas para aumentar a diversidade das histórias, facilitando o acesso aos contos raros. Autores renomados como Alexander Afanasyev, com mais de 600 contos publicados, e Parker Fillmore, cuja dedicação ao folclore é inestimável, foram fontes indispensáveis para nossa análise.

Nosso principal desafio não foi apenas selecionar histórias bem avaliadas pela equipe editorial, mas também identificar aquelas que tivessem relevância cultural e potencial para enriquecer esta coletânea. A proposta foi criar uma seleção que refletisse a criatividade, ao mesmo tempo em que fosse acessível e cativante para o público brasileiro.

Desejamos que, ao explorar esta obra, você se deixe envolver pelo imaginário mágico e diverso de povos que, ao longo dos séculos, deixaram uma herança profunda e inspiradora.

AGRADECIMENTOS

Uma jornada mágica ganha vida!

Este livro, que agora chega até você, só foi possível graças ao apoio de mais de 3200 leitores que acreditaram neste projeto e o tornaram realidade por meio do financiamento coletivo. Cada página carrega o encanto e a riqueza da mitologia eslava, preservada por autores e folcloristas do passado, cujo extraordinário trabalho inspirou nossa dedicação em trazer esta obra para o Brasil.

Com carinho, buscamos honrar esse legado e criar algo à altura do sonho que compartilhamos. Agradecemos por fazer parte deste resgate cultural e esperamos que este livro o transporte para mundos mágicos e inesquecíveis. Boa leitura!

APOIADORES

A ✦ B ✦ C

Adalberto Ferreira, Adélia Carla Santos Ornelas, Adriana Aparecida Montanholi, Adriana Campos Miranda Calefe, Adriana de Godoy, Adriana Ferreira Braga, Adriana Ferreira de Almeida, Adriana Gonzalez, Adriana Grande Lucato, Adriana Nunes da Costa, Adriana Pereira de Souza, Adriana Portela Pereira, Adriana Santana Vieira dos Santos, Adriana Satie Ueda, Adriana Souza, Adriana V de Gouvêa, Adriane Cristini de Paula Araújo, Adriano Schramm Gomes de Morais, Adriele Vieira, Adrielle Campos Nogueira, Adrielle Cristina dos Reis, Adrielle Fernandes, Ágabo Araújo, Ágata Maria Hunzicker Nadaf, Ágata Pereira Rossi, Ágata Rodrigues, Ágatha B. Meusburger, Aglaia Damaceno, Agnes Ghisi, Aguinaldo Araujo dos Santos, Aila Carneiro, Ailton Santos, Alan dos Anjos Ramos, Alan Tobias Fernandes, Alana Luisa Schlieck, Alana Rasinski de Mello, Alana Ribeiro, Alana Stascheck, Alba R. A. Mendes, Albeli Rodrigues da Silva, Aldevany Hugo Pereira Filho, Ale Gasch, Alec Silva, Alef de Souza Porto Barbosa Santos, Alejandra Miranda, Alejandro & Kívia Ramos, Alessandra Arruda, Alessandra Asato, Alessandra Cordeiro de Souza, Alessandra Cristina da Silva, Alessandra de Moraes Her, Alessandra dos Anjos, Alessandra G. R. Almeida, Alessandra Gonçales Prevital de Siqueira, Alessandra Leire Silva, Alessandra Resende de Avila Afonso, Alessandra S. Rocha, Alessandra Scangarelli Brites, Alessandra Simoes, Alessandro Lima, Alex André (Xandy Xandy), Alex Bastos, Alex Chang, Alex F. R. de Camargo, Alex Nishio, Alexandra de Moura Vieira, Alexandra Zyrycky Sergeevich Listoff, Alexandre Campos Mendes Ferreira, Alexandre de Oliveira Moitinho, Alexandre Magno Simoni, Alexandre Miola Gonçalves, Alexandre Nóbrega, Alexandre Rittes Medeiros, Alexandre Roberto Alves, Alexandre Schwartz Manica, Alexandre Silva do Rosário, Alexandre Sobreiro, Alexia Américo, Alexia Bittencourt Ávila, Alexia Fiquer, Alexia L. Araldi, Alfredo Reis, Alice Antunes Fonseca Meier, Alice da Silva Matos, Alice de Barros Perinetto, Alice Maria Marinho Rodrigues Lima, Alice Senco, Alice Zagonel, Alícia Sciammarella, Aline Andrade, Aline Bernardo, Aline Brusiquesi Silva, Aline Chahine, Aline Cristina Moreira de Oliveira, Aline da Silva, Aline de Godoy, Aline de Rosa Lima, Aline dos Santos Ferreira, Aline Fiorio Viaboni, Aline Guarnier da Conceição, Aline Lopes Alves, Aline Martins Rosin, Aline Mesquita Paraschin, Aline Robles de Moura Arguelho, Aline Rocha de Souza, Aline S. Souza, Aline Salerno G. de Lima, Aline Shimoi, Aline Tammy, Aline Tiemi Nagano, Aline Veloso dos Passos, Aline Viviane Silva, Alisson N. Rosa, Allan Davy Santos Sena, Allan Macedo de Novaes, Allana Império, Alline Rodrigues de Souza, Altair Andriolo Filho e Família, Alvim S., Alyne Rosa, Alyson Campos da Silva, Amabyle Heck, Amadeu J. H. Furtado, Amanda A. Oliveira, Amanda Alves do Amaral, Amanda Arruda Silva,

Amanda Beatriz de Paulo, Amanda Biondo, Amanda Biosca, Amanda C. Françoso, Amanda Candeias, Amanda Caniatto de Souza, Amanda Carolina da Silva Nunes, Amanda Carvalho Monteiro, Amanda Chaves, Amanda Costa Nunes, Amanda de Oliveira Costa, Amanda de Paula, Amanda Diva de Freitas, Amanda Eliza Esbizera, Amanda Eloi, Amanda Fernandes Vidal da Silva, Amanda Freire, Amanda Garcia Michelini, Amanda Giron, Amanda Júlia Almenara Correia, Amanda Lidiane dos Santos Johner, Amanda Lima Tavares, Amanda Lima Veríssimo, Amanda Magri de Abreu, Amanda Marques Pardinho, Amanda Martinez, Amanda Mendes, Amanda Nemer, Amanda Pampaloni Pizzi, Amanda Paulo, Amanda Pereira, Amanda Posnik, Amanda Vieira Rodrigues, Amarílis Caccia, Amedie Estrela da Silva, Amon Cardoso Estork, Ana & Ester Macedo Roque, Ana Beatriz Barbosa, Ana Beatriz Braga Pereira, Ana Beatriz Fernandes Fangueiro, Ana Beatriz Pádua, Ana Beatriz Pires, Ana Beatriz Ribeiro da Silva, Ana Beatriz Vega Mendes, Ana Beatryz Ávila, Ana Campos, Ana Cândida Duarte de Souza, Ana Carolina A. M. de Aguiar, Ana Carolina Ballan Sebe, Ana Carolina Baltes, Ana Carolina Cavalcanti Moraes, Ana Carolina Cividanes, Ana Carolina Cundari, Ana Carolina Lopes Vieira, Ana Carolina Martins, Ana Carolina Reis de Matos, Ana Carolina Rodrigues Vasconcellos, Ana Carolina Sarmento Soares Porto, Ana Carolina Silva Chuery, Ana Carolina Vieira Xavier, Ana Caroline Duarte Ferreira, Ana Caroline Kochemborger, Ana Caroline P., Ana Clara Lopes Gimenes, Ana Clara Rêgo Novaes Santos, Ana Cláudia Franke de Almeida, Ana Claudia G Salles, Ana Claudia Lima Gonçalves, Ana Claudia Sato, Ana Conte, Ana Cristina Alves de Paula, Ana Cristina L Santos, Ana Elisa Improta Arte, Ana Elisa Rangel, Ana Elisa Spereta, Ana Elsa Sobreira, Ana Flávia Vieira de França, Ana Gabriela Maranhão Rocha, Ana Gabriella Utzig, Ana Galvão Cesar Correia de Araujo, Ana Gobatto, Ana Isabel Pereira, Ana Jao, Ana Julia Geremias Santos, Ana Karolina Soares Frank, Ana Karolinne Pedroza, Ana Laura Brolesi Anacleto, Ana Laura Ferrari de Azevedo, Ana Laura Oliveira de Paula, Letícia Oliveira de Paula, Ana Lemos, Ana Lethicia Barbosa Santana, Ana Lígia Martins Fernandes, Ana Lúcia Merege, Ana Lucia R da Silva, Ana Luisa da Conceição Pinto, Ana Luísa Griebler Menezes, Ana Luiza Assis, Ana Luiza Cauduro Poche, Ana Luiza Gerfi Bertozzi, Ana Luiza Melo, Ana Luiza Mendes Mendonça, Ana Maria Antunes Monteiro, Ana Maria Faria de Campos, Ana Menozzi Lubini, Ana Mergulhao, Ana Mota, Ana Patrícia de Sousa Morais, Ana Paula Almeida, Ana Paula Fernandes da Silva, Ana Paula Mariz Medeiros, Ana Paula Oliveira Pereira, Ana Paula Picolo, Ana Paula Velten Barcelos Dalzini, Ana Paula Winck Pires, Ana Rita Luz, Ana Rute Araujo de Oliveira, Ana Santoro, Ana Sara Jardim, Ana Schilling, Ana Silvia Mendes, Ana Tereza Zigler de Freitas, Ana Videl Ferreira, Ana Virgínia da Costa Araújo, Ana Vitória Nascimento de Paula, Anael Sobral Falcão, Anaiá Gouvêa Casarin Araújo, Ananda Albrecht, Ananssa Silva, Anatalia Damasceno, Anderson Bier Saldanha, Anderson do Nascimento Alencar, Anderson Estevam Lopes, Anderson R S Schmidt, André de Souza Ferreira, André Franciosi Gv, André George Silva Jr, André Kishimoto, André Lasák, André Leite, André Luis Correia, André Nascimento Noggerini, André Orbacan, André Pacheco Barholomeu, André Rosa, André Russo Moreira, André Sefrin Nascimento Pinto, Andrea Carreiro, Andréa Figueiredo Bertoldo, Andrea Gentili Panzenhagen, Andrea Karla Lins Campos Ribeiro, Andréa Morais, Andrea Ross, Andréa S. Sena, Andreas Gomes, Andréia Aparecida de Oliveira,

II AGRADECIMENTOS

Andréia Bezerra, Andreia Janayna Colaris Duraes, Andréia Lúcia Nunes, Andreia Santana, Andresa Klabunde, Andresa Tabanez da Silva, Andresa Vilhegas Maciel, Andressa Barbosa Panassollo, Andressa dos Santos Ferreira, Andressa Kelly Poitevin, Andressa Popim, Andressa Raposo, Andressa Rodrigues de Carvalho, Andressa Silva, Andressa Silvino Cardozo Bezerra, Andressa Sousa Rodrigues, Andressa Tonello, Andreza Fonsêca da Silva, Andreza L de Lima Rocha, Andrezza Latorre, Andrieli Nascimento, Andrielle Gomes, Andy Boff, Angela Cristina Martoszat, Angela e Isabel Alave Costa, Angela Inez Paes Cardoso, Angela Loregian, Angelica Giovanella Botelho Pereira, Angélica Vanci da Silva, Angelina Gomes Caletti, Angeline Meghann Scherzolski, Angelita Cardoso Leite dos Santos, Ani Karine da Silva de Madalena Gbur, Ani Naves, Anielly Andrade de Souza, Anita Regis Peixoto, Anita Reis, Anita Saltiel, Anita Velozo Teixeira, Anna Caroline Gomes, Anna Clara Carvalho Rocha, Anna Guimarães Cariello Folly, Anna Luisa Barbosa Dias de Carvalho, Anna Luísa P. Paula, Anna Luiza Resende Brito, Anna Maria Huergo, Anna Raphaella Bueno Rot Ferreira, Anna Rosa de Agostini, Anne Liberton, Anne Louise de Almeida, Anne Moura, Anne Pessotto, Annita Saldanha M C de Pinho, Anthony Ferreira dos Santos, Antonia Isadora de Araújo Rodrigues, Antônio Reino, Antonio Ricardo Silva Pimentel, Antônio Victor Cavalcanti, Araí Nrl, Argemiro M. T. Novaes. Bastos, Ariadne Erica Mendes Moreira, Ariadne Peruque e Hugo Zanon, Ariadne Priscilla de Noronha Almeida, Ariana Gonçalves Barbosa, Ariane Araújo Ássimos, Ariane Barreto da Silva, Ariane Berg Albuquerque, Ariane Cristine Ferreira, Ariane Cristine Ferreira, Ariane Licas, Ariane Licas, Ariane Lima, Ariane Priscila Bertoli Duarte, Ariel Holanda, Ariela Lopes, Ariela Souza, Ariele Lopes, Arnaldo H. S. Torres, Arnôr Licurci, Arthur Alves da Conceição, Arthur Bianchini, Arthur Fonseca, Arthur Marchetto, Arthur Nascimento, Artur M Zavitoski, Aryane Rabelo de Amorim, Aryanne Edith Araujo, Atália Ester Fernandes de Medeiros, Audrey Mistris, Augusto Amaro Marinho, Augusto Bello Zorzi, Augusto Gabriel Colombo, Aurora Cristina Bunn Vieira da Silva, Aurora Karoliny Vieira Morais, Auryo Jotha, Ayanne Vieira, Ayesha Oliveira, Ayla Tocantins Quaglia, Aylla Ferreira da Conceição, Babi de Lima, Babi Kosloff, Bárbara Abreu, Barbara Affonso Hall Machado Soares de Azevedo, Barbara Cadalço Swoboda Barreto, Bárbara Camilotti, Bárbara de Melo Aguiar, Bárbara Dias de Sena, Barbara Fernandes Correa, Bárbara J. Nogueira, Bárbara Kataryne, Bárbara La Selva, Bárbara Lima, Bárbara Martins, Bárbara Mathias Fernandes, Bárbara Molinari R. Teixeira, Bárbara Morais, Bárbara Nancy de Sousa Lima Wilcken, Barbara Nathalie Ribeiro Barbosa, Bárbara Neco de Góes, Bárbara Nór, Bárbara Parente, Bárbara Planche, Bárbara Rodrigues Pereira, Bárbara Schuina, Barbara Siebra, Barbara Silva Haro, Barbara Zaghi, Beah Ribeiro, Beathriz Milky, Beatriz Abboud Schmidt, Beatriz Alissa Alves Silva, Beatriz Backes, Beatriz Carvalho, Beatriz Castilho Corrêa, Beatriz Cesar Faria, Beatriz de Lucena, Beatriz de Toledo Piza Lima, Beatriz F. A. Rosas, Beatriz Gabrielli-Weber, Beatriz Galindo Rodrigues, Beatriz Giorgi, Beatriz Gondos, Beatriz Leonor de Mello, Beatriz Lourenço, Beatriz Lourenço e Dri Pacheco, Beatriz Lyra Santos, Beatriz M. de Oliveira, Beatriz Masson Francisco, Beatriz Mattioli, Beatriz Mercuri Alvarenga, Beatriz Petrini, Beatriz Queiroz Miranda, Beatriz Schuchmann Veloso, Beatriz Verginia Guiraldeli de Lima, Maycon Diego Brito Meira, Beatriz Viana Marques, Beatriz Wenzel da Costa - José Luiz Gomes da Costa, Becca Martins, Berenice Thais Mello Ribeiro dos Santos, Bernardo Malamut, Bernardo Sampaio Guimarães,

Bert, Bethânia M. da Ponte, Bia Caroline Pereira, Bia Parreiras, Bianca, Bianca Alves, Bianca Alves, Bianca Campanhã Lopes, Bianca Capizani, Bianca Chescon, Bianca Cortonesi Marques, Bianca de Carvalho Ameno, Bianca de Lima e Silva, Bianca Dias, Bianca Elena Wiltuschnig, Bianca Eloisa Andrade, Bianca Esquivel, Bianca Machado Cardoso, Bianca Morais, Bianca Nobre de Carvalho, Bianca Pereira da Ponte, Bianca Ribet, Bianca Santos Coutinho dos Reis, Bianca Sousa, Bianca Ximenes, Bianca Zanona Espinoza, Bianncca Guimarães, Blume, Brena Carolina de Faria, Brenda Barbra Broska Teodoro, Brenda Bossato, Brenda Bot Bassi, Brenda Brito de Morais., Brenda Maciel, Brenda Reis Caratti, Brenda Schwab Cachiete, Breno A Pereira, Breno Guerreiro, Brida La Vega O. Oliveira, Brie de Carvalho, Brisa Montaldi, Bruna A B Romão, Bruna Andressa Rezende Souza, Bruna Antunes Pires, Bruna Barroso Gomes, Bruna Brandão, Bruna Christine, Bruna da Silva Souza, Bruna Florencio, Bruna Gonçalves de Melo, Bruna Grazieli Proencio, Bruna Karla Miranda Leite, Bruna Karoline Cabral, Bruna Kobayachi, Bruna Kubik, Bruna Kulba, Bruna Marques Figueiroa, Bruna Mathias, Bruna Mendes da Silva, Bruna Miranda Gonçalves, Bruna Neves, Bruna P. Cestari e Sarah M. Leite, Bruna Paulino França, Bruna Pereira de Oliveira, Bruna Pimentel, Bruna Pontara, Bruna Regina Pellizzari, Bruna Santana, Bruna Santos Baeta Neves, Bruna Secco Pasini Carissimi, Bruna Souza, Bruna Tonella, Bruna Watanabe Murakami, Bruna Zanette Souza, Brunna Landi Sato, Brunno Marcos de Conci Ramírez, Bruno Augusto de Souza Fim, Bruno de Oliveira, Bruno Emerson Furtado, Bruno Fiuza Franco, Bruno Fox, Bruno Gomes Fonte Bôa, Bruno Halliwell, Bruno Henrique Oliveira Lima, Bruno Ilipronti Lima, Bruno Nalio Costa, Bruno Novaes Bezerra Cavalcanti, Bruno Ost Duarte, Bruno Palermo, Bruno Rodrigo Arruda Medeiro, Bruno Samuel Fonseca, Byanca Miranda Batista Lopes, Cainã Vieira de Souza, Caio Alves, Caio César Ribeiro Baraúna, Caio César Santos Almeida, Caio Henrique Toncovic Silva, Caio Hideyuki Matsui, Caio Matheus Jobim, Caio Silas Alvarenga Malaquias, Caio Soares do Amaral, Caique Fernandes de Jesus, Calebe Borges Romão, Cami Tribess, Camicris, Camila A. S. Marciano, Camila Atan, A Lupina, Camila Augusta Siqueira, Camila Benevenuto, Camila Censi, Camila Costa Bonezi, Camila de Oliveira Freitas, Camila de Souza, Camila Gabriele Mannrich, Camila Gimenez Bortolotti, Camila Gonçalves Aguiar da Costa, Camila Linhares Schulz, Camila Linhares Schulz, Camila M. Chalcoski, Camila Macedo, Camila Maria Campos da Silva, Camila Marques, Camila Mayra Bissi, Camila Menossi Sueza, Camila Miguel, Camila Miranda de Moura, Camila Miyasaka, Camila Nascimento, Camila Oliveira Schmoller, Camila Parizzi, Camila Pinho da Rocha, Camila Rolim da Silva, Camila Schwarz Pauli, Camila Soares Marreiros Martins, Camila Stanque Brenner, Camila T. França Lima, Camila Tiemi Oikawa, Camila Valença Silva, Camila Villalba, Camile Schmidt Chevalier, Camilla Cavalcante Tavares, Camilla Lourenco, Camilla Sá, Camilla Seifert, Camille Cardoso de Faria Brito, Camille Pezzino, Camis Morket, Camylla Remonte Consales, Carina Casimiro, Carina de Freitas Nogueira, Carina Schneider, Carla B. Neves, Carla Barros Moreira, Carla Betta, Carla Bianca Borges Gonçalves, Carla Cássia Maia, Carla Costa e Silva, Carla Francili, Carla Furtuoso, Carla Kesley Malavazzi, Carla Ligia Ferreira, Carla Paula Moreira Soares, Carla Santos, Carla Spina, Carlos Alexandre Brasil, Carlos Alexandre Lucas, Carlos Ed Covre, Carlos Eduardo de Almeida Costa, Carlos Eduardo de O. M. Ferreira, Carlos Thomaz Pl Albornoz, Carol, Carol Barbosa, Carol Cuculi,

I V

AGRADECIMENTOS

Carol Nery, Carol Pereira, Carol Valentim, Carolina Alves de Amorim, Carolina Amaral Gabrielli, Carolina Anton, Carolina Canquerini, Carolina Cavalheiro Marocchio, Carolina Chamizo Henrique Babo, Carolina Dantas Nogueira, Carolina Dias, Carolina Fontes Lima Tenório, Carolina Garcia da Silva, Carolina Garotti, Carolina Gonzalez, Carolina Latado, Carolina Leocadio, Carolina Melo, Carolina Menti Polak, Carolina Paiva, Carolina Quesado, Carolina R. G. Milano, Carolina Rizzardo, Carolina S. Ferreira, Carolina Silva de Almeida, Carolina Vianna, Caroline Andreola da Luz, Caroline Bigaiski, Caroline Buselli Dalla Vecchia, Caroline Camargo Ribeiro, Caroline Carvalho, Caroline da Cruz Alias, Caroline de Souza Fróes, Caroline Ferreira dos Santos, Caroline Garcia de Mattos, Caroline Gomes Bohrer, Caroline Gomes Bohrer, Caroline Joaquim Velasques, Caroline Justino de Sousa, Caroline Lucilio Nascimento, Caroline Novais de Freitas, Caroline Pinto Duarte, Caroline Santos, Caroline Yumi Minami, Caroliny Costa, Caroll Alex, Carollzinha Souza, Carolyne Alves Conde Azevedo Gomes, Cássio Mônaco da Silva Watanabe, Catarina S. Wilhelms, Catherine Greice dos Santos, Cau Munhoz, Cauê Lopes, Cecilia Bridi Simionato, Cecília Eloy, Cecília Meirelis da Silva, Cecilia Morgado Corelli, Cecília Rezende Andrade, Cecilia Stender Ferreira Boucault, Célia Aragão, Celine Fonseca C Soeiro, Cesar Lopes Aguiar, César Nunes, Charlie Alexie, Charlotte Quintella Rohweder, Chelsea Archer Pinto, Chelsea Milbratz Boeira, Chiara Roseira Leonardi, Chiara Zangaro, Chris Haritçalde, Chris Lanah, Christian Hermann Potter, Christiane Akie, Christiano de Arruda, Christopher Leal, Chrystian Douglas Batista Leite, Chrystiane Perazzi, Chunnino, Ciaran Justel, Cibele Kirsch, Cibelle de Almeida Paiva Ribeiro, Cícero Zanette, Cida A.v., Cindy Cristini Sanches, Cinthia Guil Calabroz, Cinthia Nascimento, Cinthia Torres Aranha, Cintia A de Aquino Daflon, Cíntia Cristina Rodrigues Ferreira, Cintia dos Santos C. da Silva, Cíntia Garbin, Cintia Sauniti, Cirlleni Condados, Clara Barbosa de Oliveira Santos, Clara Daniela Silva de Freitas, Clara Jobobix, Clara Miranda, Clara Monnerat, Clara Oliveira, Clara Pantoja, Clara Ramires de Brito Paulichi, Clarissa Amorim Hortélio, Clarissa Pimentel Portugal, Clarissa Reis Guimarães, Claudia Alexandre Delfino da Silva, Claudia Correa Beulk, Claudia Cruz Fialho Santos, Claudia de Araújo Lima, Cláudia Espirito Santo Trigo, Cláudia Fusco Ferraz de Oliveira, Cláudia G. Cunha, Cláudia Guedes Cardoso, Cláudia Inácio de Araújo, Cláudia Maria de Paiva Geraldelli, Cláudia Moraes Pêra, Cláudia Rigo Zanatta e Eduarda Zanatta Luzardo, Cláudia S de Moura, Cláudia Santarosa Pereira, Claudineia Jesus, Claudineia Stocco da Silva, Claudiny Werner de Oliveira, Cláudio Augusto Ferreira, Claudio Augusto Martins de Almeida, Cláudio Chill Lacerda, Claudio Gonçalves Tiago, Claudio Nardi, Claudio Silva de Menezes Guerra, Clébia Miranda, Cléo Rocha, Clever D'freitas, Clley Oliveira, Cora C., Cosmelúcio Costa, Creicy Kelly Martins de Medeiros, Creuza Rodrigues, Cris Nunes, Cris Schneider, Cris Viana, Crislane Nascimento Sousa, Cristian Warley de Freitas Pereira, Cristiane Bauska, Cristiane Ceruti Franceschina, Cristiane de Moraes Bueno Rocumback, Cristiane de Oliveira Lucas, Cristiane Farias, Cristiane Galhardo Biazin, Cristiane Rodrigues Amarante, Cristiano Dias, Cristiene G. Carvalho, Cristina Alves, Cristina Belotserkovets Heinrich, Cristina de Fiori, Cristina Glória de Freitas Araujo, Cristina Luchini, Cristina Maria Busarello, Cristina Rocha Félix de Matteis, Cristina Vitor,

Cristine Martin, Cristine Müller, Cybelle Saffa, Cynara Santos, Cynthia Vasconcelos, Cyntia Fernandes de Araújo.

Daiane Gallas, Daiane Militão, Daiane Oliveira Martiningo, Daisy dos Anjos, Dalila Azevedo, Dalila Pereira Lima, Dalton Almeida, Dango Yoshio, Daniel Arêas, Daniel Bertuol Trentini, Daniel Bitencourt Pereira, Daniel Brasileiro Araujo, Daniel Di Luca Pinto, Daniel Gregory, Daniel Henrique de Novaes, Daniel Kiss, Daniel Leocádio Chassot, Daniel Manhães Silva Soares, Daniel Pereira de Almeida, Daniel Renattini, Daniel S. Lemos, Daniel Taboada, Daniel Tomaz, Daniela Bernardes de Aguiar, Daniela Cristina da Silva Guimarães, Daniela Dadalt da Cunha, Daniela de Oliveira da Silva, Daniela Escobar de A. Paim, Daniela Gobbo e Fabiano Beraldo, Daniela Gomes de Cunto, Daniela Patrocinio, Daniela Ribeiro Laoz, Daniela Rocha Furtado de Oliveira, Daniela Uchima, Daniele Cristine Almeida de Moraes, Daniele Franco dos Santos, Daniele Martins de Almeida Borçato, Daniele Santos Pinheiro, Danielle Bieberbach de Presbiteris, Danielle Campos Maia Rodrigues, Danielle Cristina Moreira, Danielle da Cunha Sebba, Danielle de A Moura, Danielle Demarchi, Danielle Makio, Danielle Pinho, Danielly Brandão Horning Marocki, Danila Cristina Belchior, Danilo Alves Flor Silva, Danilo Cardão Povoleri, Danilo Dias, Danilo Pereira Kamada, Danilo R. P. Casavechia, Danniel Santos de Sousa, Dante Uvo, Danyelle Ferreira Gardiano, Dara de Jesus Francisco da Silva, Dariany Diniz, Dariele Aparecida Paula Rodrigues, Darlene Maciel de Souza, Davi de Lima Soares, Davi Pasetto, David Alves, Dayane de Souza Rodrigues, Dayane Manfrere, Dayane Soares, Dea Chaves, Debby R., Débora Ayumi Hisatomi, Débora Beatriz Messias dos Santos, Débora Bodevan, Débora Borges, Débora Bragato, Débora Cristina Dal Prá, Débora Dalmolin, Débora de Arruda Oliveira, Débora Frisene, Débora Furtado Moraes, Débora J. Guerra, Débora Reis Ferreira, Débora Resende Santos, Débora Teixeira, Débora Videira Monteiro, Déborah Araújo, Déborah Brand Tinoco, Deborah Carvalho, Déborah Dias Pimenta, Deborah Mundin, Déborah Pischavolsky, Déborah Ribeiro Diniz, Deise Guelere, Deleon Buarque Rodrigues Silva, Dênis Figueiredo, Denis Jucá, Denise Corrêa/ Dylan Gandelini Acquesta, Denise Maria Souza João, Denise Ramos Soares, Denize Luis Johann Christian Erison, Denize Moura Dias de Lucena, Desirée Barbosa Paiva Nascimento, Desirée Maria Fontineles Filgueira, Desirree Vitoriano, Devanir P. Oliveira, Dheyrdre Machado, Dhuane Caroline Monteiro da Silva, Diagnis França, Diana Camêlo, Dianne Ramos, Diego "Etryell" Moreira, Diego de Oliveira Martinez, Diego José Ribeiro, Diego P. Soares & Danielly dos Santos Ribeiro, Diego Straub, Diego Venicio Santos Argôlo, Diego Villas, Diego Void, Dinei Júnior Rocha do Nascimento & Nailla Naiá Alves Barbosa, Diogo Boëchat, Diogo Braga, Diogo Gomes, Diogo Simoes de Oliveira Santos, Dionatan Batirolla e Micaela Colombo, Djulia Azevedo, Dolly Aparecida Bastos da Costa, Dominique Andrade, Domitila Furtado, Domlobo, Domy Perretti, Douglas Santos, Douglas Santos Rocha, Dri Cabanelas, Driele Andrade Breves, Drieli Avelino, Drielly Minelli, Drika Lopes, Duda Booz, Duliane da Costa Gomes, Dyuli Oliveira, Eddie Carlos Saraiva da Silva, Edilaine Oliveira, Edilene Di Almeida, Edilene Patrícia Dias, Edinei Chagas, Editora

Nova Alexandria, Editora Nova Alexandria, Editora Wish, Editoracaleidoscópio, Edivandro Amancio Pereira dos Santos, Edmundo Araújo Neto, Ednéa R. Silvestri, Eduarda, Eduarda Bonatti, Eduarda de Castro Resende, Eduarda Dorne Hepp, Eduarda Ebling, Eduarda Martinelli de Mello, Eduarda Teixeira Gomes, Eduardo "Dudu" Cardoso, Eduardo da Rocha Marcos, Eduardo Fabro, Eduardo Garcia, Eduardo Gattini, Eduardo Gouvêa, Eduardo Lima de Assis Filho, Eduardo M Ferreira, Eduardo Nataniel Soares, Eduardo Rodrigues Gomes, Eduardo Zambianco, Elaine Andrea dos Santos, Elaine Aparecida Albieri Augusto, Elaine Barros Moreira, Elaine de Castro Marques, Elaine Kaori Samejima, Elaine W Saisse, Elda dos Santos Fonsêca, Elen Faustino Garcias, Elen Faustino Garcias, Elenize Maria de Sousa Facanha, Eliana Harume Rodrigues Tamari, Eliana Maria de Oliveira, Eliane Barbosa Delcolle, Eliane Bernardes, Eliane Mendes de Souza, Eliane Oliveira de Sousa, Eliane Vieira Arruda, Eline Isobel, Eliot Maia, Elisa Motta, Elisa Much, Elisângela Petry, Elizabete Cristina, Elizabeth Misiuk Farah, Elizabeth Ricardo, Elizabeth Scari, Elizete de Souza Taveira, Eliziane Nisgoski, Ellen Caroline da Silva, Ellen Ercilia, Ellen Lucy, Ellen Luiza Bravati Rueda, Eloisa Queiroz de Almeida, Elora Mota, Elton da Silva Bicalho, Emanoela Guimarães de Castro, Emanuele Bernardi de Jesus Lanius, Emanuele Fonseca, Emanuele Xavier, Emanuelle Garcia Gomes, Emerson da Silva Soares, Emerson David Andrade, Emerson Douglas Eduardo Xavier dos Santos, Emerson Luiz Rigon, Emilly Lindh, Emilly Soares Silva, Emily Winckler, Emma Pitanga, Emmanuel Carlos Lopes Filho, Emmily Crislaine dos Santos, Enaile Lourenço da S. Sousa, Enn Marques, Enoua, Enrique Carvalho Bohm, Eponine Jarövitchna, Érica de Paula, Érica de Santana, Erica do Espirito Santo Hermel, Érica Mello de Araujo e Silva, Érica Mendes Dantas Belmont, Erica Miyazono, Érica Rodrigues Fontes, Érica Sales, Erica Timiro, Eridiana Rodrigues, Eriglauber Edivirgens Oliveira da Silva, Erika Abreu, Erika Albuquerque, Erika Kazue Yamamoto, Erika Lafera, Érika Mentzingen Cardoso e Silva, Ernesto Gonçalves Costa, Estante Volante, Estela Carabette, Estephanie Gonçalves Brum, Ester Bastos, Esther Dufloth Ribeiro Gutierrez, Evans Hutcherson, Eve, Evelin Iensem, Evelym Samlla Pereira de Brito, Evelyn Coutinho do Amaral, Evelyn Gisele Silva Nascimento, Evelyn Teixeira Pires, Evelyn Teixeira Silva, Everton Fernandes Tavares, Everton Neri, Fabiana Alencar da Cruz, Fabiana Araujo Poppius, Fabiana Barboza de Moraes, Fabiana Bastos Rezende, Fabiana Catosso Pisani, Fabiana de Oliveira Engler, Fabiana Elicker, Fabiana Martins Souza, Fabiana Rossi, Fabiana Soares da Silva, Fabio Augusto, Fabio Coelho, Fabio Daniel, Fabio de Paula Freitas, Fabio Grazioli, Fábio Henrique Fiorilli, Fábio Lagemann, Fabio Nunes Assunção, Fábio Pinto Alves, Fabio R T dos Santos, Fabio Roveroto, Fabíola C A C de Queiroz, Fabiola Paiva, Fabricia Andrade Silva, Fabricio B. Moreno, Fabrício Fernandes, Fabrina Geremias da Rosa, Fadia Samra, Fagner Cunha, Família Souza Oliveira - Priscila, Anne, Zélia, Pippin & Zoe, Felipe Antônio F. Gontijo, Felipe Bento de Sousa, Felipe Bulhões, Felipe Burghi, Felipe Gagizi Roble, Felipe Gianni, Felipe Junnot Vital Neri, Felipe Lohan Pinheiro da Silva, Felipe Moura, Felipe N. Garcia, Felipe Pessoa Ferro, Felipe Pombo, Felipe Reis Bernardes, Fellipe Melo, Fernanda Barão Leite, Fernanda Barreira, Fernanda Bianchini, Fernanda Caroline, Fernanda Caroline Furlan, Fernanda Cavalcanti Ferreira, Fernanda Charletto Aguilera, Fernanda Correia, Fernanda da Conceição Felizardo, Fernanda da Silva Lira, Fernanda Davide Lelot, Fernanda de Andrade,

Fernanda de Souza Angelo, Fernanda Deajute, Fernanda Dilly, Fernanda Fávaro, Fernanda Felix, Fernanda Ferri, Fernanda Flowers, Fernanda Furtado, Fernanda Galletti da Cunha, Fernanda Garcia, Fernanda Gomes Cordeiro, Fernanda Gomes de Souza, Fernanda Gonçalves, Fernanda Hayashi, Fernanda Isabela Moreira, Fernanda Lessa, Fernanda Marcelle Nogarotto, Fernanda Martínez Tarran, Fernanda Mendes Hass G., Fernanda Mengarda, Fernanda Morsch Maia, Fernanda Pascoto, Fernanda Pause da Paixão, Fernanda Strozack, Fernanda Thais Bunning Prechlhak, Fernando Antonio Soto Nogueira Junior, Fernando Aruta, Fernando Beker Ronque, Fernando Cavada da Silveira, Fernando César Vidal Lopes, Fernando da Silveira Couto, Fernando Henrique Pereira Cardozo, Fernando Lucas Nogueira Santos, Fernando Paulo de Farias Neto, Fernando Saves, Fernnando Sussmann, Festival Art'incluir, Filho, Filipe Pinheiro Mendes, Filipe Silveira, Flávia B. {F.a.b.}, Flávia Cruz, Flávia Leticia Santiago Brandão, Flávia Melo, Flávia Silvestrin Jurado, Flávia Ventura, Flavio da Silva Nery, Flávio Neves, Flora Serafim de Carvalho, Francesco Palermo Neto, Franciele B. Oliveira, Franciele Santos da Silva, Francielle Alves, Francielly Barbosa, Francine Bernardes, Francisco Allan Flávio Vidal Costa, Francisco B. Júnior, Francisco de Assis de Souza Fukumoto, Francisco de Sales Ferreira Júnior, Francisco Ferreira de Albuquerque Junior, Francisco Roque, Francisco Wes, Francys Marvez, Frederico Emilio Germer, Frederico Henrique Simas dos Santos, Gabi Christina, Gabi Milagres, Gabriel Amaral Abreu, Gabriel Carballo Martinez, Gabriel de Castro Souza, Gabriel de Faria Brito, Gabriel Farias Lima, Gabriel Ferrugem de Lima, Gabriel Figueiredo da Costa, Gabriel Fortuna Rodrigues, Gabriel Guedes Souto, Gabriel Henrique Moro, Gabriel Henrique Pimenta Isboli, Gabriel Jurado de Oliveira, Gabriel Lima, Gabriel Martini e Cintia Port, Gabriel Morgado Macedo, Gabriel Nunes, Gabriel Pessine, Gabriel Porto Coelho, Gabriel Quintanilha Torres, Gabriel Rodrigues Gonçalves, Gabriel Tavares Florentino, Gabriel Victor, Gabriela Maia, Gabriela A F Araujo, Gabriela A. Morgante, Gabriela Andrade, Gabriela Bertuci Queiroz de Souza, Gabriela Buffolo, Gabriela Castro, Gabriela Conterno Rodrigues, Gabriela da Silva Costa, Gabriela Dal-Bó Martins, Gabriela Dallagnolli, Gabriela Drigo, Gabriela Guedes de Souza, Gabriela Lages Veloso, Gabriela Mafra Lima, Gabriela Mayer, Gabriela Nojosa Gilli, Gabriela S Senhor, Gabriela Salgueiro Steil, Gabriela Stall, Gabriela Tude, Gabriele Mocelin, Gabrieli Ferron Sartori, Gabrieli Pimenta, Gabrielle, Gabrielle Benevenuti, Gabrielle Cristine da Silveira, Gabrielle Ferreira Andrade, Gabrielle Malinski Nery, Gabrielle Tozetto Pereira, Gabryela Nagazawa Hayashi, Gabryelle Bárbara Silva Freitas, Gaby Stampacchio, Georgia de Lima Fonseca, Geovana Alves da Luz, Geovana Vitória da Silva Ribeiro, Germana Lúcia Batista de Almeida, Germano Silva, Géssica Ferreira, Getúlio Nascentes da Cunha, Geysielle Amorim, Ghabriela Haluch, Gian Paolo La Valle Reale, Giih Assis, Gilberto Akamatsu, Gilberto Coutinho, Gimene Rodrigues, Giovana Cristina Pomin, Giovana Gasparini de Godoy, Giovana Medeiros Salgado, Giovana Ribeiro, Giovana Rudolph Rosa, Giovana Sallum Seno, Giovana Santos Rodrigues de Melo, Giovana Souza dos Santos, Giovanna Alves Martins de Souza, Giovanna Beltrão, Giovanna Bertin Gonçalves, Giovanna Biancchi Araujo, Giovanna Bittencourt, Giovanna Bordonal Gobesso, Giovanna Carla Papa, Giovanna Dowe, Giovanna Guimaraes, Giovanna Helena Ferreira, Giovanna Lima Jacoloski, Giovanna Lusvarghi, Giovanna Ramos, Giovanna Romiti, Giovanna Silva, Giovanna Souza,

Giovanna Torricelli, Gisele Eiras, Gisele Maciel da Silva, Gisele Silva Lanatovitz, Gisele V Vilarino, Gisele Zorzeto Viani, Giseli Martison, Giselle Barros, Giselle Minguetti, Giselle Soares Menezes Silva, Gisiane Cabral de Oliveira, Gislaine Labêta, Gislaine Lemes Molizane Almeida, Giulia Flores Lino, Giulia Marinho, Giulia Noelo, Giulia Piquera, Giulia Souza Tadei, Giully Giuliano, Glauber Coutinho de Oliveira, Glauber Lopes Mariano, Glaucea Vaccari, Gláucia de Souza, Glaucia K. Aono, Glaucia Leite, Glaucia Lewicki, Glauco Henrique Santos Fernandes, Glauco Leme, Gleicy Pimentel, Gleyka Rodrigues, Gofredo Bonadies, Grace R Ferreira Cirineu, Graciela Santos, Grasieli Oliveira, Graziela N. F. Gomes, Graziele Conceição Barbosa, Greice Genuino Premoli, Greice Grabski Amin, Greiziele Lasaro Pereira de Godoy, Guilherme, Guilherme Cardamoni, Guilherme Cerqueira Gentil, Guilherme Colichini Nóbrega, Guilherme da Silva Campos, Guilherme de Oliveira Raminho, Guilherme Gomes V. da Silva, Guilherme Henrique dos Santos, Guilherme Henrique Nakamoto, Guilherme Ilha Kasprus, Guilherme Inácio Oliveira, Guilherme Lopes Rodrigues, Guilherme Netto, Guilherme O. Paschoalini, Guilherme Silva do Nascimento, Guilherme Udo, Guilherme Valese, Gurei, Gusta Vicentini, Gustavo Borges Faria, Gustavo Cassiano, Gustavo Cassiano, Gustavo Cassiano, Gustavo Gindre, Gustavo Henrique Peres, Gustavo Henrique Vicente da Silva, Gustavo Primo, Gustavo Rodrigues Viana Duarte, Gustavo Sanoli, Gustavo Sigmaringen, Gustavo Tenorio, Gustavo Vasques, Gustavo Wendorff.

H ♦ I ♦ J ♦ K ♦ L

Hadiyyah Maat & Donblackthorne, Haída C. P. da Silva, Hajama., Hana Karnon, Hanna Carollinne Santana Lira, Hanna Tangerina e Moleque, Hanna Torres Bagne, Haydee Victorette do Vale Queiroz, Heclair Pimentel Filho, Heitor, Helaine Kociuba, Helano Pinheiro, Helder da Rocha, Helder Lavigne, Helen Rodrigues, Helena Aparecida Amori Augusto, Helena Caroline Brandao Almeida Matta, Helena Hallage Varella Guimarães, Helena Melo de Souza, Helena Vieira, Helga Ding Cheung, Helil Neves, Helio Castelo Branco Ramos, Hélio Parente de Vasconcelos Neto, Hellen Cintra, Hellen Cintra, Hellen Hayashida, Hellen Rílary Pereira Miranda, Hellena Eishila Santos, Heloísa Carneiro Pires, Heloisa Ferreira, Heloísa França Madeira Muzzi, Heloisa Galindo, Heloisa K. M. Sobrinho, Heloísa Ramalho, Heloisa Rosa dos Anjos, Helton Fernandes Ferreira, Heniane Passos Aleixo, Henrique Botin, Henrique Carvalho Fontes do Amaral, Henrique de Moraes Lopes, Henrique de Oliveira Cavalcante, Henrique de Oliveira Rezende, Henrique Falkovski Pasa, Henrique Luiz Voltolini, Henys Silva de Paula Filho, Heuler Reis Rodrigues, Higor Peleja de Sousa Felizardo, Hiu Gelatti, Honório Gomes, Hugo, Humberto Fois Braga, Ialy Ferreira, Iana Catapano Xavier, Iara Forte, Iasmin Gouveia Sa Ribeiro, Ighor Oliveira do Rêgo Barros, Igor Carastan Noboa, Igor Chacon, Igor Henriques, Igor L. H. Pinto, Igor Moraes, Igor Oliveira Borges, Igor Senice Lira, Igor Vaz Guimarães, Igor Vaz Guimarães, Igor Vinicius Souza Maia, Ileana Dafne Silva, Ilka B. Bergami, Illyana Barbosa de Oliveira, Imael "Sopito" Barbieri Machado, Ingrid Beatriz Santos, Ingrid Gonçalves de Souza, Ingrid Halasz Aberle, Ingrid Oliveira, Ingrid R Martins, Ingrid Rais Salgado, Ingrid Régis Pacheco, Ingrid Rocha, Ingrid S. S. Ambiel, Ingryd Ataíde Polidoro, Iohana Amorim,

Iolanda Clara do Carmo Gomes, Iolanda Maria Bins Perin, Iracema Lauer, Iranir Alves, Irene Bogado Diniz, Irene Magalhães, Irina Agrimone Siewerdt, Iris Leça, Íris Milena de Souza e Santana, Isa Saldanha, Isa Scalpi, Isaac Ioseph Ferreira, Isabel Cristina Santos de Jesus Nascimento, Isabel Lima, Isabela Batista de Lima, Isabela Brescia Soares de Souza, Isabela Carvalho de Oliveira, Isabela Dirk, Isabela Duarte Gervásio, Isabela Ferraz Flôr, Isabela Gomes, Isabela Graziano, Isabela Lima, Isabela Lucien Bezerra, Isabela Mello, Isabela Moreno, Isabela Natasha Pinheiro Teixeira, Isabela Oliveira Vilela, Isabela Resende Lourenço, Isabela Sampaio Carvalho, Isabela Silva Santos, Isabele da Silva Pereira, Isabele Morgado Almeida, Isabella Carolina, Isabella Cremer, Isabella Czamanski, Isabella de Sousa Leal, Isabella de Sousa Lima Figueira Sopas, Isabella Gimenez, Isabella Lagoeiro Medeiros, Isabella Mateus de Brito Marques, Isabella Medeiros, Isabella Mikami Gonçalves Pina, Isabella Porto Chemello D'aflita, Isabella Santos da Silva, Isabella_cristina, Isabelle Christo, Isabelle M. Soares, Isabelle Salgado, Isabelle Weller, Isabelly Alencar Macena, Isadora A., Isadora Bustamante, Isadora D'avilla Cerqueira Mendes, Isadora Emi Iwahashi, Isadora Saraiva Vianna de Resende Urbano, Isadora Serafim Araújo, Isau Vargas, Isis Miura, Ismael Garcia Chaves, Ismael Torres dos Santos, Ítala Natália Silva Sousa, Iully Morgana Pereira, Iuri Ribeiro Carvalho, Ivan G. Pinheiro, Ivan Weber Barbosa, Ivani Ivanova, Ivanise de Oliveira, Ivanuze Gomes da Silva, Ivelyne Viana, Ivi Paula Costa da Silva, Ívina R. M. C. Maiolo, Ivni Sena Oliveira, Ivone de F F Barbosa, Izabel Cristina de Andrade Bareicha, Izabel Maria Marchi de Carvalho, Izabela Cortez, Izabela Desgualdo, Izabela Lodi, Izabella Urias, Izabelly Gomes, J. M. Menez, J.c.gray, J.r. Helios, Jacimar Dolinski, Jackeline Moura Belotti, Jackelyne Amaral, Jackie Leonardo, Jackieclou, Jackson Gebien, Jacqueline Freitas, Jacqueline Torres, Jade Martins Leite Soares, Jade Prestes de Camillo, Jader Viana Massena, Jader Viana Massena, Jady Cutulo Lira, Jady Teixeira C. Fulgoni, Jainara Spagiari, Jaine Aparecida do Nascimento, Jalmir Ribeiro, Jamille Muniz, Jamilly C Meireles, Janaina Araujo Rodrigues, Janaina Lima, Janaína Lopes da Costa, Janaina Rodrigues dos Santos Ferreira, Janus - O Guardião, Jaqueline Borchardt Felix, Jaqueline Matsuoka, Jaqueline Oliveira Tavares da Silva, Jaqueline Rezende da Silva, Jaqueline Rezende da Silva, Jaqueline S. Fernandes, Jaqueline Santos de Avila, Jaquelini Steinhauser, Jasmim Burgomeister, Jasmim Klopffleisch, Jasmine Moreira, Jasser Ibrahim, Jean Marcel Vosch, Jean Ricardo Freitas, Jeane Pereira Santos, Jenifer Taila Borchardt, Jeniffer C Matiola, Jennifer Canavezes, Jennifer Mayara de Paiva Goberski, Jesiel Paulo, Jéssica Almeida, Jessica Bocatti, Jessica Brustolim, Jéssica C F Pereira, Jéssica Fernandes Sanches Araujo, Jéssica Gross Ghazal, Jéssica Gubert, Jéssica Helena de Castro Lima Machado e Couto de Barros Lapolla, Jéssica L Schneider, Jéssica Larissa, Jéssica Maciel de Carvalho, Jessica Merchiori Dalmolin, Jéssica Monteiro da Costa, Jéssica Mota, Jessica Moura, Jéssica Noronha Guimarães Codeço, Jéssica Penha de Almeida, Jéssica Pereira de Oliveira, Jéssica Priscila, Jéssica Raquel de Melo Oliveira, Jessica Rocha, Jéssica Silva, Jéssica Silva, Jéssica Simao, Jéssica Simao, Jessica Tamara dos Santos Silva, Jessica Torres Dias, Jéssica V. B. Assunção, Jéssica Widmann, Jéssyca Locateli, Jheyscilane Cavalcante Sousa, Jhonatan Cardoso de Medeiros, Joana Angélica Uchôa Coelho, Joana Barbosa, Joana Bertoldi, Joana Canário, Joana Ceia Costa, Joana Paula Koller, Joana Pereira de Carvalho Ferreira, Joana Sueveny, Joana Victoria Fernandes de Souza, Joanna Késia

Rios da Silva, João Alfredo dos Santos Batista, João Anisio Monteiro Magalhães de Andrade, João Batista Novais Faria Filho, João de Souza Neto, João e Priscila Schlindwein, João Eduardo Herzog, O Mestre Urso, João Felipe da Câmara Guerreiro, João Felipe da Costa, João Francisco de Oliveira Neto, João Lucas Boeira, João Luga, João Paulo Alves da Rocha, João Paulo Andrade Franco, João Paulo Cavalcanti de Albuquerque, João Paulo Pacheco, João Paulo Siqueira Rabelo, João Pedro Hernandes Rodrigues Schebek, João Pedro Marra Trindade, João Victor de Andrade Teixeira, João Vitor Bosco, João Vítor de Lanna Souza, João Vitor Oliveira da Silva, Jociene Araujo Lima, Joel Bruno Cruz Sousa, Joel Lopes de Camargo, John Alves de Oliveira, Joice Mariana Mendes da Silva, Joiran Souza Barreto de Almeida, Jonas Alberto de Souza Ferreira, Jonas Francis Cabral, Jonathan Barbosa de Araujo Nobre, Jonilson P. da Silva, Jordan da Silva Soeiro, Jordy Héricles, Jorge Azevedo, Jorgelina Liz Angelini Ocaranza, Jose Alberto Almeida Esteves, José Armando Cossa Louzada, José Augusto Marques, Jose Carlos da Silva, José Guilherme Cola Rocha, José Paulo da Silva Rodrigues, José Roberto Szelmenczi, José Tertuliano Oliveira, José Victor da Silva, Joseane Baratto, Joseane Maria Barbosa Silva, Josefa Celina Troian Trevisan, Joselho Santos Cabral, Josiana Klein Rezzardi, Josiane Alves, Josiane de Souza, Josiane Santiago Rodrigues Marçal, Josimari Zaghetti Fabri, Joviana Fernandes Marques, Joyce Barbosa, Joyce Carine Gama Velozo, Joyce Mendonça Ribeiro, Joyce Roberta, Ju Harue, Juju Bells, Julia Bassetto, Júlia Carolina Rodrigues, Julia Correia da Costa, Júlia Coutinho, Julia da Costa Lima, Júlia da Mata Gonçalves Dias, Julia da Silva Matos Faria, Julia da Silva Menezes, Julia de Almeida Prado de Castro Bonafini, Julia de Oliveira Schunck, Julia Dian, Júlia Dias, Julia Fernandes Perroca, Julia Gallo Rezende, Julia Lobão, Júlia Maia, Júlia Medeiros, Júlia Nunes Soares, Júlia Pacholok Veiga e Souza, Julia Roberta da Silva, Julia Rocha Figueiredo, Júlia Rosa, Julia Úlima Gomes Lima, Júlia Valle Gonçalves Rodrigues, Juliana Alencar Matias, Juliana Almeida Cordeiro, Juliana Angélika Cavalcanti Melo, Juliana Bizarria, Juliana Bragiato Erpe, Juliana C. e Anderson L., Juliana Caldeira Corrêa, Juliana Carvalho, Juliana da Silva Ribeiro, Juliana D'arêde, Juliana de Freitas Maciel, Juliana Duarte, Juliana F. Machado, Juliana Felix Henrique de Almeida Rego, Juliana Ferraz, Juliana Garrido, Juliana Gueiros, Juliana Jesus, Juliana Lemos Santos, Juliana Lichtenov Ribeiro, Juliana M. Sturmer Bortolloto, Juliana Martins de Santana, Juliana Mayer, Juliana Mendes Santiago, Juliana Ponzilacqua, Juliana Puppin Duarte, Juliana Renata Infanti, Juliana Rodrigues, Juliana Ruda, Juliana Salmont Fossa, Juliana Santos, Juliana Silvestri Maciel, Juliana Silvestrin, Juliana Soares, Juliana Volpe da Silva, Juliana Wannzeller, Juliane Bessoni Kosctiuk, Juliano Benatti, Juliano Prisco, Julio Cezar Silva Carvalho de Toledo, Júlio Henrique Oliveira Cândido da Silva, July Medeiros, Julya Martinelli, Julyane Silva Mendes Polycarpo, Julyanna Braz, June Alves de Arruda, Júnia Porto, Júnior Guimarães, Júnior Santolin, Jussara Lopes, Jussara Silveira, Kabrine Vargas, Kaique Santos Boa Morte, Kalane Assis Moura, Kali Simões Caldeira, Kalyne Lauren, Kamila C Oliveira, Kamila Cavalcante, Kamilla Domingues, Kamilla Godoy, Kamylla Silva Portela, Karen Käercher, Karen Lopes Araki, Karen Pereira, Karen Ribeiro Vida, Karin Bezerra de Oliveira, Karina Azevedo, Karina Beline, Karina Cabral, Karina e Mateus Carleto, Karina Guarnieri, Karina Kanamaru de Amorym, Karina Natalino, Karina Pontes, Karina Romano, Karina Rosa Vasco da Silva, Karine Lemes Buchner, Karine Parente Ribeiro de Gouvêa,

Karinne Melo de Souza Dias, Karla Betina Coletti, Karly Cazonato Fernandes, Karol Rodrigues, Karolen Susan S. Pereira, Karolina Silva Sousa Gomes, Karoline Cavalcanti da Silva, Karoline de Barros Waitman, Karynna Mell Vale Fontes, Kárystta Souza Santos, Kássio Alexandre Paiva Rosa, Katherina e Livia Añez, Katherine Soares Costa Monteiro, Kathleen Machado Pereira, Kátia Barros de Macedo, Katia Cristina, Kátia Cristina Ferreira dos Santos, Kátia Cristina Ferreira dos Santos, Kátia de Araújo Miranda Silva, Kátia Leite Borges, Katia Miziara de Brito, Katia Moura, Katia Regina Machado, Katiana Korndörfer, Katiúscia Beatriz Sanchez Gianesini, Katiuscia Carvalho, Keila Macedo .S, Keite Duarte, Keith Konzen Chagas, Keiti Léles, Keize Nagamati Junior, Keli Daiane Weber, Kelle Cristine Oliveira Felix, Kelly Bianca Tardelli Marques, Kelly C. Correa da Silva, Kelly de Paulo, Kelly Duarte, Kelvin Alves, Kennya Ferreira, Kevin & Isa, Kevynyn Onesko, Keyla Ferreira, Kimberly Mariano, Kiria Sparano Archanjo, Krisley Araujo, Kymhy Hendges Mattjie Amaral, Kyra M. Dantas, L. L. Ayres, Laeticia Maris, Laeticia Maris, Laila Maria Pullini, Laís Aranda de Souza, Laís Carvalho Feitosa, Laís Cristini de Souza, Laís Felix Cirino dos Santos, Laís Fonseca, Laís Lopes Ribeiro Vasconcelos, Laís Maria Alvaroni de Brito Martins, Lais Martins, Lais Mastelari, Lais Pitta Guardia, Laís Ramos, Laís Rauber, Laís Severo, Laís Souza Receputi, Laís Sperandei de Oliveira, Laíse Clement, Laisla Silva, Lara Antunes, Lara Batista Rosa, Lara Borges, Lara Cristina Freitas, Lara Daniely Prado, Lara Fonte-Bôa de Oliveira Erhardt, Lara Novis Lemos Machado Pereira Cardoso, Lara Rebouças, Lara Sampaio Fernandes, Larine Flores Andrade, Larissa Allegro, Larissa Alves de Pinho, Larissa Andrade, Larissa Andrade Rocha, Larissa Bastos Braga Oliveira, Larissa C. Troitiño, Larissa Calado Correia Facchin, Larissa Caroline Silva, Larissa da Costa Barboza, Larissa de Andrade Defendi, Larissa de Lima Canêjo, Larissa Dias, Larissa Fagundes Lacerda, Larissa Gendorf, Larissa Kruczkovski, Larissa Larsen Berezoski, Larissa Lunelli Rugik, Larissa Lusou, Larissa M. F. S. Andrade, Larissa Maria de Araújo Bezerra, Larissa Marini, Larissa Mendes Politi de Lima, Larissa Minighin Moreira Ottoni, Larissa Oliveira Dionisio, Larissa Pereira Ramos, Larissa Raduam Junqueira, Larissa Righetto, Larissa Wachulec Muzzi, Larissah Lacerda Timponi Pereira, Laryssa Archipowicz Faria Ribeiro, Laryssa de Souza Lúcio, Laryssa Ktlyn, Laryssa M. Surita, Laura Brand, Laura Ferrari, Laura Gobbi, Laura Laatsch, Laura Lavinia de A. de Sousa, Laura Nolasco, Laura Ramos, Laura Rocha dos Anjos, Laura Seine Vargem dos Santos, Laura Treba da Fonseca, Laureanne Diniz, Lauren Bednarczuk Pecine Misko Soler, Lauren Cristina Costa da Conceição (Morena), Lauro da Silva, Layla Sousa, Lays Bender de Oliveira, Leandra Almada, Leandra Ascenção Modesto, Leandro Cezário de Brito, Leandro Raniero Fernandes, Leandro Ribeiro Neves, Leandro Volpini Bernardes, Leear Martiniano, Leele Nascimento, Lehi Aguiar Bezerra, Leif Alves, Leila Camblor, Leila Carvalho Lopes, Leila Maciel da Silva, Leiliane Santos, Lej, Lenaldo, Léo Francisco Rolim Costa, Leo Lahoz Melli, Leo Tomba, Leonardo de Almeida Rodrigues, Leonardo de Lima Vaz, Leonardo Digilio Vieira da Silva, Leonardo Felipe Schafranski, Leonardo Ferreira Melo, Leonardo Gomes Farias de Oliveira, Leonardo La Terza, Leonardo Macleod, Leonardo Rafael de Araujo Zaromski, Leonardo Ramos Rocha, Leonel Marques de Luna Freire, Leonor Benfica Wink, Lethícia Roqueto Militão, Letícia Bernardes, Letícia Borilli Lima, Letícia Bueno Cardoso, Letícia Cintra S. Morais,

Letícia da Silva Alves, Letícia Duarte, Letícia Gabriela Lopes do Nascimento, Letícia Gabriele da Silva Braga, Leticia Garcia, Leticia Hammer, Letícia Montes Faustino Miwa, Letícia Pacheco Figueiredo, Letícia Pereira Castro, Letícia Pombares Silva, Letícia Prata Juliano Dimatteu Telles, Letícia Sampaio Estevam, Letícia Segura, Letícia Silva de Almeida, Letícia Soares de Albuquerque Pereira, Letícia Tavares Monteiro, Leticia Yamazaki, Lia Cavaliera, Lia Nojosa Sena, Licristine, Lidiana Velloso, Lidiane Kottwitz, Lidiane Silva Delam, Lil Curto, Lilian Correia Pessôa, Lilian Domingos Brizola, Lilian Machado, Lilian Martins Lacerda, Lílian Parabocz, Lilian Stavizki, Liliane Cristina Coelho, Liliane Cristina Coelho, Liliane Nascimento, Lin Uchida, Lina Machado, Lisiane Ribas Cruz, Lisis Lobo, Lívia Andrade de Araujo Takaki da Silva, Lívia André de Souza Oliveira, Lívia André de Souza Oliveira, Lívia C V V Vitonis, Lívia Carvalho Menighin, Livia de Oliveira Passos, Lívia G. C. de Mendonça, Lívia Mª. B. Poleze, Lívia Tavares Luiz, Liz Ribeiro Diaz, Lizandra Borges da Silveira, Lizandra Ludgerio, Liziane Garcia da Rosa, Liziane Garcia da Rosa, Lord Lucas Ribeiro, Lorena da Silva Oliveira, Lorena de Faro dos Xavier de Almeida, Lorena Matos, Lorena Nunes, Lorena Ricardo Justino de Moura, Lorena Stephane de Matos, Lorenna Arcanjo, Lorine Rangel, Lorraine Paes Mendes, Lorranye Araujo, Louane Vieira, Louise Carla de Abreu Guedes, Louise Cazelgrandi, Louise Vieira, Lourenço Romano Jr, Loyse Ferreira Inácio Leite, Lú Santos, Lua Samela, Luana Baldivia Gomes, Luana Braga, Luana Brigo, Luana C. Canabarro, Luana Carolina Freitas Bizerra, Luana de Souza Rodrigues, Luana F. Wenceslau, Luana Feitosa de Oliveira, Luana Moura Fé, Luana Muzy, Luana Pimentel da Silva, Luana Senhor Soares, Luana Souza, Luane da Silva Lavinas, Luansol Valério Aquino da Silva, Lucas "Brotoles" Ramos, Lucas Alves da Rocha, Lucas Campos, Lucas Cartaxo, Lucas Costa da Silva, Lucas da Rosa Kieslich, Lucas Dacanal, Lucas Danez, Lucas de Almeida Fernandes Alves, Lucas de Melo Bonez, Lucas de Souza, Lucas Fernandes Gonçalves da Silva, Lucas Fonteva, Lucas Gabriel Moreira Brito, Lucas Gabriel Rodrigues Correa, Lucas Gomes, Lucas Gomes Magalhães, Lucas Guilhon, Lucas Mendes, Lucas Ozório, Lucas Pasetto, Lucas Tezotto, Lucas Velloso Blanco, Lucas Vitoriano Lopes Cerqueira, Luci Aparecida Bortoluci Siqueira, Lúcia Balbino, Lúcia Havoc, Luciana Afonso, Luciana Antonella Grazzi Bertini, Luciana Barreto de Almeida, Luciana Cavalcanti, Luciana da Costa Mello, Luciana de Andrade Alongi, Luciana e Gilma Vieira da Silva, Luciana Farias Hörlle, Luciana Fernandês, Luciana Gaitán, Luciana Liscano Rech, Luciana M. Y. Harada, Luciana Maria da Costa Silva, Luciana Monticelli, Luciana Ortega, Luciana Sandes Damasceno, Luciana Schuck e Renato Santiago, Luciane Couto de Oliveira, Luciano Guimarães Pereira, Luciano Júnio Araujo de Souza, Luciano Prado Aguiar, Luciano Vairoletti, Lucicleide dos Santos Favoreto, Lucilia Aralde, Lucio Pozzobon de Moraes, Ludmila Beatriz de Freitas Santos, Ludmila K S Deslandes e Feu, Ludmila O de Paiva, Luis Antonio da Silva Filho, Luis Antonio Marques Cevidanes, Luis Henrique Ribeiro de Morais, Luisa Bastos de Aquino, Luísa de Souza Lopes, Luísa F., Luísa Helena Kraeft, Luisa Mesquita, Luísa Ramos, Luísa Wesolowski, Luíse Gauer Schulte, Luiz Abreu, Luiz F F Oliveira, Luiz Felipe Benjamim Cordeiro de Oliveira, Luiz Felipe L. Valsani, Luiz Fernando Andrade, Luiz Fernando Cardoso, Luiz Gabriel Cardona Pereira, Luiz Gabriel Maranhão de Souza, Luiz Guilherme Alves Alberto, Luiz Henrique C. da Silva, Luiz Karounis, Luiz Nazario, Luiz W. Santos, Luiza Beatriz Saccol da Silva,

Luiza Camilo de Mattos, Luiza de Souza Martins, Luiza Diniz, Luiza Fernandes Ribeiro, Luiza Fisch - A Bruxa Literária, Luiza Helena Vieira, Luiza Lacombe, Luiza Leal Martinez, Luíza Martins Ortiz, Luiza Navajas Santi, Luiza Pimentel de Freitas, Luna Alves, Luna Bigaran da Silva, Lury, Luzia Gomes do A L dos Santos, Luzia Tatiane Belitato, Luzinete Maria Corrêa, Lyerrison de Souza do Nascimento, Lygia Beatriz Zagordi Ambrosio, Lygia Netto Pina Barbosa.

M ◆ N ◆ O

M. Estela Pinheiro, M. V. C. Holanda, Macelle Machado Leitao, Magaly Nunes Carvalho, Magda Marianna Cavalheiro Korber, Mahatma José Lins Duarte, Mai Rodrigues, Maiara Bolsson, Maiara Winkler, Maicol D. S. Solera, Maíra Lacerda, Maira Malfatti, Maíra Maria de Lacerda Ferreira, Maíra Secomandi Falciroli, Maísa Eduardo Silva, Maísa Palma, Maísa Pimenta, Maize Daniela, Malu Tostes, Manil Gomes da Silva, Manoel Luís Aguilar Rocha, Manoel Mazuy, Manoel Pedreira Lobo, Manoel Pedreira Lobo, Manoela Amorim, Manoela Cristina Borges Vilela Sanbuichi, Manoela Fonseca, Manuela Amanda Parreira, Manuela Cavalcanti Bezerra, Manuela Furtado de Almeida, Manuela Mariana Silveira Ticianel, Manuela Matos, Manuela Wanderley Carneiro de Albuquerque, Manuella Medeiros, Mara Ferreira Ventura e Silva, Mara Inês Hauschid Horst, Marcela Alvina, Marcela P S Alves, Marcela Victória Aguiar Sachini, Marcella Erbisti, Marcella Garbes, Marcella Gualberto da Silva, Marcelle Rodrigues Silva, Marcelly Lopes Fernandes, Marcelo dos Santos da Silva, Marcelo Durgante, Marcelo Gabriel da Silva, Marcelo Leite, Marcelo Lopes, Marcelo Martinez Anton, Marcelo Medeiros, Marcelo Urbano, Marcia, Marcia Avila, Márcia da Conceição Araujo, Marciane Maria Hartmann Somensi, Marciele Moura, Marcílio Garcia de Queiroga, Marcio Abreu, Marcio Correa de Oliveira, Márcio da Silva Kubiach, Marcio Quara de Carvalho Santos, Márcio Souza Serdeira, Marcisiane Roberta Soares, Marco Antonio da Costa, Marco Antonio de Toledo, Marco Aurélio Bittencourt de Oliveira Filho, Marcos Almeida, Marcos Antônio da Silva, Marcos Antonio Morando Jr, Marcos de Moraes Sarmento, Marcos Nogas, Marcos Reis, Marcos Reis, Marcos Roberto Piaceski da Cruz, Marcos Souza Ferreira, Marcos Teixeira, Marcus Antonius Soares da Silva, Marcus V N Gomes, Marcus Vinícius Santos de Souza, Marcus Vinícius Tavares de Sá Freire, Mari, Mari F Inoue, Maria, Maria Adelaide Camargo, María Amalia Lorenzo Rey, Maria Angélica da Silva e Silva, Maria Angélica Tôrres Mauad Mouro, Maria Anne Bollmann, Maria Batista, Maria Beatriz Abreu da Silva, Maria Belló, Maria Carolina Monteiro, Maria Carvalho, Maria Clara Freitas, Maria Clara G Confort, Maria Clara Ouriques, Maria Clara S I Barbosa, Maria Claudiane da Silva Duarte, Maria Cristina da Purificação Costa, Maria do Carmo A Bonfim, Maria Eduarda Caldeira Moreira, Maria Eduarda da Costa Queiroz, Maria Eduarda de Faria Azevedo, Maria Eduarda de Quadros Dias, Maria Eduarda de Souza Barroso, Maria Eduarda Dias, Maria Eduarda Gonçalves, Maria Eduarda Kutney da Silva, Maria Eduarda Moraes Meneses, Maria Eduarda Moura Martins, Maria Eduarda Ronzani P. Gütschow, Maria Eduarda Soares, Maria Eduarda Soares Silva, Maria Eduarda Thomann, Maria Estela Riedel, Maria Fabiana Silva Santos Nascimento, Maria Fabiana Silva Santos Nascimento,

Maria Falcão, Maria Fernanda Peyerl, Maria Fernanda Pimenta, Maria Fernanda Pontes Cunha, Maria Fernanda Ribeiro, Maria Gabriela Lima Vasques, Maria Gabrielle Figueirêdo Xavier, Maria Graciete Carramate Lopes, Maria Graziella Jesus de Santana, Maria Helena Monticelli de Melo, Maria Inês, Maria Isabelle Vitorino de Freitas, Maria Ivonete Alves da Silva, Maria Joana Nóbrega Gasparini, Maria Leene Lucas, Maria Lua de Andrade Valentim, Maria Lúcia Bertolin, Maria Luísa Gonçalves Marques, Maria Luísa Vanik, Maria Luiza Grabovski Grosskopf, Maria Luiza Lopes Ribeiro, Maria Luiza Nery, Maria Mariana de Barros Silva, María Mercedes Rolón Sosa, Maria Paula Diniz Vilano, Maria Paula Rodrigues, Maria Raquel Carneiro, Maria Renata Tavares, Maria Rita G Chaves, Maria Sena, Maria Sol Provvidente, Maria Teresa, Maria Teresa Murer, Maria Tereza de Almeida Miranda, Maria Victorianna Nunes de Oliveira, Maria Vitória Luna, Maria Vitoria Nunes Lemes, Maria Vitória Ribeiro de Oliveira, Mariah Maruri, Mariana, Mariana Acioli do Carmo Paiva, Mariana Bertolai, Mariana Bonelli Mecca Pinto, Mariana Bonfá de Siqueira, Mariana Brandão, Mariana Carolina Beraldo Inacio, Mariana Côrtes Souza, Mariana D. Pizzolo de Souza, Mariana da Cunha, Mariana da Cunha Costa, Mariana da Silva Braga, Mariana de Souza Ramalho, Mariana Diniz, Mariana dos Santos, Mariana Emanuelle B. de Andrade, Mariana Ferreira, Mariana Fonseca de Oliveira, Mariana Françoso Balestero, Mariana Furlan Pereira Cristofoletti, Mariana Gianjope da Rocha Cabrera, Mariana Granzoto Lopes, Mariana Iris, Mariana Kawamorita, Mariana Lessa, Mariana Linhares, Mariana Luiza Marks, Mariana M. L. Brito, Mariana Magalhães Bernicchi, Mariana Martins, Mariana Medeiros da Motta, Mariana Miranda, Mariana Pavan Ióca, Mariana Pereira, Mariana Raphaelli Mármora, Mariana Rodrigues, Mariana Rodrigues, Mariana Savala, Mariana Soares Popper, Mariana Sommer, Mariana Sorc, Mariana Stefanini, Mariane Corbetta, Mariane Cristina Rodrigues da Silva, Mariane Fecci Jastale, Mariane Vincenzi, Mariani Melo, Marianna Moragas Farage, Marianna&Lucas, Marianne de Lazari Ferreira, Mariany Peixoto, Marias Alcântara, Maria-Vitória Souza Alencar, Maricy Torahico, Mariel Westphal, Marielly Inácio do Nascimento, Marilia Castro, Marília Morais, Marília Silva de Morais, Marilisi dos Santos Silva Ferreira, Marilza Silva Vanderlei, Marina Bichued, Marina Bolsonaro, Marina Borges, Marina Brunacci Serrano, Marina Cristeli, Marina de Abreu Gonzalez, Marina Domingues e Matheus Bruhns, Marina Fernandes de Figueiredo Souza Teixeira, Marina Izeppe, Marina Kater, Marina Lima Costa, Marina Mafra, Marina Mendes Dantas, Marina Quintana, Marina Viscarra Alano, Marinês Brasil P de Oliveira, Mário Ac Canto, Mario Brener Camilo Rezende, Mário Jorge Lailla Vargas, Mario L. Piazza, Marisi Cristina Terciani, Marisol Prol, Maritsa Costa, Marjorie Sommer, Marlon Silvestre Kierecz, Marlon Vasconcelos, Marlysson Aerton de Oliveira, Marnylton Cabral, Martha Isabelle Astrid M. B. L de Mesquita, Martha Ricas, Mateus e Mariana Cruz, Mateus Silva Camargo, Matheus Arend de Moura, Matheus de Magalhães Rombaldi, Matheus Goulart, Matheus M. Aguiar, Matheus Minari Matias, Matheus Roma, Matheus Roos Vale, Matheus Viana, Mauricio Kuris, Mauricio Magno Rodrigues Pereira, Maurício Pedro Costa e Silva, Mauricio Simões, May Tashiro, Mayanna Chagas, Mayara Assunção, Mayara Borges, Mayara C. M. de Moura, Mayara Godoi de Lima, Mayara Meirelles, Mayara Neres, Mayara Policarpo Vallilo, Mayara Silva Bezerra, Mayhara Dalsico Silva, Mayra de Castilhos Alves, Mayra Farias da Silva, Mayra S. Dias (Mayday), Maysa F. Hoffmann,

Meg Ferreira, Meg Mendes, Meg Sanchez, Melissa Barth, Melissa Correia Lacerda, Melissa Maciel, Melissa Mendonça, Melissa Souza, Mell, Merelayne Regina Fabiani, Mériten É. Altelino da Silva, Meulivro.jp, Micaella Reis, Micaelly Carolina Feliciano, Michael Araújo, Michel Barreto Soares, Michele Bowkunowicz, Michele Calixto de Jesus, Michele Caroline de Oliveira, Michele Cristine Pahl, Michele Rosa, Michelle Niedja, Michelle Romanhol, Michelli de Oliveira Vicente, Michelly Lacerda, Michelly Wesky Gomes de Oliveira, Mickaelly Luiza de Borba da Silva, Midiã Ellen White de Aquino, Midiã Lia, Miguel Vitor da Silva Viana, Mih Lestrange, Mikaela Valdete Trentin, Miki Kiyan, Mileide Silva Nascimento, Milena Caldas de Souza, Milena Ferreira Lopes, Milena Prezepiorski Lemos, Milene Antunes, Milene Santos, Milka Mantoku, Miller de Oliveira Lacerda, Miller Souza Oliveira, Minnie Santos Melo, Mirela Miani, Mirela Sofiatti, Mirele Rodrigues Fernandes, Mirella Muniz Dudzig, Míriam "Emí" Carvalho, Miriam Potzernheim, Mirian Marques & Isabel Marques, Mirna Porto dos Santos, Miruna Genoino, Mizzy Wizzy, Moab Agrimpio, Monalisa Feitosa Resende, Mônica da Silva Fernandes, Mônica de Souza Barbosa, Monica Forner, Mônica Mesquita Santana, Mônica Mesquita Santana, Mônica Mesquita Santana, Monica Minski, Mônica Sousa, Monique Calandrin, Monique de Paula Vieira, Monique D'orazio, Monique Ketelyn de Alencar Correia, Monique Rübenich Nascimento, Mono, Morgana Conceição da Cruz Gomes, Morony Mozart, Mucio Alves Nascimento, Müh de Áries, Murillo Lopes, Murilo de Lavor Lacerda, Murilo Freire Oliveira Araújo, Mushi-San, Myllenna Snex, Myriane Mara Gomes, Nadabe Souza Costa, Nádia Medeiros Pereira da Silva, Nadia Piacesi, Nádia Simão de Jesus, Nadine Assunção Magalhães Abdalla, Nadine dos Santos Moreira, Nadine Simokomaki, Naila Barboni Palú, Najara Nascimento dos Santos, Najua Razzak de Castro, Nalí Fernanda da Conceição, Nana, Nanalulima, Nancy Yamada, Nani Souza, Nara Lima, Nara Thaís Guimarães Oliveira, Narjara Oliveira, Natalia Araújo Silva, Natália Catelan Puppin, Natália Corrêa Porto Barcellos, Natália Cristina Andrade, Natália Dallagnol Vargas, Natália de Pinho, Natália Dias, Natália Garello, Natália Gnand, Natália Inês Martins Ferreira, Natália L. Costa, Natalia Luchesi, Natalia Luiza Barnabe, Natália M. Pesch, Natalia Machado, Natália Maria Freitas Eduardo, Natalia Micheletti, Natalia Noce, Natália Nogara Stábile, Natália Oliveira, Natália Ribeiro Inocencio, Natalia Rodrigues, Natália Teixeira Nemeth, Natália Wissinievski Gomes, Natália Zaffanella Eiras, Natália Zimichut Vieira, Natalie Kienolt, Natalya Oliveira Coelho, Natascha Höhne Engel, Natasha Neder, Natasha Ribeiro Hennemann, Natasha Sanches Bonifácio, Natasha Tarelov Lepri, Natercia Matos Pinto, Nathalia Borghi Tourino Marins, Nathalia Costa Val Vieira, Nathalia de Lima Santa Rosa, Nathalia de Oliveira Matsumoto, Nathalia de Vares Dolejsi, Nathalia Domitrovic, Nathalia Fernanda Pereira de Godoy, Nathália Fernández Peroni, Nathalia Giordani Machado, Nathalia Kuhne, Nathália Liberato Varussa, Nathalia Lippo, Nathália Maria Stoppa, Nathália Medeiros Guimarães Nathalia Olivi de Moura, Nathália Pinheiro C. Cunha, Nathalia Rabello, Nathalia Rampazzo, Nathália Torrente Moreira, Nathalia Vaccari de Paula, Nathália Ventura de Almeida, Nathalia Verçosa Perez Gorte, Nathan Diorio Parrotti, Nathan Felipe Costa de Oliveira, Nati Siguemoto, Nayara Yanne, Nayarah Tawany Melos Silva, Náyra Louise Alonso Marque, Nehama Sheyla Hershkoviz, Ney Mendonça Barbosa, Neyara Furtado Lopes, Nicholas Fernando Laurentino, Nícolas Cauê de Brito, Nicole Balbi

Ayres de Camargo, Nicole Canto, Nicole Führ, Nicóle Lourdes da Silva Gomes, Nicole Roth, Nicole Sayuri Tanaka Neves, Nicolle Paz, Nicoly Santana Ramalho, Nietzscha Jundi Dubieux de Queiroz Neves, Nina Nascimento Miranda, Nina Schilkowsky Ramos, Nina Trindade, Nitia Lila Denstone, Nivaldo Morelli, Nizia S. Dantas, Noemy da Silva Lima, Norita Rodrigues de Oliveira, Núbia Barbosa da Cruz, Núbia Silva, Nyanperona, Nyll M. N. Louie-Alicê, Nyll M. N. Louie-Alicê / Bruna dos Santos Evangelista, Ohana Fiori, O'hará Silva Nascimento, Olivia Aparecida Marques Cevidanes, Olivia Avila, Otávio A. R. Lima, Otavio Cionek, Otávio Henrique da Silva.

P ◆ Q ◆ R ◆ S

Páblo Eduardo, Pablo Fernandes dos Reis Sardinha, Pablo Martins, Palloma Vicente Freitas Matos, Paloma Hoover, Paloma Kochhann Ruwer, Paloma Martins, Paluana Curvelo Luquiari, Pâmela Boato, Pamela Felix, Pamela Frederico de Souza Godoi Coelho, Pâmela Luizão Barbosa, Pamela Lycariao Alonso Gomes, Pamela Nhoatto, Pâmela Quintino, Pâmella Arruda Oliveira, Pamella Correia Croda, Pamella Xavier Monteiro Nogueira, Paola Borba Mariz de Oliveira, Paola de Lemos Santos, Paola Lossaso, Paola Peltz, Paola Serricchio, Paolla Ivy da Costa Pereira, Para Mandy Com Amor, Patricia Afonso Godinho, Patricia Akemi Nakagawa, Patricia Ana Tremarin, Patrícia C Teixeira, Patrícia dos Santos Rovati, Patricia Harumi Suzuki, Patrícia Machado Martins, Patrícia Mariana Ramos Marcolino, Patricia Milani, Patrícia Milena Dias Gomes de Melo, Patricia Pereira de Queiroz, Patrícia Pizarro, Patricia Preiss, Patrícia Sousa Kranenbarg, Patrícia Zulianello Zanotto, Patrick de Oliveira Wecchi, Paula Adornelas de Oliveira, Paula Alves, Paula Alves das Chagas, Paula Costi, Paula E. S. Barbieri, Paula Fernandes Bonito, Paula Gil, Paula Gracielle dos Santos, Paula Harumatsu Watanabe, Paula Martins, Paula Martins Mallmann, Paula Mitiko Heller de Rezende, Paula Satie, Paula Sayuri Tanabe Nishijima, Paulo Cezar Mendes Nicolau, Paulo Garcez, Paulo Henrique Conceição Suarez, Paulo Henrique Santos Matos, Paulo Maria Teixeira Lima Filho, Paulo Nojento, Paulo Noriega, Paulo Victor Oliveira Bartasson Panisi, Paulo Vinicius Figueiredo dos Santos, Pavel Dodonov, Pedro Amorim Mendes, Pedro Christofaro, Pedro Henrique Caires de Almeida, Pedro Lopes, Pedro Lopes, Pedro Luan Magalhães, Pedro Oquendo Cabrero, Pedro Silva de Oliveira, Pedro Silva Rocha, Pietra Brasil, Pietra Vaz Diógenes da Silva, Pietro Bernardes Pati, Pietro Kauê Bueno Albach, Plínio Marcos Garcia de Lima, Plinio Sheijin Arashiro, Poliana Belmiro Fadini, Poliana Speransa, Polliana de Oliveira Saldanha, Polly Caria, Priscila Bertramelo, Priscila Bortolotti, Priscila Campos, Priscila do Prado Soares, Priscila Lameira, Priscila Maria dos Santos, Priscila Morais dos Santos, Priscila Orlandini, Priscila Reis, Priscila S. Oliveira, Priscila Sintia Donini, Priscila Souza Giannasi, Priscila Wenderroschy, Priscilla Baeta (Pri Suicun), Priscilla Ferreira de Amorim Santiago, Priscilla Fontenele, Priscilla França, Professora Dayana, Pyetra Rangel, Quim Douglas Dalberto, Quitete, R. Matos, Raelly V., Rafael Alvares Bianchi, Rafael Alves de Melo, Rafael Barros Pereira, Rafael de Oliveira, Rafael Furlan Barbosa, Rafael Leite Mora, Rafael Miritz Soares, Rafael Moura Hoffmann, Rafael Novossad, Rafael Olivrira, Rafael Vasquez, Rafael Wüthrich, Rafaela Barcelos dos Santos,

Rafaela Costa Barbosa e Diuceia da Rocha Costa, Rafaela da Silva Franco, Rafaela Dal Santo, Rafaela de Castro Valente Ramos, Rafaela Gomides Surjus, Rafaela Laísa Azanha Aquino, Rafaela Martins de Lima, Rafaela Pedigoni Mauro Mitani, Rafaela Reis, Rafaela S. Polanczyk, Rafaela Sampaio, Rafaela Silva Pereira, Rafaella Dorvillé de Melo, Rafaella Kelly Gomes Costa, Rafaella Ottolini, Rafaella Silva dos Santos, Rafaella Siqueira Rodrigues Batista, Raine Mendes, Raissa Strozake Maximo, Ramiro Michelon, Ramon Ramon, Ramon da Cruz Salgueiro, Ramon Furtado Santos, Rani Cavalcante, Raoni Bins Pereira, Raphael Semchechen Neto, Raphael Vinicius Nunes Ramos, Raphaela Gomes Martins do Nascimento, Raphaella Hollanda Lima, Raquel, Raquel A. da Cruz, Raquel Batista, Raquel da Conceição Silva, Raquel dos Santos Alves, Raquel Glater, Raquel Grassi Amemiya, Raquel Gritz, Raquel Hatori, Raquel Lopes de Souza, Raquel Menezes Nunes Machado, Raquel Nardelli Ribeiro Preter, Raquel Paulini Miranda, Raquel Pedroso Gomes, Raquel Rezende Quilião, Raquel Ribeiro Albert, Raquel Ribeiro da Silva, Raquel Rodrigues Rocha, Raquel Samartini, Raquel Samartini, Raquel Santos Tonin, Raquelle Barroso de Albuquerque, Raul Morais de Oliveira, Rayane Sousa, Rayanne Azevedo de Souza e Mimita, Rayra Vieira Alencar, Raysa Cerqueira Silva, Rayssa Albuquerque Cruz Abreu, Rayssa Brugge Ribeiro, Rebeca Azevedo de Souza, Rebeca Bezerra Gonçalves dos Santos, Rebeca Santa Rita, Rebecca Braga, Rebecca Emília de Andrade Mioto, Rebecca Falcão V A Rodrigues, Rebecca Martins de Souza, Rebecka Cerqueira dos Santos, Rebecka Ferian de Oliveira, Rebeka Gomes, Rebekah Vasconcelos, Regiane A. F. Silva, Regiane Camargo, Regiane da Silva Costa Alcântara, Regina Andrade de Souza, Regina Ferrarezi, Régis Dantas, Reinaldo Paiva, Rejana Cera Cadore, Renan A. F. de Moraes, Renan Jokel, Renan Louritan, Renan Menezes, Renan Peres, Renan Pinto Fernandes, Renan Salgado, Renata Asche Rodrigues, Renata Baltensberger Ferreira, Renata Bertagnoni Miura, Renata Bossle, Renata Cabral Sampaio, Renata Cybelle, Renata de Araújo Valter Capello, Renata de Lima Neves, Renata Dias Borges, Renata e Silva Castro Farias, Renata Gobbato, Renata Guimarães Ribas, Renata Ligocki Pedro, Renata Lisa Maeda, Renata Oliveira do Prado, Renata Roggia Machado, Renata Santos Costa, Renata Silva dos Santos, Renata Vidal da Cunha, Renato Drummond Tapioca Neto, Renato Klisman, Renato Roberto de Jesus Junior, Ricardo C F Jesus, Ricardo de Goes Correia, Ricardo Fernandes de Souza, Ricardo Fernandes de Souza, Ricardo Poeira e Débora Mini, Richard Nikolas Chaves, Richard Nikolas Chaves, Riciero Favoreto dos Santos, Rita de Cássia de Carvalho Miranda Neto, Rita de Cássia Dias Moreira de Almeida, Rita de Cássia Melo Castro, Rita de Cássia Santos de Jesus, Robbie Gonçalves, Roberlene Maria Mendonça de Brito, Robert M. Thompson, Roberta Alves Lunardi, Roberta Bassi, Roberta Dias Santos, Roberta Elicker Michelon, Roberta Eveline Figueiredo Alencar, Roberta Hermida, Roberta Irds, Roberta Maciel, Roberta Moreira Câmara Fernandes, Roberta Oliveira, Roberta Smania Marques, Roberta Sofer, Roberta Trevisan, Roberval Machado Christino, Robiériem Takushi, Robson Muniz - Escritor, Robson Santos Silva (Robson Mistersilva), Rodney Georgio Gonçalves, Rodney Georgio Gonçalves, Rodolfo de Souza Lopes, Rodrigo Barbosa, Rodrigo Bobrowski - Gotyk, Rodrigo Félix Kraljevic, Rodrigo Moreira Catusso, Rodrigo Silva, Rodrigo Soares, Rodrigo Zambianco Cataroço, Rogério Ferreira da Silva, Rogério Nogueira, Rógers & Taynara Jacon, Rogers da Silva Bezerra, Rolimtt, Romulo Neto, Ronald Robert da Silva Macêdo, Ronaldo A. Timm, Ronevia Novaes, Roni Tomazelli, Ronny Milléo, Rony de Abreu Torres, Rosa Cristina

Kuhlmann, Rosa Maria M Lins, Rosana Cristina, Rosana Kazumi Matsubara Miyata, Rosana Maria de Campos, Rosana Orge Pimenta Machado, Rosane Pires Alteneter Monticelli, Rosângela Alexandra Cypriano, Rosea Bellator, Rosineide Rebouças, Rosita Bianca Ribeiro Lima, Rossana Pinheiro, Rosy Moreira, Ruan Oliveira, Rubens Jr. - Ler Vicia, Rubens Junior, Rudson Benevidez, Rune Hamalainen Tavares, Rute Campello de Oliveira, Ruth Danielle Freire Barbosa Bezerra, Sabrina Brattig, Sabrina Cássia Carneiro, Sabrina Cavalcante, Sabrina de Lucena Roque Pereira, Sabrina Lúcio S. Silva, Sabrina Martins Araujo, Sabrina Oliveira, Sabrina Paixão, Sabrina Parenza, Sabrina Saimi, Sabrina Vechini Gouvêa, Sabrina Vidigal, Sabrinne de Souza, Saionara, Sajunior Maranhão, Samanta Ascenço Ferreira, Samanta Moretto Martins, Samanta Regina Domingos, Samantha e Larissa Negris, Samantha Lemos, Samantha Rodrigues de Almeida, Samara Maia Mattos, Sâmia Catne Mouta Gonçalves, Samir Calaça, Samira Coba, Samira Silva Ferreira, Samuel Ambrósio Cavalcante, Samyle F. de S. Ribeiro, Samyra Kássia Castro Nunes, Sandra Lee Domingues, Sandra Marques Fernandes, Sandra Parejo Martin, Sandra Regina O Bandinha, Sandy Tavares de Almeida, Sara Donato, Sara Marie, Sara Marie, Sara Marques Orofino, Sara Midori Miyamoto, Sara Monteiro Rodrigues, Sara Resende Souza, Sarah Carolina Amorim de Lima, Sarah Carvalho Augusto, Sarah Dutra, Sarah Emi Korehisa, Sarah F, Sarah Lopes Amaral Gurgel, Sarah Marques, Sarah Nascimento Afif, Sarah Pereira, Sarah Rezende, Sashia Klein, Saulo Correia e Tatiane Oliveira, Savena Soir Frauch, Sávia Regina Raquel Vieira, Sayannys Thayná Silva Messias, Sayonara Medeiros Abe, Sebastião Alves, Serena Ramos, Sergio Simabukuro, Shai'yin, Sheila Virginia Castro, Sheron Alencar, Shirley Peixe de Souza, Sidney Fortes Summers, Silmara Helena Damasceno, Silvana Cristina Romero, Silvana Cruz, Silvana Pereira da Silva, Silvia Helena de Oliveira, Silvia Helena Perez, Sílvia Martins Dias de Lima, Sílvia Rodrigues Santana Silva, Silvio A. Gonçalves, Simey Lopes Rodolfo, Simon Angel Xavier, Simone Casagrande, Simone Di Pietro, Simone Kaiser, Simone Serra Faria, Simone Sueko Koti, Sofia, Sofia Brandtner, Sofia Brogliato Martani, Sofia Duarte, Sofia Kerr, Sofia Lopes Andujar, Solange Burgardt, Solange Canton de Araújo, Sônia de Jesus Santos, Sophia "Sol" Grando Rauen, Sophia Batista, Sophia Gaspar Leite, Sophia Marcelino Parente, Sophia Ribeiro Guimarães, Soren Francis, Soriane Stefanes, Srta. Meirinho., Stefani Cardoso dos Santos, Stéfani Lara Galvão, Stefania Centenaro Goulart, Stefanie C. Fogaça Mazarin, Stéffany Naomi Solla Lima, Stelamaris Alves de Siqueira, Stella Cruz Ruiz, Stella M. Batistucci, Stella Michaella Stephan de Pontes, Stella Noschese Teixeira, Stephanie Rosa Silva Pereira, Stephanie Rose, Stephanie Skuratowski, Stephany Ganga, Steven Castro Conte, Sthefanny Fernandes Chacara Nascimento, Stiphany Costa Cabral da Fonseca, Sue Fonseca, Suelen Baggio, Suelen Campos, Suelen Rodrigues, Sueli Yoshiko Saito, Suellen C O Gonçalves, Suely Abreu de Magalhães Trindade, Suênia de Barros Pinheiro, Susan Appilt, Susana Fabiano Sambiase, Susanna D'amico Borin, Suzana Dias Vieira, Suzana Uhr, Sylvio Cesar Alves Pedreti.

T ✦ U ✦ V ✦ W ✦ X ✦ Y ✦ Z

Tabata O. R. M. Costa, Tábata Shialmey Wang, Tábata Torres, Taciane Schlindwein, Tácio Rodrigues C Correia, Tai Editora, Taiana Coimbra, Tailine Costenaro, Taílla Portela,

Tainá Trajano, Tainara Gouvêa Casarin, Tais Bottesini de Oliveira, Taís Castellini, Tais Souza Bonomi, Taise Conceição de Aguiar Pinto, Taisis Francis Mascarenhas, Taki Okamura, Talia Flôr, Talisa Cristine Dassow, Talissa Lunara de Melo Azevedo, Talita Alves de Oliveira, Talita Chahine, Talita Silva Belo, Tall Varnos, Talles dos Santos Neves, Tamara Cintra Leoni, Tamires Nobre, Tamires Tavares, Tamyres Cristina, Tânia Maria Florencio, Tarcio Luiz Martins Carvalho, Tarcisio Pereira, Tássia Salazar de Camargo, Tassiane Araújo Ássimos, Tassiane Bernardi de Jesus, Tathi Cass, Tatiana Andersen, Tatiana Catecati, Tatiana Cristina da Silva, Tatiana Fabiana de Mendonça, Tatiana Fabiana de Mendonça, Tatiana K. Hasimoto, Tatiana Oshiro Kobayashi, Tatiana Paiva de Oliveira, Tatiana Vettori, Tatiane de Araujo Silva, Tatiane Florencio, Tatianne Karla Dantas Vila Nova, Tatianne Martins, Tatiely Costa, Tatti, Tatzi, Tayane Couto da Silva Pasetto, Taylam do Nascimento Santos de Moura, Taylane Lima Cordeiro, Tayrini Graciana de Borba e Silva, Taysa Oliveira Cazelli, Teca Machado, Telma Ceres, Tereza Cristina Santos Machado, Terezinha Lobato, Thabata Souza Alves, Thainá Souza Neri, Thainá Teixeira Mota, Thainara Cristina Moreira Ferreira, Thaís Alves de Souza, Thaís Brito, Thais Cardozo Gregorio da Silva, Thaís Cristina Micheletto Pereira dos Santos, Thaís Dias, Thais F. Haus, Thais Fernanda Luíza, Thais Leite da Gama Oliveira, Thaís Marinovic Doro Suehara, Thaís Mendes, Thais Pires Barbosa, Thais Rossetto Mascaranhas, Thais Saori Marques, Thais Terzi, Thais Videl, Thaís Wounnsoscky de Campos, Thais Wu, Thaisa da Silveira Surcin, Thaísa Regly, Thaise "Thablo" Chaves, Thaissa Rhândara Campos Cardoso, Thaiz Castro, Thales Bruno, Thales de Abreu, Thales Leonardo Machado Mendes, Thalia Felix, Thalita Valcarenghi Carvalho, Thalya Pereira, Thalyana Sereno, Thalyta do Pilar Pereira Nette, Thamires Fassura, Thamires Miyako Ito Sigole, Thamires Pereira Santos Ferreira, Thamyres Cavaleiro de Macedo Alves e Silva, Thamyris Medeiros Vanderlei, Thanile Ghiraldi, Thayane de Assis, Thayna Ferreira Silva, Thayna Osf, Thayna Rocha, Thayná Stvanini, Thaynara Albuquerque Leão, Thaynara Gonçalves Martins, Thayrine Lima de Souza Amorim, Thays Cordeiro, Thays Fraga Lyra, Thenessi Freitas Matta, Theyziele Chelis, Thiago Ambrósio Lage, Thiago Augusto de Souza, Thiago Babo, Thiago Barbosa Gomes, Thiago Carvalho Bayerlein, Thiago de Jesus Correa, Thiago de Souza Oliveira, Thiago D'eça Santiago, Thiago Henrique Righetti e Silva, Thiago Lomba, Thiago Massimino Suarez, Thiago Oliveira, Thiago Oliveira, Thiago Roberto Julião Ferreira, Thiago Rodrigues Nascimento, Thiago Sirius, Thiago V Frossard, Thiago Vieira Teodoro, Thiele Daiane Ritter, Thiemmy & Arthur Almeida, Thyago dos Santos Costa, Thyago Ferreira Marques, Tia Su e Tio Vitor, Tiago Alves de Azevedo, Tiago Batista Bach, Tiago João de Castro, Tiago Lacerda Queiroz Carvalho, Tiago Queiroz de Araújo, Ticiana Bueno, Ticiana Fernandes de Abreu Aragão de Araujo, Tífani Souto Alves, Tífany Lima Carvalho, Tihwisky, Trícia Nunes P. de A. Lima, Tuanni Santos Allievi, Tuísa Machado Sampaio, Tuyanne Modesto de Souza, Uedija Natali Silva Dias, Úrsula Antunes, Úrsula Lopes Vaz, Uruvia, Vagner Ebert, Val Lima, Valdson Costa Almeida, Valéria Aquino, Valéria Coutinho Pereira, Valéria Erbe, Valeria Oliveira, Valeria Pinto Fonseca, Valeska Ramalho Arruda Machado, Valquíria Vlad, Vamberto Junior, Vanádio José Rezende da Silva Vidal, Vander Lins, Vandressa Alves, Vanessa Akemi Kurosaki (Grace), Vanessa Alves, Vanessa Carneiro, Vanessa Coimbra da Costa, Vanessa Cristina Melnixenco, Vanessa Falarz, Vanessa Gutierrez Benucci,

XX AGRADECIMENTOS

Vanessa Ingrid Pessoa Cavalcante, Vanessa Lorena Fernandes da Silva, Vanessa Luana Wisniewsky, Vanessa Matiola, Vanessa Mayumi Morino Yamahuti, Vanessa Moraes de Miranda, Vanessa Moura Ribeiro, Vanessa Oliveira, Vanessa Paulo, Vanessa Petermann Bonatto, Vanessa Queiroz, Vanessa Ramalho, Vanessa Reis, Vanessa Rodrigues Thiago, Vânia Ap. P. Matos, Vânia Perciani, Vânia Spala, Vanice de Jesús Klein, Vanini Lima, Vera Carvalho, Vera Carvalho, Verginio Campos e Souza, Veri Leão, Veridiana Alves, Verona Aguiar, Veronica Carvalho, Verônica Cocucci Inamonico, Verônica Michetti, Veronica Vizotto dos Santos, Vianney Oliveira dos Santos Jr., Vicky Reed, Victor Alves Gaspar, Victor Hugo Zanetti Tavares, Victor Lucas Alves Pereira Ramos, Victor Mendonça, Victor Rohr Justen, Victor Valentim - Bosque dos Gnomos, Victória Albuquerque Silva, Victória Batistella, Victória Carmello, Victoria David Tavares, Victória de Almeida Bracco, Victória Machado, Victoria Malatesta, Victoria Matiussi, Victoria Regina Moraes, Victoria Valentine, Victoria Vannini Schotten, Victoria Yasmin Tessinari, Viktor, Vini Lobo, Vinicio Lima, Vinicius Benevides Schirmer, Vinicius de Oliveira Sousa, Vinícius Dias Villar, Vinicius Felix, Vinícius Lima Serra Gervasio, Vinícius Marcolino, Vinicius Santos, Vinícius Silva Rosa, Vinícius Vieira Nava, Vinicius Vilas Boas, Vinny Sales Esterque, Virginia de Oliveira Hahn, Virginia Fernandes Cruz Serralha, Virginia Mei Tsuruzaki Shinkai, Virginia Moreira Silva, Vitor Costa, Vitor Fontão, Vitor Guilherme Ribeiro Vieira Batista, Vitória Adriano, Vitória Anizi Modesto Carneiro, Vitória Beatriz Portela Orsiolli, Vitória do Prado Della Beta, Vitória Filipetto Wendler, Vitória Kovaliu Stadnik, Vitória Marcone, Vitoria Piekarski, Vitória Regina de Araújo Souza, Vitória Rivera dos Santos, Vitória Rugieri, Vitória Soriano, Vivi Kimie Isawa, Vivian Baum Cabral, Vivían Guarnieri, Vivian Medeiros, Vivian Ramos Bocaletto, Viviane Côrtes Penha Belchior, Viviane Fatima de Araujo, Viviane Micheli Correa, Viviane Ventura e Silva Juwer, Viviane Wermuth Figueras, Viviani Barini, Vladimir Yatsuda Miranda, Vólia Simões, Vuikku Victoria, W&W Ace-Ssorias, Wadih Soufia Neto, Wady Ster Gallo Moreira, Wagner Emmanoel Menezes Santos, Wagner Ferreira Wellington Hirose, Walace Junior, Waleska Cecília Heloísa, Walkiria Nascente Valle, Wallas Pereira Novo, Walter Borysow, Wanessa Rabelo, Washington Rodrigues Jorge Costa, Wellida Danielle, Wenceslau Teodoro Coral, Wendel Sousa Barbosa, Weslianny Duarte, Weverton Oliveira, Wezilyana Melice Farias de Lima, Wilian Xavier Fazolin, William Ribeiro Leite, William Sihler, Willian Fernando de Oliveira, Willian Hazelski, Willian Rodrigues do Prado, Willy Reinhart Camargo, Wilson José Ramponi, Wilson Madeira Filho, Winnie Rodrigues, Wirley Contaifer, Witielo Arthur Seckler, Wlademir Verni Rufo, Yákara L. Santos, Yara Andrade, Yara Nolee Nenture, Yara Teixeira da Silva Santos, Yasmim Cardoso Ribeiro Fernandes, Yasmim Longatti Fabozzi, Yasmim Oliveira Braga, Yasmin Batista Antunes, Yasmin Dias, Yasmin Medeiros Guimaraes, Yasmine Jalles, Yasmine Luz Sant Anna, Yasmine Pallin, Yasmine Ribeiro da Silva, Ygor de Santana Santos, Yonanda Mallman Casagranda, Yu Pin Fang (Peggy), Yudi Ishikawa, Yulia Amaral, Yuri Takano, Zarina Ornellas.

Agradecemos também aos profissionais que trabalharam neste livro,
a toda a equipe envolvida, aos influenciadores que auxiliaram com
sua divulgação e aos nossos amigos e familiares que incentivaram
e compreenderam nosso trabalho em prol desta publicação.

APOIOS ESPECIAIS

As empresas a seguir apoiaram a campanha deste livro e, portanto, sempre terão nosso agradecimento. Sua paixão pela arte é reconhecida e apreciada!

MEULIVRO.JP

Desde 2020 a sua livraria no Japão por Vitinho, Matheus, Luiza, Sayuri e Vitor Medeiros.

@meulivro.jp

meulivro.jp@gmail.com

CANDELLABRUM

Loja de itens ilustrados e peças de cerâmica por Rafael Nogueira.

@candellabrum

https://candellabrum.com.br

Tenha sua empresa divulgada nos nossos próximos lançamentos! Acompanhe as redes sociais da Editora Wish (@editorawish) para descobrir e apoiar novas campanhas.

APOIO MASTER

PATROCÍNIO

Illustration and Animation

Gurei Studios é produtora e estúdio de animação, CG e ilustração. Atuando no mercado desde 1998, internacionalmente e multimídia.

@gurei_studios

www.gurei.com

APOIO MASTER

PATROCÍNIO

BOSQUE DOS GNOMOS

Escola e Loja Esotérica de Magia Natural

Rua Laura 511, Vila Bastos — Santo André — SP

"Até mesmo a menor das criaturas pode mudar o rumo do mundo." — J.R.R. Tolkien

 @bosquedosgnomos

www.bosquedosgnomos.com.br